U0014445

強化作文、創作、編輯、撰稿、文案寫作等
詩詞名句使用的必備案頭工具書

在詩詞中品嚐人生百味，
在悲歡離合中感受詩詞的靈魂

為了在每一個美好而感動的瞬間，
用美妙有味的語言去表達內心的悸動，所以我們讀詩詞！

為了在每一個失落而悲傷的時刻，
用哀愁凝鍊的言語去慰藉惆悵的心靈，所以我們讀詩詞！

編輯說明

一、詩詞的重要性在於利用精簡凝鍊的文字，說出深厚、綿長的情感，反映現實，表述心靈的思考與無盡想像。讀詩詞的好處除卻體味情感，更能夠豐富生命、強化文字創作能力。長久以來，唐朝被視為中國歷來詩歌水準最高的黃金時代，名家輩出、名作不勝枚舉，因此有「唐詩」之說，與「宋詞」相提並論。

二、本書蒐集隋唐時代各名家創作的詩詞名作，擷取美妙精鍊的名句，輔以簡易的注釋，說明名句中的艱深字詞；加之精簡但翔實的解析，敘述詩詞的背景、內容與名句的意義和延伸使用的方法與變化，與歷代各方名家的評析與箋注；最後附以原文，以利讀者能透過從完整的詩詞原文，深刻理解、感受詩文的美感。

三、本書除了具有閱讀性，亦是極佳的寫作參考工具書，依照常見作文的三種型態，分為「抒情篇」、「議論篇」和「敘事寫物篇」等三大篇章，便於讀者依照寫作時的需求查詢詩詞。篇章之下，更依照事物的概念類別與實用原則，細分為十大類、四十三中類、六十三小類，以詳盡的路徑分類，確保讀者可以依照需求尋找到切適的詩詞名句。

四、閱讀和感受是增進文字使用、創作能力的不二法門。期望本書除了滿足查詢功能之外，更有助於讀者能夠從平日的閱讀中，體會詩文的美妙，加強使用詩詞的敏感度。

五、本書分類概念可參照彩色拉頁「詩詞名句心智圖」，並在目錄中有詳盡分類標示，可供參考，加速正確查詢。

編者黃淑貞與商周出版編輯部

Contents／目錄

Contents／目錄

079 還君明珠雙淚垂，恨不相逢未嫁時。

080 閨怨

080 山月不知心裡事，水風空落眼前花。

080 玉顏不及寒鴉色，猶帶昭陽日影來。

081 早知潮有信，嫁與弄潮兒。

081 何處是歸程？長亭更短亭。

082 妾身未分明，何以拜姑嫜？

082 忽見陌頭楊柳色，悔教夫婿覓封侯。

082 昔時橫波目，今成流淚泉。

083 長安一片月，萬戶擣衣聲。
秋風吹不盡，總是玉關情。

083 門鎖簾垂月影斜，翠華咫尺隔天涯。

084 思君如滿月，夜夜減清輝。

084 思悠悠，恨悠悠，恨到歸時方始休。

085 相恨不如潮有信，相思始覺海非深。

085 紅顏未老恩先斷。

086 啼時驚妾夢，不得到遼西。

086 暗牖懸蛛網，空梁落燕泥。

086 當君懷歸日，是妾斷腸時。

087 過盡千帆皆不是。

087 翡翠為樓金作梯，誰人獨宿倚門啼？

088 悼亡

088 取次花叢懶回顧，半緣修道半緣君。

088 昔日戲言身後意，今朝都到眼前來。

089 唯將終夜長開眼，報答平生未展眉。

089 悠悠生死別經年，魂魄不曾來入夢。

089 清夜妝臺月，空想畫眉愁。

090 誠知此恨人人有，貧賤夫妻百事哀。

090 友情

090 一生大笑能幾回？斗酒相逢須醉倒。

091 一願世清平，二願身強健。
三願臨老頭，數與君相見。

091 人生不相見，動如參與商。

092 十觴亦不醉，感子故意長。

092 山空松子落，幽人應未眠。

093 今夕復何夕？共此燈燭光。

093 今日聽君歌一曲，暫憑杯酒長精神。

093 少年樂新知，衰暮思故友。

094 世人遇我同眾人，唯君於我最相親。

094 乍見翻疑夢，相悲各問年。

095 四海齊名白與劉，百年交分兩綢繆。

095 平生風義兼師友。

096 別來何限意，相見卻無辭。

096 我寄愁心與明月，隨風直到夜郎西。

Contents／目錄

Contents／目錄

Contents／目錄

詠物質 192

貳、議論篇 197

一、論生命 198

人生領悟 198

哲思禪道 205

Contents／目錄

Contents／目錄

Contents／目錄

299 丈夫蓋棺事始定，君今幸未成老翁。

299 千呼萬喚始出來，猶抱琵琶半遮面。

299 夕陽無限好，只是近黃昏。

300 大都好物不堅牢，彩雲易散琉璃脆。

300 女媧鍊石補天處，石破天驚逗秋雨。

301 山光物態弄春暉，莫為輕陰便擬歸。

301 手中十指有長短，截之痛惜皆相似。

302 只在此山中，雲深不知處。

302 可憐日暮嫣香落，嫁與春風不用媒。

303 向使當初身便死，一生真偽復誰知。

303 此曲只應天上有，人間能得幾回聞？

304 何必奔沖山下去，更添波浪向人間。

304 忽聞海上有仙山，山在虛無飄緲間。

304 抽刀斷水水更流，舉杯銷愁愁更愁。

305 東風不與周郎便，銅雀春深鎖二喬。

306 為愛好多心轉惑，遍將宜稱問傍人。

306 紅顏未老恩先斷。

306 凌煙功臣少顏色，將軍下筆開生面

307 射人先射馬，擒賊先擒王。

307 時來天地皆同力，運去英雄不自由。

308 海日生殘夜，江春入舊年。

308 涇溪石險人兢慎，終歲不聞傾覆人。
卻是平流無石處，時時聞說有沉淪。

309 草木有本心，何求美人折？

309 蚍蜉撼大樹，可笑不自量。

310 欲窮千里目，更上一層樓。

310 欲覺聞晨鐘，令人發深省。

310 野火燒不盡，春風吹又生。

311 曾經滄海難為水，除卻巫山不是雲。

311 無邊落木蕭蕭下，不盡長江滾滾來。

312 睫在眼前長不見，道非身外更何求？

312 蛺蝶紛紛過牆去，卻疑春色在鄰家。

313 過盡千帆皆不是。

313 嫦娥應悔偷靈藥，碧海青天夜夜心。

313 嗚聲相呼和，無理只取鬧。

314 憑君莫話封侯事，一將功成萬骨枯。

314 醜女來效顰，還家驚四鄰。

315 馨香歲欲晚，感嘆情何極。

315

人事變化

315 一丸五色成虛語，石爛松薪更莫疑。

316 人世幾回傷往事，山形依舊枕寒流。

316 人事有代謝，往來成古今。

317 山圍故國周遭在，潮打空城寂寞回。
淮水東邊舊時月，夜深還過女牆來。

317 天上浮雲如白衣，斯須改變如蒼狗。

318 天翻地覆誰可知，如今正南看北斗。

Contents／目錄

Contents／目錄

368 三、繪寫景物

368 自然景觀

368 山水

368 九曲黃河萬里沙，浪淘風簸自天涯。

369 山隨平野盡，江入大荒流。

369 古木無人徑，深山何處鐘？

369 只在此山中，雲深不知處。

370 白日依山盡，黃河入海流。

370 江流天地外，山色有無中。

371 吳楚東南坼，乾坤日夜浮。

371 忽聞海上有仙山，山在虛無飄緲間。

371 空山不見人，但聞人語響。

372 春潮帶雨晚來急，野渡無人舟自橫。

372 泉聲咽危石，日色冷青松。

373 流波將月去，潮水帶星來。

373 飛流直下三千尺，疑是銀河落九天。

374 桃花流水窅然去，別有天地非人間。

374 桃花盡日隨流水，洞在清谿何處邊？

375 氣蒸雲夢澤，波撼岳陽城。

375 海日生殘夜，江春入舊年。

375 海風吹不斷，江月照還空。

376 軒然大波起，宇宙隘而妨。

377 造化鍾神秀，陰陽割昏曉。

377 黃河遠上白雲間，一片孤城萬仞山。

377 煙銷日出不見人，欸乃一聲山水綠。

378 遠上寒山石徑斜，白雲生處有人家。

378 潮平兩岸闊，風正一帆懸。

379 田園

379 渡頭餘落日，墟里上孤煙。

379 綠波春浪滿前陂，極目連雲穲稏肥。

379 綠樹村邊合，青山郭外斜。

380 四季風景

380 春

380 千里鶯啼綠映紅，水村山郭酒旗風。

380 山光物態弄春暉，莫為輕陰便擬歸。

381 天街小雨潤如酥，草色遙看近卻無。

381 日出江花紅勝火，春來江水綠如藍。

382 夜來風雨聲，花落知多少？

382 春城無處不飛花，寒食東風御柳斜。

382 春眠不覺曉，處處聞啼鳥。

383 惻惻輕寒翦翦風，小梅飄雪杏花紅。

383 亂花漸欲迷人眼，淺草才能沒馬蹄。

384 簇錦攢花鬥勝遊，萬人行處最風流。

384 夏

384 南州溽暑醉如酒，隱几熟眠開北牖。

Contents／目錄

400 人人盡說江南好，遊人只合江南老。
401 人生只合揚州死，禪智山光好墓田。
401 天下三分明月夜，二分無賴是揚州。
402 初因避地去人間，及至成仙遂不還。
402 姑蘇城外寒山寺，夜半鐘聲到客船。
402 洛陽城裡春光好，洛陽才子他鄉老。
403 香稻啄餘鸚鵡粒，碧梧棲老鳳凰枝。
403 國破山河在，城春草木深。

404 園林建築

404 四戶八窗明，玲瓏逼上清。
404 南朝四百八十寺，多少樓臺煙雨中。
405 宮女如花滿春殿，只今惟有鷓鴣飛。
405 畫棟朝飛南浦雲，珠簾暮捲西山雨。

406 交通

406 山從人面起，雲傍馬頭生。
406 兩岸猿聲啼不住，輕舟已過萬重山。
407 蜀道之難難於上青天。

407 花木鳥獸

407 一樹春風千萬枝，嫩於金色軟於絲。
408 不知細葉誰裁出？二月春風似剪刀。
408 可憐日暮嫣香落，嫁與春風不用媒。
408 自去自來堂上燕，相親相近水中鷗。
409 西塞山前白鷺飛，桃花流水鱖魚肥。
409 兩箇黃鸝鳴翠柳，一行白鷺上青天。
409 洛陽城東桃李花，飛來飛去落誰家？
410 穿花蛺蝶深深見，點水蜻蜓款款飛。
410 娟娟戲蝶過閑幔，片片輕鷗下急湍。
411 桂子月中落，天香雲外飄。
411 桃花一簇開無主，可愛深紅愛淺紅。
411 留連戲蝶時時舞，自在嬌鶯恰恰啼。
412 野火燒不盡，春風吹又生。
412 無邊落木蕭蕭下，不盡長江滾滾來。
413 漠漠水田飛白鷺，陰陰夏木轉黃鸝。
413 數叢沙草羣鷗散，萬頃江田一鷺飛。
414 澗戶寂無人，紛紛開且落。
414 顛狂柳絮隨風舞，輕薄桃花逐水流。

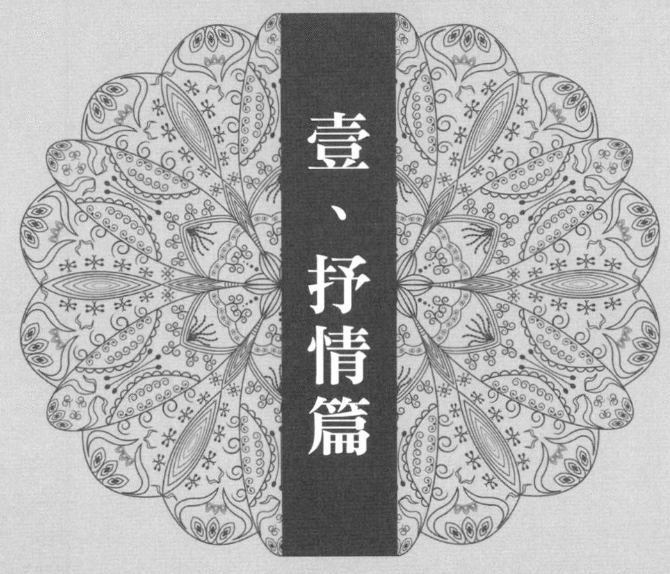

壹、抒情篇

一、感時

感懷時光

夕陽無限好，只是近黃昏。

夕陽的景色雖然美不勝收，可惜已臨近黃昏，很快便將消失。

【解析】 本詩出自李商隱〈登樂遊原〉詩。樂遊原，為長安（位在今陝西西安市）城內東南的一處高地，適合登高遠眺，是唐朝著名的遊覽勝地。傍晚時分，人在京城長安的李商隱，本欲藉登高以緩解心中不快，然見落日餘暉雖美但黃昏將至，夜幕即將籠罩大地，有感好景無法常駐，進而對生命的美好時光平添無限感懷。本句可用來表達對人生晚景的留戀，只是來日不多，故要更加珍惜光陰。另可用來比喻人或事物由極盛轉衰。

【出處】 唐．李商隱〈登樂遊原〉詩：「向晚意不適，驅車登古原。夕陽無限好，只是近黃昏。」

今年歡笑復明年，秋月春風等閑度。

年復一年的時間在歡笑中度過，多少美好年華也被輕易地消磨過去。

【解析】 白居易在詩中描寫琵琶女自述早年貪圖眼前享樂的賣笑生涯，虛擲了人生最寶貴的青春時光，等到容顏衰去才恍然大悟，但已喚不回流逝的光陰。可用來形容在安逸歡樂中虛度年輕歲月。

【出處】 唐．白居易〈琵琶行〉詩：「……自言本是京城女，家在蝦蟆陵下住。十三學得琵琶成，名屬教坊第一部。曲罷曾教善才伏，妝成每被秋娘妒。五陵年少爭纏頭，一曲紅綃不知數。鈿頭雲篦（ㄅㄧˋ）擊節碎，血色羅裙翻酒汙。今年歡笑復明年，秋月春風等閑度……」（節錄）

白頭宮女在，閑坐說玄宗。

滿頭白髮的宮女依然健在，正閑坐著在談論玄宗當年的舊事。

【解析】行宮，指的是天子在京城之外的住所。從青春到年老一直幽居於深宮的宮女，親身經歷了玄宗皇帝在位期間的盛世繁華到衰頹破敗。作者借行宮內的白髮宮女閑談玄宗時代的美好過去，寄託人事盛衰如雲煙夢幻，青春轉眼即逝的感傷。可用來形容飽經風霜的老人緬懷陳年往事。

【出處】唐．元稹〈行宮〉詩：「寥落古行宮，宮花寂寞紅。白頭宮女在，閑坐說玄宗。」（此詩一說作者為王建）

春宵苦短日高起，從此君王不早朝。

埋怨春夜過於短暫，直到太陽高升才起身離床，此後君王早上不再按例到朝廷處理政事了。

【解析】白居易描寫唐玄宗迷戀楊貴妃的美色，兩人不僅夜晚共度春宵，連白日也沉溺於宴飲遊樂之中，形影難分，但荒廢國政的結果，造成社會日益動亂，國家一步步走向衰敗。詩中「春宵苦短」可用來比喻歡樂的時光總是過得很快。另也可以用來形容統治者耽溺女色而荒於國事。

【出處】唐．白居易〈長恨歌〉詩：「……春寒賜浴華清池，溫泉水滑洗凝脂。侍兒扶起嬌無力，始是新承恩澤時。雲鬢花顏金步搖，芙蓉帳暖度春宵。春宵苦短日高起，從此君王不早朝……」（節錄）

春欲暮，思無窮，舊歡如夢中。

春天即將要過去了，留下的是無窮盡的思緒，回想往日的歡樂，彷彿身在夢中一樣。

【解析】溫庭筠藉由描寫春日將盡，示意那些曾經擁有的美好時光終將如夢幻般地消逝，不禁令其柔腸百轉，憂思無窮。可用來形容對逝去的歡愉時光感到無限懷念與惆悵。

【出處】唐．溫庭筠〈更漏子．星斗稀〉詞：「星斗稀，鐘鼓歇，簾外曉鶯殘月。蘭露重，柳風斜，滿庭堆落花。虛閣上，倚闌望，還似去年惆悵。春欲暮，思無窮，舊歡如夢中。」

欲並老容羞白髮，每看兒戲憶青春。

想要除去衰老的容顏，也為滿頭的白髮而感到羞慚，每當看著孩子們在嬉戲，便會回憶起年輕時的歲月。

【解析】劉長卿望著小孩子天真玩耍的童稚神態，再回首對照如今自己的白首老態，不禁對過往青春時光湧上無比的感懷思念。本句可用來形容人年紀老大時回想年少往事，充滿欣羨與懷念之情。

【出處】唐．劉長卿〈戲題贈二小男〉詩：「異鄉流落頻生子，幾許悲歡併在身。欲並老容羞白髮，每看兒戲憶青春。未知門戶誰堪主，且免琴書別與人。何幸暮年方有後，舉家相對卻沾巾。」

當時年少春衫薄。騎馬倚斜橋，滿樓紅袖招。

回憶少年時的我，穿著單薄的春衫，騎馬倚靠在斜橋邊，整樓的女子都揮著紅袖向我招手。

【解析】韋莊追憶年少在江南生活時，騎馬倚橋，意氣風發，終日醉宿溫柔鄉的浪漫歲月。而這些繾綣歡愉的過往樂事，卻也讓他在年老時充滿時不我待的感傷。本句可用來形容人對年輕時風流倜儻歲月的懷念。

【出處】唐．韋莊〈菩薩蠻．如今卻憶江南樂〉詞：「如今卻憶江南樂，當時年少春衫薄。騎馬倚斜橋，滿樓紅袖招。翠屏金屈曲，醉入花叢宿。此度見花枝，白頭誓不歸。」

感嘆年華

一年又過一年春，百歲曾無百歲人。

一年即將過去，但馬上又是另一年的春天，人們總是嚮往活到百歲，但是卻不曾聽過有活到百歲的人。

【解析】作者一方面嘆惜春光轉瞬即逝，同時也興起了對生命短暫的感傷以及面對衰老的無奈。本句可用來感嘆人生在世，光陰有限，故要及早把握，不可輕易蹉跎。

【出處】唐·宋之問〈宴城東莊〉詩：「一年又過一年春，百歲曾無百歲人。能向花前幾回醉？十千沽酒莫辭貧。」（此詩一說作者為崔敏童）

人生代代無窮已，江月年年只相似。

人的生命因世代交替而沒有窮盡，江上的明月年復一年總是相像。

【解析】面對春江月色的美景，作者張若虛體悟到個人的生命雖短促無常，卻能藉由世代的傳承而綿延不已，正可與明月、江水恆常共存。由於張若虛在《全唐詩》中僅存詩兩首，晚清學者王闓運稱張若虛〈春江花月夜〉詩是「孤篇橫絕，竟為大家」，意指他僅憑一詩便奠定了在詩史上的地位。本句可用於對比宇宙的永恆與生命的短暫。

【出處】唐·張若虛〈春江花月夜〉詩：「……江畔何人初見月？江月何年初照人？人生代代無窮已，江月年年只相似。不知江月待何人，但見長江送流水……」（節錄）

今人不見古時月，今月曾經照古人。

現在的人不曾見過古時的月亮，但現在的人所看見的月光，卻曾經照耀過古時的人。

【解析】李白詩中運用回還往復的回文技巧，表現出古月、今月實為同一月，唯古人今人不斷更迭替換，這也意味著人在永恆的明月之下顯得多麼地渺小。本句可用於感慨宇宙無盡，而人的壽命卻是有限。

【出處】唐．李白〈把酒問月〉詩：「……今人不見古時月，今月曾經照古人。古人今人若流水，共看明月皆如此。唯願當歌對酒時，月光長照金樽裡……」（節錄）

今年花似去年好，去年人到今年老。

今年的花開得比去年的還要好，但去年的人到了今年卻更加衰老了。

【解析】本詩詩題為〈韋員外家花樹歌〉。員外，職官名，也稱員外郎，為吏、戶、禮、兵、刑、工六部下各司的副主管。此為詩人岑參到一位任職員外郎的韋姓友人家中賞花時所作。其詩藉由每年的花開花落，表達花落尚可明年再開，而人老卻是永遠回不去年少，意在勸人珍惜有限的光陰。本句可用於感傷年華易逝，應及時把握青春時光。

【出處】唐．岑參〈韋員外家花樹歌〉詩：「今年花似去年好，去年人到今年老。始知人老不如花，可惜落花君莫掃。君家兄弟不可當，列卿御史尚書郎。朝回花底恆會客，花撲玉缸春酒香。」

公道世間唯白髮，貴人頭上不曾饒。

這世上唯一公平的只有白髮（時光），即使是達官貴人的頭頂也不會輕易放過。

【解析】杜牧認為世間最公平的唯有時間，任何人都躲不掉衰老，逐漸走向死亡的命運。這首詩表面上看似是在感嘆生命短暫，勸人凡事應要看開，但實際上是在暗喻人世間除了時間之外，全無公道可言，藉此抒發其對當時政局的不滿。本句除可用來說明時間流逝，不分貧賤富貴都無法逃避。另可用來形容世上除了時間以外，沒有一件事是公平合理的。

【出處】唐．杜牧〈送隱者一絕〉詩：「無媒徑路草蕭蕭，自古雲林遠市朝。公道世間唯白髮，貴人頭上不曾饒。」

天時人事日相催，冬至陽生春又來。

天地四時運轉，世間事物變化，每天都在催人。冬至之後白天漸長，而春天很快又要來臨了。

【解析】本句出於杜甫的〈小至〉詩。小至，即二十四節氣之一冬至的前一天，傳統習俗上家家戶戶會在這一天搗米作湯圓，以便冬至當日全家團圓時一起食用。杜甫主要是在詩中感嘆韶光似箭催人老，過了冬至，人就再老一歲了！本句可用來形容時令變化流轉，光陰流逝不復返。其中「冬至陽生春又來」一句，適切地描述了在傳統民俗中，冬至之後，人們迎接新春到來的生活方式。

【出處】唐．杜甫〈小至〉詩：「天時人事日相催，冬至陽生春又來。刺繡五紋添弱線，吹葭六琯動浮灰。岸容待臘將舒柳，山意沖寒欲放梅。雲物不殊鄉國異，教兒且覆掌中杯。」

年年歲歲花相似，歲歲年年人不同。

每一年的花開花謝，情況都很相像，但人卻是歲歲年年有著不同的變化。

【解析】劉希夷以年年歲歲的「花香似」和「人不同」作對比，意在提醒人們時光無情流逝、青春盛

壯永難常駐。其詩題「代悲白頭翁」，表示此詩為代替白頭老翁而悲，也隱含有憐憫他日終將走入老病衰亡的意味。本句可用在對韶光流逝、生命有限的感慨上。

【出處】唐．劉希夷〈代悲白頭翁〉詩：「……已見松柏摧為薪，更聞桑田變成海。古人無復洛城東，今人還對落花風。年年歲歲花相似，歲歲年年人不同……」（節錄）

有花堪折直須折，莫待無花空折枝。

把握時機在花朵盛開的時候折取花枝，不要等到花謝了以後只能攀折空花枝。

【解析】詩人以「有花」比喻青春年華，以「無花」比喻年華老去，旨在告誡人們應把握如花綻放的年少時光，切莫等到如花謝的垂暮之年再來悔恨，也已無濟於事了。清人蘅塘退士編《唐詩三百首》評曰：「即聖賢惜陰之意，言近旨遠。」本句可用來勸人珍惜年少青春或勇於把握機會，以免年老時追悔不及。

【出處】唐．杜秋娘〈金縷衣〉詩：「勸君莫惜金縷衣，勸君惜取少年時。有花堪折直須折，莫待無花空折枝。」（此詩一說是無名氏所作）

朱顏今日雖欺我，白髮他時不放君。

你們這些紅潤面容的年輕人們，雖然現在在青春年華上勝過我，但將來白髮也一樣不會放過你們的啊！

【解析】白居易於詩中用詼諧戲謔的口吻告誡後生晚輩，提醒他們韶光似箭，朱顏轉眼變白頭，切莫蹉跎人生寶貴有限的青春時光。本句可用來抒發韶華如矢，過了青春無少年，故要及時把握。

【出處】唐．白居易〈戲答諸少年〉詩：「顧我長年頭似雪，饒君壯歲氣如雲。朱顏今日雖欺我，白髮他時不放君。」

君不見，高堂明鏡悲白髮，朝如青絲暮成雪。

你沒看見，年邁的父母對鏡自照時，為了滿頭白髮而悲傷，彷彿早上看時還是一頭烏黑髮絲，但到了晚上便成了花白一片。

【解析】李白在詩中運用誇飾的筆法，把人生從年少到年老的過程，比喻成一個人在朝暮之間，一頭黑髮轉瞬化為白頭，以強調時光的飛逝迅速。可用來感嘆青春歲月容易消逝。

【出處】唐．李白〈將進酒〉詩：「君不見，黃河之水天上來，奔流到海不復回。君不見，高堂明鏡悲白髮，朝如青絲暮成雪……」（節錄）

昔別君未婚，兒女忽成行。

當初我和你分別的時候，你還沒有結婚，而我們再度相見時，你已經兒女成群了。

【解析】本句出自於杜甫〈贈衛八處士〉詩。處士，指有才學而隱居沒有做官的人。杜甫描寫他和衛姓好友別後的這一段歲月裡，世事變化的速度，快到令人無法想像。本句可用來形容時光倏忽流逝，使人興起歲月不待人之感。

【出處】唐．杜甫〈贈衛八處士〉詩：「……焉知二十載，重上君子堂。昔別君未婚，兒女忽成行……」（節錄）

雨中黃葉樹，燈下白頭人。

雨中，老樹上的葉子已經枯黃，而燈下，老人

的頭上滿是白髮。

【解析】作者司空曙與表弟盧綸皆具詩名，皆評為「大曆十才子」之一。本詩為司空曙描寫盧綸到他荒僻的住所探訪，並留下來過夜，讓孤貧又年老的他倍感兄弟之間的溫情。其借寫雨景中樹上的枯黃落葉，映襯昏燈下風燭殘年的白頭老翁，以抒發自己年邁衰朽的傷嗟。本句可用來形容青春一去不再的悲涼與辛酸。

【出處】唐．司空曙〈喜外弟盧綸見宿〉詩：「靜夜四無鄰，荒居舊業貧。雨中黃葉樹，燈下白頭人。以我獨沉久，愧君相見頻。平生自有分，況是蔡家親。」

浮生恰似冰底水，日夜東流人不知。

人生就彷彿冰層底下的流水，日夜不停地悄悄流逝，人們卻不曾知曉。

【解析】本句出自杜牧〈汴河阻凍〉詩。汴河，為通濟渠的一部分，主要位在今河南開封市境內。通濟渠，是隋煬帝時發動河南淮北的民眾所開鑿的大運河。杜牧從汴河的冰底水聯想到人生，因為從河冰上看不出有什麼變化，但事實上，冰下的河水卻是一直在流動著的，正如人生歲月無聲無息消逝一般，人們往往沒有察覺，驀然回首才發現青春早已不在。本句可用於形容年華在不知不覺中流逝而去。

【出處】唐．杜牧〈汴河阻凍〉詩：「千里長河初凍時，玉珂瑤珮響參差。浮生恰似冰底水，日夜東流人不知。」

浮雲一別後，流水十年間。

自上次分別之後，我倆的行蹤就像浮雲一樣飄忽難定，十年歲月匆匆，如流水般地逝去。

【解析】本句出自韋應物的〈淮上喜會梁川故人〉詩。淮上，指淮水邊。梁川，又作梁州，位在今陝西漢中市境內。韋應物詩中描寫他和故友闊別十年，重逢後的喜悅與感慨，以「浮雲」比喻別後的漂泊不定，以「流水」比喻光陰易逝，抒發其對世事滄桑以及年華老去的感傷。本句可用來感嘆相別多年，時光飛逝。

【出處】唐．韋應物〈淮上喜會梁川故人〉詩：「江漢曾為客，相逢每醉還。浮雲一別後，流水十年間。歡笑情如舊，蕭疏鬢已斑。何因北歸去？淮上對秋山。」

海日[1]生殘夜，江春入舊年。

黑夜還沒有消盡，太陽已從海面上升起，舊的一年還沒有過完，江上已顯現出春天的氣息。

【注釋】1. 海日：海上的太陽。此指長江水面。

【解析】本句出自王灣〈次北固山下〉詩。詩題中的「次」字，指臨時住宿或駐紮之意，此用於指船隻停泊。北固山，位在今江蘇鎮江市境內。歲末泛舟夜行於長江之上的王灣，借寫朝日東升和春意初動，驅走了黑夜與舊歲，表達時序更迭而年華匆匆不再的心境。本句可用以抒發時光流逝，歲不我與的喟嘆。另可用來比喻新生的事物即將取代舊有的事物。還可用於形容歲暮早春前，天將破曉時的江海風光。

【出處】唐．王灣〈次北固山下〉詩：「……海日生殘夜，江春入舊年。鄉書何處達？歸雁洛陽邊。」（節錄）

酒債尋常行處有，人生七十古來稀。

雖然到處欠了很多買酒錢，但不過是尋常小事，畢竟人能活到七十歲已不多見了。

【解析】本句出自杜甫〈曲江〉詩。曲江，為唐代長安著名的遊覽勝地。杜甫因向唐肅宗提出諫言而遭到冷落，深感力不從心的他來到曲江醉酒賞春，寫成此詩。詩中感嘆人生短暫，來日已無多，縱使生活窮困不如意，他依然堅持要趁著有限的生命流連美好風景，更不惜典衣沽酒來買醉。可用來形容把握當下，及時行樂的心情。

【出處】唐·杜甫〈曲江〉詩二首之二：「朝回日日典春衣，每向江頭盡醉歸。酒債尋常行處有，人生七十古來稀……」（節錄）

傳語風光共流轉，
暫時相賞莫相違。

我要轉告明媚的春光，請與我一同流連共樂，即使是短暫的停駐也好，千萬不要違背了我的這一點心願啊！

【解析】杜甫見春花、蝴蝶和蜻蜓等景物構成的美麗春景，興起了惜春的心念，渴望春日風光能為他暫住停留。本句可用來形容春光短暫易逝，人們應及時把握，用心欣賞。

【出處】唐·杜甫〈曲江〉詩二首之二：「……穿花蛺蝶深深見，點水蜻蜓款款飛。傳語風光共流轉，暫時相賞莫相違。」（節錄）

二、感情

鄉情

【思鄉】

一年將夜盡，
萬里未歸人。

在一年將盡的除夕夜裡，我卻身在離鄉萬里之地，無法歸家。

【解析】此詩為作者戴叔倫晚年之作，抒發除夕夜仍羈旅在外，無法返鄉和家人團聚的鬱悶落寞。可用來形容歲末年終，孤獨客夜他鄉的淒苦心情。

【出處】唐・戴叔倫〈除夕夜宿石頭驛〉詩：「旅館誰相問？寒燈獨可親。一年將盡夜，萬里未歸人。寥落悲前事，支離笑此身。愁顏與衰鬢，明日又逢春。」

九月九日望鄉臺，他席他鄉送客杯。

九月九日登上望鄉臺遠眺，身在異鄉的我為友人設宴送行，更添愁思滿懷。

【解析】農曆九月九日為重陽節，人們習慣在這一天登高、賞菊和飲酒。王勃描述他客居成都（位在今四川境內）時，於重陽節登上高臺為他人送行，感受自己身在異鄉，送客他人的心境，鄉愁更加地濃郁強烈。本句除了可用於說明舊時重陽節，人們有相約登高以避凶厄的習俗之外，更可用來抒發外鄉遊子佳節思鄉的情懷。

【出處】唐・王勃〈蜀中九日〉詩：「九月九日望鄉臺，他席他鄉送客杯。人情已厭南中苦，鴻雁那從北地來？」

人歸落雁[1]後，思發在花前。

我返家的歸期，還在雁群從南飛回北方之後，而我回家的念頭，卻是早在春花綻放之前就萌生的啊！

【注釋】1. 雁：一種季節性的候鳥，喜群居，飛行時自成行列，有一字形、人字形等等。每年春分後向北方飛，秋分後往南方飛。

【解析】古來稱農曆正月初七為「人日」。作者薛道衡因事滯留南方，詩中抒發他羈旅在外歸心似箭以及度日如年的煎熬，也欣羨雁群能比自己更早回

到家鄉。本詩句可用來形容思鄉心切，而現實卻必須再等待才能如願。

【出處】隋．薛道衡〈人日思歸〉詩：「入春才七日，離家已二年。人歸落雁後，思發在花前。」

不知何處吹蘆管[1]，一夜征人盡望鄉。

不知哪裡傳來了吹奏蘆管的樂音，令出征戰士們整夜忍不住遙望著家鄉的方向。

【注釋】1. 蘆管：樂器名。以蘆葦的莖部所製成，是胡人吹奏樂器的一種。

【解析】本詩的前段，作者李益先用「沙似雪」、「月如霜」營造出前線戰地蕭瑟淒寒的氛圍。而後段描寫忽然響起的笛聲幽怨悲涼，正好把征人的心境推向極致的孤寂，以致思念親人的情感濃烈到只能用徹夜望鄉來消解了。明代詩評家胡應麟《詩藪》云：「七言絕開元之下，便當以李益為第一。」可用來形容哀婉的樂曲或歌聲，觸動了在外戰士或出外人的思鄉情懷。

【出處】唐．李益〈夜上受降城聞笛〉詩：「回樂烽前沙似雪，受降城下月如霜。不知何處吹蘆管，一夜征人盡望鄉。」

今夜不知何處宿？平沙萬里絕人煙。

在這樣綿延萬里、荒無人煙的沙漠中，今天晚上哪裡才是我的歸宿呢？

【解析】岑參描寫將士行軍在廣袤無垠的沙漠上所見的蒼茫荒涼景致，藉此表達軍旅生涯的艱苦及其思鄉的情懷。可用來抒發夜晚面對廣闊且無人煙的沙漠時，心中興起一股淒清哀婉的鄉愁。

【出處】唐．岑參〈磧中作〉詩：「走馬西來欲到天，辭家見月兩回圓。今夜不知何處宿？平沙萬里絕人煙。」

日暮鄉關何處是？煙波江上使人愁。

天色已近黃昏，卻還看不到家鄉在何處？望著煙波江景，心中更添幾許惆悵。

【解析】黃鶴樓的故址，在今湖北武漢市武昌蛇山的黃鵠磯頭，相傳有古人在此地飛升成仙，騎黃鶴離去。作者崔顥登上黃鶴樓後，被雲煙瀰漫的江上景象所感染，進而勾起遊子的思鄉愁緒，於是撰寫此詩。南宋詩評家嚴羽於《滄浪詩話》云：「唐人七言律詩，當以崔顥〈黃鶴樓〉為第一。」本句可用於形容遊子身在遠方，心生思念故鄉之情。

【出處】唐．崔顥〈黃鶴樓〉詩：「……晴川歷歷漢陽樹，芳草萋萋鸚鵡洲。日暮鄉關何處是？煙波江上使人愁。」（節錄）

未老莫還鄉，還鄉須斷腸。

年紀未老不要太早返回故鄉，此時回鄉，必會悲傷得痛斷肝腸。

【解析】人在江南避亂的韋莊，心裡明明很想回鄉，但卻因中原戰亂而有家歸不得。他也知道此時若回鄉目睹家園滿目瘡痍的場面，必定會愁腸寸斷，所以用反語安慰自己，年紀尚未老大，還能在外多漂泊一些日子，等年邁時再還鄉。本句可用來抒發長久離家或有家難歸的人對家鄉的深切思念。

【出處】唐．韋莊〈菩薩蠻．人人盡說江南好〉詞：「……壚邊人似月，皓腕凝雙雪。未老莫還鄉，還鄉須斷腸。」（節錄）

共看明月應垂淚，一夜鄉心五處同。

今夜大家共同仰望著一輪明月時，應該都會掉下淚來，縱使我們分處在五個不同的地方，但思念家鄉的心卻是一樣的。

【解析】白居易在詩中傾訴戰事蔓延不止，又遇上饑荒，手足分散各地的悲傷，在一個月圓之夜，想起了那些離散在五處的兄長弟妹們，勾引出對家鄉的思念情感。本詩可用來形容離散的親人，即使身處異地不得相見，但心中對家園的思念是一樣的深切。

【出處】唐．白居易〈自河南經亂，關內阻饑，兄弟離散，各在一處。因望月有感，聊書所懷，寄上浮梁大兄、於潛七兄、烏江十五兄，兼示符離及下邽弟妹〉詩：「……弔影分為千里雁，辭根散作九秋蓬。共看明月應垂淚，一夜鄉心五處同。」（節錄）

早秋驚落葉，飄零似客心。

初秋時分，樹葉飄落，令人感到心驚，飄零的落葉就像是旅人漂泊無依的心情。

【解析】作者孔紹安在初秋時節見到葉子從樹上翻飛飄落，便聯想到此時離鄉在外的自己，處境正和從空中飄落的樹葉一樣，雖然萬般不情願，卻也身不由己，充滿無奈淒涼之感。本句可用來形容異鄉遊子思歸的心情。

【出處】隋．孔紹安〈落葉〉詩：「早秋驚落葉，飄零似客心。翻飛未肯下，猶言惜故林。」

此夜曲中聞〈折柳〉[1]，何人不起故園情？

在這樣的夜晚，聽到有人以笛吹奏哀傷的〈折楊柳〉曲，誰會不因而興起鄉思情懷呢？

【注釋】1.折柳：樂曲名，也稱〈折楊柳〉。曲調憂傷悲涼，充滿傷春惜別，思念征人之意。

【解析】古人離別時有折柳相送之習，因「柳」諧音「留」之故，以表不捨的離情別緒，而〈折楊柳〉曲就是一首抒發別離之苦的曲子。李白描寫客居洛陽（位在今河南境內）的遊子聽見〈折楊柳〉曲淒婉的笛聲，不禁勾起內心濃烈的懷鄉之情。可用來形容羈旅他鄉的人在夜裡聽到哀傷的樂音，觸動對故鄉的心切思念。

【出處】唐．李白〈春夜洛城聞笛〉詩：「誰家玉笛暗飛聲？散入春風滿洛城。此夜曲中聞〈折柳〉，何人不起故園情？」

但使主人能醉客，不知何處是他鄉。

只要主人能夠讓作為客人的我喝得酩酊大醉，我就不會記起自己仍然身在異鄉了！

【解析】作者李白表面上是說，若受到主人的殷勤款待，貪杯的他便足以忘記自己到底是身在何方，實則藉此抒發其思鄉的苦悶情懷。唯有醉倒一途，方能暫時拋卻其對故鄉縈繞不去的想念。本句可用來形容以酒消愁，淡化思鄉情緒。

【出處】唐．李白〈客中作〉詩：「蘭陵美酒鬱金香，玉碗盛來琥珀光。但使主人能醉客，不知何處是他鄉。」

何處是歸程？長亭更短亭。

哪裡是回家的道路呢？放眼望去，只見十里一設的長亭接連著五里一設的短亭。

【解析】長亭和短亭是古代設於路邊，供行人休息的亭子，十里設一長亭，五里設一短亭。此詞一說李白主在描寫遊子羈旅他鄉，從高處俯望遠方，不禁感嘆自身前途茫茫，不知未來何去何從。另一說認為是寫思婦久候心上人回家，卻只見長亭短亭而不見人影的失落情懷。可用來形容歸途或其他目標十分遙遠，令人心生悵惘。另可用來形容女子痴心期盼丈夫或情人歸來。

【出處】唐．李白〈菩薩蠻．平林漠漠煙如織〉詞：「……玉階空佇立，宿鳥歸飛急。何處是歸程？長亭更短亭。」（節錄）

別離歲歲如流水，誰辨他鄉與故鄉？

離開故鄉已經很多年了，光陰如流水般地逝去，到了現在，哪還能夠分辨出何處是異鄉、何處是故鄉呢？

【解析】作者李頎在外漂泊多年，於詩中抒發其濃郁的思鄉情愁，描寫遊子離鄉太久，甚至有反認他鄉是故鄉的哀傷。本句可用來形容遊子離鄉多年，內心深切懷念故土的思鄉之情。

【出處】唐．李頎〈失題〉詩：「紫極殿前朝伏奏，龍華會裡日相望。別離歲歲如流水，誰辨他鄉與故鄉？」

君自故鄉來，應知故鄉事？

你從家鄉出來，應該了解鄉裡最近發生的事情吧？

【解析】離鄉在外的王維偶遇同鄉人，熱切地向對方打探故園近況，顯見他對家鄉的熱切關心以及他鄉遇故知的雀躍之情。清人王世禎編《唐人萬首絕句選評》中寫道：「此亦以微物懸念，傳出件件關心，思家之切。」本句可用來形容遊子對家鄉的殷切思念。

【出處】唐．王維〈雜詩〉詩三首之二：「君自故鄉來，應知故鄉事？來日綺窗前，寒梅著花未？」

忽聞歌古調，歸思欲沾巾。

忽然收到你寄來風格高雅古樸的詩作，勾起我想要返鄉回家的念頭，淚水因而沾濕了衣巾。

【解析】本句出自於唐朝杜審言的〈和晉陵陸丞早春遊望〉詩。晉陵，位在今江蘇常州市。陸丞，指的是姓陸的縣丞。縣丞，是職官名，為輔佐縣令的官員。作者敘寫他遠別家鄉，宦遊江南，在早春時節收到陸姓友人寄來一篇名為〈早春遊望〉的詩。詩句風格古典素樸，深深撩動了詩人壓抑在心中的濃濃鄉愁，忍不住淚如雨下。後來詩人依原詩格律酬答對方一首詩，便是本詩的來源。此一名句可用來描寫遊子在外，聽到古調或懷舊樂音，內心湧起歸鄉情思。

【出處】唐．杜審言〈和晉陵陸丞早春遊望〉詩：「獨有宦遊人，偏驚物候新。雲霞出海曙，梅柳渡江春。淑氣催黃鳥，晴光轉綠蘋。忽聞歌古調，歸思欲沾巾。」（此詩一說作者為韋應物）

思悠悠，恨悠悠，恨到歸時方始休。

思念和怨恨悠長綿延，這種恨意一定要等到歸鄉時才能夠罷休。

【解析】此詩一說白居易意在抒發遊子渴盼賦歸，卻遲遲無法如願的愁苦。另一說認為，白居易是在描寫閨中婦女悲傷地倚樓思念著遠別的丈夫，唯有等到丈夫回家，方能化解心中的愁恨。因此本句除了可以用來形容長年羈旅在外的遊子，因歸家不易而心生無限惆悵哀傷之外，另可用來形容滿懷思念愁怨的女子，渴盼出遠門的丈夫早日返家團聚。

【出處】唐．白居易〈長相思．汴水流〉詞：「汴水流，泗水流，流到瓜洲古渡頭，吳山點點愁。思悠悠，恨悠悠，恨到歸時方始休，月明人倚樓。」

故鄉今夜思千里，霜鬢明朝又一年。

除夕夜裡，遊子在千里之外思念著故鄉，兩鬢的頭髮早已皓白如霜，而無論如何思念，到了明早，又是新一年的開始。

【解析】除夕本應是全家團聚守歲的節日，作者高適卻在離家千里之外的旅館寒燈下，徹夜難眠。一想到自己長年在外蹉跎歲月，如今白髮斑駁，遠離

故土，看著除夕佳節家家戶戶歡聚一堂過年，而自己只能隻身客居他鄉，兩相對比，內心更覺淒苦。本句可用來形容除夕旅居外地的人，深深思念故鄉與親人。

【出處】唐．高適〈除夜作〉詩：「旅館寒燈獨不眠，客心何事轉淒然？故鄉今夜思千里，霜鬢明朝又一年。」

馬上相逢無紙筆，憑君傳語報平安。

在路上和你偶然相遇，一時之間找不到紙筆寫信，就只能請你幫我轉告家人，說我一切平安。

【解析】詩人岑參告別了在長安的家人，遠赴安西（唐朝管理天山以南西域地區所設立的都護府）擔任節度使（唐代設立的地方軍政長官）高仙芝幕僚的途中，巧遇了正準備入長安城的使者。然而匆忙之中，兩人身上都沒有帶紙筆，他急切地希望對方傳話給在城裡的家人，表示自己一切都好，希望親人不要擔心，語氣中流露出強烈的思念。明末學者唐汝詢《唐詩解》評曰：「敘事真切，自是客中絕唱。」本句可用來形容異鄉遊子思念家鄉親人，卻又不能返家的無奈。

【出處】唐．岑參〈逢入京使〉詩：「故園東望路漫漫，雙袖龍鍾淚不乾。馬上相逢無紙筆，憑君傳語報平安。」

停船暫借問，或恐是同鄉。

停下船來暫且請問你一聲，或許我們還是同一鄉里的人呢！

【解析】作者崔顥在詩中描寫女子乘舟，忽聽到鄰船男子熟悉的鄉音，便停船詢問對方是否與自己來自同鄉，表現出同鄉青年男女在異地萍水相逢的喜悅之情。本句可用來形容離鄉遊子遭遇同鄉時，倍感驚喜與親切的心境。

【出處】唐・崔顥〈長干曲〉詩四首之一：「君家何處住？妾住在橫塘。停船暫借問，或恐是同鄉。」

清明時節雨紛紛，路上行人欲斷魂。

清明節這天落雨紛飛，無法返家的人走在路上心情格外哀傷，顯出失魂落魄的神情。

【解析】清明，是二十四節氣之一，通常在國曆四月初。傳統習俗中，清明節通常要祭祖掃墓或是結伴踏青。歷來清明前後，也多是有雨的天氣。杜牧在詩中除了描述清明節這天春雨綿綿，也道出了本該和家人團聚的遊子仍奔走在外，心中無限感傷。本句可用來抒發孤身異鄉之人，逢清明時節的思鄉心情。另外也可用來形容清明時節瀟瀟細雨的氣候特徵。

【出處】唐・杜牧〈清明〉詩：「清明時節雨紛紛，路上行人欲斷魂。借問酒家何處有？牧童遙指杏花村。」

莫向尊前惜沉醉，與君俱是異鄉人。

面對酒杯，不必害怕喝醉，我與你都是漂泊在外的異鄉遊子啊！

【解析】本句出自於晚唐韋莊的〈江上別李秀才〉詩。所謂秀才，為讀書人的泛稱。韋莊與一位李姓友人原都住在長安，後來為了走避戰亂，各奔東西。偶然的機會下，兩人在異鄉重逢卻又要匆匆道別，臨行之際，彼此相互勸酒，藉由酣暢大醉來化解流離外地的沉痛傷懷。本句可用來形容同在異鄉為異客，無法回鄉的慨嘆。

【出處】唐・韋莊〈江上別李秀才〉詩：「前年相送灞陵春，今日天涯各避秦。莫向尊前惜沉醉，與君俱是異鄉人。」

鄉心新歲切，
天畔獨潸然。

思念家鄉的心情到了新年就更加急迫，人在天涯一方只能獨自流淚。

【解析】新年本該是全家團聚的日子，作者卻因貶謫到荒遠之地而不得返家，不禁感傷自己淪落天涯的悲慘境遇而潸然淚下。清人顧安《唐律消夏錄》評曰：「句句從『切』字說出，便覺沉著。」本句可用來抒發逢年過節，孤身異鄉的人思鄉情切。

【出處】唐．劉長卿〈新年作〉詩：「鄉心新歲切，天畔獨潸然。老至居人下，春歸在客先。嶺猿同旦暮，江柳共風煙。已似長沙傅，從今又幾年？」（此詩一說作者為宋之問）

亂山殘雪夜，
孤獨異鄉人。

山峰重疊參差，被未融化的雪給片片覆蓋著，這樣寂寥的夜晚，孤單的我，一個人留滯在外地。

【解析】這首詩是崔塗客寓巴蜀時所作，詩中描寫他在除夕夜晚，身在巴山道途中，離家鄉江南無比遙遠，路程又極為艱辛，於是以詩抒發難以和家人團聚的落寞。本句可用來形容寒冬中異鄉之人的孤獨與思鄉情懷。

【出處】唐．崔塗〈巴山道中除夜有懷〉詩：「迢遞三巴路，羈危萬里身。亂山殘雪夜，孤燭異鄉人。漸與骨肉遠，轉於僮僕親。那堪正漂泊，明日歲華新。」

落葉他鄉樹，
寒燈獨夜人。

異鄉的樹葉片片飄落，寒夜燈下，只照著我一人的孤獨身影。

【解析】作者馬戴在詩中描寫自己寓居京城長安郊外的灞上時，見秋葉紛飛，寒夜獨對燈影幢幢，內心深感孤寂無依，愈發思念家鄉的親友。可用來形容在蕭瑟秋夜，隻身他鄉的悲涼心境。

【出處】唐·馬戴〈灞上秋居〉詩：「灞原風雨定，晚見雁行頻。落葉他鄉樹，寒燈獨夜人。空園白露滴，孤壁野僧鄰。寄臥郊扉久，何門致此身？」

舉頭望明月，低頭思故鄉。

抬頭仰望天上的一輪明月，低頭不禁想念起自己的家鄉。

【解析】客居在外的李白，凝望著夜空中清冷如霜的秋月，進而觸發其內心深切的思鄉情懷。清人吳烶《唐詩選勝直解》評曰：「舉頭低頭，同此月也，一俯一仰間多少情懷。題云〈靜夜思〉，淡而有味。」本句膾炙人口，為唐詩中的經典名句，可用來形容異鄉遊子的思鄉之情。

【出處】唐·李白〈靜夜思〉詩：「床前明月光，疑是地上霜。舉頭望明月，低頭思故鄉。」

露從今夜白，月是故鄉明。

從今夜起進入白露的節氣，露水將愈加發白，而故鄉的月色是最為明亮的。

【解析】作者杜甫在二十四節氣中的白露這一天，寫下這首詩。創作此詩時，他和幾位弟弟因戰亂而分散逃難，家早已不復存在。望著天上清冷的明月，詩人不僅憂心家人的安危，也勾起了心中濃郁的懷鄉之情。本句可用來形容遊子思念家鄉。

【出處】唐·杜甫〈月夜憶舍弟〉詩：「戍鼓斷人行，秋邊一雁聲。露從今夜白，月是故鄉明。有弟皆分散，無家問死生。寄書長不達，況乃未休兵。」

歸鄉

少小離家老大回，鄉音無改鬢毛衰。

年輕時離開家鄉，直到年老時才返家，雖然家鄉的口音沒有改變，但兩鬢的毛髮已經稀疏了。

【解析】此詩為作者賀知章晚年之作，詩中回首當年離家時年歲尚小，而今相隔多年後才得以返回故里，縱使口音未改，但容顏卻早已滿布風霜。明人唐汝詢《唐詩解》評曰：「摹寫久客之感，最為真切。」本句可用來形容遊子久居外地，重返故園時喜悅又陌生的忐忑心情，同時也抒發了歲月催人老的感慨。

【出處】唐・賀知章〈回鄉偶書〉詩二首之一：「少小離家老大回，鄉音無改鬢毛衰。兒童相見不相識，笑問客從何處來？」

白日放歌須縱酒，青春作伴好還鄉。

我要白天放聲歌唱、暢快痛飲，眼下風和日麗，正好伴我一路返回故鄉。

【解析】本詩描寫安史之亂到了尾聲，唐軍終於收復了洛陽一帶的失土。在外漂泊多年的杜甫聽聞捷報，忍不住激動落淚。他準備趁著明麗春光當前，攜著妻兒一同返回故鄉。清人浦起龍《讀杜心解》稱此乃杜甫「生平第一首快詩也」。可用來形容帶著欣喜欲狂的心情返回家鄉。

【出處】唐・杜甫〈聞官軍收河南河北〉詩：「……白日放歌須縱酒，青春作伴好還鄉。即從巴峽穿巫峽，便下襄陽向洛陽。」（節錄）

近鄉情更怯，不敢問來人。

離鄉越近越感到緊張害怕，不敢詢問旁人有關家鄉的近況。

【解析】詩中主在描寫久居在外的遊子重返家園前，一方面想要提早知道家鄉的情況，另一方面卻又憂慮消息不佳，陷入矛盾兩難。可用來形容離家很久的人，近鄉情切的心情。

【出處】唐．李頻〈渡漢江〉詩：「嶺外音書絕，經冬復歷春。近鄉情更怯，不敢問來人。」（此詩一說作者為宋之問）

親情

【父母】

一間茅屋何所值？父母之鄉去不得。

一間茅屋能值多少錢呢？只因為這裡是父母生養我的地方，如何忍心離開呢！

【解析】本句出自唐代王建的〈水夫謠〉詩。水夫謠，意為拉縴人的歌。縴，指的是拉船前進的繩子。王建詩中描寫水夫雖然工作艱苦，卻如何也不願離開家鄉，另謀出路，原因在於他對家中至親情感的牽絆。本句可用來形容子女眷戀父母，不捨離開家鄉。

【出處】唐．王建〈水夫謠〉詩：「……一間茅屋何所值？父母之鄉去不得。我願此水作平田，長使水夫不怨天。」（節錄）

手中十指有長短，截之痛惜皆相似。

手上的十根手指頭雖然長短不一，無論截斷哪一根的痛楚都是一樣的。

【解析】東漢才女蔡琰因戰亂而身陷胡地十二年，其後曹操雖將其贖歸，但返回中原的蔡琰仍日夜思念在胡地的子女，作有〈胡笳十八拍〉、〈悲憤詩〉等。劉商在詩中仿蔡琰的口吻，抒發其迫於現實而與子女分隔兩地的無奈。本句形容同出的子女性情雖各有不同，但父母對他們的疼愛都是一樣的，根本無法取捨。另可用來比喻事物有所差別本是一種必然的現象。

【出處】唐．劉商〈胡笳十八拍〉詩十八首之十四：「莫以胡兒可羞恥，恩情亦各言其子。手中十指有長短，截之痛惜皆相似。還鄉豈不見親族，念此飄零隔生死。南風萬里吹我心，心亦隨風渡遼水。」

慈烏失其母，啞啞吐哀音。

慈烏失去了母烏，發出啞啞悲痛的聲音。

【解析】慈烏，是烏鴉的一種，體型較小，相傳長大後會啣食哺養母烏。白居易詩中透過慈烏知恩反哺的行為，來諷刺世間不孝順父母的人，連禽鳥都不如。本句可用於形容失去父母後，為人子女的痛苦悲傷。

【出處】唐．白居易〈慈烏夜啼〉詩：「慈烏失其母，啞啞吐哀音。晝夜不飛去，經年守故林。夜夜夜半啼，聞者為沾襟。聲中如告訴，未盡反哺心。百鳥豈無母，爾獨哀怨深？應是母慈重，使爾悲不任。昔有吳起者，母歿喪不臨。嗟哉斯徒輩，其心不如禽。慈烏復慈烏，鳥中之曾參。」

誰言寸草心，報得三春[1]暉。

子女的孝心有如小草一般，哪能報答得了母親彷彿春天陽光般溫暖慈愛的養育之情呢！

【注釋】1. 三春：指春季三個月。

【解析】本句出自於唐代孟郊的〈遊子吟〉詩。孟郊在詩中以「寸草心」比喻子女的孝心，以「三春暉」比喻慈母養育成人的浩瀚恩澤，藉此來頌揚母愛的偉大。本句可用於表現母愛昊天罔極，子女無以為報。

【出處】唐．孟郊〈遊子吟〉詩：「慈母手中線，遊子身上衣。臨行密密縫，意恐遲遲歸。誰言寸草心，報得三春暉。」

■親人■

問姓驚初見，稱名憶舊容。

初次見面時，詢問你的姓氏就感到吃驚，等你說出名字，我才回憶起你以前的模樣。

【解析】作者李益的童年到青少年時期，唐王朝發生了一場歷時九年、動搖國本的「安史之亂」。詩

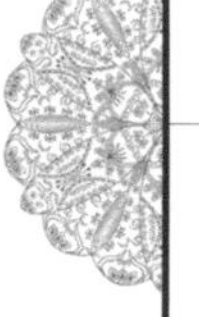

中描寫他和表弟自小因動亂而分開，兩人再相見時已成長為成人，即使相逢也認不出對方，直到互報姓名，才激動地相認。由於兩人從初見不識到驚喜相認的轉折，充滿戲劇性，更彰顯出亂世兄弟的濃厚至情。清人賀裳《載酒園詩話．又編》中，對這兩句詩的評論為：「則情尤深，語由愴，讀之幾於淚不能收。」本句可用來表達久別重逢時驚喜交集的複雜情緒。

【出處】唐．李益〈喜見外弟又言別〉詩：「十年離亂後，長大一相逢。問姓驚初見，稱名憶舊容……」（節錄）

洛陽城裡見秋風，欲作家書意萬重。復恐匆匆說不盡，行人臨發又開封。

洛陽城裡秋風乍起，想寫一封信寄給家人，表達思念的深重，寫好後擔心匆忙之間很多話來不及寫出來，於是在送信的人出發前又急忙拆開信封，看看還要補上哪些文字。

【解析】客居洛陽的張籍見秋風起而想念故鄉的家人，寫好一封家書後卻在信寄出前感到言猶未盡，眼見送信人馬上就要上路了，他連忙拆開信來仔細端看，希望不要遺漏了什麼重要內容，細膩描繪出羈旅遊子對家鄉親人牽纏不斷的掛念。可用來形容寫信給遠方的家人，然思念情深實是千言萬語都難以盡述的。

【出處】唐．張籍〈秋思〉詩：「洛陽城裡見秋風，欲作家書意萬重。復恐匆匆說不盡，行人臨發又開封。」

烽火連三月，家書抵萬金。

戰火已經連續了好幾個月，如果這時候能收到家人寫來的書信，真是足以抵得上萬兩黃金的價值。

【解析】安史之亂爆發後，戰火延續不斷，造成對外音訊隔絕，杜甫因不知離散家人的生死安危，故渴盼能獲得家人捎來報平安的消息。清人紀昀《瀛奎律髓刊誤》評曰：「語語沉著，無一毫做作，而自然深至。」可用來形容兵荒馬亂中，能夠收到家人的音訊是一件極其珍貴的事。

【出處】唐．杜甫〈春望〉詩：「……烽火連三月，家書抵萬金。白頭搔更短，渾欲不勝簪。」（節錄）

遙知兄弟登高處，遍插茱萸少一人。

遙想我的兄弟們按照重陽舊例，應登上高山，他們全都佩帶著茱萸，唯獨少了我這個人。

【解析】此詩為王維十七歲時，獨自在長安過重陽節時所作。詩中他運用側筆，想像著故鄉的兄弟們對自己的思念，流露出彼此相憶的手足深情。可用來形容親友佳節團聚，卻身在遠方的思念。另可用以說明重陽節有登高、佩帶茱萸等避邪的風俗。

【出處】唐．王維〈九月九日憶山東兄弟〉詩：「獨在異鄉為異客，每逢佳節倍思親。遙知兄弟登高處，遍插茱萸少一人。」

愛情

期盼

東邊日出西邊雨，道是無晴卻有晴。

東邊出著太陽，西邊卻正下著雨，這樣到底算是無晴（情）還是有晴（情）呢？

【解析】劉禹錫描摹少女的口吻，寫她愛上了船上唱歌踏舞的男子，但對男子的心意沒有把握，便以天氣的晴雨變化，比喻她還捉摸不定對方的情意，其中「晴」字諧音雙關「情」字。近代學者俞陛雲《詩境淺說》云：「後二句言東西晴雨不同，以晴字借作情字，無情而有情，言郎踏歌之情費人猜想。雙關巧語，妙手偶得之。」本句可用於形容愛情在曖昧不明時，不確定對方感情意向時的矛盾心情。

【出處】唐．劉禹錫〈竹枝詞〉詩二首之一：「楊柳青青江水平，聞郎江上踏歌聲。東邊日出西邊雨，道是無晴卻有晴。」

待月西廂[1]下，迎風戶半開。

等待十五日那個月上西廂的夜晚，迎著夜風，廂房的門戶半掩半開著。

【注釋】1.廂：正房兩側的房間。

【解析】這是著名唐傳奇《鶯鶯傳》中，千金小姐崔鶯鶯回給書生張生的情詩，約定在農曆十五日的月圓之夜，於西廂房相會。詩意表露了沉浸在愛戀

中的人既期待又焦慮的複雜心情。可用來形容等待月下與心上人約會。

【出處】唐・元稹〈鶯鶯傳〉之〈明月三五夜〉詩：「待月西廂下，迎風戶半開。拂牆花影動，疑是玉人來。」

洛陽城東桃李花，飛來飛去落誰家？

洛陽城東邊的桃花和李花，落花隨著風飛舞，不知飛落到哪一戶人家？

【解析】作者在詩中透過描寫洛陽的紅顏少女目睹滿城春花漫天紛飛，不知最後花落誰家，進而生出對自己未來婚配對象的期待，以及婚姻無法自主的感傷情懷。可用來比喻未婚女子對於終身歸宿的憧憬與惶恐。另可以用來形容暮春落花隨風輕柔飄動的景象。

【出處】唐・劉希夷〈代悲白頭翁〉詩：「洛陽城東桃李花，飛來飛去落誰家？洛陽女兒惜顏色，坐見落花長嘆息。今年花落顏色改，明年花開復誰在……」（節錄）

為愛好多心轉惑，遍將宜稱問傍人。

因為愛好太多，內心反而更加困惑，只好到處請教旁人，詢問自己的妝扮是否合宜？

【解析】在這首詩中，作者韓偓描寫一名待嫁女子，眼看婚期將近，一心希望在婚禮上穿著打扮表現完美，又擔心私心喜愛過多，反而分辨不出哪種妝扮才真正適合自己，於是緊張得四處詢問旁人的意見。這段詩可用來形容女子期待成婚，在婚前興奮不安的情緒。而其中「為愛好多心轉惑」一句，另可用來比喻一個人心意不專，興趣廣泛龐雜，結果無一事精，一事無成。

【出處】唐・韓偓〈新上頭〉詩：「學梳蟬鬢試新

裙，消息佳期在此春。為愛好多心轉惑，遍將宜稱問傍人。」

神女[1]生涯原是夢，小姑居處本無郎。

巫山神女的生活原來不過是一場夢罷了，未嫁的女兒仍然獨處閨中，還沒有情郎。

【注釋】 1.神女：指巫山神女。相傳楚王遊高唐時，曾夢見與巫山神女與之相會。後人多用以指娼妓。

【解析】 李商隱描寫一名女子幽居深閨，夜裡輾轉難眠時，回顧起過往，儘管也有過像巫山神女一樣對愛情充滿幻想與追求，不過到頭來還是孤單一人，終究沒有美好的結局，因此希望值得託付終身的人能趕緊出現。可用以形容未婚女子的孤獨寂寞以及對愛情的渴盼。

【出處】 唐・李商隱〈無題〉詩二首之二：「重帷深下莫愁堂，臥後清宵細細長。神女生涯原是夢，小姑居處本無郎……」（節錄）

得成比目何辭死，願作鴛鴦不羨仙。

如果能夠和心愛的人像比目魚一樣成雙成對，就算是死了也甘願，寧願當形影不離的鴛鴦，也不去羨慕神仙般的生活。

【解析】 作者盧照鄰描寫京城豪門府中的的歌姬舞女們對愛情的勇敢追求與強烈渴望，詩中以「比目」和「鴛鴦」兩物，來比喻情人愛侶之間相伴相愛的情感。本句可用來形容對美滿愛情的熱烈嚮往。

【出處】 唐・盧照鄰〈長安古意〉詩：「……借問吹簫向紫煙，曾經學舞度芳年。得成比目何辭死，願作鴛鴦不羨仙。比目鴛鴦真可羨，雙去雙來君不見……」（節錄）

莊生曉夢迷蝴蝶，望帝[1]春心託杜鵑。

莊子在拂曉時夢見自己幻化成蝴蝶，醒來後茫然不知是自己變成蝴蝶，還是蝴蝶變成了自己。我的情感和蜀王望帝一樣，寄託杜鵑鳥的啼聲來傳達我期待春天的一片心意。

【注釋】 1. 望帝：指古代蜀王杜宇，號望帝。相傳他死後的靈魂化為杜鵑，日夜悲啼，淚盡繼以泣血而亡。

【解析】 作者李商隱晚年回顧自己一生的遭遇，借用「莊周夢蝶」的典故，寄託人生如夢之感，又借「望帝啼鵑」的故事，抒發他心中的悲傷就像是杜鵑哀鳴般，直到泣血也仍執著不悔。本句可用於表達浮生若夢，短暫易逝，縱使內心哀傷至極，也難以割捨對生命中美好情感的殷切渴盼。

【出處】 唐．李商隱〈錦瑟〉詩：「錦瑟無端五十絃，一絃一柱思華年。莊生曉夢迷蝴蝶，望帝春心託杜鵑……」（節錄）

與君別後淚痕在，年年著衣心莫改。

與你分別後，我當時流淚的痕跡應該還留在你的衣襟上，希望你每年穿著這件衣服時，看見我的淚痕，牢記我對你的深情而不變心。

【解析】 詩人元稹透過這首詩，描寫女子擔心即將遠別的情人喜新厭舊，希望對方日後目睹留有她淚痕的衣裳時，可以顧念兩人的繾綣舊情，不要見異思遷。本句可用於形容期盼愛人真心不變。

【出處】 唐．元稹〈夜別筵〉詩：「夜長酒闌燈花長，燈花落地復落床。似我別淚三四行，滴君滿坐之衣裳。與君別後淚痕在，年年著衣心莫改。」

【愛慕】

妾擬將身嫁與，一生休。縱被無情棄，不能羞。

我想要將一生的情感全都託付給這個人，縱使最後遭到無情拋棄，也不因受人嘲笑而感到羞愧。

【解析】這是一首浪漫的戀詩。韋莊描寫一名感情奔放的女子，在春遊時愛上了一風流少年。她義無反顧地決意以身相許，並奉獻自己一生一世的愛，若日後得不到對方的真心相待，甚至將她拋棄，亦無怨無悔。只要能和自己選擇的人共結連理，她甘心拿一生的幸福來冒險。本句可用來形容女子追求愛情的決心。

【出處】唐・韋莊〈思帝鄉・春日遊〉詞：「春日遊，杏花吹滿頭。陌上誰家年少，足風流。妾擬將身嫁與，一生休。縱被無情棄，不能羞。」

後宮佳麗三千人，三千寵愛在一身。

後宮中貌美的妃嬪不下三千人，但皇帝卻把對所有人的愛都集中在楊貴妃一人身上。

【解析】白居易在此描寫楊貴妃因麗質天生而得寵於唐玄宗，從此玄宗便不把後宮其他美貌如花的妃嬪放在眼裡了。本句可用來形容在眾人之中，一人獨受寵愛或被器重。

【出處】唐・白居易〈長恨歌〉詩：「……承歡侍宴無閑暇，春從春遊夜專夜。後宮佳麗三千人，三千寵愛在一身。金屋妝成嬌侍夜，玉樓宴罷醉和春……」（節錄）

春風十里揚州[1]路，卷上珠簾總不如。

在春風中走過了揚州十里路，沿路上一家家的

珠簾捲起，但裡頭沒有一個女子比妳更美麗動人。

【注釋】1. 揚州：位在今江蘇境內，是唐朝商業往來的運輸中心以及海內外交通的重要港口，相當繁盛熱鬧。

【解析】早已心有所屬的杜牧走在繁鬧的揚州路面上，看著珠簾裡那些打扮得花枝招展的美女，全都不如自己心儀的那名女子來得標緻可人。本句可用來形容對自己意中人的痴心戀慕，另也可用來形容女子的面貌姣好出眾。

【出處】唐．杜牧〈贈別〉詩二首之一：「娉娉嫋嫋十三餘，豆蔻梢頭二月初。春風十里揚州路，卷上珠簾總不如。」

美人如花隔雲端。

佳人美麗如花，只是與我之間的距離，如似在遙遠的雲端。

【解析】李白描寫其思念一位遠方的美人，無奈兩人相隔之遠，如在天空中的雲朵一般，可望而不可及。本句可用來形容難以接近意中人，只能痴心遠望對方。也可用來形容和心上人彼此遠隔，相見困難重重。

【出處】唐．李白〈長相思〉詩：「長相思，在長安，絡緯秋啼金井闌。微霜淒淒簟色寒，孤燈不明思欲絕。卷帷望月空長嘆，美人如花隔雲端……」（節錄）

落花如有意，來去逐船流。

飄落在水面上的花朵彷彿對小舟懷有情意一般，一直緊隨著船隻漂流。

【解析】作者儲光羲在詩中描寫青年男女於日暮時分結伴回家的歡樂情景，並借寫落花飄動，隨船而流，反映出彼此間想要坦露情愫卻又不敢直說的微妙心理。可用於形容對某人或某事的執著與眷戀。

【出處】唐．儲光羲〈江南曲〉詩四首之三：「日暮長江裡，相邀歸渡頭。落花如有意，來去逐船流。」

【相思】

一行書信千行淚，寒到君邊衣到無？

在書信中每寫下一行字，就流盡了我千行的淚水，你那裡的天氣已轉寒冷，寄給你的衣服，不知你收到了沒？

【解析】作者透過這首詩，抒發一位妻子對駐守邊疆的丈夫的關懷與思念之情。以「一行書信」對比「千行淚」，表達出妻子對丈夫的真摯深情。可用來形容妻子或情人極為掛心、思念遠方的丈夫或愛人。

【出處】唐．陳玉蘭〈寄夫〉詩：「夫戍邊關妾在吳，西風吹妾妾憂夫。一行書信千行淚，寒到君邊衣到無？」（此詩一說為陳玉蘭的丈夫王駕所作）

天長路遠魂飛苦，夢魂不到關山難。

天那麼高曠，路那麼遙遠，即使在夢中，魂魄也難以飛越那重重阻隔的關塞與山嶺啊！

【解析】作者為唐代著名大詩人李白。他為了深化心中濃烈的相思之苦，以「關山」代指與其想念之人相隔路遙，甚至連到了即使在夢中，也跨不過迢遞重山，與心上人見上一面。藉此表示這份相思之情終究難解。本句可用來形容極為思念遠方之人。

【出處】唐．李白〈長相思〉詩：「……上有青冥之高天，下有淥水之波瀾。天長路遠魂飛苦，夢魂不到關山難。長相思，摧心肝。」（節錄）

何當共剪西窗燭[1]，卻話巴山夜雨時。

何時能夠與妳共坐在西窗下，一邊剪去燭芯，一面追述今晚我在巴山看著窗外夜雨時思念妳的心情呢！

【注釋】1. 剪西窗燭：坐在西邊窗戶下，剪去已燒殘的燭芯，使燭火更明亮。今多作思念妻子而盼望聚首，亦可指在夜晚與親友聚談。

【解析】李商隱羈旅在外，難定歸期，夜裡看著窗外淅瀝落雨，深切思念在家鄉的妻子，內心憂悶寂寞。隨後他心念一轉，想像今宵的雨中愁思，不也可以成為日後夫妻重聚時的話題嗎？於是將當下的相思之苦，化為未來剪燭夜談時的美好憧憬。本句可用來形容期盼與妻子歡聚，共話衷腸的思念之情。亦可用於形容期待與友聚首的思念之情。

【出處】唐．李商隱〈夜雨寄北〉詩：「君問歸期未有期，巴山夜雨漲秋池。何當共剪西窗燭，卻話巴山夜雨時。」

身無綵鳳雙飛翼，心有靈犀[1]一點通。

我倆身上雖沒有長出如五彩鳳凰一樣可以比翼雙飛的翅膀，但彼此的心靈卻能夠像犀角一樣兩頭相通。

【注釋】1. 靈犀：相傳犀牛是一種靈異的獸類，犀牛角中有一條白線相通兩端。後來經常以靈犀用來比喻兩人意念相契，情意相投。

【解析】李商隱在詩中抒發了對意中人的思念，縱使兩人前一晚才相見，今日卻已迫不急待渴望再見到對方，即使一時無法如願，詩人仍堅信兩人的情意是息息相通的。可用來比喻兩人的默契十足，只是現實環境中暫時無法長相廝守。

【出處】唐．李商隱〈無題〉詩二首之一：「昨夜星辰昨夜風，畫樓西畔桂堂東。身無綵鳳雙飛翼，心有靈犀一點通。隔座送鉤春酒暖，分曹射覆蠟燈紅。嗟余聽鼓應官去，走馬蘭臺類斷蓬。」

直道相思了無益，未妨惆悵是清狂。

明明知道相思是一件沒有益處的事，不妨把這滿懷的愁緒化為灑脫和狂放呢！

【解析】這首詩描寫一名女子在歷經情感上的挫敗後，仍衷心渴望真愛的到來，即便斷不了的情思讓她心煩意亂，但她強忍住失意愁緒，故作瀟灑來撫慰自己度過痴情所帶來的煎熬。本句詩可用來安撫身陷情網的人，以灑脫的態度來面對感情的難題。

【出處】唐．李商隱〈無題〉詩二首之二：「……風波不信菱枝弱，月露誰教桂葉香。直道相思了無益，未妨惆悵是清狂。」（節錄）

春心莫共花爭發，一寸相思一寸灰。

兩情相悅的心意，最好不要和春天花朵一起競相開放，因為寸寸相思時常換來的是寸寸灰燼啊！

【解析】李商隱詩中描寫一幽居深閨的女子期望和心上人長相廝守的心願落空，她便不希望愛戀的心與絢麗的春花一同爭榮競發，因為對愛情的渴望越濃只會讓她的失望更深。清人屈復《玉谿生詩意》評曰：「故七八（句）以春心莫發自解自嘆，而情更深矣。」可用來形容相思或戀情難以圓滿的強烈痛苦。

【出處】唐．李商隱〈無題〉詩四首之二：「颯颯東風細雨來，芙蓉塘外有輕雷。金蟾齧鎖燒香入，玉虎牽絲汲井迴。賈氏窺簾韓掾（ㄩㄢˋ）少，宓妃留枕魏王才。春心莫共花爭發，一寸相思一寸灰。」

香霧[1]雲鬟[2]濕，

清輝玉臂寒。

頭髮被滲著花香的霧氣沾濕，雙臂在皎潔的月光下忍受寒涼。

【注釋】 1.香霧：指夜霧滲著花的香氣。2.雲鬟：指女子盤捲如雲的秀髮。

【解析】 此詩為杜甫在長安時繫念鄜州（位在今陝西境內）的妻小而作。詩中他不明寫自己對妻子的思念，而是懸想妻子在清冷的月夜下，任由鬟濕臂寒地思憶自己的深情神態，如此一來，兩人相互掛念的心情也就不言可喻了。本句可用來形容女子深夜不寐，思念心上人的景象。

【出處】 唐．杜甫〈月夜〉詩：「今夜鄜州月，閨中只獨看。遙憐小兒女，未解憶長安。香霧雲鬟濕，清輝玉臂寒。何時倚虛幌？雙照淚痕乾。」

海上生明月，天涯共此時。

月亮從海面上冉冉升起，我們雖然各在天涯，卻可以同時共看明月來想念對方。

【解析】 作者張九齡描寫在月夜下遙想著遠方的情人或親人，此時此刻正與自己一樣同望著皎潔的明月，借月互傳彼此心中的相思之情。這兩句詩可用來表達對遠方的親友或情人的思念之情。

【出處】 唐．張九齡〈望月懷遠〉詩：「海上生明月，天涯共此時。情人怨遙夜，竟夕起相思。滅燭憐光滿，披衣覺露滋。不堪盈手贈，還寢夢佳期。」

除卻天邊月，沒人知。

我的一片深情，除了天邊的明月，又有誰知道呢？

【解析】 韋莊透過詞作，描寫一女子與情人相別正好屆滿周年。期間女子飽受相思苦楚，承受的煎熬無人可講，難以排遣的情思只好對著天上的明月傾訴。本句可用來形容用情至深，但對方毫不知情或無處可訴。另可用來比喻事情極為隱密，不敢讓人知道。

【出處】唐·韋莊〈女冠子·四月十七〉詞：「四月十七，正是去年今日。別君時。忍淚佯低面，含羞半斂眉。不知魂已斷，空有夢相隨。除卻天邊月，沒人知。」

願君多採擷，此物最相思。

希望你經過時多加採摘（紅豆），因為它最能寄託人們的相思之情了。

【解析】紅豆，又名相思子，古人常用來比喻愛情或相思。王維詩中借紅豆來抒發對遠方情人或友人的思念，希望對方也同樣珍惜彼此的這段情誼。清末民初學者王文濡《唐詩評注讀本》評曰：「睹物思人，恆情所有，況紅豆本名相思，『願君多採擷』者，即諄囑無忘故人之意。」可用來表達對心上人或友人的想念與深厚情意。

【出處】唐·王維〈相思〉詩：「紅豆生南國，春來發幾枝？願君多採擷，此物最相思。」

覺來知是夢，不勝悲。

一覺醒來，驚覺方才與情人相見只是一場夢，更感到無限悲傷。

【解析】韋莊描寫日夜思念心愛的女子，女子的神情樣貌早已烙印在他的腦海中，進而在夜裡成夢。能在夢中和心上人相會固然甜蜜，但醒後的失落實比未夢見時更令人傷悲。可用來形容思念成夢，醒來卻美夢成空。

【出處】唐·韋莊〈女冠子·昨夜夜半〉詞：「昨夜夜半，枕上分明夢見。語多時。依舊桃花面，頻低柳葉眉。半羞還半喜，欲去又依依。覺來知是夢，不勝悲。」

【不渝】

人事多錯迕，與君永相望。

人世間的事情本來就有很多的不如意，雖然和夫君你相隔遙遠，但願彼此能一直相對互望。

【解析】杜甫詩中描寫一位新嫁娘向戍守戰地的丈夫信心喊話，期盼丈夫在前方英勇殺敵後，盡快返家相聚，而她也會一直等待丈夫的凱旋歸來。可用來表達男女之間的情感堅貞。

【出處】唐．杜甫〈新婚別〉詩：「……君今往死地，沉痛迫中腸。誓欲隨君去，形勢反蒼黃。勿為新婚念，努力事戎行。婦人在軍中，兵氣恐不揚。自嗟貧家女，久致羅襦裳。羅襦不復施，對君洗紅妝。仰視百鳥飛，大小必雙翔。人事多錯迕，與君永相望。」（節錄）

在天願作比翼鳥，在地願為連理枝。天長地久有時盡，此恨綿綿無絕期。

相愛的兩個人，在天上願意成為並翅齊飛的雙鳥，在地上願意成為不同根但枝葉相連的相思樹。天地雖然長久，也有窮盡的一天，但這段無法圓滿的遺恨，卻永遠沒有終止的時候。

【解析】白居易〈長恨歌〉是一首長篇敘事詩，內容刻畫唐玄宗和楊貴妃的愛情悲劇。白居易借用部分史實，結合神話與民間傳說，重新詮釋楊貴妃和唐玄宗之間的至情至愛，與恃寵而驕、荒廢國事和安史之亂等等歷史故事。這兩段詩句可用來形容夫妻或情人之間恩愛永不改變。也可用來表達彼此永遠相愛的誓言。

【出處】唐．白居易〈長恨歌〉詩：「……臨別殷勤重寄詞，詞中有誓兩心知。七月七日長生殿，夜半無人私語時。在天願作比翼鳥，在地願為連理枝。天長地久有時盡，此恨綿綿無絕期。」（節錄）

春風不相識，何事入羅幃？

春風和我並不相識，為何要吹入我的羅帳裡呢？

【解析】李白在詩中以女性的口吻描寫她對遠行在外的丈夫或情人的專一情感。以春風吹入臥房床榻上的羅帳，隱含生活中闖進了不相關的人或事物，而不為所動之喻。本段詩可用來形容忠於自己思念或愛戀的人，心無旁騖。

【出處】唐．李白〈春思〉詩：「燕草如碧絲，秦桑低綠枝。當君懷歸日，是妾斷腸時。春風不相識，何事入羅幃？」

春蠶到死絲方盡，蠟炬成灰淚始乾。

春天的蠶到臨死前還在吐絲，蠟燭燒成灰的時候蠟淚才會流乾。

【解析】李商隱詩中借蠶絲的「絲」雙關相思的「思」，借蠟燭燃燒時所滴下的蠟淚暗喻相思的「淚」，表現出對愛情的執著無悔，至死方休。可用來形容忠誠堅貞的愛情。另可用於形容品格高尚的人為了追求某種理想而奉獻終生，死而後止。

【出處】唐．李商隱〈無題〉詩：「相見時難別亦難，東風無力百花殘。春蠶到死絲方盡，蠟炬成灰淚始乾。曉鏡但愁雲鬢改，夜吟應覺月光寒。蓬山此去無多路，青鳥殷勤為探看。」

深知身在情長在，悵望江頭江水聲。

我很清楚地知道，只要此身還在人世，情意就會永遠長存，但卻只能惆悵地看著江頭潺潺的流水聲。

【解析】歷來多認為此詩乃李商隱追悼亡妻王氏，但也有人主張，這是一首懷念已逝戀人之作。詩人於暮秋時分，獨自漫步在長安遊覽勝地曲江畔，縱使美景在前，也難以排遣其想念伊人的悵惘深情。詩中以「身在情長在」來昭示他的生命只要一日不死，情感便一日不會改變，又以「望」代替「聽」江水聲，更能反映其哀痛到心神恍惚的情狀，導致視覺、聽覺錯亂交融。可用來形容人的感情深長而執著，至死都不會動搖。

【出處】唐．李商隱〈暮秋獨遊曲江〉詩：「荷葉生時春恨生，荷葉枯時秋恨成。深知身在情長在，悵望江頭江水聲。」

曾經滄海難為水，除卻巫山不是雲。

曾經見過大海的壯闊，就覺得其他地方的水都不能稱作是水，看過了巫山的雲後，就覺得別處的雲也不能算是雲了。

【解析】此詩為元稹為亡妻韋叢而作，詩中表達其對已逝妻子的無限追懷，即便眾多美貌的女子出現眼前也不為所動，因為在他的心目中，韋叢永遠是獨一無二，更是其他女子所無可取代的。本句可用來形容對愛情的專一。另可用來比喻人的見識愈廣，眼界就愈開闊，追求的目標自然也就更高。

【出處】唐．元稹〈離思〉詩五首之四：「曾經滄海難為水，除卻巫山不是雲。取次花叢懶回顧，半緣修道半緣君。」

婚姻生活

誠知此恨人人有，貧賤夫妻百事哀。

我確實明白死別的遺憾是難免的，然而發生在貧賤夫妻的身上，更顯得所有的事情都如此悲哀啊！

【解析】元稹在詩中追憶與妻子生前艱苦相依的過往。雖然他也瞭解死別乃世間常有之事，但任何事情發生在像他們這樣貧窮的夫妻身上，都會令人感到處境更為悲憐。其中「貧賤夫妻百事哀」一句，可用來形容夫妻在貧賤之時，容易遭遇苦難挫折，凡事皆不順遂。另外本段詩可用來形容共患難的夫妻，生死相隔時悲傷慟絕。

【出處】唐．元稹〈遣悲懷〉詩三首之二：「……尚想舊情憐婢僕，也曾因夢送錢財。誠知此恨人人有，貧賤夫妻百事哀。」（節錄）

謝公最小偏憐女，自嫁黔婁百事乖。

東晉宰相謝安最偏愛姪女謝道韞，我出身名門的妻子韋叢就如她一樣的身分高貴，只是韋叢自從嫁給了有如春秋時代齊國黔婁一般貧困的我之後，便開始諸事不順心。

【解析】元稹借寫東晉名相謝安的職務以及其對姪女謝道韞的賞愛，來類比妻子韋叢其實也和謝道韞同樣出身名門。只是如此賢慧多才的女子，在嫁給和春秋貧士黔婁一樣窮困的自己後，百事不順，足見婚後生活艱難困苦。可用來形容受寵的女孩嫁至貧窮人家後生活艱辛。

【出處】唐．元稹〈遣悲懷〉詩三首之一：「謝公最小偏憐女，自嫁黔婁百事乖。顧我無衣搜藎篋，泥他沽酒拔金釵。野蔬充膳甘長藿，落葉添薪仰古槐。今日俸錢過十萬，與君營奠復營齋。」

■難捨■

七夕景迢迢，相逢只一宵。

（牛郎與織女）等了漫長的一年，終於等到七月七日的夜晚，但能相守一起的時光，也只有這一

個晚上。

【解析】七夕，指農曆七月七日晚上。相傳織女為天帝孫女，長年織造雲錦天衣，但與牽牛郎結為夫婦後，荒廢織事。天帝大為震怒，令兩人分隔於銀河兩岸，終年只能遙遙相對，每年七夕才得以相會。唐朝詩僧清江，描寫牽牛郎和織女好不容易盼到七夕的短暫相聚，卻又要馬上面臨隔日一早的分離，語氣充滿無限悲戚。本句可用來形容期盼已久的相會，卻又要匆匆離別的不捨。另可用來說明七夕本為傳說中的牛郎織女相聚的日子，後世即以此日為「情人節」。

【出處】唐．清江〈七夕〉詩：「七夕景迢迢，相逢只一宵。月為開帳燭，雲作渡河橋。映水金冠動，當風玉珮搖。惟愁更漏促，離別在明朝。」

多情只有春庭月，猶為離人照落花。

只有庭院前的春月如此多情，還為正處於離情的我照映著一地落花。

【解析】張泌描寫他在春月落花前追憶舊日情人，詩中把本是無情的明月，說得如人一般的有情，寄寓自己始終忘不了對方的繾綣深情，而被月光照映滿地的花朵，就像是詩人失落寂寞的情感，再也回不去昔時的歡愛時光。明人敖英《唐詩絕句類選》評曰：「末兩句無情翻出有情。」可用來形容對曾經相戀之人的牽記與思念。

【出處】唐．張泌〈寄人〉詩：「別夢依依到謝家，小廊迴合曲闌斜。多情只有春庭月，猶為離人照落花。」

多情卻似總無情，唯覺尊前笑不成。

本是一個多情的人，在離別前夕卻像是無情之人般，在餞別的筵席上對著酒杯，怎麼也無法展露笑顏。

【解析】作者杜牧表面上是在描寫他與心愛的女子在別離的酒席上，有別於平日相處時的深情款款，彼此相對無言，甚至難以強顏歡笑，感情似乎相當冷淡。然而事實上，詩人筆下的「無情」，實是在表達多情人面對即將到來的分離時，縱有千言萬語，一時也不知從何說起的矛盾心緒。可用來形容人情到深處，無法表露，外表顯得冷漠無情的樣子。

【出處】唐．杜牧〈贈別〉詩二首之二：「多情卻似總無情，唯覺尊前笑不成。蠟燭有心還惜別，替人垂淚到天明。」

妾心藕[1]中絲，雖斷猶牽連。

我對你的情感就如同藕中的絲一樣，雖然藕已經折斷，但藕絲卻仍然相連。

【注釋】1. 藕：蓮的地下莖，是一種可食的植物，切開後中間有細絲相連。

【解析】孟郊在此詩中描寫婦人被丈夫拋棄後的哀怨不捨。詩中以「匣中鏡」和「藕中絲」作對比，意指丈夫的心有如破鏡，絕不可能修復重圓，而自己的心卻有如藕絲一般，遲遲無法恩斷情絕。後來「藕斷絲連」這句成語，也是由此演變而出。可用來形容在情愛中情意未絕的樣子。

【出處】唐．孟郊〈去婦〉詩：「君心匣中鏡，一破不復全。妾心藕中絲，雖斷猶牽連。安知御輪士，今日翻回轅。一女事一夫，安可再移天？君聽去鶴言，哀哀七絲弦。」

紅樓隔雨相望冷，珠箔[1]飄燈獨自歸。

隔著雨絲與妳曾住過的紅樓遙遙對望，心中淒涼，細雨在燈火下如珠簾般飄搖，而孤單的我，只

能黯然地踏上歸途。

【注釋】1. 珠箔：本指珠簾，此指細雨密布如簾。

【解析】李商隱描寫他在春雨之中，來到昔日戀人住過的紅樓前徘徊。隔著迷濛細雨悵然遙望，內心孤寒寂寥，深知自己對伊人的情意依然綿長且難以忘懷。可用以形容重遊舊地，懷念舊人的心情。

【出處】唐．李商隱〈春雨〉詩：「悵臥新春白袷（ㄐㄧㄚˊ）衣，白門寥落意多違。紅樓隔雨相望冷，珠箔飄燈獨自歸。遠路應悲春晼晚，殘宵猶得夢依稀。玉璫緘札何由達？萬里雲羅一雁飛。」

美人在時花滿堂，美人去後餘空床。

美人還在的時候，滿間屋子都是芬芳的花香，美人離去之後，僅剩下一張空蕩蕩的床了！

【解析】本詩的詩題一作〈贈遠〉。李白在詩中描寫美人雖然已經離開三年，但他仍無法忘記對方陪伴身旁時滿室的芬芳，如今卻只能空對冷清的床，足見其對這位佳人的痴心眷戀，久久難以忘情。本句可用來抒發對心上人或分手情人的深刻懷念。

【出處】唐．李白〈閨情〉詩：「美人在時花滿堂，美人去後餘空床。床中繡被卷不寢，至今三載猶聞香。香亦竟不滅，人亦竟不來。相思黃葉盡，白露濕青苔。」

欲忘忘未得，欲去去無由。

想要忘掉你是如何也忘不了，想要離開你卻也找不到任何能走的理由。

【解析】由詩題「寄遠」可知，此詩的收信者是一位令白居易刻骨牽記的遠方心上人。由於繫戀過於深重，使他萌生了亟欲遺忘和離去的念頭，但卻無論如何也難以忘情。可用來形容對意中人思念深切、愛恨交織的矛盾心緒。

【出處】唐．白居易〈寄遠〉詩：「欲忘忘未得，欲去去無由。兩腋不生翅，二毛空滿頭。坐看新落葉，行上最高樓。暝色無邊際，茫茫盡眼愁。」

章臺[1]柳，章臺柳，昔日青青今在否？

章臺的柳樹啊，章臺的柳樹啊，以往那株青色美麗的垂柳如今還在嗎？

【注釋】1. 章臺：指長安城內的一條街。一說章臺為漢代妓院的所在地，後稱妓女聚集的地方。

【解析】詩題一作〈寄柳氏〉，為韓翃（ㄧˋ）於安史亂後，寄贈昔日寵姬柳氏之作。詩中的「柳」為雙關語，以柳枝喻指柳氏，寄託他對柳氏的想念，後來人們也用「章臺楊柳」來比喻離別。此一名句可用來表達對舊時情人的懷念與問候。

【出處】唐．韓翃〈章臺柳〉詩：「章臺柳，章臺柳，往日青青今在否？縱使長條似舊垂，也應攀折他人手。」

縱使長條似舊垂，也應攀折他人手。

即使楊柳條垂垂依舊，也應該已被別人給攀折了吧！

【解析】韓翃與其寵姬柳氏因安史之亂而被迫離散，詩中借柳枝來比喻柳氏。由於兩人分開甚久，加之戰亂，韓翃認為即便佳人如今仍貌美如花，恐怕也早就被他人垂涎而奪去了，語氣充滿無限的哀怨。可用來表達對舊日情人的眷戀不捨。

【出處】唐．韓翃〈章臺柳〉詩：「章臺柳，章臺柳，往日青青今在否？縱使長條似舊垂，也應攀折他人手。」

蠟燭有心還惜別，替人垂淚到天明。

蠟燭好像有心似地不忍人們分別，替我們的別離流淚到天亮。

【解析】蠟燭內有燭芯，杜牧在詩中運用諧音雙關「蠟燭有心」賦予蠟燭和人一樣的情感，以及蠟燭燃燒時所滴下來如淚的蠟油，也被其擬人化成人的眼淚，借蠟燭的垂淚，託寄內心的哀傷與惜別之情。可用來形容燭光夜裡不忍和心上人離別的淒涼心情。

【出處】唐．杜牧〈贈別〉詩二首之二：「多情卻似總無情，唯覺尊前笑不成。蠟燭有心還惜別，替人垂淚到天明。」

【變心】

但見新人笑，哪聞舊人哭？

只看見新人的歡笑，哪裡聽得到舊人的哭泣呢？

【解析】作者杜甫在此詩中描寫一名出身良好的佳人，因娘家失勢，遭到個性輕薄的丈夫毫不留情地拋棄，另娶新婦。在丈夫的眼中，只看得到年輕新人的笑語，哪裡在乎被休棄的前妻內心悲憤欲絕。本句經常用來指責人薄倖，另結新歡，無情無義。

【出處】唐．杜甫〈佳人〉詩：「……世情惡衰歇，萬事隨轉燭。夫婿輕薄兒，新人美如玉。合昏尚知時，鴛鴦不獨宿。但見新人笑，那聞舊人哭……」（節錄）

易求無價寶，難得有心郎。

獲得無價的金銀財寶很容易，但想要遇到一位有心相待的情郎卻非常困難。

【解析】本詩作者為著名的詩人女道士魚玄機。詩題一作〈寄李億員外〉。魚玄機曾為李億的妾，甚得寵愛，後因李妻的讒言而受到冷落，遂入咸宜觀成為女道士。魚玄機詩中以「無價寶」對比「有心郎」，說明世上能夠忠於愛情的男子極少，對女人大多是喜新厭舊的，藉此抒發自己慘遭薄倖人拋棄的激憤。本句可用來形容女子對專一愛情的渴望或絕望。

【出處】唐．魚玄機〈贈鄰女〉詩：「羞日遮羅袖，愁春懶起妝。易求無價寶，難得有心郎。枕上潛垂淚，花間暗斷腸。自能窺宋玉，何必恨王昌。」

花紅易衰似郎意，水流無限似儂愁。

紅豔的花容易凋謝，就彷彿你對我的情意一樣，而水奔流不止，恰似我心中無盡的愁緒。

【解析】作者劉禹錫描寫女子唯恐失去情人的愛，致使內心生出無限的愁思，以「花紅易衰」來比喻愛情雖然甜美，但不久情感便會逐漸轉淡，可見其所鍾情的男子對於愛情並非始終相待。本句可用來說明男子容易變心，而女子為情所苦。

【出處】唐．劉禹錫〈竹枝詞〉詩九首之二：「山桃紅花滿上頭，蜀江春水拍江流。花紅易衰似郎意，水流無限似儂愁。」

無緣

如今俱是異鄉人，相見更無因。

如今我們都流落他鄉，想要再次相見，恐怕是沒有機會了。

【解析】韋莊回憶昔日曾在花前月下，與一女子徹夜談心，相約日後再見，無奈天明道別後卻從此音

訊全無。事隔多年，心想彼此皆在異鄉漂泊，韋莊雖有渴盼與女子重逢的願望，但也只能擱在心裡，畢竟在戰亂的年代，想要得知親人舊友的下落，極為困難。本句可用來形容與情人離散，相見遙遙無期。

【出處】唐．韋莊〈荷葉杯．記得那年花下〉詞：「記得那年花下，深夜，初識謝娘時。水堂西面畫簾垂，攜手暗相期。惆悵曉鶯殘月，相別，從此隔音塵。如今俱是異鄉人，相見更無因。」

此情可待成追憶，只是當時已惘然。

這份感情何必等到事後才來追思回憶，當時已經令人迷惘悵然了。

【解析】李商隱回憶逝去的戀情，認為當初自己早已深陷失落茫然的情境，隨著年歲增長，那份失去的痛楚一直如影隨形，從來不曾消褪過。可用來表達對過往戀情的念念不忘及深深遺恨。

【出處】唐．李商隱〈錦瑟〉詩：「……滄海月明珠有淚，藍田日暖玉生煙。此情可待成追憶，只是當時已惘然。」（節錄）

狂風落盡深紅色，綠葉成陰[1]子滿枝。

強風吹落了一地的紅花，樹上的綠葉繁盛，覆蓋成蔭，結滿了滿枝的果實。

【注釋】1. 陰：音ㄧㄣˋ，通「蔭」字，覆蔭、遮蔽。

【解析】據南宋人計有功編《唐詩紀事》記載，作者杜牧早年遊湖州（位在今浙江境內）時，曾邂逅一名十餘歲的小女孩，因見其年幼而未娶。十四年後，他來到湖州擔任刺史，想要迎娶當年那位一見傾心的女子，卻得知對方早已嫁人生子，只能惆悵地寫下此詩。其中「子滿枝」的「子」便是雙關果子和子女。本句可用來比喻心儀女子或往日情人已嫁人生子。

【出處】唐．杜牧〈悵詩〉詩：「自是尋春去較遲，不須惆悵怨芳時。狂風落盡深紅色，綠葉成陰子滿枝。」

侯門一入深如海，從此蕭郎[1]是路人。

一旦進入了深幽似海的官宦顯貴人家的大門，從此即使是有情人也形同路人。

【注釋】1. 蕭郎：本指未稱帝前的梁武帝蕭衍，後常為女子對所愛男子的借稱。

【解析】崔郊詩中描寫他和姑母家的一名婢女相戀，後來婢女被賣入門禁森嚴的官宦人家，兩人難得見上一面，也不得交談，只能作詩抒發心中的無奈。可用來形容因門第懸殊而被迫與相愛的人分開。另外可用來諷刺某些因故得勢的人，不再與親人舊朋往來的勢利現實。

【出處】唐．崔郊〈贈婢〉詩：「公子王孫逐後塵，綠珠垂淚滴羅巾。侯門一入深如海，從此蕭郎是路人。」

從此無心愛良夜，任他明月下西樓。

自佳期落空後，從此沒有心思欣賞良宵美景，任憑明月獨自落到西樓邊。

【解析】相傳唐人蔣防的傳奇小說〈霍小玉傳〉，是描寫李益創作這首詩的緣由。李益早年赴長安應試時認識名妓霍小玉，兩人相愛且約定白首，但李益返家後，母親卻命其迎娶表妹，李益不敢忤逆母命而從之。霍小玉知道婚約生變，積思成疾，最終憂憤而死。李益在詩中抒發其對景懷人的感傷，更深信此後人間任何好風好景都不會再讓他心生漣

漪，表達其內心悔怨至深。清人宋顧樂《唐人萬首絕句選》評曰：「極直極盡，正復情味無窮。」本句可用來形容失戀或戀人失約後，對一切美好事物全都興味索然的痛苦心情。

【出處】唐．李益〈寫情〉詩：「水紋珍簟思悠悠，千里佳期一夕休。從此無心愛良夜，任他明月下西樓。」

雲雨巫山[1]枉斷腸。

戰國時楚王夢見與巫山神女相會這般虛妄的故事，聽了只是叫人徒增傷感罷了！

【注釋】1.雲雨巫山：相傳戰國時楚懷王遊高唐時，曾夢見巫山神女自願獻身侍寢。臨別前，神女說自己旦為朝雲，暮為行雨，懷王若想再相見，就來巫山找她。後人便把雲雨巫山比喻為男女合歡。

【解析】李白在〈清平調〉詩中利用描寫戰國楚王和巫山神女在夢中幽會的傳說，突顯出唐玄宗與楊貴妃兩人的恩愛。本句可用來形容戀情如夢似幻，不切實際，令人惆悵。

【出處】唐．李白〈清平調〉詩三首之二：「一枝紅豔露凝香，雲雨巫山枉斷腸。借問漢宮誰得似？可憐飛燕倚新妝。」

劉郎[1]已恨蓬山[2]遠，更隔蓬山一萬重。

劉郎的處境，都怨恨蓬萊山離他相當遙遠了，更何況我與蓬萊山的距離還隔著萬重山呢！

【注釋】1.劉郎：一說指西漢武帝，因信方士之言，曾派人到蓬萊仙島求仙藥。另一說指東漢人劉晨，曾與阮肇入天台山採藥遇兩仙女，至仙女家裡留宿半載，後返家時子孫已歷七代，欲再返仙境已不復得。2.蓬山：即蓬萊山，為神話傳說中的仙山。後泛指仙境。

【解析】李商隱久候一女子而對方遲遲未至，便借用傳說中東漢人劉晨與仙女結緣的典故，表達自己與女子之間的阻隔如萬重山之遙，也暗喻兩人今後想要見面是難以實現的願望了。可用來形容對遠別情人或與心上人不得相見的怨恨與思念。

【出處】唐・李商隱〈無題〉詩四首之一：「來是空言去絕蹤，月斜樓上五更鐘。夢為遠別啼難喚，書被催成墨未濃。蠟照半籠金翡翠，麝熏微度繡芙蓉。劉郎已恨蓬山遠，更隔蓬山一萬重。」

還君明珠雙淚垂，恨不相逢未嫁時。

將寶貴的珍珠還給你時，眼淚忍不住流了下來，多麼遺憾我不是在未嫁人前與你相遇。

【解析】此詩表面上是描述一已婚婦人婉拒男子的追求，並表達對兩人相見恨晚的無奈之情，然而背後的深意實是作者張籍為拒絕淄青平盧節度使（中唐時轄區主要位在今山東一帶）兼檢校司空李師道的籠絡而作。唐朝在安史之亂後，朝廷疲弱，各地藩鎮擁兵自重，這些節度使多以利誘拉攏文人，擴張勢力。詩中張籍自比是有夫之婦的「妾」，把李師道比作「君」，其給與的厚利比成「明珠」，暗喻自己對朝廷的忠誠正如節婦忠於丈夫一樣。本句可用來形容女子雖為某人所愛，但不願背叛丈夫而回絕了對方。另可用來比喻對國家忠心不貳，絕不與叛亂者同流合汙。

【出處】唐・張籍〈節婦吟，寄東平李司空師道〉詩：「君知妾有夫，贈妾雙明珠。感君纏綿意，繫在紅羅襦。妾家高樓連苑起，良人執戟明光裡。知君用心如日月，事夫誓擬同生死。還君明珠雙淚垂，恨不相逢未嫁時。」

閨怨

山月不知心裡事，水風空落眼前花。

山中的明月不能理解我的心事，水面上的輕風無端吹落了眼前的花朵。

【解析】 作者溫庭筠於詞中描寫一女子夜深不寐，因渴盼遠在天涯的丈夫或情人歸來的希望一再落空，內心積怨益深，故見到山月、水風落花都覺得了然無趣，甚至覺得這一切都像是在和自己作對一般。本句可用來形容期望戀人早歸而不可得時，心中的失望與哀愁。

【出處】 唐．溫庭筠〈夢江南．千萬恨〉詞：「千萬恨，恨極在天涯。山月不知心裡事，水風空落眼前花。搖曳碧雲斜。」

玉顏不及寒鴉色，猶帶昭陽[1]日影來。

容顏再美也比不上寒秋烏鴉的顏色，烏鴉尚可自由飛入昭陽殿，身上彷彿沐浴著昭陽殿中溫暖的日光。

【注釋】 1. 昭陽：宮殿名，為西漢成帝寵妃趙昭儀的住所。趙昭儀，為成帝皇后趙飛燕之妹趙合德。

【解析】 王昌齡借寫西漢班婕妤幽居於長信宮的史實，抒發後宮妃妾失寵的悲哀。班婕妤因賢才而為成帝所幸，後來趙飛燕姊妹得寵，班婕妤恐譖言招來禍事，便退侍太后於長信宮。詩中以「玉顏」比喻班婕妤的韶美姿容，以「寒鴉」比喻趙家姊妹，以「日影」暗喻君恩，感嘆玉顏不如寒鴉能獲得日影的青睞，委婉地表達宮廷婦女的積怨憤恨。清人朱庭珍《筱園詩話》評曰：「寓人不如物之感，而措詞委婉，渾然不露。」可用來形容女子失去恩寵或愛情的苦悶幽怨。

【出處】唐・王昌齡〈長信秋詞〉詩五首之三：「奉帚平明金殿開，且將團扇共徘徊。玉顏不及寒鴉色，猶帶昭陽日影來。」

早知潮有信，嫁與弄潮兒。

早知道潮水漲落有一定的時間，我應該嫁給隨潮來去的船夫。

【解析】李益在詩中描寫一名商人婦抱怨丈夫久出未歸且言而無信，她天真地想像，若是當初嫁與弄潮的男兒，或許就不會像現在一樣飽受獨守空閨的痛苦。明人鍾惺、譚元春編《唐詩歸》評曰：「荒唐之想，寫怨情卻真切。」本句可用來形容女子渴盼丈夫或愛人歸來，期待團聚的心情。

【出處】唐・李益〈江南曲〉詩：「嫁得瞿塘賈，朝朝誤妾期。早知潮有信，嫁與弄潮兒。」

何處是歸程？長亭[1]更短亭[2]。

哪裡是回家的道路呢？放眼望去，只見十里一設的長亭，連接著五里一設的短亭。

【注釋】1.長亭：古時城外每十里設置，供行人休憩的驛站。2.短亭：古代城外五里處所設立的亭子。設於路邊，供行人休息。

【解析】此詞一說李白描寫遊子羈旅他鄉，眼見一路上供人休息的驛站與亭子相接，感嘆前途茫茫，不知未來何去何從的悵然。另一說認為是描寫思婦久候心上人回家，卻不見人影的失落情懷。本句可用來形容女子期盼丈夫或情人歸來。另可用來形容歸途或目標遙遠，心生悵惘。

【出處】唐・李白〈菩薩蠻・平林漠漠煙如織〉詞：「……玉階空佇立，宿鳥歸飛急。何處是歸程？長亭更短亭。」（節錄）

妾身未分明，何以拜姑嫜？

新婚才一天，還來不及去祭拜祖先，丈夫便被迫去當兵，在夫家的媳婦連名分都還不確定，不知怎麼拜見公婆？

【解析】姑嫜是稱謂，舊稱丈夫的父母。古代習俗，女子嫁到夫家三日後，要先告家廟、上祖墳，然後拜見公婆，才算成婚。詩中描述新嫁娘剛過門一天，丈夫便被派去出征，按當時禮法，等同婚禮尚未完成，造成女子不知如何面對夫家長輩的難堪境地。可用來形容女子名分地位未獲認可，內心矛盾難安。

【出處】唐．杜甫〈新婚別〉詩：「兔絲附蓬麻，引蔓故不長。嫁女與征夫，不如棄路旁。結髮為妻子，席不暖君床。暮婚晨告別，無乃太忽忙。君行雖不遠，守邊赴河陽。妾身未分明，何以拜姑嫜……」（節錄）

忽見陌頭楊柳色，悔教夫婿覓封侯。

忽然看見路旁楊柳的色澤青翠鮮豔，不禁後悔過去讓丈夫出外尋求立功封爵的決定。

【解析】王昌齡描寫深閨少婦登樓遠望時，見春色一片，綠意盎然，卻只能獨自欣賞美景，不免怨悔當初鼓勵丈夫遠行去求取富貴功名，導致如今自己獨守空閨、青春虛度。可用來形容妻子對丈夫熱中名利，長期不在家的悔恨。

【出處】唐．王昌齡〈閨怨〉詩：「閨中少婦不曾愁，春日凝妝上翠樓。忽見陌頭楊柳色，悔教夫婿覓封侯。」

昔時橫波目，今成流淚泉。

往日眼波流動的美麗眼睛，今日卻淚如泉水般地流個不止。

【解析】李白描述一名從前眼神顧盼有情的女子，因長期盼不到心上人歸來而終日以淚洗面的情景，足見其對心上人思戀至深。可用來形容女子相思成空的悲傷。

【出處】唐．李白〈長相思〉詩：「日色已盡花含煙，月明欲素愁不眠。趙瑟初停鳳凰柱，蜀琴欲奏鴛鴦弦。此曲有意無人傳，願隨春風寄燕然，憶君迢迢隔青天。昔時橫波目，今成流淚泉。不信妾腸斷，歸來看取明鏡前。」

長安一片月，萬戶擣衣[1]聲。
秋風吹不盡，總是玉關[2]情。

月光映照著長安城，耳邊傳來家家戶戶捶打征衣的聲音。

【注釋】1.擣衣：一說指把衣物放在石砧上，再用木杵反覆捶擊以去汙。另一說指用杵捶打生絲以去蠟，使生絲柔白綿軟，以便織成衣物。2.玉關：即玉門關，位在今甘肅敦煌市之西北，為古來通西域之要道。

【解析】李白描寫銀色月光下的長安城，婦女們正忙著替玉門關外的丈夫洗衣或趕製冬季征衣，此起彼落的擣衣聲中蘊含著妻子對丈夫的深情惦念。接著描寫秋風不止，更撩撥著擣衣婦人心中無盡的情愁。明末清初學者王夫之在《唐詩評選》評曰：「前四句是天壤間生成好句，被太白拾得。」可用來形容女子對出征遠方的丈夫的思念之情。

【出處】唐．李白〈子夜吳歌．秋歌〉詩：「長安一片月，萬戶擣衣聲。秋風吹不盡，總是玉關情。何日平胡虜？良人罷遠征。」

門鎖簾垂月影斜，
翠華[1]咫尺隔天涯。

在門戶深鎖、簾幕垂下的房間裡，獨自望著西

斜的月影，皇帝雖然就在不遠的宮殿中，但感覺相隔得非常遙遠。

【注釋】1. 翠華：用翠羽作的旗飾，為古代帝王出行時所用。此喻指皇帝。

【解析】李中描寫宮廷女子雖和皇帝都同住宮中，卻一直不得親見皇帝，心中的寂寞憂思在更深夜靜時愈加強烈。可用來形容女子與心上人近在咫尺但無緣相見。也可用來形容女子失寵或遭遇冷落後所發出的幽怨之情。

【出處】唐·李中〈宮詞〉詩二首之一：「門鎖簾垂月影斜，翠華咫尺隔天涯。香鋪羅幌不成夢，背壁銀釭落盡花。」

思君如滿月，夜夜減清輝。

因為極度思念你，我日漸消瘦，就像十五日的滿月一樣，每夜都在減損它的光輝。

【解析】作者張九齡於詩中描寫婦人的丈夫遠行未歸，借皎潔圓月夜夜減退光輝而成了缺月為喻，抒發她期待丈夫歸來，到希望落空的反覆煎熬。這也讓她無心打理、照顧自己，一天比一天消瘦。清人李鍈《詩法易簡錄》評曰：「借滿月以寫之，新穎絕倫，其思路之巧，全在一『滿』字。」可用來形容思念至深，容顏憔悴的樣子。

【出處】唐·張九齡〈賦得自君之出矣〉詩：「自君之出矣，不復理殘機。思君如滿月，夜夜減清輝。」

思悠悠，恨悠悠，恨到歸時方始休。

思念和怨恨悠長綿延，這種恨意一定要等到歸鄉時才能夠罷休。

【解析】此詩一說白居易意在抒發遊子渴盼賦歸，卻遲遲無法如願的愁苦。另一說認為，白居易是在描寫閨中婦女悲傷地倚樓思念著遠別的丈夫，唯有等到丈夫回家，方能化解心中的愁恨。本句可用來形容滿懷思念愁怨的女子，渴盼出遠門的丈夫早日返家團聚。另可以用於形容長年羈旅在外的遊子，因歸家不易而心生無限惆悵哀傷。

【出處】唐．白居易〈長相思．汴水流〉詞：「汴水流，泗水流，流到瓜洲古渡頭。吳山點點愁。思悠悠，恨悠悠，恨到歸時方始休。月明人倚樓。」

相恨不如潮有信，相思始覺海非深。

恨你不如潮水漲退那般定時，想念你才發覺大海並沒有人們說得那樣深。

【解析】白居易詩中描寫一深閨女子苦候心上人未返的複雜情緒，其借「潮有信」以抱怨對方久出不歸，言而無信，遠不如潮水漲落有時，又借「海非深」表明自己的用情實比大海更深，海水浩瀚也不如自己的情深。可用來形容怨恨戀人薄情無信，但又對其思念日益熾烈的矛盾心情。

【出處】唐．白居易〈浪淘沙〉詩：「借問江潮與海水，何似君情與妾心？相恨不如潮有信，相思始覺海非深。」

紅顏未老恩先斷。

容貌還沒有衰老，恩情便先斷絕。

【解析】白居易在詩中描述一名後宮女子深夜不寐，苦盼君王親臨而未能如願，不禁心想，如果是容顏衰老也就罷了，偏偏姿色未衰就失去了君王的恩寵，不禁傷心欲絕。其詩意也隱約流露出作者在政治上被皇帝疏離的失望之情。本句可用來形容女子美色仍在，卻遭心上人厭棄的幽怨。另可用來比喻人還未老或事物尚未過時，就被疏遠棄用。

【出處】唐．白居易〈後宮詞〉詩：「淚濕羅巾夢不成，夜深前殿按歌聲。紅顏未老恩先斷，斜倚薰籠坐到明。」

啼時驚妾夢，不得到遼西[1]。

（樹上的黃鶯）啼叫聲會驚擾到我的夢，使我無法在夢裡到遼西與丈夫相會。

【注釋】1. 遼西：位在今遼寧遼河以西一帶，為唐代東北邊境的軍事重鎮。

【解析】作者金昌緒在詩中描寫女子埋怨樹梢上黃鶯，啼叫聲打斷了她的夢境，驚醒她在夢中相會久戍遼西的丈夫。詩中語氣中流露出女子殷切期望丈夫早歸。清人李鍈《詩法易簡錄》評曰：「不怨在遼西者之不得歸，而但怨黃鶯之驚夢，乃深於怨者。」本句可用來抒發女子獨守空閨的哀怨。

【出處】唐．金昌緒〈春怨〉詩：「打起黃鶯兒，莫教枝上啼。啼時驚妾夢，不得到遼西。」

暗牖[1]懸蛛網，空梁落燕泥。

房內窗戶緊閉而昏暗，四處結掛著蜘蛛網，空廢的屋梁上，落下剝落的燕巢泥。

【注釋】1. 牖：音ㄧㄡˇ，窗戶。

【解析】作者薛道衡在詩中描寫婦人的丈夫遠行未歸，她終日神魂不定，連自己的住屋都懶得打掃，任其破敗蕭條，看起來就好像是沒有人住的荒廢空屋一樣，足見內心的哀怨至深。本句可用來形容女子過度思念丈夫或情人，失魂落魄，無心料理家事的情況。

【出處】隋．薛道衡〈昔昔鹽〉詩：「……飛魂同夜鵲，倦寢憶晨雞。暗牖懸蛛網，空梁落燕泥。前年過代北，今歲往遼西。一去無消息，那能惜馬蹄？」（節錄）

當君懷歸日，

是妾斷腸時。

當你開始想起要回家時，我早已因思念而肝腸痛斷了。

【解析】李白在詩中描摹獨守空閨的女子思念丈夫或情人的心情，想像女子在遠方的丈夫或情人萌發歸鄉的心志時，她本應欣喜的情緒卻因為激動到不能自已而深感痛苦，畢竟經過了漫長時日的等待，內心情感壓抑了太深也太久了。可用來形容女性等待丈夫或情人歸來的苦楚。

【出處】唐．李白〈春思〉詩：「燕草如碧絲，秦桑低綠枝。當君懷歸日，是妾斷腸時。春風不相識，何事入羅幃？」

過盡千帆皆不是。

眼前駛過了無數的船隻，卻都不是你所搭乘的那艘船。

【解析】溫庭筠在詩中描寫一女子倚樓眺望歸船，從船隻來來去去看到船盡江空，仍然不見思念之人的失落心情。可用來形容女子渴盼情人或丈夫返家，卻久等不至的失望哀傷。另可用來比喻殷切期待某人、某事或某物的出現，但最後事與願違，希望落空。

【出處】唐．溫庭筠〈夢江南．梳洗罷〉詞：「梳洗罷，獨倚望江樓。過盡千帆皆不是，斜暉脈脈水悠悠，腸斷白蘋洲。」

翡翠為樓金作梯，誰人獨宿倚門啼？

住在以翠玉和黃金裝飾的樓房中，是誰夜夜獨眠，倚靠靠房門哭泣？

【解析】李白晚年仍懷抱濟世救國之心，決定投靠屯兵於江陵（位在今湖北荊州市）的永王李璘，準備出征討伐安史叛軍。臨行前寫詩別妻，想像著兩

人分開後妻子獨自住在富麗的屋宇，以反襯寂寞之苦。可用來形容女子因孤獨與思念而痛苦悲傷。

【出處】唐．李白〈別內赴征〉詩三首之三：「翡翠為樓金作梯，誰人獨宿倚門啼？夜坐寒燈連曉月，行行淚盡楚關西。」

悼亡

取次花叢懶回顧，半緣修道半緣君。

信步經過萬紫千紅的花叢，也懶得回頭多看一眼，我這樣做，一半是為了潛心修行，一半是因為心裡只有妳啊！

【解析】元稹詩中描寫其因愛妻韋叢亡故後萬念俱灰，縱使遊走於紅塵俗世當中，也無心留戀其他女子，只想專心修道，以回報對亡妻無盡的感懷。可用來形容思念情人或伴侶，心如死灰。

【出處】唐．元稹〈離思〉詩五首之四：「曾經滄海難為水，除卻巫山不是雲。取次花叢懶回顧，半緣修道半緣君。」

昔日戲言身後意，今朝都到眼前來。

以前我們曾開玩笑地說過死後的安排，如今竟真的應驗在眼前了。

【解析】此詩為元稹悼念亡妻韋叢而作，他回顧過去與妻子閑聊起有關死後的玩笑話，想不到居然一語成讖，果如是言。可用來形容過去曾預想死後的情況，如今都已成為事實。

【出處】唐．元稹〈遣悲懷〉詩三首之二：「昔日戲言身後意，今朝都到眼前來。衣裳已施行看盡，針線猶存未忍開……」（節錄）

唯將終夜長開眼，報答平生未展眉。

我唯有用徹夜難眠來思念著妳，以報答妳一生不曾展眉歡笑的恩情。

【解析】元稹因思念亡妻而整夜失眠，他回想妻子婚後隨自己受盡辛苦，同時為了家計操勞不已，至死都未能舒展眉頭，露出歡顏，深感對妻子的愧疚與不捨。可用來表達對已逝妻子的想念與感激。

【出處】唐．元稹〈遣悲懷〉詩三首之三：「閑坐悲君亦自悲，百年多是幾多時。鄧攸無子尋知命，潘岳悼亡猶費詞。同穴窅冥何所望，他生緣會更難期。唯將終夜長開眼，報答平生未展眉。」

悠悠生死別經年，魂魄不曾來入夢。

生死相隔已經過了許多年，但你的魂魄卻始終不曾到我夢中相會。

【解析】白居易在詩中描寫唐玄宗自安史之亂平定後返回宮中，因日夜思念貴妃而傷心不已。可用來形容懷念亡者，盼望能在夢裡與其相見。

【出處】唐．白居易〈長恨歌〉詩：「……夕殿螢飛思悄然，孤燈挑盡未成眠。遲遲鐘鼓初長夜，耿耿星河欲曙天。鴛鴦瓦冷霜華重，翡翠衾寒誰與共。悠悠生死別經年，魂魄不曾來入夢……」（節錄）

清夜妝臺月，空想畫眉愁。

清涼的夜晚，明月映照著妝臺，想像著為妳畫眉的情景，心中愁悵不已。

【解析】畫眉，向來有夫妻恩愛情深的喻意。唐晅在夜深人靜時，回憶起與妻子在閨房裡的點滴，看著從前曾為妻子畫眉的妝臺，不禁悲嘆自己將永遠

無法重拾那些歡愉時光。可用來形容遙想亡妻昔日與自己的親密相愛。

【出處】 唐．唐晅〈還渭南感舊〉詩二首之二：「常時華堂靜，笑語度更籌。恍惚人事改，冥寞委荒丘。陽原歌〈薤露〉，陰壑惜藏舟。清夜妝臺月，空想畫眉愁。」

誠知此恨人人有，貧賤夫妻百事哀。

我確實明白死別的遺憾是難免的，然而發生在一對貧賤夫妻的身上，更顯得所有的事情都是悲哀的啊！

【解析】 元稹在詩中追憶與妻子生前艱苦相依的過往，雖然他也瞭解死別乃世間常有之事，但任何事情發生在像他們這樣貧窮的夫妻身上，都會令人感到處境更為悲憐。本段詩可用來形容共患難的夫妻，生死相隔時悲傷慟絕。其中「貧賤夫妻百事哀」一句，可用來形容夫妻在貧賤之時，容易遭遇苦難挫折，凡事皆不順遂。

【出處】 唐．元稹〈遣悲懷〉詩三首之二：「……尚想舊情憐婢僕，也曾因夢送錢財。誠知此恨人人有，貧賤夫妻百事哀。」（節錄）

友情

一生大笑能幾回？斗酒相逢須醉倒。

人的一生當中，能夠幾次開懷大笑？朋友們端著酒杯歡聚一起，就應當喝到爛醉才行。

【解析】 本句出自唐代詩人岑參的〈涼州館中與諸判官夜集〉詩。判官，職官名，為唐朝輔佐節度使、觀察使的官員。岑參途經涼州（位在今甘肅境內）時與友人們宴飲，席間不時發出此起彼落的爽朗笑聲，也讓詩人體悟到人要把握難得的美好時光，珍惜能夠一同暢飲言歡的好友。可用來形容知己相聚，理當盡情行樂。

【出處】唐．岑參〈涼州館中與諸判官夜集〉詩：「……河西幕中多故人，故人別來三五春。花門樓前見秋草，豈能貧賤相看老？一生大笑能幾回？斗酒相逢須醉倒。」（節錄）

一願世清平，二願身強健。三願臨老頭，數與君相見。

一願天下太平安定，二願身體強壯健康。三願到了年老的時候，仍能和你經常相見。

【解析】白居易寫此詩贈好友劉禹錫，訴說自己心中的三個願望，除盼求時世太平、身體康健之外，最希望的就是年老時能和劉禹錫常聚首，把酒話舊，充分表達其對知交故友的情深義重。可用來抒發除了世局平和、身體健朗的心願之外，也祈望至交好友能與自己長相左右，安享餘年。

【出處】唐．白居易〈贈夢得〉詩：「前日君家飲，昨日王家宴。今日過我廬，三日三會面。當歌聊自放，對酒交相勸。為我盡一杯，與君發三願。一願世清平，二願身強健。三願臨老頭，數與君相見。」

人生不相見，動如參與商[1]。

人生在世不容易相見，就像天上的參、商兩星一樣，總是彼出此沒，難以相見。

【注釋】1. 參與商：指二十八宿中的參星和商星。參星永遠居西，商星永遠居東，絕不會同時出現在天空，故被用來比喻彼此隔絕而無法相見。

【解析】杜甫與好友闊別二十載後重逢，詩中以參、商兩星作比喻，意謂著人們分離後想再碰面，非常不易，藉此顯示出兩人此一相見多麼難能可

貴。本句可用來形容聚少離多，會面遙遙無期。

【出處】唐．杜甫〈贈衛八處士〉詩：「人生不相見，動如參與商。今夕復何夕？共此燈燭光……」（節錄）

十觴亦不醉，感子故意長。

連續喝了十杯酒都沒有醉意，是因為感念你對我的深長情意。

【解析】杜甫描寫其與好友相見，連喝十杯亦不醉倒，並非緣於自己的過人酒量，而是珍惜對方的盛情美意，不忍心酩酊醉去，如此才能充分把握兩人短暫的相聚時光。可用來形容老友重逢，把酒言歡。

【出處】唐．杜甫〈贈衛八處士〉詩：「……怡然敬父執，問我來何方？問答乃未已，驅兒羅酒漿。夜雨剪春韭，新炊間黃粱。主稱會面難，一舉累十觴。十觴亦不醉，感子故意長。明日隔山岳，世事兩茫茫。」（節錄）

山空松子落，幽人應未眠。

寂靜的山林裡傳來松子落地的聲響，想來幽居在山中的你，應該還沒有入睡吧！

【解析】本詩為唐代詩人韋應物的〈秋夜寄丘二十二員外〉詩。丘二十二員外，指丘丹，因他家中排行第二十二，又曾任員外郎，故得稱。丘丹辭官後歸隱於杭州的臨平山。秋涼之夜，韋應物出門散步，遙想起幽居山中的好友，此刻可能正聆聽著松子落地的聲音，感受秋夜的寧靜。秋季是松子脫落的時節，古代隱士常以松子為食，丘丹又住在山中，故詩中除了表達詩人對遠方好友的思念之外，也含有對丘丹安處僻靜、不慕名利之推崇。本句可用來形容懷念友人的心情。

【出處】唐．韋應物〈秋夜寄丘二十二員外〉詩：

「懷君屬秋夜，散步詠涼天。山空松子落，幽人應未眠。」

今夕復何夕？共此燈燭光。

今夜是怎麼樣特別的夜晚呢？我竟然能與你相聚，秉燭夜談。

【解析】杜甫深刻體會人生相見不易，因此格外珍惜與好友在一燭之下，把酒敘舊的難得機會。可用來形容與友人久別相逢的驚喜之情。

【出處】唐・杜甫〈贈衛八處士〉詩：「人生不相見，動如參與商。今夕復何夕？共此燈燭光……」（節錄）

今日聽君歌一曲，暫憑杯酒長精神。

今天在宴席上聽你高歌一曲，心中感慨萬千，且讓我藉著這杯酒來振奮精神。

【解析】劉禹錫在永貞革新（為唐順宗即位後一場士大夫抗衡宦官勢力，主張中央集權的改革運動）失敗後，貶謫在外二十餘年。唐敬宗即位後隔年，他和好友白居易在揚州相會，兩人在宴席上舉杯暢飲。白居易吟詩一首，表達對劉禹錫坎坷仕途的不平與同情，劉禹錫於是作此詩答謝白居易多年來的相知相惜，人生有友如此，他必要努力打起精神，用樂觀豁達的態度來面對各種逆境。可用來形容不順心時，好友獻上關懷與鼓勵。

【出處】唐・劉禹錫〈酬樂天揚州初逢席上見贈〉詩：「巴山楚水淒涼地，二十三年棄置身。懷舊空吟聞笛賦，到鄉翻似爛柯人。沉舟側畔千帆過，病樹前頭萬木春。今日聽君歌一曲，暫憑杯酒長精神。」

少年樂新知，衰暮思故友。

人在年輕時樂於結交新朋友，到了年老時則會經常懷念老朋友。

【解析】韓愈寄這首詩給當時擔任鄂州（位在今湖北境內）刺史兼鄂岳觀察使（治所在鄂州，觀察使為唐朝後期設立的地方軍政長官）的好友李程，表示兩人都已年過半百，餘生無多，心中更加思念舊交老友。可用來形容看重相交已久的好友。也可用來說明人生無論在任何階段，都不能缺了友誼。

【出處】唐．韓愈〈除官赴闕至江州寄鄂岳李大夫〉詩：「……別來已三歲，望望長迢遞。咫尺不相聞，平生那可計？我齒落且盡，君鬢白幾何？年皆過半百，來日苦無多。少年樂新知，衰暮思故友。譬如親骨肉，寧免相可不……」（節錄）

世人遇我同眾人，唯君於我最相親。

世上的人都認為我不過是個平庸的人，與眾人相同，唯有你覺得我與眾不同，和我最親近。

【解析】本詩詩題為〈別韋參軍〉。參軍，職官名，掌參謀軍務，至隋、唐時兼任郡官。高適在人生遭逢失意之際，宋州（位在今河南境內）刺史張九皋有一位姓韋的下屬官員，不但在生活上經常接濟他，甚至還很看重高適的才能，相信他有朝一日必定不同凡響，高適作此詩表達了對這位韋姓官員的感激之情。可用來形容有人慧眼識珠，表達友好之情。

【出處】唐．高適〈別韋參軍〉詩：「……世人遇我同眾人，唯君於我最相親。且喜百年有交態，未嘗一日辭家貧……」（節錄）

乍見翻疑夢，相悲各問年。

闊別多年，如今突然和你相逢，反而懷疑是在夢中，相對悲嘆後才各自問起彼此的年齡。

【解析】作者司空曙與友人韓紳久別偶遇，先是不信，還以為是在作夢，又因分開日久，無法確定對方年齡，於是開口互問年紀。由此可見，兩人的面貌比上回見面時更顯老態。近人高步瀛《唐宋詩舉要》引學者吳北江對這兩句詩的品評：「三、四千古名句，能傳久別初見之神。」可用來形容與友重逢，驚喜感傷的複雜情緒。

【出處】唐．司空曙〈雲陽館與韓紳宿別〉詩：「故人江海別，幾度隔山川。乍見翻疑夢，相悲各問年。孤燈寒照雨，濕竹暗浮煙。更有明朝恨，離杯惜共傳。」

四海齊名白與劉，百年交分兩綢繆。

白居易和劉禹錫的聲名同樣流傳遠播，長久下來的交情親密深長。

【解析】本句出自唐朝白居易〈哭劉尚書夢得〉詩。尚書，職官名，唐代為吏、戶、禮、兵、刑、工六部的長官。生前任檢校禮部尚書的劉禹錫去世，白居易寫詩悼念故友，道出兩人不僅是志同道合的好友，也有著終生不渝的堅定情誼。可用來形容朋友之間交情深厚，友誼綿長。

【出處】唐．白居易〈哭劉尚書夢得〉詩二首之一：「四海齊名白與劉，百年交分兩綢繆。同貧同病退閑日，一死一生臨老頭。杯酒英雄君與操，文章微婉我知丘。賢豪雖歿精靈在，應共微之地下遊。」

平生風義兼師友。

平時對待我的情誼，就像是師長，也像是朋友。

【解析】李商隱由衷佩服好友劉蕡的正直敢言，縱使被貶官也不改氣節風骨，亦十分感念劉蕡在交往過程中的情義相待，故得知劉蕡的死訊時，悲慟萬分，作此詩表達其對友人的崇敬與悼念。可用來形容平輩友人之間的情分深厚，也可用來表達對年長

友人的尊敬與感謝。

【出處】唐．李商隱〈哭劉蕡〉詩：「上帝深宮閉九閽，巫咸不下問銜冤。黃陵別後春濤隔，湓浦書來秋雨翻。只有安仁能作誄，何曾宋玉解招魂？平生風義兼師友，不敢同君哭寢門。」

別來何限意，相見卻無辭。

與你分別後，有許多的離情別緒想要對你傾訴，可是如今見到面，很多話卻說不出口了。

【解析】作者描寫他與友人分別後，一直迫切期待盡快再相見，互訴別後心情，孰知等到兩人再見時，卻因百感交集而不知如何言語。可用來形容友人重逢，雖有千言萬語卻不知從何說起的紛雜心緒。

【出處】唐．項斯〈荊州夜與友親相遇〉詩：「山海兩分歧，停舟偶似期。別來何限意，相見卻無辭。坐永神凝夢，愁繁鬢欲絲。趨名易遲晚，此去莫經時。」（此詩一說作者為許彬，詩題則作〈荊山夜泊與親友遇〉）

我寄愁心與明月，隨風直到夜郎[1]西。

我將為你憂愁的心思寄託給天上的明月，讓它隨風伴隨著你，一直到夜郎的西邊。

【注釋】1. 夜郎：本指漢代西南邊境的夷族部落，約位在今貴州遵義市附近。此指唐代的夜郎縣，約位在今湖南懷化市西南，與王昌齡遭到貶官的地點龍標相近。

【解析】這是詩人李白的詩作，詩題為〈聞王昌齡左遷龍標遙有此寄〉。龍標，是唐代設制的縣名，位在今湖南懷化市境內。古人尊右而卑左，故稱官吏被貶、降職為「左遷」。李白在詩中以「夜郎」代指好友王昌齡遠謫之地龍標，希望明月清風能代為傳遞自己的掛念與憂心。本句可用來表達對遠方摯友的慰問與思念。

【出處】唐．李白〈聞王昌齡左遷龍標遙有此寄〉詩：「楊花落盡子規啼，聞道龍標過五溪。我寄愁心與明月，隨風直到夜郎西。」

花徑不曾緣客掃，蓬門今始為君開。

長滿野花的小路不曾為客人的到來而打掃過，簡陋的柴門始至今日才為您敞開。

【解析】本詩詩題之下注有「喜崔明府相過」。明府，是唐人對縣令（職官名，負責管理一縣的長官）的美稱。此詩作於杜甫閑居成都浣花草堂期間，詩中點出他平時少與人往來，終日和山水鷗鳥為伴，為了迎接友人的到訪，趕緊將久未打掃的凌亂庭院整理一番。本句可用於形容迎接友人到訪，也可用來表達對訪客的真摯歡迎情意。

【出處】唐．杜甫〈客至〉詩：「舍南舍北皆春水，但見群鷗日日來。花徑不曾緣客掃，蓬門今始為君開……」（節錄）

垂死病中驚坐起，暗風吹雨入寒窗。

我雖重病臥床，但聞訊震驚起身，只覺得陰冷的風雨破窗而入。

【解析】本詩詩題為〈聞白樂天左降江州司馬〉。江州，位在今江西境內。司馬，職官名，唐代為地方刺史的佐官，但多以貶斥官員任之，徒具虛銜，沒有實際職權。唐憲宗元和年間，白居易因得罪當權者而遭貶為江州司馬，此時正臥病在床的元稹聽聞消息，顧不得病弱的身軀，抱病寫下這一首詩，表達對好友遭貶的不捨之情，也足見兩人的交誼非比尋常。本句可用來形容得知好友不幸消息時的悲憤不平。

【出處】唐·元稹〈聞白樂天左降江州司馬〉詩：「殘燈無焰影幢幢，此夕聞君謫九江。垂死病中驚坐起，暗風吹雨入寒窗。」

故人入我夢，明我長相憶。

老友來到我的夢中，知道我日夜都在思念著你。

【解析】李白晚年曾因事獲罪入獄，由於和杜甫相隔遙遠，消息受到阻絕，杜甫日夜掛心，終在長期思念下而夢見對方，足見杜甫對李白的真摯情誼。可用來表達對深交摯友的篤念厚誼。

【出處】唐·杜甫〈夢李白〉詩二首之一：「……故人入我夢，明我長相憶。恐非平生魂，路遠不可測。魂來楓葉青，魂返關塞黑。君今在羅網，何以有羽翼。落月滿屋梁，猶疑照顏色。水深波浪闊，無使蛟龍得。」（節錄）

能來同宿否？聽雨對床眠。

能請你過來同住一晚嗎？我們聽著雨聲，同床面對面閑談，直到沉沉睡去。

【解析】本詩詩題為〈雨中招張司業宿〉。司業，職官名，為隋、唐時全國最高教育行政機關國子監的副主管。白居易在詩中描寫他在陰雨的夜裡，招請好友張籍前來與之秉燭夜談，一同對床聽雨而眠。可用於形容與好友或兄弟同宿，傾心交談的歡樂情境。

【出處】唐·白居易〈雨中招張司業宿〉詩：「過夏衣香潤，迎秋簟色鮮。斜支花石枕，臥詠蕊珠篇。泥濘非遊日，陰沉好睡天。能來同宿否？聽雨對床眠。」

晚來天欲雪，能飲一杯無？

夜裡看來應該會下雪，可否來與我共飲一杯酒呢？

【解析】本詩詩題為〈問劉十九〉。劉十九，一說指劉禹錫，另一說指某位在家族中排行十九的劉姓隱士。作者白居易在詩中描寫暮雪將至，在家準備了新釀好的酒和一爐暖火，欲邀友人劉十九前來舉杯言歡。想像屋外雪花紛飛，反襯出屋內爐火熾熱以及主客之間的溫馨情誼。本句可用來邀請好友，敘話家常。

【出處】唐．白居易〈問劉十九〉詩：「綠螘（ㄧˇ）新醅酒，紅泥小火爐。晚來天欲雪，能飲一杯無？」

欲取鳴琴彈，恨無知音賞。

想要取琴彈奏，遺憾的是沒有知音能欣賞。

【解析】孟浩然在詩中描寫他欲鳴琴卻苦無知音聆聽，藉此抒發對精通音律的朋友辛大之懷念，同時也暗喻自己雖有滿腹才學卻不受朝廷賞識的落寞心情。本句可用來形容知音不在。另可用來形容懷才不遇的痛苦。

【出處】唐．孟浩然〈夏日南亭懷辛大〉詩：「山光忽西落，池月漸東上。散髮乘夕涼，開軒臥閑敞。荷風送香氣，竹露滴清響。欲取鳴琴彈，恨無知音賞。感此懷故人，中宵勞夢想。」

渭北春天樹，江東日暮雲。

我在渭水北方看著春天的樹，遙想人在長江東邊的你，此時眼中所見的是落日的浮雲。

【解析】正在長安一帶的杜甫，想念先前曾一起同遊的李白，故借兩人當時各自所在的「渭北」和「江東」之風景，傳遞對遠方友人的深切思念。清

人沈德潛《唐詩別裁集》評曰：「少陵在渭北，太白在江東，寫景而離情自見。」可用來形容距離遙遠的兩人彼此相互掛念。

【出處】唐·杜甫〈春日憶李白〉詩：「……渭北春天樹，江東日暮雲。何時一尊酒，重與細論文。」（節錄）

嵩雲秦樹[1]久離居，雙鯉[2]迢迢一紙書。

我們兩人相距遙遠，就像是嵩山上的雲朵和秦嶺上的樹木一樣，但卻收到了你千里迢迢寄來的一封書信。

【注釋】1. 嵩雲秦樹：比喻距離遙遠。原指嵩山上的雲朵和秦嶺上的樹木。嵩山，位在今河南境內。秦嶺，主峰位在今陝西境內。2. 雙鯉：書信的代稱。古人常將書信結成雙鯉形，或將書信夾在鯉魚形的木板中寄出。

【解析】本句出自李商隱〈寄令狐郎中〉詩。郎中，職官名，唐時在尚書省下設左、右司郎中，各掌付尚書左、右丞所管諸司事。此外，吏、戶、禮、兵、刑、工六部下各司的主管，也稱郎中。此詩為閑居洛陽養病的李商隱，回信給在長安擔任右司郎中的友人令狐綯，其中「嵩」指的是自己所在的洛陽，因附近有嵩山，「秦」則指的是令狐綯所在的長安，因附近有秦嶺，以此喻比兩人的距離，如嵩山、秦嶺般各在一方。詩中表達了自己與令狐綯雖久別未見，但收到對方迢迢寄來的一封慰問書信，備感暖暖溫情。可用來形容與友人遠隔兩地，收到音訊時的喜悅之情。

【出處】唐·李商隱〈寄令狐郎中〉詩：「嵩雲秦樹久離居，雙鯉迢迢一紙書。休問梁園舊賓客，茂陵秋雨病相如。」

萬里此情同皎潔，一年今日最分明。

雖然相隔萬里之遠，我們的情誼仍如同明月一樣光潔，一年當中只有中秋的月亮是最明淨的。

【解析】這是唐朝詩人戎昱的〈中秋夜登樓望月寄人〉詩。中秋，為農曆八月十五日，又稱仲秋，歷來人們認為這一天的月亮最為澄澈正圓，於是寄託了月圓人團圓的意義。戎昱在中秋夜登上高樓倚欄賞月，望著清朗的一輪明月，懷念遠方的舊交故友，希望悠悠思念能透過月光傳遞給對方。可用來形容懷念遠方友人的心情。另可用來說明中秋節日的月亮圓滿潔淨，故有親友團聚賞月的風俗。

【出處】唐．戎昱〈中秋夜登樓望月寄人〉詩：「西樓見月似江城，脈脈悠悠倚檻情。萬里此情同皎潔，一年今日最分明。初驚桂子從天落，稍誤蘆花帶雪平。知稱玉人臨水見，可憐光彩有餘清。」

落葉滿空山，何處尋行跡？

空寂的山中滿是掉落的樹葉，我要到哪裡去尋找你的行蹤呢？

【解析】時逢秋寒天涼，作者韋應物欲攜酒去探望一位在山裡苦行修練的道士友人，但山路崎嶇難行，再加上路徑被紛紛落葉給掩藏，很難找到友人的蹤影，詩人為此感到萬分悵惋。可用來形容懷念至交好友，或苦於相尋不易的失落。

【出處】唐．韋應物〈寄全椒山中道士〉詩：「今朝郡齋冷，忽念山中客。澗底束荊薪，歸來煮白石。欲持一瓢酒，遠慰風雨夕。落葉滿空山，何處尋行跡？」

還將兩行淚，遙寄海西頭[1]。

把我思念好友所流下的兩行淚水，寄到遙遠的揚州去。

【注釋】1. 海西頭：指揚州，位在今江蘇境內。因

揚州在東海之西，故稱之。

【解析】孟浩然在旅途中夜宿杭州桐廬江邊，想著自己在外失意漂泊，不禁懷念起在廣陵（揚州的舊稱）的故友，恨不得將奪眶而出的眼淚寄託江水交付對方。詩意除了向友人表達殷切思念之外，也藉此傾訴自己內心飽嘗的苦痛。可用來形容極為想念故友而愴然淚下。

【出處】唐．孟浩然〈宿桐廬江寄廣陵舊遊〉詩：「……建德非吾土，維揚憶舊遊。還將兩行淚，遙寄海西頭。」（節錄）

別情

一曲離歌兩行淚，不知何地再逢君？

聽著離別的歌曲，兩行淚水忍不住地奪眶而出，不知未來在何處能與您重逢？

【解析】晚唐國家動盪，兵荒馬亂，生在亂世的韋莊，設宴與友人把酒話別時，聽著感傷的離別歌曲，想到日後兩人不知何時何地才能再相見，不禁聲淚俱下。可用來形容分別時，唯恐相逢無期的悲傷心境。

【出處】唐．韋莊〈衢州江上別李秀才〉詩：「千山紅樹萬山雲，把酒相看日又曛。一曲離歌兩行淚，不知何地再逢君？」

一看腸一斷，好去莫回頭。

每回頭看一次，就感覺承受一次肝腸寸斷的痛苦。還是好好離開吧，別再回顧了。

【解析】本詩詩題〈南浦別〉。南浦，本指南邊的水岸，後泛指送別之地。作者白居易在詩中抒發他不忍與人分別的離情愁緒，唯有控制自己不再頻頻回首，才能稍稍壓抑那早已充塞滿懷的哀傷。近人俞陛雲《詩境淺說續編》評曰：「一言行者好去莫回頭，一言送行者屢回頭，皆情至之語。」本句可用來形容別離時的感傷與哀戚。

【出處】唐・白居易〈南浦別〉詩：「南浦淒淒別，西風嫋嫋秋。一看腸一斷，好去莫回頭。」

二十年來萬事同，今朝歧路忽西東。

二十年來我們一同面對了許多的事情，然而今天在這條岔路上，轉眼間就要各分西東。

【解析】柳宗元和劉禹錫早年同時踏入仕途，後因捲入政爭，不斷遭到貶謫荒遠之地。此詩為柳宗元、劉禹錫分別赴任柳州（位在今廣西壯族自治區境內）和連州（位在今廣東境內）刺史前的臨歧惜別之作，詩中道盡了他們一同歷經了多年宦海沉浮的患難情誼。可用來形容與好友分別時的難捨之情。

【出處】唐・柳宗元〈重別夢得〉詩：「二十年來萬事同，今朝歧路忽西東。皇恩若許歸田去，晚歲當為鄰舍翁。」

人分千里外，興在一杯中。

此去一別，我們將要相隔千里之遙，趁著豪興當前，就先喝下這一杯酒吧！

【解析】本句出自於詩人李白的〈江夏別宋之悌〉詩。宋之悌，是詩人宋之問的弟弟，在前往貶地途中路過江夏（位在今湖北境內），李白特地前來送行。兩人表面上把酒言歡，強作曠達，但彼此都知道來日再見並不容易，難掩眷眷之心。可用來形容與即將遠行的親友飲酒作別的情狀。

【出處】唐・李白〈江夏別宋之悌〉詩：「楚水清若空，遙將碧海通。人分千里外，興在一杯中。谷鳥吟晴日，江猿嘯晚風。平生不下淚，於此泣無窮。」

丈夫不作兒女別，臨歧涕淚沾衣巾。

男人不會像小兒女分別那樣牽戀不捨，在分手的岔路口哭得淚水沾濕衣巾。

【解析】作者高適於詩中描寫他與一位韋姓好友道別時的情景，縱使心中萬般難捨，個性豪邁的他也絕不輕易在人前流下男兒淚。可用來形容性格堅強的男子，與友離別時的情狀。

【出處】唐・高適〈別韋參軍〉詩：「……彈棋擊筑白日晚，縱酒高歌楊柳春。歡娛未盡分散去，使我惆悵驚心神。丈夫不作兒女別，臨歧涕淚沾衣巾。」（節錄）

丈夫非無淚，不灑離別間。

堂堂男子漢不是沒有眼淚，只是不願意在別離的當下流出來而已。

【解析】作者陸龜蒙認為大丈夫應志在遠方，個性勇敢堅強，即便面臨離別依依，也要先拋開個人情感，為了更遠大的功業去奮鬥努力。本句可用來形容性情剛毅之人，臨別之際，強忍悲傷的情狀。

【出處】唐・陸龜蒙〈別離〉詩：「丈夫非無淚，不灑離別間。杖劍對樽酒，恥為遊子顏。蝮蛇一螫手，壯士即解腕。所志在功名，離別何足嘆？」

山迴路轉不見君，雪上空留馬行處。

山路迂迴環繞，不久便看不見你了，僅雪地上留下你騎馬走過的印跡。

【解析】岑參描寫他於塞外送別好友武判官後，返回京城長安時的情景，即使山路曲折，大雪紛飛，早已不見友人的身影，他仍久久佇足在雪地上不忍離去，足見兩人情誼深厚。本句可用來形容與好友遠別，內心惆悵難捨之情。

【出處】唐．岑參〈白雪歌送武判官歸京〉詩：「……輪臺東門送君去，去時雪滿天山路。山迴路轉不見君，雪上空留馬行處。」（節錄）

今日送君須盡醉，明朝相憶路漫漫。

今天為你送別，你一定要喝得大醉，因為明日一早我們就要分開，從此長路漫漫，只能互相想念對方了。

【解析】本詩詩題為〈送李侍郎赴常州〉。侍郎，職官名，唐時為輔佐中書、門下、尚書三省長官處理國家政務的官員。作者賈至描寫他為友人送行，今日兩人近在咫尺，還能互訴衷腸，等到明日天各一方，相見不知何時，故今日的不醉不休就成了詩人抒發不捨離情的方式。本句可用來形容與友人餞別的依依別緒。

【出處】唐．賈至〈送李侍郎赴常州〉詩：「雪晴雲散北風寒，楚水吳山道路難。今日送君須盡醉，明朝相憶路漫漫。」

分手脫相贈，平生一片心。

即將分別的時候，把寶劍解下來送給你，表達我對你的一片心意。

【解析】本句出自孟浩然的〈送朱大入秦〉詩。朱大，是孟浩然的好友，因家中排行老大，故稱之。朱大即將遠行，孟浩然為他餞行，平日好行俠仗義的朱大竟把向來珍愛的寶劍送與孟浩然，兩人的深厚交情不言可喻。可用來形容將將自己珍視之物贈

與分別之人，以表心中誠摯的情意。

【出處】唐·孟浩然〈送朱大入秦〉詩：「遊人五陵去，寶劍值千金。分手脫相贈，平生一片心。」

日暮酒醒人已遠，滿天風雨下西樓。

黃昏酒醒時，離人已遠，在風雨中，我獨自走下了西樓。

【解析】本詩詩題為〈謝亭送別〉。謝亭，又名謝公亭，故址位在今安徽宣城市北郊，為紀念南齊時曾在此擔任宣州太守的謝朓而得名。作者許渾在謝亭送別友人乘舟離去，自己則因不勝酒力而睡去，醒後早已不見行舟的蹤影，在暮色蒼茫、風雨淒迷中，黯然孤寂地步下樓來。詩中不直抒滿懷離愁，而是借淒涼迷濛的景色來襯托離情。本句可用來形容與友人別後情緒低落的愁緒。而其中「滿天風雨下西樓」一句，另可用來形容重要人士在紛亂擾攘的局勢中辭職下臺。

【出處】唐·許渾〈謝亭送別〉詩：「勞歌一曲解行舟，紅葉青山水急流。日暮酒醒人已遠，滿天風雨下西樓。」

世情已逐浮雲散，離恨空隨江水長。

世俗人情已跟著浮雲飄散而去，離別的苦楚卻隨著流水綿延無盡。

【解析】謫守巴陵（岳州的別稱，位在今湖南境內）的賈至，為遭到貶官的好友送行。在政治上同是天涯淪落人的兩人，更能深切感受人生的離合無常以及人情的冷暖厚薄。臨別之際，兩人格外相惜。本句可用來抒發與好友別離時的感傷。同時也可用於對世態炎涼不勝唏噓的心境。

【出處】唐·賈至〈巴陵夜別王八員外〉詩：「柳

絮飛時別洛陽，梅花發後到三湘。世情已逐浮雲散，離恨空隨江水長。」

正當今夕斷腸處，黃鸝愁絕不忍聽。

今晚我們就要在這裡悲傷地道別，黃鸝鳥那充滿悲愁的叫聲讓人不忍聆聽。

【解析】本詩詩題為〈灞陵行送別〉。灞陵，在長安東南，原有一條灞水，是漢文帝陵墓所在地，故稱之。當時附近有灞陵橋，是人們離開長安到各地去的必經路徑，因此灞陵也就成了送別之地。詩中「黃鸝」，一說作「驪歌」，意指離別時所唱的歌曲。李白詩中描述他和友人在灞陵惜別的場景，及其不忍友人離去的悲痛哀傷。可用來形容臨別時不捨分手的惆悵。

【出處】唐．李白〈灞陵行送別〉詩：「送君灞陵亭，灞水流浩浩。上有無花之古樹，下有傷心之春草。我向秦人問路歧，云是王粲登樓之古道。古道連綿走西京，紫闕落日浮雲生。正當今夕斷腸處，黃鸝愁絕不忍聽。」

同作逐臣君更遠，青山萬里一孤舟。

作為臣子，我們同時被貶，而你要去的貶地比我的還要偏遠，青山延綿萬里，只見你那艘孤舟漸行漸遠。

【解析】作者劉長卿與一位姓裴的友人同時遭到朝廷貶官，而友人的貶地位於吉州，比他要去的地方更為荒遠。兩人在前往各自貶地途中分手話別，不免互相同情彼此的遭遇而感到無奈悲傷。可用來形容與同病相憐之人的惜別情意。

【出處】唐．劉長卿〈重送裴郎中貶吉州〉詩：「猿啼客散暮江頭，人自傷心水自流。同作逐臣君更遠，青山萬里一孤舟。」

死別已吞聲，生別常惻惻。

與親友的生死永別，必然會令人痛哭失聲，但與親友的分隔兩地，也會讓人悲戚不已。

【解析】杜甫得知李白獲罪入獄的消息後，時刻掛記著李白的安危，唯恐好友遭遇不測。長期的憂慮思念，使杜甫體認到與親友生別所帶來的傷悲，實與死別予人的巨大哀痛是一樣的。可用來形容面對生離死別的莫大慟絕。

【出處】唐・杜甫〈夢李白〉詩二首之一：「死別已吞聲，生別常惻惻。江南瘴癘地，逐客無消息……」（節錄）

孤帆遠影碧空盡，唯見長江天際流。

船帆已經消失在青天的盡頭，只見滔滔長江水往天邊流去。

【解析】李白在黃鶴樓送別好友孟浩然回廣陵，詩中描寫孟浩然所搭的船早已消失在眼前，詩人仍佇立在原地翹首悵望，久久不忍離去，足見其與孟浩然的情誼極為深厚。可用來形容送別親友的依依之情。

【出處】唐・李白〈黃鶴樓送孟浩然之廣陵〉詩：「故人西辭黃鶴樓，煙花三月下揚州。孤帆遠影碧空盡，唯見長江天際流。」

明日巴陵道，秋山又幾重？

明天你要前往巴陵的路上，此去一別，不知要相隔幾重的山嶺了。

【解析】作者李益在詩中描寫其與離散多年的表弟在旅途中偶然相遇，短暫聚首又馬上要面臨分開的情景，他一想到天明之後，表弟將出發通往巴陵的道路，從此兩人山高水遠，阻隔重重，下回再度聚晤不知該是多久以後的事呢？不禁湧上滿懷的感傷。本句可用來表達聚散匆匆，再見不易的別情愁緒。

【出處】唐．李益〈喜見外弟又言別〉詩：「……別來滄海事，語罷暮天鐘。明日巴陵道，秋山又幾重？」（節錄）

明日隔山岳，世事兩茫茫。

明天分別後，我們就要隔著高山遠阻，各自的音訊又將茫茫不得知了。

【解析】杜甫與故交老友二十年後再度相見，夜晚兩人點燭共飲，互訴心聲，只是一想到明日之後，彼此遠隔數重山嶺，下一次的聚首恐怕又是遙遙無期。可用來形容與人道別時，有感世事無常，他日相逢不知何時的沉重心情。

【出處】唐．杜甫〈贈衛八處士〉詩：「……怡然敬父執，問我來何方？問答乃未已，驅兒羅酒漿。夜雨剪春韭，新炊間黃粱。主稱會面難，一舉累十觴。十觴亦不醉，感子故意長。明日隔山岳，世事兩茫茫。」（節錄）

松間明月長如此，君再遊兮復何時？

松林間的明月，永遠如此皎潔清亮，只是不知何時才能再與你在此重遊呢？

【解析】宋之問詩中描寫他於松林明月下，牽著一位佳人緩緩走下山來，面對佳人即將遠行，詩人不禁想著，何時兩人才能再次舊地重遊？表達他渴望對方早日歸來的心情。本句可用來形容與情人或友人離別，期盼能早日聚首同遊的心情。

【出處】唐．宋之問〈下山歌〉詩：「下嵩山兮多所思，攜佳人兮步遲遲。松間明月長如此，君再遊兮復何時？」

長安陌上無窮樹，唯有垂楊管別離。

長安的街道上栽種無數樹木，只有楊柳樹管人與人之間的離別。

【解析】由於柳樹的「柳」諧音雙關留戀的「留」，故古來有折柳贈別的習俗。劉禹錫詩中「垂楊管別離」之說，意即楊柳最懂得人間別離的感情，藉此表達其與人餞別時的留連不捨。本句可用來形容不忍離別的綿綿情意。

【出處】唐．劉禹錫〈楊柳枝詞〉詩九首之八：「城外春風吹酒旗，行人揮袂日西時。長安陌上無窮樹，唯有垂楊管別離。」

春風知別苦，不遣柳條青。

春風一定知道離別的痛苦，所以不願讓柳條變青。

【解析】本詩詩題為〈勞勞亭〉。勞勞亭，故址位在今江蘇南京市西南，亭旁栽有柳樹，為古時送別之地。李白因與人送別時正值初春，見柳條尚未轉青，無枝可折，便想像春風有著一顆多愁善感的心，因不忍見人折柳送別的場面，所以故意不讓柳條轉青，足見離別帶給人們的傷痛程度有多麼深。可用來形容不忍惜別的心緒。

【出處】唐．李白〈勞勞亭〉詩：「天下傷心處，勞勞送客亭。春風知別苦，不遣柳條青。」

柳條折盡花飛盡，借問行人歸不歸？

柳條折盡了，楊花也已飛盡，想要借問一聲，遠行的人何時要回來呢？

【解析】古人取「柳」和「留」的諧音，有折柳餞別友朋的習俗，藉此表達彼此依依情意。這首詩中藉著柳條折盡、柳絮飛盡等等情狀，寄寓不忍與之分別的深情，又借送行者之口，詢問遠行者的歸返日期，表達盼望能和友人早日相逢的心情。可用來形容與送別時的離情愁緒。

【出處】隋．佚名〈送別詩〉詩：「楊柳青青著地垂，楊花漫漫攪天飛。柳條折盡花飛盡，借問行人歸不歸？」

相知無遠近，萬里尚為鄰。

朋友之間相互交心，不分遠近距離，縱使相隔萬里也像比鄰一般的親近。

【解析】本名句出自唐代詩人張九齡的〈送韋城李少府〉詩。少府，職官名，在唐代多指縣尉，為輔佐縣令的官員。這是張九齡送別友人之作，意在寬慰對方不要為了別離而感到傷悲，只要彼此心意相通，情意真切，不管實際距離有多麼遙遠，也必能感受到好友如在身邊一樣。可用於與親友惜別時的安慰語，強調知己相交不會在乎距離的遠近。

【出處】唐．張九齡〈送韋城李少府〉詩：「送客南昌尉，離亭西候春。野花看欲盡，林鳥聽猶新。別酒青門路，歸軒白馬津。相知無遠近，萬里尚為鄰。」

相望知不見，終是屢回頭。

明知已經離得很遠，無論如何也看不見對方了，卻還是忍不住一次又一次回首相望。

【解析】船行在淮水上的皇甫曾，途中暫停在漁仔溝（即漁溝，位在今江蘇淮安市境內），內心仍懸掛著早已遠行的友人。雖說人生聚散乃不得已，也知道再也望不見對方的身影，卻仍不死心頻頻回顧，足見情誼之深。可用來形容依依不捨的離情。

【出處】唐．皇甫曾〈淮口寄趙員外〉詩：「欲逐淮

潮上，暫停漁子溝。相望知不見，終是屢回頭。」

桃花潭水深千尺，不及汪倫送我情。

桃花潭裡的水深達千尺，也比不上汪倫為我送別的這番情意深。

【解析】 李白準備要乘船離開桃花潭，好友汪倫到船邊為他送行。李白借用桃花潭的水深千尺來對比汪倫對自己的濃厚情誼。可用來形容與送別者之間的深情厚意。

【出處】 唐．李白〈贈汪倫〉詩：「李白乘舟將欲行，忽聞岸上踏歌聲。桃花潭水深千尺，不及汪倫送我情。」

浮雲遊子意，落日故人情。

天上飄浮的雲，就像遊子的行蹤一樣無所定處。夕陽緩緩地落下，就彷彿送別好友的心情一樣不忍離去。

【解析】 這是李白為送別友人而作。他在詩中以往來無定跡的浮雲，喻比遊子的漂泊不定，又以依戀天際的落日餘暉，暗喻送行親友的不捨心情。可用來表達對即將遠遊之人的惜別之情。

【出處】 唐．李白〈送友人〉詩：「青山橫北郭，白水遶東城。此地一為別，孤蓬萬里征。浮雲遊子意，落日故人情。揮手自茲去，蕭蕭班馬鳴。」

海內存知己，天涯若比鄰。

只要視彼此為知己，縱使相隔天涯也像是近在比鄰。

【解析】 王勃在長安為即將到蜀州（位在今四川境內）上任縣尉的友人送行，勸慰好友不要傷悲，深信真摯的情誼不會因距離遙遠而轉淡。清代女學者陳婉俊在《唐詩三百首補注》評曰：「贈別不作悲酸語，魄力自異。」可用在別離時的寬慰語。

【出處】唐．王勃〈送杜少府之任蜀州〉詩：「城闕輔三秦，風煙望五津。與君離別意，同是宦遊人。海內存知己，天涯若比鄰。無為在歧路，兒女共沾巾。」

衰蘭送客咸陽道[1]，天若有情天亦老。

長安城外的道路旁，蘭花因為送別（金銅仙人）都傷心到枯萎了，假若上天有感情的話，也會為此悲傷到衰老。

【注釋】1. 咸陽道：此指長安城外的道路。咸陽，為秦朝國都，因離長安不遠，此代指長安。

【解析】本句出於唐朝詩人李賀的〈金銅仙人辭漢歌〉詩。金銅仙人本為漢武帝所鑄造以為求仙之用，到了三國魏明帝時將它們從長安遷至洛陽。李賀在詩中把金銅仙人擬人化，形塑它們對漢宮的不捨眷戀以及被迫離去前的滿懷愁恨。本句可用來抒發不忍離別的悲痛。

【出處】唐．李賀〈金銅仙人辭漢歌〉詩：「茂陵劉郎秋風客，夜聞馬嘶曉無跡。畫欄桂樹懸秋香，三十六宮土花碧。魏官牽車指千里，東關酸風射眸子。空將漢月出宮門，憶君清淚如鉛水。衰蘭送客咸陽道，天若有情天亦老。攜盤獨出月荒涼，渭城已遠波聲小。」

荷笠帶夕陽，青山獨歸遠。

看著你肩負著斗笠，彷彿帶著夕陽的餘暉，獨自回到那遙遠的青山。

【解析】詩中「夕陽」一說作「斜陽」。劉長卿描寫其於黃昏目送靈澈上人漸行漸遠的背影返回寺院

時的情景，一方面表達了兩人之間的真摯友誼，一方面也展現出靈澈這位方外之士瀟灑出塵的神情意態。可用來形容送別友人在落日夕照下獨自遠去。

【出處】唐・劉長卿〈送靈澈上人〉詩：「蒼蒼竹林寺，杳杳鐘聲晚。荷笠帶夕陽，青山獨歸遠。」

莫愁前路無知己，天下誰人不識君？

請不必擔憂日後找不到知心好友，天底下有哪個人不認識您呢？

【解析】本詩詩題為〈別董大〉。董大，一般認為是唐玄宗時的著名樂師董庭蘭，因在兄弟中排行第一，故稱之。此為詩人高適為董庭蘭送別之作，詩中安慰好友不要為離別而感到憂傷，相信憑藉著董大的卓越才情和美好名聲，不管到哪裡都會為人所識。明末清初人徐增《而庵說唐詩》評曰：「此詩妙在粗豪。」可用來勸勉即將遠行的人勇敢前行，並祝福未來前程似錦。另可用來讚美某人的才氣和聲譽天下皆知。

【出處】唐・高適〈別董大〉詩二首之一：「千里黃雲白日曛，北風吹雁雪紛紛。莫愁前路無知己，天下誰人不識君？」

數聲風笛離亭晚，君向瀟湘[1]我向秦[2]。

離亭中隨風傳來陣陣笛聲，天色漸漸昏暗，你要向瀟湘的方向遠行，而我將前往秦地。

【注釋】1. 瀟湘：此代指湖南一帶。瀟，指的是湖南境內的瀟水。湘，指的是湖南境內的湘江。2. 秦：此代指京城長安。秦指陝西一帶。

【解析】鄭谷在揚州淮水邊與友人道別，對方準備啟程往南到瀟湘，而詩人即將北行至秦地，兩人在臨歧路上的離亭餞別，之後就要天涯異途，席間笛聲悠揚淒婉，更添離情依依。可用來形容宴餞友人，從此各奔前程。

【出處】唐．鄭谷〈淮上與友人別〉詩：「揚子江頭楊柳春，楊花愁殺渡江人。數聲風笛離亭晚，君向瀟湘我向秦。」

請君試問東流水，別意與之誰短長？

問問東流的江水，比起你我這番離別之情，到底是誰短誰長呢？

【解析】李白即將離開金陵（位在今江蘇南京市），這裡的青年朋友設宴為他餞別，時光在痛快暢飲中無情地逝去，詩人縱使心中不捨也終要踏上旅程，於是便藉著奔流無盡的江水為喻，以表達對朋友的惜別離情。清人沈德潛《唐詩別裁集》評曰：「語不必深，寫情已足。」可用來形容離別時的情意深遠綿長。

【出處】唐．李白〈金陵酒肆留別〉詩：「風吹柳花滿店香，吳姬壓酒喚客嘗。金陵子弟來相送，欲行不行各盡觴。請君試問東流水，別意與之誰短長？」

勸君更盡一杯酒，西出陽關[1]無故人。

勸你多喝完這杯酒，因為向西走出了陽關後，便很難再遇見老朋友了！

【注釋】1. 陽關：故址位在今甘肅敦煌市西南，為中原通往西域的要道。

【解析】詩題一作〈渭城曲〉。渭城，位在今陝西咸陽市。此為王維在渭城客舍為友人出使安西前的餞別之作。由於此行一去，路程遙遠艱辛，王維生怕他日相逢不易，故勸友人飲盡杯中的酒，表達其不忍離別之情。明人陸時雍《唐詩鏡》云：「語老情深，遂為千古絕調。」可用來形容餞行時的離情依依。

【出處】唐．王維〈送元二使安西〉詩：「渭城朝雨浥輕塵，客舍青青柳舍青。勸君更盡一杯酒，西出陽關無故人。」

觸景生情

一片花飛減卻春，風飄萬點正愁人。

花瓣一片片飛落，春色也漸漸褪去，看著風吹下萬點落花的情景，使人不自覺地憂愁了起來。

【解析】杜甫從眼前落花凋零的景象感受到春日將盡的氛圍，他看著那些曾在今春盛開的絢麗花朵隨風飛去，不禁對萬物的興衰消長感慨萬千。明末學者陸時雍在《唐詩鏡》評曰：「首四語情法俱勝，既怕看花飛，又欲看飛花之盡，傷春惜春，流連無已。」可用來形容見到春盡花殘之景，引發內心的傷感愁緒。

【出處】唐．杜甫〈曲江〉詩二首之一：「一片花飛減卻春，風飄萬點正愁人。且看欲盡花經眼，莫厭傷多酒入脣……」（節錄）

人面不知何處去？桃花依舊笑春風。

如今那位可與桃花爭豔的女子已不知身在哪裡？只留下桃花依然在春風裡含笑盛開著。

【解析】崔護在相隔一年重遊長安城南，但去年同日在此地偶遇的那位心儀女子卻已不見芳蹤。他心中悵然若失，只好在深鎖的門扉上題詩，抒發這段重訪未遇的落寞心情。本句可用來形容景物依舊，人事已非的感傷。詩中兩句合成「人面桃花」一語，另可用來形容女子容貌美麗，可與桃花爭豔。

【出處】唐．崔護〈題都城南莊〉詩：「去年今日此門中，人面桃花相映紅。人面不知何處去？桃花依舊笑春風。」

山川滿目淚沾衣，富貴榮華能幾時？

山岳川河滿眼盡是荒蕪，哭得衣服都被淚水給沾濕了，人生的財富地位究竟能夠榮顯多久呢？

【解析】本詩詩題〈汾陰行〉。汾陰，位在今山西運城市境內。作者李嶠先是描寫西漢武帝巡幸河東，祭祀汾陰后土時的浩大盛況，之後筆鋒一轉，寫到漢朝國力衰微、江山易主，山河滿目瘡痍，昔日榮景不再，兩相對比，讓詩人為之潸然涕下。可來用抒發目睹世事滄桑多變，引發盛衰無常的慨嘆。

【出處】唐．李嶠〈汾陰行〉詩：「……昔時青樓對歌舞，今日黃埃聚荊棘。山川滿目淚沾衣，富貴榮華能幾時？不見只今汾水上，唯有年年秋雁飛。」（節錄）

山暝聽猿愁，滄江急夜流。

山色暗淡，耳邊傳來猿猴發出悲鳴，勾起內心無限愁緒，江水蒼茫，在夜裡奔騰急流。

【解析】夜宿江邊的孟浩然借寫山中猿猴悲傷的鳴聲，以及蒼茫江水奔流的淒冷景象，激盪出異鄉遊子的悲愁情緒。可用來形容旅人在行旅途中因所聞所見而興起哀傷之情。

【出處】唐．孟浩然〈宿桐廬江寄廣陵舊遊〉詩：「山暝聽猿愁，滄江急夜流。風鳴兩岸葉，月照一孤舟……」（節錄）

今夜月明人盡望，不知秋思在誰家？

今晚圓月明亮，人人都在仰望天上明月，但不知望月引起的秋思會落在誰的家裡呢？

【解析】王建描寫秋夜裡仰望天上一輪明月，不禁勾起內心無限的愁思，使其更加懷想在遠方的親友。可用來形容因望月而興起的思念之情。

【出處】唐．王建〈十五夜望月寄杜郎中〉詩：「中庭地白樹棲鴉，冷露無聲濕桂花。今夜月明人盡望，不知秋思在誰家？」

天階夜色涼如水，坐看牽牛織女星。

皇宮中的石階前，月色清涼如水，坐臥著仰望天上的牽牛星和織女星。

【解析】詩中「坐看」一說作「臥看」。本詩一說描寫少女秋夜觀星的情狀，另一說描寫宮女長年深居宮中，內心孤獨寂寞，秋夜見天上的牽牛、織女星而產生了對愛情的嚮往。清人蘅塘退士《唐詩三百首》評曰：「層層布景，是一幅著色人物畫。只『坐看』兩字，逗出情思，便通身靈動。」可用來形容深夜觀星，仰看牽牛、織女星時萌生對愛情的渴盼。

【出處】唐．杜牧〈秋夕〉詩：「銀燭秋光冷畫屏，輕羅小扇撲流螢。天階夜色涼如水，坐看牽牛織女星。」

天意憐幽草，人間重晚晴。

上天愛憐長在幽暗處的小草，人們看重的是黃昏時的晴朗天光。

【解析】李商隱於初夏傍晚時分登高遠眺，其見生長在幽僻處的小草沐浴在晴朗的天光下，不禁有感而發，體悟到上天和人世間的情感一樣，分外珍惜那些匆匆即逝的美好事物。可用來形容景色短暫匆促，更易引起人們的關愛重視。

【出處】唐．李商隱〈晚晴〉詩：「深居俯夾城，春去夏猶清。天意憐幽草，人間重晚晴。並添高閣迴，微注小窗明。越鳥巢乾後，歸飛體更輕。」

日出遠岫[1]明，鳥散空林寂。

太陽出來，照亮了遠方層層的山巒，鳥群散去，山林更加空曠寂靜。

【注釋】1.岫：音ㄒㄧㄡˋ，峰巒。

【解析】本詩為隋代重臣楊素所作的〈山齋獨坐贈薛內史〉詩。內史，職官名，隋代將掌理國家機要大事的中書省，改名為內史省，稱長官為內史令，副官為內史侍郎。此為幽居深山的楊素寄與官拜內史侍郎的好友薛道衡之作，詩中描寫旭日初升，照進樹林裡的陽光驚動了原本在棲息的小鳥，待群鳥紛紛飛離後，山林比先前更為闃靜，藉此抒發他山居生活的寂寞情懷，進而表達期待好友上山互訴衷情的願望。可用來形容山中人的孤寂心情。

【出處】隋．楊素〈山齋獨坐贈薛內史〉詩：「居山四望阻，風雲竟朝夕。深溪橫古樹，空岩臥幽石。日出遠岫明，鳥散空林寂。蘭庭動幽氣，竹室生虛白。落花入戶飛，細草當階積。桂酒徒盈樽，故人不在席。日落山之幽，臨風望羽客。」

月落烏啼霜滿天，江楓漁火對愁眠。

月亮落下，烏鴉啼叫，寒霜滿天，客居船上的我，對著江邊的楓樹、漁舟的燈火，伴著憂愁入眠。

【解析】張繼主在描寫羈旅在外的遊子，客船夜晚停泊在楓橋時所見所聞的景致以及對寒意的感受，藉此抒發其心中的愁思。可用來形容秋夜江邊瀰漫著一股幽寂清冷的氛圍，引發旅人的孤寂離愁。

【出處】唐．張繼〈楓橋夜泊〉詩：「月落烏啼霜滿天，江楓漁火對愁眠。姑蘇城外寒山寺，夜半鐘聲到客船。」

世間無限丹青手，
一片傷心畫不成。

即使世間無數技藝高超的畫師，也無法描繪出我此刻的悲傷心境。

【解析】身處在國勢衰微、政局動亂的晚唐王朝，高蟾於秋日傍晚登上金陵遠望。他看著浮雲落日映照著這座昔日繁華的舊朝帝都，撫今追昔，懷想如今國家走向了衰落傾崩之途，心頭湧上一股筆墨難以描繪出的沉鬱傷悲。清人黃叔燦《唐詩箋注》評曰：「『畫不成』三字，是『傷心』二字之神。」可用來形容人傷心到了極點時的切膚痛楚。

【出處】唐．高蟾〈金陵晚望〉詩：「曾伴浮雲歸晚翠，猶陪落日泛秋聲。世間無限丹青手，一片傷心畫不成。」

同來玩月人何在？
風景依稀似去年。

曾經和我一起同來賞月的人如今在哪裡呢？只有風景彷彿還和去年一樣啊！

【解析】詩中「何在」一說作「何處」。趙嘏重返去年曾和友人同遊的江邊高樓，見周遭景色和去年來時大致相同，想著那位陪同自己共賞江月的友人，今年不知身在何方，故寫此詩抒發心中的惆悵。可用來形容重遊舊地時興起風景依舊，人事已非的感慨。

【出處】唐．趙嘏〈江樓感舊〉詩：「獨上江樓思渺然，月光如水水如天。同來玩月人何在？風景依稀似去年。」

江雨霏霏江草齊，
六朝[1]如夢鳥空啼。

江河上下著綿綿細雨，江岸上的草挺秀整齊，繁華六朝如似夢幻一場，如今只留下鳥兒空自悲啼。

【注釋】1.六朝：由於三國吳、東晉和南朝宋、齊、梁、陳六個朝代相繼建都於建康，故稱之。建康，也稱金陵，位在今江蘇南京市。

【解析】詩題一作〈臺城〉。臺城，為六朝時期中央政府及皇宮所在地，舊址位在今江蘇南京市玄武湖畔，亦稱「苑城」。韋莊詩中描寫臺城江邊煙雨濛濛，草綠鳥啼，不禁讓他遙想起六朝曾建都在此地時那些紙醉金迷的往事，如今物換星移，春景猶在，皇城早已殘敗不堪。可用來形容在春日霪雨中懷想如煙過往，抒發物是人非的哀思。

【出處】唐．韋莊〈金陵圖〉詩：「江雨霏霏江草齊，六朝如夢鳥空啼。無情最是臺城柳，依舊煙籠十里堤。」

西風殘照，漢家陵闕。

秋風中，夕陽餘暉映照著漢代帝王留下的荒涼陵墓。

【解析】李白因目睹京城長安歷經動亂後的破敗荒蕪，故詞中借蕭颯秋風和落日餘暉照耀古代漢家帝王陵墓的悲涼景象，抒發其對歷代盛衰興替的慨嘆。近人王國維《人間詞話》評曰：「太白純以氣象勝。『西風殘照，漢家陵闕』寥寥八字，遂關千古登臨之口。」可用來形容因見滄桑古事古物而興起追思與感喟。

【出處】唐．李白〈憶秦娥．簫聲咽〉詞：「簫聲咽，秦娥夢斷秦樓月。秦樓月，年年柳色，灞陵傷別。樂遊原上清秋節，咸陽古道音塵絕。音塵絕，西風殘照，漢家陵闕。」

念天地之悠悠，獨愴然而涕下。

想到天地的恆久與寬廣，止不住獨自感到悲傷而流下淚來。

【解析】本句出自著名〈登幽州臺歌〉詩。幽州

臺，相傳是戰國燕昭王築以用來招納賢士的樓臺，故址一說位在今北京市境內。另一說位在今河北保定市境內。一直不為武后所用的陳子昂，登上這座曾有明君禮賢好士的樓臺，遠望廣漠無垠的天地，再回頭看著正苦於報國無門的自己，兩相對比，不禁興起天地之大竟無人可以理解自己的悲寂。可用來形容天地悠久無窮無盡，人的渺小與心的孤獨。

【出處】唐．陳子昂〈登幽州臺歌〉詩：「前不見古人，後不見來者。念天地之悠悠，獨愴然而涕下。」

花明柳暗繞天愁，上盡重城更上樓。

明豔的百花和深色的綠柳相互對映，愁緒有如天際一樣無限高遠，就像盡力登上一層層的城樓後，才發現更高的樓還在前方。

【解析】本詩詩題〈夕陽樓〉，夕陽樓，故址位在今河南鄭州市境內，為古時鄭州名勝之一。李商隱描寫他費盡心力登上高樓，縱使滿目繁花綠柳，他卻愁比天高，心中生出一股不管如何努力，距離人生目標仍是非常遙遠的無奈。可用來形容心情鬱悶有心事，精神壓力沉重，難以解脫的心境。

【出處】唐．李商隱〈夕陽樓〉詩：「花明柳暗繞天愁，上盡重城更上樓。欲問孤鴻向何處？不知身世自悠悠。」

花近高樓傷客心，萬方多難此登臨。

在這個遍地烽火的亂世，我登上高樓，看見群花圍樓的優美景致，反令流離他鄉的人感到傷心。

【解析】面對國家屯難多事之秋，滿懷憂憤的杜甫登臨高樓，此時縱有春花美景當前，內心卻仍是愁緒萬千，眼前的盛景反而更襯出詩人的一腔哀情。清人浦起龍《讀杜心解》評曰：「聲宏勢闊，自然傑作。」可用來抒發憂國傷時的遊子在外見繁花錦簇的景象，心情卻是更加沉痛悲傷。

【出處】唐．杜甫〈登樓〉詩：「花近高樓傷客心，萬方多難此登臨。錦江春色來天地，玉壘浮雲變古今。北極朝廷終不改，西山寇盜莫相侵。可憐後主還祠廟，日暮聊為梁甫吟。」

芳心向春盡，所得是沾衣。

多情的花朵只為春天而盛開，等到春天走了，只留下凋零的花瓣沾滿了人的衣衫。

【解析】李商隱透過描寫春盡花落的景象，表達了自己愛惜春花的執著情意，不捨看見花朵殘敗飄零。詩意隱含悲憐自己的處境如同落花一樣，一片芳心深情，卻躲不過無情命運的摧殘。可用來形容傷春自憐的心境。

【出處】唐．李商隱〈落花〉詩：「高閣客竟去，

小園花亂飛。參差連曲陌，迢遞送斜暉。腸斷未忍掃，眼穿仍欲歸。芳心向春盡，所得是沾衣。」

芳樹無人花自落，春山一路鳥空啼。

開滿芬芳花朵的樹木，無人前來欣賞，任花自行零落，春天的山上鳥兒空自啼唱，也無人前來傾聽。

【解析】安史之亂後，李華經過昔日風光明媚、遊客眾多的宜陽（位在今河南洛陽市境內）城下，但此時看來卻是杳無人煙，滿目荒涼。詩中以「花自落」、「鳥空啼」抒發眼前景物除大自然的花鳥之外，其餘盡是荒寞淒涼，表達了戰爭帶給人們生活莫大影響的悵惋。明人李攀龍編選《唐詩訓解》評曰：「『自』與『空』字，益見淒景。」可用來形容大地寂靜荒涼的景象。

【出處】唐．李華〈春行寄興〉詩：「宜陽城下草

萋萋，澗水東流復向西。芳樹無人花自落，春山一路鳥空啼。」

春水船如天上坐，老年花似霧中看。

春天的水漲高，坐船有如在天上飛一樣，年紀已老，兩岸的春花看來就像在霧中一般朦朧不清。

【解析】本句出自杜甫的〈小寒食舟中作〉詩。小寒食，指的是寒食日的前一天或後一天。晚年的杜甫乘著小舟，在浩漫江河上過寒食節，此時的他已老眼昏花，眼前嬌美的春花也猶如迷霧般模糊，故詩中隱含一股時光不再、興致索然的意味。可用來形容人老眼花，縱使美景當前也無法看清的感傷。

【出處】唐．杜甫〈小寒食舟中作〉詩：「佳辰強飲食猶寒，隱几蕭條帶鶡冠。春水船如天上坐，老年花似霧中看……」（節錄）

春來遍是桃花水，不辨仙源何處尋？

春天來時，到處都是桃花春水，根本分辨不出要去哪裡尋找桃花源了？

【解析】桃花源故事起於晉朝的陶淵明，敘述一漁夫捕魚時，誤入桃花源，那是一個沒有戰爭、民風純樸、自給自足的環境。故事膾炙人口，流傳極廣。王維借用這個故事而成此詩。描寫故事裡漁夫駕舟逐水，進入桃花源，漁夫雖對此境心存嚮往，但因塵心未盡，打算先返鄉辭別家人，孰知再回來時，只見桃花春水，但已遍尋不著桃源。可用來形容舊地難尋，只能追憶過往美好的悵然。

【出處】唐．王維〈桃源行〉詩：「……當時只記入山深，青溪幾曲到雲林？春來遍是桃花水，不辨仙源何處尋？」（節錄）

相見時難別亦難，

東風無力百花殘。

相見不容易，分離也是同樣痛苦難堪，更何況在這暮春時節，東風已逐漸無力，百花也紛紛凋零。

【解析】李商隱詩中借景抒情，描寫在東風漸收、百卉凋謝的春天尾聲中，飽受情思煎熬的人不禁被眼前淒清氛圍所感染，更添心中傷感。可用來形容聚首不易，別離時難捨難分的悲傷心情。

【出處】唐．李商隱〈無題〉詩：「相見時難別亦難，東風無力百花殘。春蠶到死絲方盡，蠟炬成灰淚始乾。曉鏡但愁雲鬢改，夜吟應覺月光寒。蓬山此去無多路，青鳥殷勤為探看。」

相思相見知何日？此時此夜難為情。

想念你，想見你，不知等到何日才能見到你？這樣的時間，這樣的夜晚，實在難以壓抑對你的情感。

【解析】李白在秋夜裡見月色分外明亮，勾起他想起心中思念卻不易相見之人，不禁愁緒滿懷，不能自已。可用來形容對戀人或友人的滿心思念。

【出處】唐．李白〈三五七言詩〉詩：「秋風清，秋月明。落葉聚還散，寒鴉棲復驚。相思相見知何日？此時此夜難為情。」

秋陰不散霜飛晚，留得枯荷聽雨聲。

秋空的陰雲連日不散，霜期也來得晚，留下滿池枯殘的荷葉，夜裡只聽到雨點打在荷葉上的聲音。

【解析】秋天的夜晚，李商隱寄宿在長安郊外灞陵一位駱姓人家的亭館，在寂寥中懷念遠方的從表兄弟（指堂姑、堂舅、堂姨、表姑、表舅、表姨、表伯、表叔的兒子）崔雍、崔袞而作此詩。詩中透過描寫屋外陰雨綿綿，聽著淅瀝小雨敲打殘荷的聲

響，委婉表達徹夜不眠，聽雨懷人及隻身在外的寂寞心聲。可用來形容雨夜難眠，思念親友的心情。

【出處】唐．李商隱〈宿駱氏亭寄懷崔雍、崔袞〉詩：「竹塢無塵水檻清，相思迢遞隔重城。秋陰不散霜飛晚，留得枯荷聽雨聲。」

野曠天低樹，江清月近人。

曠野無邊，遠方的天空看起來比近處的樹木還要低，江水清澈，月影倒映水面上，月亮看起來與人極為親近。

【解析】本詩詩題〈宿建德江〉。建德江，指的是新安江流經建德（位在今浙江杭州市境內）的一段江水。孟浩然漫遊越地時，夜泊建德江邊，本是愁腸百結的詩人，見到天地遼闊，原野蒼茫，江水清澄，月影可人的情景，便將滿懷寂寞愁緒寄託於眼前風景，壓抑在心頭的苦悶也因而得到了慰藉。本句可用來形容原野清曠，水月伴人的自然美景。

【出處】唐．孟浩然〈宿建德江〉詩：「移舟泊煙渚，日暮客愁新。野曠天低樹，江清月近人。」

鳥聲爭勸酒，梅花笑殺[1]人。

鳥兒的鳴聲像是在勸人喝酒，梅花的神情彷彿在取笑我的樣子。

【注釋】1. 笑殺：大笑；可笑到極點。

【解析】隋煬帝楊廣曾多次耗費巨資行船巡幸江都（即揚州），此詩為某年春日親臨江都時所作。詩中將大自然的花鳥擬人化，唧唧鳥聲如在勸自己狂飲無妨，嬌豔春花宛若在譏笑他的的醉酒失態。巧合的是，數年後的三月，煬帝在江都為部下所弒，後人直指煬帝的下場是春神的報應，詩句「梅花笑殺人」好似預識了煬帝日後的命運。本句可用來形容醉酒時，周遭自然景觀彷彿與人心意交流。

【出處】隋．隋煬帝楊廣〈幸江都作詩〉詩：「求歸不得去，真成遭箇春。鳥聲爭勸酒，梅花笑殺人。」

寒鴉飛數點，流水遶孤村。

斜陽暮色照著烏鴉在天空翻飛的身影，流水靜靜地環繞著孤寂的村莊。

【解析】隋煬帝楊廣借寫「寒鴉」、「孤村」等眼前所見寂寥荒寒的景狀，抒發心中惆悵低落的心境。可用來形容落日荒村蕭瑟冷清的景象。

【出處】隋．隋煬帝楊廣〈詩〉詩：「寒鴉飛數點，流水遶孤村。斜陽欲落處，一望黯消魂。」

殘星幾點雁橫塞，長笛一聲人倚樓。

天空依稀殘餘幾點星光，群雁橫越關塞，耳邊傳來了有人正倚樓吹笛的樂音。

【解析】寓居長安的趙嘏在晚秋時分，天快拂曉前，仰看星空下雁陣歸返南方，此時忽然聽到有人斜靠高樓吹奏出淒婉的笛聲，使其頓生思歸之情。因詩中「長笛一聲人倚樓」一句為人傳誦，趙嘏聲名大噪，而有了「趙倚樓」的雅號。本句可用來形容因景生情，思念家鄉的情感。

【出處】唐．趙嘏〈長安秋望〉詩：「雲物淒涼拂曙流，漢家宮闕動高秋。殘星幾點雁橫塞，長笛一聲人倚樓。紫豔半開籬菊靜，紅衣落盡渚蓮愁。鱸魚正美不歸去，空戴南冠學楚囚。」

無情最是臺城柳，依舊煙籠十里堤。

最無情的就是臺城的楊柳，（無論世事如何滄桑變化）它們依舊像輕煙般籠罩在十里長堤上。

【解析】詩題一作〈臺城〉。此為韋莊憑弔六朝古都臺城之作，表面上雖言臺城的柳樹最為無情，實是借楊柳堆煙、茂盛如昔之美景，昭示臺城昔往的榮景早已不復存在，僅存一城破敗遺址，以反襯心中對朝代興衰、人世滄桑的沉重傷痛。本句可用來抒發不論世事變化，景物依舊如故的概嘆。其中「依舊煙籠十里堤」一句，另可用來比喻某些事物長久以來興盛不衰。

【出處】唐．韋莊〈金陵圖〉詩：「江雨霏霏江草齊，六朝如夢鳥空啼。無情最是臺城柳，依舊煙籠十里堤。」

蛺蝶紛紛過牆去，卻疑春色在鄰家。

蝴蝶一隻隻飛過牆去，讓人疑心春天的景色是不是只在隔壁鄰居的家裡。

【解析】作者王駕在雨後漫步庭園時，發現雨前所見的花朵多已殘敗零落，又見蝴蝶翩翩飛過牆壁，不由得興起美好的春光被鄰人悄悄偷去的念頭，語氣中流露出對滿園殘春景象的嘆息不捨。可用來形容見景生情，心生尋春、惜春之意。其中「卻疑春色在鄰家」一句，另可用來比喻懷疑自己的心愛事物為他人所佔。

【出處】唐．王駕〈雨晴〉詩：「雨前初見花間蕊，雨後兼無葉裡花。蛺蝶紛紛過牆去，卻疑春色在鄰家。」

鴻雁不堪愁裡聽，雲山況是客中過。

心中懷抱愁苦的人，最不忍聽聞大雁的鳴聲，更何況冷寂雲山是你旅途必定經過的地方啊！

【解析】魏萬是作者李頎的忘年之交，魏萬入京前，李頎作詩為他送別，詩中想像好友旅程中聽著天空傳來鴻雁哀鳴，獨自一人對著冷寂的雲山，內心的落寞神傷可想而知。本句可用來形容出外遊子因景傷懷，心境淒涼。

【出處】唐．李頎〈送魏萬之京〉詩：「朝聞遊子唱離歌，昨夜微霜初渡河。鴻雁不堪愁裡聽，雲山況是客中過。關城樹色催寒近，御苑砧聲向晚多。莫見長安行樂處，空令歲月易蹉跎。」

馨香歲欲晚，感嘆情何極。

花期就要結束，芳草的香氣也快要消失，心中感慨無窮無盡。

【解析】張九齡貶謫外地時，眼看時序即將邁入秋天，不忍空谷幽蘭轉眼就要被露水摧殘而逐漸凋零，芳香也隨著花謝而消逝，因而興起憐花悲秋的喟嘆。本句可用來形容芳草逢秋，花季已晚的悲嘆。另可用來比喻人或事物雖然美好，但仍躲不過歲月催促而衰老或消歇的遺憾。

【出處】唐．張九齡〈感遇〉詩十二首之十：「漢上有遊女，求思安可得。袖中一札書，欲寄雙飛翼。冥冥愁不見，耿耿徒緘憶。紫蘭秀空蹊，皓露奪幽色。馨香歲欲晚，感嘆情何極。白雲在南山，日暮長太息。」

蘭浦蒼蒼春欲暮，落花流水怨離琴。

蘭草茂盛地在水邊生長，今年的春天就快要過去了，落下的花瓣隨著流水而去，耳邊傳來離別的琴聲，讓人平添幾許的怨尤。

【解析】作者李群玉描寫其在暮春送別友人時，看著凋零的落花被水流帶走的情景，聽著哀怨的樂音，心中的別情愁緒更為甚烈。可用來形容見暮春殘敗蕭瑟之景，進而勾起內心的感傷情緒。

【出處】唐．李群玉〈奉和張舍人送秦鍊師歸岑公山〉詩：「仙翁歸臥翠微岑，一夜西風月峽深。松

逕定知芳草合，玉書應念素塵侵。閑雲不繫東西影，野鶴寧知去住心。蘭浦蒼蒼春欲暮，落花流水怨離琴。」

愛國之情

不求生入塞，唯當死報君。

不奢求有生之年能從邊塞活著返回，唯有以死報答君王才是戰士理當盡的責任。

【解析】駱賓王詩中表達從軍乃是為了保衛國家、盡忠君王，縱使最後必須犧牲自己的生命也在所不惜。可用來形容戰士視死如歸的愛國情操。

【出處】唐·駱賓王〈從軍行〉詩：「平生一顧重，意氣溢三軍。野日分戈影，天星合劍文。弓弦抱漢月，馬足踐胡塵。不求生入塞，唯當死報君。」

沙場磧路何為爾？重氣輕生知許國。

為什麼要奔走在前往戰場的沙漠道路上？那是因為重視義氣而輕忽生命，決心以身報效國家的緣故。

【解析】本句出自唐朝張說的〈巡邊在河北作〉。河北，指的是唐朝的河北道，位在今北京市、河北以及周邊部分地區，因位在黃河以北，故稱之。唐玄宗開元年間，官拜兵部尚書的張說受命到北方巡邊，他作此詩表達了自己看重氣節，不惜生命也要報效朝廷。可用來形容重視義氣節操，矢志盡忠報國。

【出處】唐·張說〈巡邊在河北作〉詩：「去年六月西河西，今年六月北河北。沙場磧路何為爾？重氣輕生知許國。人生在世能幾時？壯年征戰髮如絲。會待安邊報明主，作頌封山也未遲。」

報君黃金臺[1]上意，

提攜玉龍為君死。

為報答君王的知遇恩情，手提著寶劍願意為君王而死。

【注釋】1. 黃金臺：相傳戰國燕昭王在易水附近築黃金臺，臺上放了很多黃金，以招致四方豪傑。後也用來指招攬天下賢良的地方。此以黃金臺代指君王的賞識提攜之情。

【解析】本句出自唐朝詩人李賀的〈雁門太守行〉詩。雁門，為古郡名，位在今山西境內，為唐朝和北方突厥部族的邊境地帶。〈雁門太守行〉，為古樂府的曲調名，多以邊地戰事為主題。李賀在詩中先是描寫守衛邊防的唐軍將士與敵人浴血奮戰時的緊迫情勢，詩末援引戰國燕昭王築黃金臺，不惜重金招攬賢士一事，表達出戰場將士為了報答君王的恩遇，縱使犧牲生命也在所不辭。可用來形容軍人將士為感謝國家的栽培和重用，誓死報效的精神。

【出處】唐．李賀〈雁門太守行〉詩：「黑雲壓城城欲摧，甲光向日金鱗開。角聲滿天秋色裡，塞上燕脂凝夜紫。半卷紅旗臨易水，霜重鼓寒聲不起。報君黃金臺上意，提攜玉龍為君死。」

黃雲隴底白雲飛，未得報恩不得歸。

大風在山下揚起滾滾黃沙，白雲在天上飄飛，沒有立功報效國恩便不打算回家。

【解析】作者李頎描寫從軍男兒在塞外見到狂沙捲雲、風沙瀰漫連天的壯麗景色，興起了他思念親人的情懷，但大敵當前，國恩未報，無論如何都要打勝仗，光榮返回故鄉。可用來形容戰士誓言在戰場上立功的決心。

【出處】唐．李頎〈古意〉詩：「男兒事長征，少小幽燕客。賭勝馬蹄下，由來輕七尺。殺人莫敢前，鬚如蝟毛磔。黃雲隴底白雲飛，未得報恩不得歸……」（節錄）

感時思報國，拔劍起蒿萊[1]。

有感於時局動亂，有志者即使出身民間，也拔劍而起，報效國家。

【注釋】1. 蒿萊：草野。此比喻民間。

【解析】面對當時國家局勢動盪不安，陳子昂深感每個人都應在國家需要時挺身而出，奔赴前線貢獻一己之力。可用來表達國難當頭，出身平民也要保衛國家的信念。

【出處】唐．陳子昂〈感遇〉詩三十八首之三十五：「本為貴公子，平生實愛才。感時思報國，拔劍起蒿萊。西馳丁零塞，北上單于臺。登山見千里，懷古心悠哉。誰言未忘禍，磨滅成塵埃。」

寧為百夫長，勝作一書生。

寧願做一個管轄百名士兵的的低階軍官，也好過當一個只會讀書的人。

【解析】作者楊炯詩中表達為了保衛國家，願意棄筆從戎，親赴前線殺敵的決心，一腔報國熱血，躍然紙上。清人沈德潛《唐詩別裁集》評曰：「此泛言用武效力，勝於一經自守。」可用來形容讀書人投身軍旅的報國熱忱。

【出處】唐．楊炯〈從軍行〉詩：「烽火照西京，心中自不平。牙璋辭鳳闕，鐵騎繞龍城。雪暗凋旗畫，風多雜鼓聲。寧為百夫長，勝作一書生。」

還君明珠雙淚垂，恨不相逢未嫁時。

將寶貴的珍珠還給你的時候，眼淚忍不住流了下來，遺憾我不是在未嫁人前與你相遇。

【解析】此詩表面上是描述一已婚婦人婉拒某男子

的追求，並表達對兩人相見恨晚的無奈之情，然背後的深意實是張籍為拒絕淄青平盧節度使兼檢校司空李師道的籠絡而作。在朝廷疲弱，各地藩鎮擁兵自重的時期，這些節度使多會用利誘來拉攏文人以擴張勢力。詩中張籍自比是有夫之婦的「妾」，把李師道比作「君」，其給與的厚利比成「明珠」，暗喻自己對朝廷的忠誠正如節婦忠於丈夫是一樣的態度。可用來比喻對國家忠心不貳，絕不與叛亂者同流合汙。另可用來形容已婚女人雖為某人所愛，終是不願背叛丈夫而回絕了對方。

【出處】唐．張籍〈節婦吟，寄東平李司空師道〉詩：「君知妾有夫，贈妾雙明珠。感君纏綿意，繫在紅羅襦。妾家高樓連苑起，良人執戟明光裡。知君用心如日月，事夫誓擬同生死。還君明珠雙淚垂，恨不相逢未嫁時。」

願得此身長報國，何須身入玉門關？

我願意以自己的身軀報效國家，又何必一定要活著回去玉門關內呢？

【解析】玉門關是兩漢時期通往西域的關隘。東漢班超出使西域三十餘年，年老時上疏皇帝「臣不敢望到九泉郡，但願生入玉門關」，表達其告老歸鄉的心願。戴叔倫在此反用班超的語意，描寫戰士戍守邊疆，縱使最後戰死沙場也不足惜。本句可用來形容愛國將士誓死捍衛家園的忠勇情操。

【出處】唐．戴叔倫〈塞上曲〉詩二首之二：「漢家旌幟滿陰山，不遣胡兒匹馬還。願得此身長報國，何須生入玉門關？」

內心情緒

【歡喜】

卻看妻子愁何在，漫卷詩書喜欲狂。

回頭看妻兒原本的愁容早已不在，胡亂地收拾書本，高興到快要發狂。

【解析】寓居在梓州（位在今四川境內）一帶的杜甫，聽聞唐軍擊敗安史之亂的叛軍，收復薊北（位在今河北境內）失土的消息，激動得喜極而泣，轉身看見家人臉上多年愁苦全都消散，連忙整理行李，帶著歡快的心情，準備返回因戰亂而長期未歸的故鄉。可用來形容聽聞喜訊後愁顏盡掃、笑逐顏開，興奮得不能自已。

【出處】唐．杜甫〈聞官軍收河南河北〉詩：「劍外忽傳收薊北，初聞涕淚滿衣裳。卻看妻子愁何在，漫卷詩書喜欲狂……」（節錄）

春風得意馬蹄疾，一日看盡長安花。

在春風吹拂中，得意洋洋地騎馬疾馳，一日便賞盡了長安城的花景。

【解析】孟郊連年參加科舉卻屢次落第，終於在四十多歲時考取進士。當時士子登科後，朝廷便舉行曲江杏園初宴、慈恩寺雁塔題名以及走馬遊街賞花等一連串慶祝活動。本詩便是描寫及第後的孟郊騎馬賞花，擺脫過去長處困躓的狼狽不堪，神采飛揚。可用來形容考試或事業升遷順利的興奮感受。也可用於形容事情如願以償而心情快意歡暢。

【出處】唐．孟郊〈登科後〉詩：「昔日齷齪不足誇，今朝放蕩思無涯。春風得意馬蹄疾，一日看盡長安花。」

雁引愁心去，山銜好月來。

雁鳥帶走了憂愁的心緒，青山銜來了美好的明月。

【解析】本詩詩題為〈與夏十二登岳陽樓〉。岳陽樓，位在今湖南岳陽市境內。李白於肅宗乾元年間在流放的途中遇赦，準備返回江陵前，與友人夏十二郎齊遊洞庭湖，同登岳陽樓，兩人痛飲大醉，迴旋亂舞。此時在詩人的眼中，天空成群的飛雁，就像是專程前來帶走他的陰霾，月升山頭，彷彿是青山特地為他銜來了一輪清輝，人間景物，無不有情重義，烘托出其歷經大難後又遇赦的開懷情緒。可用來形容苦盡甘來的喜悅之情。另可用來形容秋雁高飛，山月相伴的景色。

【出處】唐．李白〈與夏十二登岳陽樓〉詩：「樓觀岳陽盡，川迴洞庭開。雁引愁心去，山銜好月來。雲間連下榻，天上接行杯。醉後涼風起，吹人舞袖迴。」

▌悲愁▐

一葉葉，一聲聲，空階滴到明。

雨不停下著，一聲接著一聲拍打一葉又一葉的梧桐，滴落在空盪盪的石階上，一直到天明。

【解析】溫庭筠在此借景抒情，描寫一名正為離情而傷心不已的女子，整夜聽著滴答的雨聲直到天亮，可見她內心懷抱的淒苦有多麼深，才導致其徹夜難眠。清人陳廷焯在《白雨齋詞話》寫道：「飛卿〈更漏子〉三章，自是絕唱，而後人獨賞其末章梧桐樹數語。」給予這闋詞極高的評價。飛卿，即溫庭筠的字。本句可用來形容雨夜冷清寂寥，心生悲愁。另可用來形容雨久下不停，敲打著樹葉。

【出處】唐．溫庭筠〈更漏子．玉爐香〉詞：「玉

爐香，紅燭淚，偏對畫堂秋思。眉翠薄，鬢雲殘，夜長衾枕寒。梧桐樹，三更雨，不道離情最苦。一葉葉，一聲聲，空階滴到明。」

一聲〈何滿子〉[1]，雙淚落君前。

聽聞一聲〈何滿子〉的樂聲，忍不住在君王的面前傷心落淚。

【注釋】1. 何滿子：詞牌名，唐代的教坊曲，或作「斷腸詞」。何滿子本是人名，為唐玄宗時的歌者，後因故遭玄宗處死，臨刑前曾進此曲贖死，終不得赦免。

【解析】詩人張祜（ㄏㄨˋ）描寫宮女幽閉深宮多年，因一曲悲戚的樂歌，直接當著君王面前涕淚橫流，完全壓抑不住情緒，可見其埋藏在內心的積怨有多深。可用來形容聽到或發出某種歌聲、樂曲後，產生強烈共鳴而悲傷到流下淚來。

【出處】唐．張祜〈宮詞〉詩二首之一：「故國三千里，深宮二十年。一聲〈何滿子〉，雙淚落君前。」

人生有情淚沾臆，江水江花豈終極？

人因心中悲傷而落下淚水沾濕衣襟，就如同江裡的水、江邊的花一樣哪裡會有終止的時候？

【解析】此詩乃杜甫作於安史之亂後首都長安淪陷時，當他來到京城昔日繁華行樂之地曲江邊，目睹了叛軍胡人的騎兵橫行而過，掀起了滿天的塵埃風沙，即使心中哀慟萬分卻也莫可奈何。可用來形容人因重情而淚流不止。

【出處】唐．杜甫〈哀江頭〉詩：「……明眸皓齒今何在？血汙遊魂歸不得。清渭東流劍閣深，去住彼此無消息。人生有情淚沾臆，江水江花豈終極？黃昏胡騎塵滿城，欲往城南望城北。」（節錄）

世事茫茫難自料，春愁黯黯獨成眠。

世上的事情渺渺茫茫，難以預測，在這春天的夜晚，懷抱著黯然愁緒獨自睡去。

【解析】此詩為韋應物向好友李儋、元錫傾訴失意心情的書信，內容除敘述了和友人別後的思念之外，也對世局的紛沓雜亂以及個人的命運前途深感愁悶不安。可用來形容人對未來的茫然與憂心忡忡。

【出處】唐．韋應物〈寄李儋、元錫〉詩：「去年花裡逢君別，今日花開已一年。世事茫茫難自料，春愁黯黯獨成眠。身多疾病思田里，邑有流亡愧俸錢。聞道欲來相問訊，西樓望月幾回圓？」

白髮三千丈，緣愁似箇[1]長。

頭上的白髮長到三千丈的長度，只因為心中的愁思也像白髮這樣地長。

【注釋】1.箇：音ㄍㄜˋ，通「個」字。此作代詞，這、那。

【解析】人們因憂愁而生出白髮，李白在詩中用誇飾的筆法，寫他長出了三千丈的白髮，以表達心中沉重且深長的愁緒。本句可用來形容內心的愁苦極深，使頭上平添白髮。

【出處】唐．李白〈秋浦歌〉詩十七首之十五：「白髮三千丈，緣愁似箇長。不知明鏡裡，何處得秋霜？」

抽刀斷水水更流，舉杯銷愁愁更愁。

想要抽出刀子來切斷水流，水卻更加奔流不止，想要舉起酒杯來解除愁緒，愁緒卻是愈益增多。

【解析】本句出自於李白〈宣州謝朓樓餞別校書叔雲〉詩。宣州，位在今安徽境內。謝朓樓，為南齊詩人謝朓任宣城太守時修建的一座樓閣，唐時為紀念謝朓又重建此樓。校書是職官名，負責典校書籍的官員。李白在詩中表達他力圖擺脫一切煩惱苦悶，但結果憂憤的情緒更加劇烈。可用來形容滿腹愁苦，無以排解。另可用來比喻想要阻止某種事物的發展，或試圖運用手法來消除某種現象，但結果卻是適得其反。

【出處】唐．李白〈宣州謝朓樓餞別校書叔雲〉詩：「……抽刀斷水水更流，舉杯銷愁愁更愁。人生在世不稱意，明朝散髮弄扁舟。」（節錄）

座中泣下誰最多？江州司馬[1]青衫濕。

在座當中，眼淚流得最多的人是誰呢？我這個江州司馬的青衫都被淚水給浸濕了。

【注釋】1. 江州司馬：詩人白居易的自稱。白居易因曾被貶為江州司馬，其名作〈琵琶行〉中有「江州司馬青衫濕」句，後人遂以此代稱之。

【解析】白居易在聽聞琵琶女的深湛琴藝和不幸際遇後，進而聯想到自己不也滿懷才能和抱負卻遭到貶謫江州的不平對待，內心因感同身受而垂淚不止。本句可用來形容在場所有人裡面，某人哭得最傷心。

【出處】唐．白居易〈琵琶行〉詩：「……感我此言良久立，卻坐促絃絃轉急。淒淒不似向前聲，滿座重聞皆掩泣。座中泣下誰最多？江州司馬青衫濕。」（節錄）

棄我去者，昨日之日不可留，亂我心者，今日之日多煩憂。

離我而去的，是不可挽留的昨日時光；擾亂我心緒的，是令我煩惱的今日時光。

【解析】李白借在宣州謝朓樓餞別其族叔（年紀小於父親的從堂叔伯，亦泛指同宗族中與父親同輩而年紀較小的人）李雲的場合，直抒其深感歲月煩憂苦多的鬱鬱心結。可用來感嘆逝者難追，現實人生又愁悶難解的心緒。

【出處】唐．李白〈宣州謝朓樓餞別校書叔雲〉詩：「棄我去者，昨日之日不可留，亂我心者，今日之日多煩憂。長風萬里送秋雁，對此可以酣高樓……」（節錄）

訪舊半為鬼，驚呼熱中腸。

拜訪昔時老友，已經大半都死去了，不禁令人驚訝難過。

【解析】杜甫舊地重遊，得悉過去的朋友多已不在人世，因而感嘆世事變化劇烈，以及人生離合無常，內心傷痛萬分。本句可用來形容得知舊友同輩去世，震驚嘆惋之情。

【出處】唐．杜甫〈贈衛八處士〉詩：「……少壯能幾時？鬢髮各已蒼。訪舊半為鬼，驚呼熱中腸……」（節錄）

感時花濺淚，恨別鳥驚心。

感慨時局變化，看著花朵也會掉下眼淚來，怨恨至親別離，聽到鳥鳴也會感到心驚不已。

【解析】此詩作於安史之亂期間，杜甫有感於與親人之間飽嘗戰亂流離之苦，故眼前出現的春花鳥鳴，反而更觸動他內心的悲傷情緒。北宋司馬光《續詩話》評論這兩句詩：「花鳥，平時可娛之物，見之而泣，聞之而悲，則時可知矣。」本句可用來形容感傷國事家事，驚心悲泣。

【出處】唐．杜甫〈春望〉詩：「國破山河在，城春草木深。感時花濺淚，恨別鳥驚心……」（節錄）

暝色入高樓，
有人樓上愁。

黃昏的餘暉照進了高樓，有人正在樓中憂愁不已。

【解析】此詞一說描寫孤身漂泊客鄉的人，在暮色籠罩下登樓，極目遠望，因思念家鄉而發愁。另一說認為是寫閨中女子望遠懷人，衷心渴盼滯留遠方的心上人早日歸返。本句可用來形容人因心事重重而愁情萬千。

【出處】唐．李白〈菩薩蠻．平林漠漠煙如織〉詞：「平林漠漠煙如織，寒山一帶傷心碧。暝色入高樓，有人樓上愁……」（節錄）

舊好腸堪斷，
新愁眼欲穿。

想念舊時好友的痛苦，彷彿腸子幾乎要斷了一樣，為了期待相見而愁苦，眼睛彷彿都要望穿了。

【解析】本詩詩題為〈寄岳州賈司馬六丈、巴州嚴八使君兩閣老五十韻〉。岳州，位在今湖南境內。巴州，位在今四川境內。使君，本指奉命出使的人，也可用來尊稱郡太守或州刺史。這是杜甫寄給好友賈至和嚴武的一首詩，內容除了表達對兩人不幸分別被貶為岳州司馬和巴州刺史的惋惜外，也抒發了久別後的思念情誼，衷心渴望能早日與好友重逢話舊。可用來形容傷心欲絕，內心的盼望也極為深切。

【出處】唐．杜甫〈寄岳州賈司馬六丈、巴州嚴八使君兩閣老五十韻〉詩：「……舊好腸堪斷，新愁眼欲穿。翠乾危棧竹，紅膩小湖蓮。賈筆論孤憤，嚴詩賦幾篇？定知深意苦，莫使眾人傳……」（節錄）

懶起畫蛾眉，
弄妝梳洗遲。

醒來後，懶洋洋地起身描畫自己細長而彎曲的眉毛，慢吞吞地梳頭整理自己的妝容。

【解析】溫庭筠描寫一女子早晨醒來，意興闌珊梳理妝容的情態，抒發其不知要為誰而裝扮的寂寞感傷。清人陳廷焯《白雨齋詞話》評曰：「飛卿詞『懶起畫蛾眉，弄妝梳洗遲』，無限傷心，溢於言表。」可用來形容女子睡醒後心情低落，意態懶散。另可用來形容女子梳妝時嬌慵柔美的神態。

【出處】唐．溫庭筠〈菩薩蠻．小山重疊金明滅〉詞：「小山重疊金明滅，鬢雲欲度香腮雪。懶起畫蛾眉，弄妝梳洗遲。照花前後鏡，花面交相映。新帖繡羅襦，雙雙金鷓鴣。」

三、抒發自我

感傷身世

一臥東山三十春，豈知書劍[1]老風塵。

早年隱居鄉野，一轉眼就過了三十年，此時出來做官，哪裡知道辜負了一身的文武才能，在紛擾的官宦生涯逐漸老去。

【注釋】1. 書劍：本指書籍與寶劍，後多用來代稱讀書為官和仗劍從軍。

【解析】本詩詩題〈人日寄杜二拾遺〉。人日，指的是農曆正月七日。拾遺，職官名，負責規諫君王朝政缺失的官員。高適晚年於蜀州刺史任上，寄詩給曾任左拾遺後棄官輾轉來到成都定居的杜甫，向他抒發自己早年隱居不仕，之後決心出來為國獻力

卻苦無作為的遭遇，語氣中含有滿懷匡時濟世的才幹卻不受重用的遺憾。可用來形容懷才不遇無所作為的哀嘆。

【出處】唐・高適〈人日寄杜二拾遺〉詩：「人日題詩寄草堂，遙憐故人思故鄉。柳條弄色不忍見，梅花滿枝空斷腸。身在遠藩無所預，心懷百憂復千慮。今年人日空相憶，明年人日知何處？一臥東山三十春，豈知書劍老風塵？龍鍾還忝二千石，愧爾東西南北人。」

千秋萬歲名，寂寞身後事。

盛名雖可以流傳千萬年，但那也是寂寞潦倒一生結束之後的事了。

【解析】杜甫得知李白入獄的消息，日夜擔憂掛念，終而成夢。醒來後他回想起才華絕世的李白，人生際遇卻屢遭乖舛，不禁要替其發出深切的同情與不平之鳴。可用於形容成就雖足以名揚後世，但生前卻落寞不得志的遭遇。

【出處】唐・杜甫〈夢李白〉詩二首之二：「……孰云網恢恢，將老身反累。千秋萬歲名，寂寞身後事。」（節錄）

中路因循我所長，古來才命兩相妨。

半途蹉跎實是我所擅長的，從古以來一個人的才能和命運是相互妨礙的。

【解析】李商隱有感於造化總是捉弄像他這樣負有才識之人，現實人生對他殘酷無情，使其有志難伸。「中路因循我所長」實為詩人自我解嘲。可用來感嘆有才能本事的人，命運總是多舛坎坷。

【出處】唐・李商隱〈有感〉詩：「中路因循我所長，古來才命兩相妨。勸君莫強安蛇足，一盞芳醪（ㄌㄠˊ）不得嘗。」

正是江南好風景，落花時節又逢君。

現在正值江南風景最美的時候，沒想到會在這樣的落花時節與你重逢。

【解析】這是杜甫晚年與李龜年於江南再遇時，創作的一首詩。李龜年，唐玄宗開元時期著名的音樂家，昔日備受王公貴族的尊崇。年輕時的杜甫當年在長安常出入皇親國戚家中，得以欣賞李龜年的精湛演出。安史之亂後，李龜年流落江南，賣藝為生，杜甫也遭遇顛沛流離，兩個處境淒涼的老人在落花紛飛下偶遇，回首承平時代的風光過往，不勝唏噓。可用來形容久別相逢，興起繁華不再、歲月已逝的感傷。

【出處】唐．杜甫〈江南逢李龜年〉詩：「岐王宅裡尋常見，崔九堂前幾度聞。正是江南好風景，落花時節又逢君。」

白髮悲花落，青雲羨鳥飛。

悲嘆自己滿頭白髮，就像花朵凋零飄落，羨慕鳥兒在高空中任意飛翔。

【解析】這首詩是詩人岑參寫給當時擔任左拾遺的杜甫，一方面感傷人生易逝，年華老去，一方面欣羨飛鳥平步青雲，感嘆自己仕途鬱鬱不得志。可用來抒發年紀老大，苦無機會立下一番功業的喟嘆。

【出處】唐．岑參〈寄左省杜拾遺〉詩：「聯步趨丹陛，分曹限紫微。曉隨天仗入，暮惹御香歸。白髮悲花落，青雲羨鳥飛。聖朝無闕事，自覺諫書稀。」

同是天涯淪落人，相逢何必曾相識？

同樣都是流落在異鄉的人，既然相遇又何必在

乎要曾經相識呢？

【解析】這段名句出自於詩人白居易著名的〈琵琶行〉詩。詩中敘述意外認識琵琶女，得知她年輕時曾歷經風光的歌妓生活，如今年老色衰，遭經商的丈夫冷落的悲涼身世，聯想到自己得罪朝中權貴而被貶謫江州的委屈遭遇，內心不由得興起同病相憐的情感。本句可用來形容同是漂泊他鄉之人，慨嘆彼此遭遇的落寞心境。

【出處】唐．白居易〈琵琶行〉詩：「……我聞琵琶已嘆息，又聞此語重唧唧。同是天涯淪落人，相逢何必曾相識……」（節錄）

但看古來盛名下，終日坎壈[1]纏其身。

看看那些自古以來負有盛名的人，終生都為窮困潦倒所糾纏著。

【注釋】1. 坎壈：不得志。壈，音ㄌㄢˇ。

【解析】曹霸是唐玄宗時代名滿天下的畫家，杜甫綜觀他的一生，從早期的畫名顯赫，曾獲唐玄宗重用，到後來因戰亂而淪落到街頭替人作畫為生，不時遭人白眼。對比自己的時運不濟，失意落魄，不也同一代畫師曹霸的境遇一樣坎坷嗎？清人金聖歎在《杜詩解》評論此詩：「波瀾疊出，分外爭奇，卻一氣渾成，真乃匠心獨運之筆。」本句可用來形容具有才華能力的人，命運往往多舛不順。

【出處】唐．杜甫〈丹青引贈曹將軍霸〉詩：「……將軍善畫蓋有神，必逢佳士亦寫真。即今漂泊干戈際，屢貌尋常行路人。途窮反遭俗眼白，世上未有如公貧。但看古來盛名下，終日坎壈纏其身。」（節錄）

門前冷落鞍馬稀，老大嫁作商人婦。

門前冷冷清清的，連車馬都很少經過這裡，眼看年紀大了，於是嫁給了一個商人。

【解析】白居易描寫琵琶女回憶歌妓生涯的過往，從紅顏青春時人人爭相求愛的得意光景，到姿色衰退後，來客冷清稀落，最末只能將後半生託付給一個經常不在家的生意人，卻也從此展開了自己淒涼孤獨的後半生。詩中「鞍馬」一說作「車馬」。本句可用來形容女子衰老後風光不再，落魄嫁人的遭遇。其中「門前冷落鞍馬稀」一句，另可用來形容家道中落後門戶冷清，往來稀少，揭露社會現實與人心的勢利冷漠。

【出處】唐．白居易〈琵琶行〉詩：「……弟走從軍阿姨死，暮去朝來顏色故。門前冷落鞍馬稀，老大嫁作商人婦……」（節錄）

悵望千秋一灑淚，蕭條異代不同時。

千年之後，我惆悵地來到戰國楚人宋玉的故居，忍不住落下淚水，雖然我和他生長在不同的時代，但身世遭遇都是同樣寂寥淒涼。

【解析】此詩為杜甫為憑弔宋玉而作，他不捨像宋玉這樣文采風流的前輩，生前際遇卻是如此失意潦倒，只是杜甫再回頭看看自己多舛的命運時，發現自己竟也和宋玉一樣，不禁悲從中來。本句可用來表達對聖賢前人不平境況的憐惜，同時也感傷自己與聖賢前人際遇無異。

【出處】唐．杜甫〈詠懷古跡〉詩五首之二：「搖落深知宋玉悲，風流儒雅亦吾師。悵望千秋一灑淚，蕭條異代不同時。江山故宅空文藻，雲雨荒臺豈夢思？最是楚宮俱泯滅，舟人指點到今疑。」

朝扣富兒門，暮隨肥馬塵。

為謀生計，早上我敲開那些富貴人家的大門，直到黃昏時才風塵僕僕地尾隨著富人們所乘的好馬歸返。

【解析】杜甫詩中描述他旅居京城長安十三年間，

終日為了謀求前程與生計奔走，從早到晚得看富人的冷漠臉色，換來人家吃剩的酒菜圖個溫飽。可用來形容依附權貴，受盡屈辱的心情。

【出處】唐．杜甫〈奉贈韋左丞丈二十二韻〉詩：「……騎驢十三載，旅食京華春。朝扣富兒門，暮隨肥馬塵。殘杯與冷炙，到處潛悲辛……」（節錄）

萬里悲秋常作客，百年多病獨登臺。

長久在外地生活，離家千里之遠，每到秋天便會格外悲傷。人生最多不過活上一百年，還經常為疾病所苦，趁著尚有機會，獨自登上高臺。

【解析】古人在農曆九月九日有登高的習俗，相傳可以避開禍事。這是杜甫晚年在九月九日獨上登臺時所作，他回想自己一生乖舛，如今老邁多病卻還寄寓在異鄉，深感晚景淒涼。可用來形容客居他鄉的人老病衰殘、內心孤寂的情況。

【出處】唐．杜甫〈登高〉詩：「……萬里悲秋常作客，百年多病獨登臺。艱難苦恨繁霜鬢，潦倒新停濁酒杯。」（節錄）

蓬門未識綺羅香，擬託良媒益自傷。

窮苦人家的女兒不知道綾羅綢緞的芳香，想要請媒人說親，又擔心無人欣賞自己，為此暗自悲傷著。

【解析】秦韜玉透過詩中一女子傾訴家境清寒，從小衣著裝扮簡單樸素，到了出嫁的年紀，不敢央人來家裡說媒，唯恐自己的清寒出身遭到對方的嫌棄，語氣中流露出既期待又怕受傷害的無奈，可見當時的婚姻匹配相當重視雙方的門第。可用來形容適婚女子盼望姻緣，卻又自嘆家境清貧，難得良配。

【出處】唐．秦韜玉〈貧女〉詩：「蓬門未識綺羅香，擬託良媒益自傷。誰愛風流高格調，共憐時世

儉梳妝……」（節錄）

親朋無一字，老病有孤舟。

親人朋友們全無音訊，陪伴在年老生病的我身旁的只有一葉孤舟。

【解析】杜甫詩中描述自己年老多病卻仍天涯漂泊，生活無依無靠的窘迫處境。可用來形容年老家貧、無親無友的處境。

【出處】唐．杜甫〈登岳陽樓〉詩：「……親朋無一字，老病有孤舟。戎馬關山北，憑軒涕泗流。」（節錄）

雞聲茅店月，人跡板橋霜。

公雞報曉，茅舍上空猶見一片殘月，滿是銀霜的木橋上印著行人的足跡。

【解析】溫庭筠描寫旅人住在用茅草蓋搭的山村小客店裡，即使天色未亮，一聽見雞鳴便起身趕路，走過的足印都清晰地留在結滿寒霜的木橋上。「雞聲」、「茅店」、「月」、「人跡」、「板橋」、「霜」全是名詞，連綴成一幅遊子早行的圖景，意在表現旅人因羈留他鄉所引發的離思愁緒。清人趙翼《甌北詩話》對這兩句詩的評語為：「不著一虛字，而曉行景色，都在目前，此真傑作也。」可用來形容離家遠遊之人，清早趕路的淒冷情景。

【出處】唐．溫庭筠〈商山早行〉詩：「晨起動征鐸，客行悲故鄉。雞聲茅店月，人跡板橋霜。槲（ㄏㄨˊ）葉落山路，枳花明驛牆。因思杜陵夢，鳧（ㄈㄨˊ）雁滿回塘。」

飄飄何所似？天地一沙鷗[1]。

我這樣漂泊不定像是天地間的一隻沙鷗。

【注釋】 1. 沙鷗：一種常飛翔水岸沙地上的鷗鳥。

【解析】 杜甫晚年離開成都後，攜家乘舟東下，展開一段以舟為家的漫長旅程。詩中以「沙鷗」自喻，抒發自己飄零天涯、隨舟顛簸的淒涼境遇，以及心中深沉無奈的孤寂。本句可用來形容生活無依，孤獨自傷的遭遇。

【出處】 唐．杜甫〈旅夜書懷〉詩：「……名豈文章著，官應老病休。飄飄何所似？天地一沙鷗。」（節錄）

自娛自適

一船明月一竿竹，家住五湖[1]歸去來。

撐著一竿竹篙，船舟上載滿明亮的月光，回到我位於太湖一帶的故鄉。

【注釋】 1. 五湖：此指太湖。作者羅隱為浙江餘杭人，太湖橫跨江蘇、浙江兩省，故借五湖喻指家鄉。

【解析】 羅隱到京城長安求取功名失利，心灰意冷之餘來到附近的遊覽勝地曲江排解鬱悶，進而產生了不如歸去的念頭。可用來形容歸鄉隱居的生活情境。

【出處】 唐．羅隱〈曲江春感〉詩：「江頭日暖花又開，江東行客心悠哉。高陽酒徒半凋落，終南山色空崔嵬。聖代也知無棄物，侯門未必用非才。一船明月一竿竹，家住五湖歸去來。」

人生如此自可樂，豈必局束為人鞿[1]？

（登山遊寺，放情山水）這樣的人生自然可以獲得快樂，又何必受人牽制，像被套上馬韁一樣呢？

【注釋】1.鞿：音ㄐㄧ，馬口中的韁繩。

【解析】韓愈的官宦生涯沉浮起落，經常讓他有身不由己之感，此次藉由和幾位同好漫遊山水風光，從中領悟出人生實不必作繭自縛，成日為官場上的紛擾而煩惱不已。可用來抒發渴望回歸自然，享受清閑，不受拘束的生活。

【出處】唐．韓愈〈山石〉詩：「……人生如此自可樂，豈必局束為人鞿？嗟哉吾黨二三子，安得至老不更歸。」（節錄）

山中無曆日，寒盡不知年。

住在山裡，沒有曆書可看，等到寒冷的日子過去，還不知道一年已經過完了。

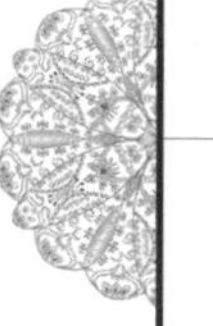

【解析】作者太上隱者的生平來歷無人知曉，有好事者人問其姓名，他都不回答，只留下此一詩作，描寫自己隱居幽靜山林，與世隔絕，而不知年歲的流逝。可用來形容隱逸生活的逍遙自在。

【出處】唐．太上隱者〈答人〉詩：「偶來松樹下，高枕石頭眠。山中無曆日，寒盡不知年。」

山光悅鳥性，潭影空人心。

山色風光，使鳥兒顯出欣悅的本性而輕快地鳴叫，清澈的潭水倒映出山的景色，使人心淨化到空靈的境界。

【解析】詩人常建在清晨遊禪寺後院時，見大自然的山光潭影、花林鳥鳴等幽靜景色，領悟到人不該被塵俗雜念所困惱，從而遮蔽了本應怡然純淨的心靈。本句可用來形容自然風景能使人心獲得平靜安寧。

【出處】唐·常建〈題破山寺後禪院〉詩：「清晨入古寺，初日照高林。竹徑通幽處，禪房花木深。山光悅鳥性，潭影空人心。萬籟此都寂，但餘鐘磬音。」

山寺鳴鐘晝已昏，漁梁[1]渡頭爭渡喧。

山裡的寺院傳來了鐘聲，天色已近黃昏，在漁梁渡口處，人們爭著上船過河，急著趕要回家，場面熱鬧喧嘩。

【注釋】1. 漁梁：一種築堰阻水捕魚的設施。

【解析】本詩詩題為〈夜歸鹿門歌〉。鹿門，即鹿門山，位在今湖北襄陽市境內，古來因有高士隱居於此，故被後人視為隱逸聖地。赴京求仕不順的孟浩然，經過數年的遊歷後，決心效法先人的步履，也在鹿門山闢一寓所，從他原本的住家渡船過河，幾個小時便可到達。詩中即是描寫其傍晚在渡船口搭船時的所見所聞，表現出詩人優游於俗世喧囂與歸隱山林之間，閑適自得的灑脫情懷。可用來形容不受外在環境干擾，心境恬淡平和，超然自逸。

【出處】唐·孟浩然〈夜歸鹿門歌〉詩：「山寺鐘鳴晝已昏，漁梁渡頭爭渡喧。人隨沙路向江村，余亦乘舟歸鹿門。鹿門月照開煙樹，忽到龐公棲隱處。巖扉松徑長寂寥，惟有幽人夜來去。」

五嶽[1]尋仙不辭遠，一生好入名山遊。

為了尋訪仙人，攀登五嶽也不在意路途遙遠，一生最熱愛的便是遨遊名山。

【注釋】1. 五嶽：指中嶽嵩山、東嶽泰山、西嶽華山、南嶽衡山以及北嶽恆山。

【解析】本句出身李白〈廬山謠寄盧侍御虛舟〉詩。廬山，位在今江西九江市境內。侍御，職官名，也稱侍御史，負責糾察彈劾百官。李白寫此詩給擔任殿中侍御史的盧虛舟，詩中抒發自己寄情山水的情懷，以及渴望隱居山中學道成仙，從此身心得以自在逍遙。可用來形容愛好遊歷，不畏路遙艱險。也可用來表達縱情山林奇景，嚮往隱退避世的生活。

【出處】唐．李白〈廬山謠寄盧侍御虛舟〉詩：「……五嶽尋仙不辭遠，一生好入名山遊。廬山秀出南斗傍，屏風九疊雲錦張，影落明湖青黛光。金闕前開二峰長，銀河倒掛三石梁。香爐瀑布遙相望，迴崖沓嶂凌蒼蒼……」（節錄）

今朝有酒今朝醉，明日愁來明日愁。

今天有酒就今天喝醉，明天的憂愁留到明天再來愁煩吧！

【解析】詩人羅隱一生仕途坎坷，屢試不第。本詩詩題為〈自遣〉，自遣，意即自己排遣心中愁悶的情緒。他在詩中告誡自己應暫時拋卻所有的煩憂，把握當下的歡樂，表面上看似自在瀟脫，實是在抒發對乖舛命運的無可奈何。本句可用來形容及時行樂，不錯過人生難得的歡愉時光。

【出處】唐．羅隱〈自遣〉詩：「得即高歌失即休，多愁多恨亦悠悠。今朝有酒今朝醉，明日愁來明日愁。」

天生我材必有用，千金散盡還復來。

上天生下像我這樣材質的人，一定有我的可用之處，縱使花光了鉅額的金錢，也會有再賺回來的時候。

【解析】李白認為人人都有其天賦的才能，也正因如此，他不執著於錢財等身外之物，相信上天早已賜與每一個人存活在世的本事。可用來表示何人都有自己的長處，只要不自我放棄，一定會找到適合自己的出路。

【出處】唐・李白〈將進酒〉詩：「……人生得意須盡歡，莫使金樽空對月。天生我材必有用，千金散盡還復來……」（節錄）

且樂生前一杯酒，何須身後千載名？

且享受活著時候的一杯酒吧！哪裡需要死後流傳千年的名聲呢？

【解析】西晉人張翰因見秋風起而思念家鄉吳中（位在今江蘇蘇州市）的菰菜、蓴羹、鱸膾，棄官歸鄉，留下「使我有身後名，不如即時一杯酒」的名言。李白詩中也表達他渴望能像張翰一樣心胸曠達，放下對名位的追求，終老醉鄉。可用來形容縱情適性，活在當下的心境。

【出處】唐・李白〈行路難〉詩三首之三：「……君不見吳中張翰稱達生，秋風忽憶江東行。且樂生前一杯酒，何須身後千載名？」（節錄）

出入唯山鳥，幽深無世人。

在如此幽寂深邃的地方，出入的只有山鳥，沒有一般世俗的人。

【解析】王維在長安藍田輞川別業附近有一處勝景，名為「竹里館」，因房屋周遭都是竹林，故名之。裴迪乃王維的摯友，他前來王維的別墅小住一段時間後，發現自己的心靈日益與大自然相互貼近，精神超然物外，不為物欲所牽絆。可用來形容久居山林，遠離人群，心境澹泊曠達，超然自得。

【出處】唐・裴迪〈竹里館〉詩：「來過竹里館，日與道相親。出入唯山鳥，幽深無世人。」

田夫荷鋤至，相見語依依。

農夫荷著鋤頭站著，大家見面談天，彷彿不捨得離開的樣子。

【解析】王維詩中描寫農夫們在夕陽西照下結束工作歸來，彼此開懷地互道家常的和樂情景，表現出鄉村人家恬然自得的人情和趣味。可用來抒發對田園閑逸平靜生活的想望。

【出處】唐．王維〈渭川田家〉詩：「斜光照墟落，窮巷牛羊歸。野老念牧童，倚杖候荊扉。雉雊麥苗秀，蠶眠桑葉稀。田夫荷鋤至，相見語依依。即此羨閑逸，悵然吟式微。」

多病所須唯藥物，微軀此外更何求？

身體多有病痛，所需要的只有藥物而已，除此之外，這微不足道的身軀哪還有什麼要求？

【解析】此詩為杜甫晚年閑居成都浣花草堂時所作，詩中敘寫江村的山水幽情以及生活逸趣，也表明當前所需除減緩病痛的藥品之外，其他外物皆一無所求。清人黃生《杜詩說》評曰：「杜律不難於老健，而難於輕鬆。此詩見瀟灑流逸之致。」可用來形容雖年老多病，但一切自給自足的恬適心境。

【出處】唐．杜甫〈江村〉詩：「……老妻畫紙為棋局，稚子敲針作釣鉤。多病所須唯藥物，微軀此外更何求？」（節錄）

行到水窮處，坐看雲起時。

沿著水岸邊漫步，走到盡頭時便坐下來看雲霧冉冉升起。

【解析】王維描述置身大自然中，隨時都可停下來欣賞山林美景，領略水窮雲起的機趣，充分表現其心靈自足圓滿、行止自在從容之境界。清人黃生《唐詩摘鈔》云：「水窮雲起，盡是禪機。林叟閑談，無非妙諦矣。」可用來形容人隨遇而安的閑適情懷。

【出處】唐・王維〈終南別業〉詩：「中歲頗好道，晚家南山陲。興來每獨往，勝事空自知。行到水窮處，坐看雲起時。偶然值鄰叟，談笑無還期。」

我醉君復樂，陶然共忘機。

我與你共飲酒，我喝到醉了，而你也感覺非常快樂，兩人陶醉歡喜地忘記俗世的機巧算計。

【解析】李白詩中描寫他從終南山下山時，尋訪一位複姓斛斯的隱士，兩人一同乾杯暢飲，歡樂高歌，直到夜深星稀，詩人早已醉得渾然忘我，同時也讓其忘卻了人世間一切的爭名奪利、巧詐機心。可用來形容與好友知己開懷暢飲、酣醉自得的心情。

【出處】唐・李白〈下終南山過斛斯山人宿置酒〉詩：「暮從碧山下，山月隨人歸。卻顧所來徑，蒼蒼橫翠微。相攜及田家，童稚開荊扉。綠竹入幽徑，青蘿拂行衣。歡言得所憩，美酒聊共揮。長歌吟松風，曲盡河星稀。我醉君復樂，陶然共忘機。」

我醉欲眠卿且去，明朝有意抱琴來。

我已喝醉想睡了，你先離開吧，如果明天還有興致的話，請你抱琴過來再與我相會。

【解析】李白詩中描寫其與隱居山中的友人開懷暢飲，兩人因意氣相投，不拘泥客套禮節，喝到酩酊欲睡便直言謝客，並請友人明日攜琴再來痛飲作樂。可用來形容快意酣飲，態度率真灑脫。

【出處】唐・李白〈山中與幽人對酌〉詩：「兩人對酌山花開，一杯一杯復一杯。我醉欲眠卿且去，明朝有意抱琴來。」

松風吹解帶，山月照彈琴。

松林間的風吹開了我的衣帶，山上的明月映照著正在彈琴的我。

【解析】王維藉由描寫其於松林月下解帶彈琴的生活情景，表達其厭倦了世俗紛擾，嚮往不受拘束且與大自然交融的超然心境。可用來形容隱逸山林，擺脫塵世羈絆的閑放心情。

【出處】唐．王維〈酬張少府〉詩：「……松風吹解帶，山月照彈琴。君問窮通理，漁歌入浦深。」（節錄）

青篛笠[1]，綠蓑衣[2]，斜風細雨不須歸。

頭上戴著青色的笠帽，身上披著綠色的蓑衣，此時風斜斜地吹，雨細細地飄，而釣魚的人卻一點都不想回去。

【注釋】1. 篛笠：指篛葉製成的笠帽。2. 蓑衣：蓑草編成的雨衣。

【解析】張志和久居江湖之中，自稱「煙波釣徒」。他每每釣魚，都不設餌，志不在魚，而是樂在享受那份閑適的意趣。詞中描寫漁人徜徉於風雨中垂釣的情景，縱使雨飄打在身上，他依然顯得從容瀟灑、自得其樂的模樣。可用來形容人在風雨中悠然自若的樣子。

【出處】唐．張志和〈漁歌子．西塞山前白鷺飛〉詞：「西塞山前白鷺飛，桃花流水鱖魚肥。青篛笠，綠蓑衣，斜風細雨不須歸。」

春水碧於天，畫船聽雨眠。

春來時，江水比天空還要清澈碧綠，下雨時，人們在彩繪的船隻上聽著雨聲沉沉睡去。

【解析】韋莊藉由描寫春天長江以南一帶，江水澄湛翠綠，人們悠閑地臥在畫船中聽著雨聲入眠的情景，說明江南景色如畫，人們生活愜意逍遙。可用來形容春日泛舟聽雨的閑適情趣。

【出處】唐・韋莊〈菩薩蠻・人人盡說江南好〉詞：「人人盡說江南好，遊人只合江南老。春水碧於天，畫船聽雨眠……」（節錄）

春潮帶雨晚來急，野渡無人舟自橫。

春天的傍晚，一場驟雨使潮水急劇升高，水勢湍急，郊野的渡口毫無人煙，只有一艘小船橫在水面上，隨意漂盪著。

【解析】此為韋應物擔任滁州（位在今安徽境內）刺史期間所作，寫其春遊城西郊外的一條溪澗，突然暮雨奔騰，潮水上漲，而此時整個村野渡口只見一葉孤舟在雨中飄移晃盪，在如此惡劣天氣的當下，表現出一種任舟漂泛遨遊的恬適情懷。可用來形容人在風雨危急時，仍能保持閑適淡泊的心境。其中「春潮帶雨晚來急」一句，另可用來比喻事情的狀況急速變化到難以掌控的趨勢，或一股來勢洶洶到無法抵擋的社會潮流。還可用來形容春日晚潮，大雨淅瀝，小船任流水自在搖晃的景象。

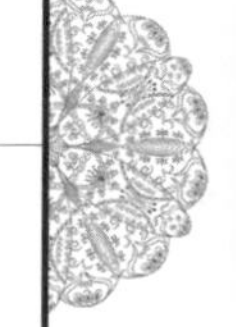

【出處】唐・韋應物〈滁州西澗〉詩：「獨憐幽草澗邊生，上有黃鸝深樹鳴。春潮帶雨晚來急，野渡無人舟自橫。」

相看兩不厭，只有敬亭山[1]。

能夠和我對看著彼此而不感到厭煩的，只剩下敬亭山了！

【注釋】1. 敬亭山：位在今安徽宣城市北部。

【解析】李白詩中將敬亭山擬人化，藉由描寫其與敬亭山凝視對望而互不厭倦，表達其對敬亭山的深厚情感。可用來形容遠離世俗的紛擾喧鬧，走進大自然的悠閑情趣。

【出處】唐・李白〈獨坐敬亭山〉詩：「眾鳥高飛盡，孤雲獨去閑。相看兩不厭，只有敬亭山。」

若不休官去，人間到老忙。

若不辭官離去，活在世間就等同是從年輕忙碌到年老。

【解析】白居易詩中表達的是其對官場生涯的倦怠，希望能夠趁早辭去官職，餘生回歸為平凡百姓，直到終老。可用來抒發對眼下的官名利祿無所眷戀，渴望安逸自在的閑居生活。

【出處】唐・白居易〈錢侍郎使君以題廬山草堂詩見寄因酬之〉詩：「殷勤江郡守，悵望掖垣郎。慚見新瓊什，思歸舊草堂。事隨心未得，名與道相妨。若不休官去，人間到老忙。」

倚杖柴門外，臨風聽暮蟬。

拄著手杖，佇立在柴門外，迎著晚風，細聽蟬的鳴聲。

【解析】輞川，位在今陝西西安藍田縣南終南山下，宋之問原有別業在此，後被王維購得。王維晚年寫此詩贈好友裴迪，敘述其幽居山林，倚門迎風，聆聽蟬鳴的閑適生活。近人高步瀛《唐宋詩舉要》評曰：「自然流轉，而氣象又極闊大。」可用來抒發人閑居山間鄉野時悠然自得的心境。

【出處】唐・王維〈輞川閑居贈裴秀才迪〉詩：「寒山轉蒼翠，秋水日潺湲。倚杖柴門外，臨風聽暮蟬……」（節錄）

迴看天際下中流，巖上無心雲相逐。

回身一看，水流從遙遠的天邊直奔而下，巖石上的白雲，正自由自在地相互追逐。

【解析】此詩為柳宗元遭貶謫永州（位在今湖南境內）期間遊城外西山時所作，詩中描寫一名倘佯在青山綠水間的漁翁與大自然的相契之情。其中「巖上無心雲相逐」乃東晉陶淵明〈歸去來辭〉之「雲無心而出岫」句脫化而來，表現出詩人對不受羈束、自由安適生活的嚮往。可用來形容寄情山水白雲，抒發孤清飄逸的情懷。

【出處】唐．柳宗元〈漁翁〉詩：「漁翁夜傍西巖宿，曉汲清湘燃楚竹。煙銷日出不見人，欸乃一聲山水綠。迴看天際下中流，巖上無心雲相逐。」

晚年唯好靜，萬事不關心。

年老的我只愛好清靜，對於所有的事情都不放在心上。

【解析】此詩為王維寫與一名張姓縣尉的回信，表達自己到了晚年，渴望寧靜平和，只想優游於山林之間，一切塵事已不入於耳也不著於心。可用來形容心境恬靜淡泊，超脫塵外，不為世俗所束縛。

【出處】唐．王維〈酬張少府〉詩：「晚年唯好靜，萬事不關心。自顧無長策，空知返舊林……」（節錄）

晚風吹行舟，花路入溪口。

傍晚的陣陣輕風，吹拂著正在行進中的小船，兩岸春花開遍，一路直到溪口。

【解析】本詩詩題為〈春泛若耶溪〉。若耶溪，位在今浙江紹興市東南。綦（ㄑㄧˊ）毋潛描寫其懷抱著尋幽探奇的情致，駕舟出遊，沿途任輕舟隨風吹送，穿行過春花夾岸的溪口。詩意流露出一種安然自在的閑適情懷，可用來形容臨溪泛舟，景色幽美，心境隨遇而安。

【出處】唐．綦毋潛〈春泛若耶溪〉詩：「幽意無斷絕，此去隨所偶。晚風吹行舟，花路入溪口。際夜轉西壑，隔山望南斗。潭煙飛溶溶，林月低向後。生事且瀰漫，願為持竿叟。」

深林人不知，明月來相照。

住在這幽深山林中並沒有人知道，只有天上明月前來照耀我。

【解析】王維詩中描寫其晚年隱居在幽深山林，遠離喧囂人群，過著終日與琴聲、長嘯聲以及大自然為伴的閑逸生活。明末學者唐汝詢《唐詩解》評曰：「林間之趣，人不易知，明月相照，似若會意。」可用來形容在月夜竹林下，享受著清幽靜謐的獨處樂趣。

【出處】唐．王維〈竹里館〉詩：「獨坐幽篁裡，彈琴復長嘯。深林人不知，明月來相照。」

清時有味是無能，閑愛孤雲靜愛僧。

在清平時期，像我這樣無能的人卻玩得很盡興，閑暇時喜歡如孤雲般地逍遙自在，安靜時喜歡像僧人一樣地泰然平和。

【解析】此為杜牧即將離開長安，前往湖州（古稱吳興）擔任刺史時所作。表面上是說天下太平而自己才學平庸，故能如孤雲老僧般地隨性淡泊，實際上是藉由反話來抒發對現實的不滿。也就是說，當時的政治並不太平，杜牧也自知非無能之輩，只是迫於朝政腐敗，宦官專權，唯有離開長安才能躲開政治風暴。可用來形容喜愛自在灑脫、寧靜平淡的閑適生活。

【出處】唐·杜牧〈將赴吳興登樂遊原一絕〉詩：「清時有味是無能，閑愛孤雲靜愛僧。欲把一麾江海去，樂遊原上望昭陵。」

羞將短髮還吹帽，笑倩旁人為正冠。

風吹來時，不想讓人看見自己愈來愈稀疏的短髮，笑著請旁人替自己把帽子戴正。

【解析】本詩詩題為〈九日藍田崔氏莊〉。藍田，位在今陝西西安境內。頭髮早已發白稀疏到無法用簪綰髮的杜甫，擔心在重陽登高時帽子被風吹落而失態，於是靦腆地笑請他人幫自己先把帽子戴好，詩中用一種幽默自嘲的語氣寫出自己的老態。

【出處】唐·杜甫〈九日藍田崔氏莊〉詩：「老去悲秋強自寬，興來今日盡君歡。羞將短髮還吹帽，笑倩旁人為正冠……」（節錄）

脫卻朝衣獨歸去，青雲不及白雲高。

脫下上朝的冠服獨自離開，官場顯要的名位比不上在山中白雲間隱居來得重要。

【解析】本詩詩題〈送李給事〉。給事，職官名，也稱給事中，唐、宋以來掌管侍從規諫等事務。趙嘏寫此詩贈與一位在朝擔任給事中的李姓官員，表達自己對官宦生涯的厭倦以及對悠閑生活的想望。詩中「青雲」比喻官位，「白雲」比喻退居山野，不問世事。可用來形容辭退官職，歸隱山林，對功名利祿無所戀眷。

【出處】唐·趙嘏〈送李給事〉詩：「眼前軒冕是鴻毛，天上人間漫自勞。脫卻朝衣獨歸去，青雲不及白雲高。」（此詩一說為薛逢所作）

莫思身外無窮事，且盡生前有限杯。

不要去想自身以外的那些數不清的事情，還是先飲盡有生之年眼前的這幾杯酒吧！

【解析】杜甫意在表達人的生命有限而煩惱無盡，既然如此，倒不如先盡情眼前之樂，把那些憂心不完的事情全都抛卻開來。可用來抒發人生稍縱即逝，故應把握機會及時行樂。

【出處】唐・杜甫〈絕句漫興〉詩九首之四：「二月已破三月來，漸老逢春能幾回？莫思身外無窮事，且盡生前有限杯。」

朝鐘暮鼓不到耳，明月孤雲長挂[1]情。

佛寺早晨的鐘聲和傍晚的鼓聲都傳不到耳裡，唯寄情於皎潔的月和孤高的雲。

【注釋】1. 卦：音ㄍㄨㄚˋ，通「掛」字。懸掛。

【解析】佛寺中在朝課和熄燈之前都會敲擊鐘鼓，除了報時之外，也具有警醒或自勵的作用。李咸用描寫他隱居山中，對於佛寺早晚定時敲打的鐘鼓聲皆已聽而不聞，將生命情感全寄託在空中的明月和孤雲上，表達其置身塵囂之外的淡泊心境。可用來抒發內心平靜淡定，外在的一切動靜都難以造成干擾。

【出處】唐・李咸用〈山中〉詩：「一簇煙霞榮辱外，秋山留得傍簷楹。朝鐘暮鼓不到耳，明月孤雲長挂情。世上路歧何繚繞，水邊蓑笠稱平生。尋思阮籍當時意，豈是途窮泣利名。」

與老無期約，到來如等閑。

和老年沒有事先約定日期，它來時我還是過著與平常一樣的生活。

【解析】這是劉禹錫回覆給好友白居易的一首詩，詩中提到自己對年歲逐漸衰老、時日不多的看法，

就是保持和日常生活一樣的心態，沒有特別的憂慮或恐懼。可用來形容以平常心對待晚年歲月。

【出處】唐．劉禹錫〈答樂天見憶〉詩：「與老無期約，到來如等閑。偏傷朋友盡，移興子孫間。筆底心無毒，杯前膽不豩（ㄅㄧㄣ）。唯餘憶君夢，飛過武牢關。」

澗戶寂無人，紛紛開且落。

山谷中的溪水口空寂無人，任由花朵接連開放又逐漸凋落。

【解析】本詩詩題為〈辛夷塢〉。辛夷，即木筆樹，初春時花先葉而開，香味濃郁。辛夷塢，意即遍植辛夷的山谷。王維在詩中描寫辛夷花生長在無人的山谷溪澗，花萼火紅，隨著每年的花期亮麗綻開又逐漸凋謝，表面上是在寫辛夷花寂靜悠閑的自然本性，實際上也寄寓了另一層面的意涵，即人應該學習辛夷花自在從容地來與去，不必在乎紅塵紛擾與他人目光。清人劉宏煦《唐詩真趣編》評曰：「摩詰深於禪，此是心無掛礙境界。」可用來抒發隱居山中，與世無爭，且對生死一事看得很淡泊。另可用來形容花在無人山澗自開自落的景象。

【出處】唐．王維〈辛夷塢〉詩：「木末芙蓉花，山中發紅萼。澗戶寂無人，紛紛開且落。」

隨富隨貧且歡樂，不開口笑是痴人。

一個人無論是富有或貧窮，都應該要快樂地過日子，不肯展顏歡笑的可說是痴傻之人。

【解析】白居易認為人生不論生活富裕或貧困，都不必過於錙銖計較，而是要經常敞開胸懷，張嘴大笑，保持心情愉悅。可用來形容心境坦然歡暢，無所牽掛。

【出處】唐．白居易〈對酒〉詩五首之二：「蝸牛角上爭何事？石火光中寄此身。隨富隨貧且歡樂，不開口笑是痴人。」

抒解不平

人生由命非由他，有酒不飲奈明何？

人生一切皆是命中注定，不是他人可以安排的，眼前有酒若是不喝，豈不是辜負這一輪明月呢？

【解析】本詩詩題為〈八月十五夜贈張功曹〉。功曹，職官名，即功曹參軍，負責人事任用、考察勛勞等事宜。張功曹，此指張署。貶謫在外地的韓愈，本期待天子大赦天下時，得以被朝廷召回，可惜結果終是事與願違，他只好和同病相憐的友人張署在中秋月圓之夜一同借酒消愁，抒發對自己人生命運難以掌握的無奈。可用在遭逢困逆卻又無法作主時的自我安慰語。

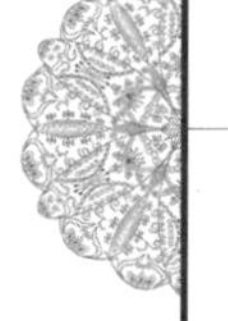

【出處】唐．韓愈〈八月十五夜贈張功曹〉詩：「……君歌且休聽我歌，我歌今與君殊科。一年明月今宵多，人生由命非由他，有酒不飲奈明何？」（節錄）

人生在世不稱意，明朝散髮弄扁舟。

人活在世上，既然無法稱心如意，倒不如明天解下冠簪，散開頭髮，駕著小船四處去遨遊。

【解析】李白面對殘酷現實與高遠理想的衝突矛盾，所能尋求的出口便是放浪形骸，隱逸於山水之間，也不願讓心靈再受到汙濁世俗的束縛。本句可用來表達人生遭遇不如意時，選擇歸隱避世。

【出處】唐・李白〈宣州謝朓樓餞別校書叔雲〉詩：「……抽刀斷水水更流，舉杯銷愁愁更愁。人生在世不稱意，明朝散髮弄扁舟。」（節錄）

大道如青天，我獨不得出。

大路有如藍天一樣寬闊，唯獨我無法走出。

【解析】李白不屑效法那些街頭小兒一樣的人，憑著雜耍小技去取得君王的寵信，因而在仕途上一路受到輕蔑與排擠，最後被賜金放還。詩中表達他欲有一番作為，卻遭小人阻擋而不得出頭的憤慨。可用來抒發時運不濟、命運乖蹇時的不平。

【出處】唐・李白〈行路難〉詩三首之二：「大道如青天，我獨不得出。羞逐長安社中兒，赤雞白雉賭梨栗。彈劍作歌奏苦聲，曳裾王門不稱情。淮陰市井笑韓信，漢朝公卿忌賈生……」（節錄）

不才明主棄，多病故人疏。

我沒有什麼才能，自然被聖明的君主所捨棄。又因為經常生病，過去的友人也逐漸與我疏離。

【解析】本詩詩題為〈歲暮歸南山〉。南山，一說指長安附近的終南山。另一說指孟浩然家鄉襄陽附近的峴（ㄒㄧㄢˋ）山。詩歌中的南山常含有歸隱之意。孟浩然藉此詩抒發仕途失意的情緒以及對世態炎涼的哀嘆，因而不得不回到南山歸隱。相傳唐玄宗後來看了這首詩，認為自己從來沒有捨棄過孟浩然，氣惱孟浩然何以寫詩誣賴，便真的不願晉用孟浩然了。本句可用來表達無人賞識的落寞憂悶。

【出處】唐・孟浩然〈歲暮歸南山〉詩：「北闕休上書，南山歸敝廬。不才明主棄，多病故人疏。白髮催年老，青陽逼歲除。永懷愁不寐，松月夜窗虛。」

不見年年遼海上，文章何處哭秋風？

你難道沒有看見遼海上的戰亂年年不止，文士寫的那些抒發秋天感傷的文章又有什麼作用呢？

【解析】由於藩鎮據地，各自擁兵自重，迫使唐朝廷不得不連年出兵討伐，政令自然趨向重武輕文，李賀詩中表達的便是當時文人無用以及自己懷才見棄的憤慨。可用來抒發國家爭亂終年不休，文人不受重用。

【出處】唐．李賀〈南園〉詩十三首之六：「尋章摘句老雕蟲，曉月當簾挂玉弓。不見年年遼海上，文章何處哭秋風？」

五花馬，千金裘，呼兒將出換美酒，與爾同銷萬古愁。

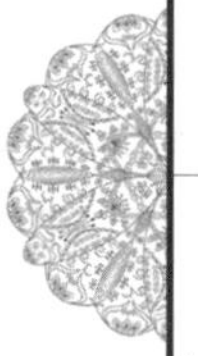

五色花紋的昂貴名馬，價值千金的貴重皮衣，快叫孩子都拿去換取美酒來，和你們一起痛飲美酒，以消除人世間無窮無盡的憂愁。

【解析】李白在詩中勸人痛快地飲酒，甚至不惜叫人把名貴的馬和皮衣都拿去買酒，為了就是要消解其內心巨大的痛苦及深沉的哀愁。可用來形容借酒宣洩心中的不滿與悲憤。

【出處】李白〈將進酒〉詩：「……陳王昔時宴平樂，斗酒十千恣歡謔。主人何為言少錢？徑須酤取對君酌。五花馬，千金裘，呼兒將出換美酒，與爾同銷萬古愁。」（節錄）

公道世間唯白髮，貴人頭上不曾饒。

這世上唯一公平的事只有白髮，即使是達官貴人的頭上也不會輕易放過。

【解析】杜牧認為世間最公平的唯有時間，因為任何人都躲不掉逐漸衰老而走向死亡的命運。這首詩表面上看似是在感嘆生命短暫，勸人凡事應要看開些，實際上是在暗喻人世間除了時間之外，全無公道可言，藉此抒發其對當時政局的不滿。可用來形容世上除了時間以外，沒有一件事是公平合理的了。另可用來說明人不分貧賤富貴都會漸漸衰老。

【出處】唐．杜牧〈送隱者一絕〉詩：「無媒徑路草蕭蕭，自古雲林遠市朝。公道世間唯白髮，貴人頭上不曾饒。」

世人聞此皆掉頭，有如東風射馬耳。

世間的人聽到這些詩賦後轉頭就走，好像春風從馬耳邊吹過一樣，風飄瞬間即逝，馬也不加以理會。

【解析】李白於詩中感慨才人志士往往不能為世所用，文章寫得再好竟然抵不上一杯水的價值，人們就算聽到了也是充耳不聞，無動於衷。可用來形容有才學的人不為世人所重，提出的言論主張也不受到認同。

【出處】唐．李白〈答王十二寒夜獨酌有懷〉詩：「……人生飄忽百年內，且須酣暢萬古情。君不能狸膏金距學鬥雞，坐令鼻息吹虹霓。君不能學哥舒橫行青海夜帶刀，西屠石堡取紫袍。吟詩作賦北窗裡，萬言不值一杯水。世人聞此皆掉頭，有如東風射馬耳……」（節錄）

古來聖賢皆寂寞，惟有飲者留其名。

自古以來，聖人賢者終其一生都落寞孤單，只有愛喝酒的人方能千載留名。

【解析】向來自視甚高的李白，在與諸多友人宴飲時，面對仕途上的失意、有志難伸的窘境，縱使激憤萬千，也只能以痛飲來澆胸中塊磊。可用來形容才學出眾又行為獨特之人，因不為現實人世所理解與接受，故借酒來自放不平。

【出處】唐．李白〈將進酒〉詩：「……與君歌一曲，請君為我側耳聽。鐘鼓饌玉不足貴，但願長醉不復醒。古來聖賢皆寂寞，惟有飲者留其名……」（節錄）

白日不照吾精誠，杞國無事憂天傾。

白天的陽光照不到我對國家的赤誠，反而說我像是杞國人一樣，沒有事情卻憂慮著天地將要崩墜的危險。

【解析】李白奉詔入京，本想大展才華，但不久後即遭唐玄宗賜金放還，詩中「白日」含有隱喻君主之意，他自認胸懷治國大略卻因皇帝受到蒙蔽而無處施展，對國家前途充滿擔憂，卻反被當成是杞人憂天，令他悲憤不平。可用來形容赤誠的心意不被上位者理解，反被視為無謂的憂慮。

【出處】唐．李白〈梁甫吟〉詩：「……我欲攀龍見明主，雷公砰訇（ㄏㄨㄥ）震天鼓。帝傍投壺多玉女，三時大笑開電光，倏爍晦冥起風雨。閶闔九門不可通，以額扣關閽者怒。白日不照吾精誠，杞國無事憂天傾……」（節錄）

同學少年多不賤，五陵[1]裘馬自輕肥。

年少時一起學習的同學大多已經發達顯赫，他們在京城長安穿輕暖的皮衣、乘坐肥馬拉的車子，過著富貴的生活。

【注釋】1. 五陵：本指長陵、安陵、陽陵、茂陵、平陵五個漢代帝王的陵寢，因都位在長安，是當時高官富豪聚集之地。後多用來代指豪門之家。

【解析】此為年過半百的杜甫，因生活無所憑依而被迫離開成都後，滯留於夔州（位在今重慶市境

內）期間所作。詩中他嘆慨少年時代的同儕多已飛黃騰達，反觀自己不但報國無路，還淪落到生計無以為繼的地步。可用來抒發年少舊識或同學成就非凡，而自身落魄失意的處境。

【出處】唐．杜甫〈秋興〉詩八首之三：「千家山郭靜朝暉，日日江樓坐翠微。信宿漁人還泛泛，清秋燕子故飛飛。匡衡抗疏功名薄，劉向傳經心事違。同學少年多不賤，五陵裘馬自輕肥。」

安能摧眉折腰事權貴？使我不得開心顏。

怎麼能要我低下眉頭、彎下腰來去侍奉那些得勢的權貴呢？這使得我無法開懷地展露歡顏。

【解析】李白原本對政治懷抱極大的理想與熱情，但現實卻逼迫他必須卑躬屈膝地服侍朝中掌握權勢的人，他最終不願違背自己的心志，過起雲遊四方的日子。可用來形容不甘屈服於權貴勢力的憤恨不平。

【出處】唐．李白〈夢遊天姥吟留別〉詩：「……世間行樂亦如此，古來萬事東流水。別君去時何時還？且放白鹿青崖間，須行即騎訪名山。安能摧眉折腰事權貴？使我不得開心顏。」（節錄）

但是詩人多薄命，就中淪落不過君。

歷來的詩人雖多命運不佳，但在所有失意詩人當中，沒有一個人比你更落魄的了。

【解析】白居易路過李白葬於當塗（位在今安徽馬鞍山市境內）青山下的墓地，想著這位曾被稱譽「謫仙人」的絕世天才，不僅生前鬱鬱不得志，四處漂泊，死後墓地竟也如此簡陋荒涼，忍不住為其發出不平。可用來表達對懷才不遇者的感慨。

【出處】唐．白居易〈李白墓〉詩：「采石江邊李白墳，繞田無限草連雲。可憐荒隴窮泉骨，曾有驚天動地文。但是詩人多薄命，就中淪落不過君。」

我未成名君未嫁，可能俱是不如人。

十多年過去了，至今的我仍然榜上無名，而妳也還未尋覓到好人家出嫁，大概是我們的才能都不如別人吧！

【解析】詩題一作〈贈妓雲英〉。作者羅隱在鍾陵（位在今江西南昌市境內）偶遇十多年前認識的妓女雲英，回首自己工詩善文，但在求取功名的路上卻數度落第，有志也無處伸展，而今見到才貌雙全的雲英猶未從良嫁人，不禁感慨兩人的命途同樣坎坷，語氣中含有同病相憐的意味。可用來表現失意人的自我解嘲，以抒發心中的鬱抑難平。

【出處】唐．羅隱〈偶題〉詩：「鍾陵醉別十餘春，重見雲英掌上身。我未成名君未嫁，可能俱是不如人。」

青蠅[1]易相點，〈白雪〉[2]難同調。

要被青蠅沾汙到是很容易的，但要和〈陽春白雪〉這樣高雅樂曲同調卻很困難了。

【注釋】1.青繩：因青繩的排泄物最容易玷汙東西，故可用來比喻喜進讒言的小人。2.白雪：即樂曲〈陽春白雪〉，多被用來比喻高雅不俗的音樂。

【解析】本詩詩題為〈翰林讀書言懷，呈集賢諸學士〉。翰林，即翰林院，朝廷遴選擅長文詞的朝臣入居翰林，自唐玄宗後，翰林分為兩種，一種稱翰林學士，負責起草詔制，一種初稱翰林待詔，後改稱翰林供奉，則無實權。此為李白擔任翰林待詔時所作，他本以為奉詔入京後就可以一展長才，但現實情況卻事與願違，宮廷裡充斥了許多如青蠅般的勢利之徒，經常對不願與他們同流合汙的李白加以讒毀，使玄宗日益疏離。李白自認情操如〈陽春白雪〉樂曲般的高潔，根本不屑與小人為伍，故作詩抒發心中的愁悶。可用來形容自命品格超群脫俗，蔑視人格低下者的卑劣行徑。

【出處】唐・李白〈翰林讀書言懷，呈集賢諸學士〉詩：「晨趨紫禁中，夕待金門詔。觀書散遺帙，探古窮至妙。片言苟會心，掩卷忽而笑。青蠅易相點，〈白雪〉難同調……」（節錄）

前不見古人，後不見來者。

回首看不見古代的先人，向未來望不到後世的來者。

【解析】此詩為仕途屢遭挫折的陳子昂登樓感懷之作，意在抒發古來賢君與今之明主皆難以和自己相遇的不平情緒。可用來形容天下之大卻知音難覓的孤獨感。也可用來形容懷才不遇、生不逢時的苦悶情懷。

【出處】唐・陳子昂〈登幽州臺歌〉詩：「前不見古人，後不見來者。念天地之悠悠，獨愴然而涕下。」

洛陽城裡春光好，洛陽才子[1]他鄉老。

此時的洛陽城裡正春光明媚，而我這個洛陽才子卻流落他鄉，隨著時間逐漸地衰老。

【注釋】1. 洛陽才子：此為韋莊的自稱，因其成名作〈秦婦吟〉便是在洛陽寫成的，還贏得了「秦婦吟秀才」之美譽，故對洛陽有著深厚的情感。

【解析】身在江南的韋莊，縱使眼前風景秀麗如畫，他仍心繫昔往在洛陽時的春日美景，此時的他欲歸不得，只能空嘆自己滿腹才學與年華終將在異鄉虛耗老去。可用來形容自恃才華出色卻落拓失意，感傷歲月流逝卻一無所成。另可用來形容洛陽春色優美，住過的人即使到了外地仍會對洛陽懷念不已。

【出處】唐・韋莊〈菩薩蠻・洛陽城裡春光好〉詞：「洛陽城裡春光好，洛陽才子他鄉老。柳暗魏王堤，此時心轉迷。桃花春水淥，水上鴛鴦浴。凝恨對殘暉，憶君君不知。」

紈褲不餓死，儒冠多誤身。

富貴人家的子弟不會餓死，讀書人卻經常受困於貧苦環境而耽誤了自身前程。

【解析】本詩詩題為〈奉贈韋左丞丈二十二韻〉。左丞，職官名，即尚書左丞。尚書省為執行國家政令的機構，下設左、右丞分管吏、戶、禮、兵、刑、工六部。韋左丞丈，為杜甫對時任尚書左丞韋濟的尊稱。杜甫在此詩中直抒胸臆，表達心中的強烈不平，直指社會上那些才智平庸的權貴子弟，一輩子錦衣玉食，不知人間疾苦，反觀像自己這樣躊躇滿志的讀書人，卻永遠都在貧困中掙扎而無力翻身。可用來抒發讀書人窮困失意的心情。

【出處】唐．杜甫〈奉贈韋左丞丈二十二韻〉詩：「紈袴不餓死，儒冠多誤身。丈人試靜聽，賤子請具陳……」（節錄）

停杯投箸不能食，拔劍四顧心茫然。

我放下酒杯、丟下筷子，無法下嚥，拔出劍來環顧四周，心中一片茫然。

【解析】李白在詩中感嘆世道艱難，縱使美酒佳餚當前也不為所動，又舉劍四顧，抒發其實踐人生理想的路上受到阻礙的失意落寞。可用來形容心思苦悶煩亂而無心於飲食上。

【出處】唐．李白〈行路難〉詩三首之一：「金樽清酒斗十千，玉盤珍羞值萬錢。停杯投箸不能食，拔劍四顧心茫然……」（節錄）

將略兵機命世雄，蒼黃[1]鐘室[2]嘆良弓[3]。

韓信擁有將帥善於用兵的謀略與機智，是聞名於世的英雄人物，可惜世事變化太快，最後在漢宮鐘室被殺，不禁讓人發出人才來不及避禍的感嘆。

【注釋】1.蒼黃：本指青色和黃色，後比喻事情變化不定。2.鐘室：此指韓信被處死的長樂宮懸鐘之室。3.良弓：本指好弓，此只有功勞的人。韓信曾言「高鳥盡，良弓藏」，原意是獵人用強弓射殺獵物後就把它擱置一邊，後多引申功臣輔助上位者滅敵後，就要盡快隱遁，否則功高震主必會遭來災禍。

【解析】劉禹錫途經祭祀韓信的廟宇時，慨嘆這位深通韜略、善曉兵機的將才，曾為西漢建國立下豐偉功業，下場卻慘遭高祖的皇后呂后誅殺。他認為韓信若當時能把握時機，急流勇退，或許就可以避開被殺戮的厄運。可用來感嘆英雄人物遭猜忌或被殺的怨憤與無奈。其中「將略兵機命世雄」一句，另可用來形容人的軍事才能高超，用兵如神，機謀遠慮，堪稱一代豪傑。

【出處】唐．劉禹錫〈韓信廟〉詩：「將略兵機命世雄，蒼黃鐘室嘆良弓。遂令後代登壇者，每一尋思怕立功。」

欲取鳴琴彈，恨無知音賞。

想要取琴來彈奏，遺憾的是沒有知音能懂得欣賞。

【解析】孟浩然詩中描寫欲鳴琴卻無知音聆聽，抒發他對精通音律的好友辛大之懷念，同時也暗喻雖有滿腹才學，卻不受朝廷重用的落寞心情。可用來形容懷才不遇的痛苦。另可用來形容知音好友不在身旁，琴聲再動人也無人理解。

【出處】唐．孟浩然〈夏日南亭懷辛大〉詩：「山光忽西落，池月漸東上。散髮乘夕涼，開軒臥閑敞。荷風送香氣，竹露滴清響。欲取鳴琴彈，恨無知音賞。感此懷故人，中宵勞夢想。」

野夫怒見不平處，磨損胸中萬古刀。

像我這樣的草野莽夫，最憤怒的是看到世上到處充斥著不公不義，彷彿把胸口中那把萬古刀都快要磨耗殆盡了。

【解析】據元人辛文房《唐才子傳》記載，劉叉曾因仗義行俠、好打不平而殺了人，後遇大赦才免於牢獄之災，從此一直沒有參加科舉，過著浪跡天涯的生活。詩中抒發其對周遭不平事物的憤慨，但他又不得不壓抑自己胸中的熊熊怒火，避免人生再一次地重蹈覆轍。可用來形容人雖富有正義感，但面對不平人事也只能強忍下來。

【出處】唐．劉叉〈偶書〉詩：「日出扶桑一丈高，人間萬事細如毛。野夫怒見不平處，磨損胸中萬古刀。」

歲華盡搖落，芳意竟何成。

蘭花和杜若一年來的豐華即將消逝，但它們所散發的芳香卻始終無人欣賞。

【解析】陳子昂於詩中借用蘭花和杜若這兩種香草寄寓自身際遇，表面上是在寫蘭若姿風姿超群，但因生於山林，只能孤芳自賞，等到秋風乍起，花葉便逐漸凋零。事實上，詩人是借蘭若表達自己空有才情抱負卻在政治上屢遭打壓，眼看著年華流逝而實現理想的機會也將要幻滅的苦痛。可用來形容空懷理想卻難遇伯樂，任憑光陰虛度的悲嘆。

【出處】唐．陳子昂〈感遇〉詩三十八首之二：「蘭若生春夏，芊蔚何青青。幽獨空林色，朱蕤冒紫莖。遲遲白日晚，嫋嫋秋風生。歲華盡搖落，芳意竟何成。」

當路誰相假？知音世所稀。

身居要職的當權者，有誰願意幫助我？懂我的人在這個世上實在太稀少了。

【解析】仕途失意的孟浩然，準備離開長安前作詩贈別王維。詩中感嘆自己空有用世之心，卻苦於無人引薦，心灰意冷下決定返鄉歸去，這一路上他看盡了世態炎涼，人情淡漠，唯有王維與自己交心，理解他的心事，看重他的才能，故不忍與其遠別。可用來抒發壯志難酬、知音難遇的嗟嘆。

【出處】唐．孟浩然〈留別王侍御維〉詩：「寂寂竟何待？朝朝空自歸。欲尋芳草去，惜與故人違。當路誰相假？知音世所稀。只應守索寞，還掩故園扉。」

嫦娥應悔偷靈藥，碧海青天夜夜心。

想必嫦娥應該後悔當初偷吃了靈藥，如今在月宮中對著碧海般的天空，孤獨地度過每一個夜晚。

【解析】嫦娥是神話傳說中后羿之妻，因偷吃了西王母送給后羿的靈藥而飛上月宮。李商隱借寫嫦娥奔月後，日夜飽嘗孤寂，暗喻自己對已經無法挽回的感情或事物的追悔。可用來形容生活與世隔絕，導致寂寞難耐而後悔不已。另可用來比喻對於自己過去已成定局的決定感到悔不當初。

【出處】唐．李商隱〈嫦娥〉詩：「雲母屏風燭影深，長河漸落曉星沉。嫦娥應悔偷靈藥，碧海青天夜夜心。」

寧為宇宙閑吟客，怕作乾坤[1]竊祿人。

寧願做一個在天地間賦閑吟詩的過客，也不願成為拿著國家俸祿卻不認真做事的官吏。

【注釋】1. 乾坤：此指國家、天下。本是《易》上的兩個卦名，後借稱天地、陰陽、男女、夫婦、日月等。

【解析】年老又貧病交加的杜荀鶴，感嘆官場上充斥了許多領取國家俸祿卻又沒有作為，甚至是胡作非為的人，他自認雖有匡時濟世的心志，無奈時世容不下像他這樣勇於說真話的正直之士，所以寧可當個吟詩作賦的江湖閑人，也不希望自己成為尸位素餐的利祿小人，詩意表現出其對世局不滿的悲憤激情。可用來抒發世道黑暗，有志之士難以伸展抱負而閑居吟詩度日的心境。

【出處】唐．杜荀鶴〈自敘〉詩：「酒甕琴書伴病身，熟諳時事樂於貧。寧為宇宙閑吟客，怕作乾坤竊祿人。詩旨未能忘救物，世情奈值不容真。平生肺腑無言處，白髮吾唐一逸人。」

縱飲久判人共棄，懶朝真與世相違。

整日縱情飲酒，早就被人們所嫌棄，懶惰於上朝參政，確實是有違背世俗常情。

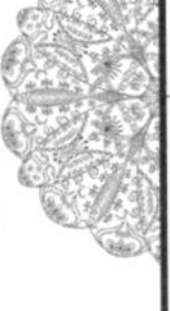

【解析】安史之亂後，杜甫被肅宗任命為左拾遺，滿懷報國之心的杜甫，原以為能在國家危難之際一展長才，誰知他的施政理念遭人厭棄，抱負難伸，於是來到了長安著名的遊覽勝地曲江縱酒狂飲，久坐不歸，詩中抒發其不受朝廷重用的牢騷苦悶。可用來形容仕途失意，藉酒澆愁的沮喪心情。

【出處】唐．杜甫〈曲江對酒〉詩：「苑外江頭坐不歸，水精春殿轉霏微。桃花細逐楊花落，黃鳥時兼白鳥飛。縱飲久判人共棄，懶朝真與世相違。吏情更覺滄洲遠，老大悲傷未拂衣。」

鬢毛不覺白毿毿[1]，一事無成百不堪。

兩鬢上的毛髮在不知不覺間發白又細長，人生至今連一件事情都沒有做成，真是令人痛苦得難以忍受。

【注釋】1. 毿毿：音ㄙㄢ，毛髮細長的樣子。

【解析】白居易在除夕夜寄給好友元稹這一首詩，他感嘆自己早已年過半百，卻是庸庸碌碌，白首無成，虛度了人生寶貴的光陰。可用來抒發年歲徒增，卻毫無建樹的傷心嗟嘆。

【出處】唐．白居易〈除夜寄微之〉詩：「鬢毛不覺白毿毿，一事無成百不堪。共惜盛時辭闕下，同嗟除夜在江南。家山泉石尋常憶，世路風波子細諳。老校於君合先退，明年半百又加三。」

胸懷壯志

十年磨一劍，霜刃未曾試。

花費十年的工夫才磨出了一把劍，劍刃白亮有如寒霜，至今還沒試過它的鋒芒到底有多麼銳利。

【解析】劍客，乃詩人賈島之自喻，其中「十年磨一劍」是指自己十年寒窗苦學所練就的出眾本領，「霜刃未曾試」表達其學成之後渴望獲得施展政治長才的機會，語氣滿懷無比的自信。清人李鍈《詩法易簡錄》評曰：「豪爽之氣，溢於行間。」可用來比喻長期努力鑽研，期待能夠得到肯定進而實現個人的理想抱負。

【出處】唐．賈島〈劍客〉詩：「十年磨一劍，霜刃未曾試。今日把示君，誰為不平事？」

不知腐鼠成滋味，猜意鵷雛[1]竟未休。

不料腐敗的鼠肉被鴟當成了美味，竟對挑食的鵷雛也猜忌不休。

【注釋】1. 鵷雛：傳說中一種像鳳凰的鳥。

【解析】李商隱一心嚮往在建立一番功業後退隱江湖，而他所懷抱的凌雲壯志，卻遭到朝廷裡小人的猜疑和恐懼，故詩中援引《莊子．秋水》之典故，自比是「非梧桐不止，非練食不食，非醴泉不飲」的鵷雛，從不會把鴟得到的腐肉當成是美味看待。可用來抒發心志高尚遠大，而貪權慕祿之輩只能用小人狹隘之心揣度之。

【出處】唐．李商隱〈安定城樓〉詩：「迢遞高城百尺樓，綠楊枝外盡汀洲。賈生年少虛垂淚，王粲春來更遠遊。永憶江湖歸白髮，欲回天地入扁舟。不知腐鼠成滋味，猜意鵷雛竟未休。」

少小雖非投筆吏，論功還欲請長纓。

年輕時雖沒有像班超一樣投筆從戎，但現在我想效法西漢的終軍，向君王自願請纓去戰場上建立功名。

【解析】一生漂泊不得志的祖詠，登上燕臺遠眺塞外，即被眼前萬里荒原與戰鼓喧天的場景所深深震撼，內心不禁澎湃激昂。他在詩中援引東漢戰將班超棄文從軍以及西漢終軍自願出使南越，請求漢武帝賜其一條長繩來捕縛南越王之史例，表達自己同兩位前人一樣的報國心願。清人屈復《唐詩成法》評曰：「通首雄麗，讀之生人壯心。」可用來抒發心懷衛國建功的遠大志向。

【出處】唐．祖詠〈望薊門〉詩：「燕臺一去客心驚，簫鼓喧喧漢將營。萬里寒光生積雪，三邊曙色動危旌。沙場烽火連胡月，海畔雲山擁薊城。少小雖非投筆吏，論功還欲請長纓。」

少年心事當拏雲[1]，誰念幽寒坐嗚呃？

年少時應當懷有摘下天上白雲的心志，誰會去憐惜遇到困境時總是坐著哀嘆的人呢？

【注釋】1. 拏雲：比喻志向遠大。拏，音ㄋㄚˊ，通「拿」字。

【解析】面對困頓處境，落魄的李賀期勉自己不要再自怨自哀，坐困愁城，而是更加積極進取，日後方能成就一番驚天動地的事業。可用來說明少年應該志向豪邁遠大，不要遇到困難挫敗便悲觀喪志。

【出處】唐・李賀〈致酒行〉詩：「零落棲遲一杯酒，主人奉觴客長壽。主父西遊困不歸，家人折斷門前柳。吾聞馬周昔作新豐客，天荒地老無人識。空將箋上兩行書，直犯龍顏請恩澤。我有迷魂招不得，雄雞一聲天下白。少年心事當拏雲，誰念幽寒坐嗚呃？」

少年負壯氣，奮烈自有時。

年少時懷抱著豪壯的志氣，一定會有振作奮起的時機出現。

【解析】李白詩中表現出一名少年懷抱著激昂高亢的豪情與雄心勃勃的壯志，並堅信自己日後必能成就一番不凡的功業。可用來抒發年輕人滿懷奮發向上的熱情，以及對人生信念的堅定不移。

【出處】唐・李白〈少年行〉詩三首之一：「擊筑飲美酒，劍歌易水湄。經過燕太子，結託并州兒。少年負壯氣，奮烈自有時。因聲魯句踐，爭情勿相欺。」

古來存老馬，不必取長途。

自古以來養老馬是為了取牠的耐力和智力，而不是為了要牠來跋涉長途。

【解析】杜甫詩中藉由老馬識途的典故，展現自己老當益壯的情懷，強調自己的年紀雖大，但壯志猶在，渴盼有機會能回到朝廷一展抱負。可用來形容年長者期待發揮自己的智慧和經驗，做一番對國家社會有貢獻的事。

【出處】唐．杜甫〈江漢〉詩：「江漢思歸客，乾坤一腐儒。片雲天共遠，永夜月同孤。落日心猶壯，秋風病欲疏。古來存老馬，不必取長途。」

永憶江湖歸白髮，欲迴天地入扁舟。

總想著要在年老白髮蒼蒼時歸隱，但在駕一葉扁舟泛遊江湖之前，希望能夠扭轉乾坤，建立一番功業。

【解析】李商隱詩中表達其希望在有生之年，能有機會從事一番轉變朝廷局勢的大事業，之後便會選擇功成身退，就好比春秋越國的范蠡一樣，在盡心佐助越王句踐滅吳後遂棄官歸隱，對權位毫不戀棧。可用來形容一心嚮往為國建功立業，等到展現政治抱負後告老引退。

【出處】唐．李商隱〈安定城樓〉詩：「迢遞高城百尺樓，綠楊枝外盡汀洲。賈生年少虛垂淚，王粲春來更遠遊。永憶江湖歸白髮，欲回天地入扁舟。不知腐鼠成滋味，猜意鵷雛竟未休。」

仰天大笑出門去，我輩豈是蓬蒿人？

抬頭仰望青天，高聲大笑地走出門去，像我這樣的人怎會是一輩子困居草野或民間的人呢？

【解析】李白在得到唐玄宗召他入京的詔書後，便返回南陵（位在今安徽境內）和子女們告別，詩中表達對即將入京大展政治抱負的狂喜心情。可用來形容自詡才識過人，對施展長才躊躇滿志，自信滿滿。

【出處】唐．李白〈南陵別兒童入京〉詩：「白酒新熟山中歸，黃雞啄黍秋正肥。呼童烹雞酌白酒，兒女嬉笑牽人衣。高歌取醉欲自慰，起舞落日爭光輝。遊說萬乘苦不早，著鞭跨馬涉遠道。會稽愚婦輕買臣，余亦辭家西入秦。仰天大笑出門去，我輩豈是蓬蒿人？」

自謂頗挺出，立登要路津。

自認為才華卓越出眾，踏上仕途，就足以擔當國家的棟梁。

【解析】這是杜甫寫給在天寶年間於朝廷擔任尚書左丞韋濟的詩，主要是希望能獲得韋濟的引薦而入仕。詩中杜甫向韋濟介紹自己的詩文堪與東漢揚雄、三國曹植媲比，也曾得到當代名家李邕、王翰的賞識，所抱持的政治理想是要致力於回到像堯舜時的純樸風俗。本詩堪稱是一封古代版的自我推薦書，使對方更了解自己的所學與志向抱負。可用來形容自認才華挺秀絕倫，可賦予國家重要的職務。

【出處】唐．杜甫〈奉贈韋左丞丈二十二韻〉詩：「……賦料揚雄敵，詩看子建親。李邕求識面，王翰願卜鄰。自謂頗挺出，立登要路津。致君堯舜上，再使風俗淳……」（節錄）

坐觀垂釣者，空有羨魚情。

坐著觀看湖邊垂竿釣魚的人，自己卻只能空有羨慕的心情。

【解析】孟浩然呈詩贈給張九齡，冀求得到對方的提拔以進入仕途。詩中描述自己面對盛大浩淼的洞庭湖卻賦閑家中，未能在聖明時代為國效力感到慚愧；其後又借《淮南子．說林訓》中「臨河羨魚，不如歸家織網」的典故，表達羨慕他人也無濟於事，理當親身力行，為朝廷盡展一己之長。本句可用來暗喻渴望成就一番事業，只是苦於無人引薦。

【出處】唐．孟浩然〈望洞庭湖贈張丞相〉詩：「……欲濟無舟楫，端居恥聖明。坐觀垂釣者，空有羨魚情。」（節錄）

長風破浪會有時，直挂雲帆濟滄海。

總是會遇到乘著長風破浪萬里的機會，那時就可以掛起高聳入雲的船帆橫渡大海。

【解析】這是李白因得罪朝廷權貴而遭人排擠時所寫的詩作，主在抒發其在政治上的不如意與激憤情感，但即便人生道路如此崎嶇難行，天性樂觀豪爽的他仍然相信，終有一天還是能受到重用，一展自己的遠大理想與長才。可用來比喻只要不畏艱難，奮勇向前，壯志一定會有伸展和實現的機會。

【出處】唐．李白〈行路難〉詩三首之一：「……行路難，行路難。多歧路，今安在？長風破浪會有時，直挂雲帆濟滄海。」（節錄）

俱懷逸興壯思飛，欲上青天攬明月。

我們都懷抱著超脫世俗的意興和雄心壯志奮然欲飛，想要飛到天上去摘取明月。

【解析】李白詩中表達其與族叔李雲都懷有不同於世俗的才思和壯志，甚至他還發下想要上天攬月的率真豪語，由此也可看出李白對高尚目標的嚮往與追求。可用來形容人的壯志不凡，豪情萬千。

【出處】唐．李白〈宣州謝脁樓餞別校書叔雲〉詩：「……蓬萊文章建安骨，中間小謝又清發。俱懷逸興壯思飛，欲上青天攬明月……」（節錄）

雄雞一聲天下白。

公雞宏聲一叫，天地豁然大亮。

【解析】李賀詩中借漫漫長夜後公雞啼叫，普天大放光明之喻，抒發其當下雖懷才不遇，仕途失意，但仍期待有朝一日突破困境，迎接人生的曙光來到，從此一鳴驚人。可用來表達只要堅持理想，永不氣餒，黑暗遠去後，光明總會到來，屆時理想必能實現。

【出處】唐．李賀〈致酒行〉詩：「零落棲遲一杯酒，主人奉觴客長壽。主父西遊困不歸，家人折斷

門前柳。吾聞馬周昔作新豐客，天荒地老無人識。空將箋上兩行書，直犯龍顏請恩澤。我有迷魂招不得，雄雞一聲天下白。少年心事當拏雲，誰念幽寒坐嗚呃？」

會當凌絕頂，一覽眾山小。

登上泰山的最高峰，俯看四周，只覺得群山渺小。

【解析】 杜甫描寫東遊魯地時仰望著高聳雄偉的泰山，進而興起了登上峰頂的強烈願望，詩中主在抒發其不怕險阻、勇攀高峰的雄心壯志。清人浦起龍《讀杜心解》評曰：「杜子心胸氣魄，於斯可觀，取為壓卷，屹然作鎮。」可用來表達不畏艱險、勇往向上的遠大志向和抱負。

【出處】 唐．杜甫〈望嶽〉詩：「……盪胸生層雲，決眥入歸鳥。會當凌絕頂，一覽眾山小。」（節錄）

懷古抒志

一去紫臺連朔漠，獨留青塚向黃昏。

（王昭君）離開皇宮就一路前往北方遙遠的沙漠，最後僅留下青色的墳塚對著荒蕪沙漠裡的黃昏。

【解析】 此詩為杜甫經過昭君村（位在今湖北宜昌市境內）時所作。他回想西漢元帝時，宮人王昭君因不肯賄賂畫師而被故意畫醜，以致得不到元帝的青睞，後遠嫁匈奴而終死在塞外的史事。借寫王昭君一生寂寞淒涼的際遇，寄寓自身實和王昭君一樣有著被埋沒的感慨。可用來表達對西漢王昭君雖然美貌卻不幸遭埋沒的同情，抒發自己空懷美好的才思卻不受重用的傷嘆。

【出處】 唐．杜甫〈詠懷古跡〉詩五首之三：「羣山萬壑赴荊門，生長明妃尚有村。一去紫臺連朔漠，獨留青塚向黃昏。畫圖省識春風面，環佩空歸月夜魂。千載琵琶作胡語，分明怨恨曲中論。」

出師未捷身先死，長使英雄淚滿襟。

三國蜀相諸葛亮帶兵北伐魏國，可惜在還未得勝前便先死去，古往今來多少英雄們為他的壯志未酬而淚滿衣襟。

【解析】此為杜甫遊歷武侯祠（位在今四川成都市境內）時所寫下的一首憑弔詩，詩中除表達對先人諸葛亮的敬仰與惋惜之情外，也寄寓自己和諸葛亮一樣有著滿腔的報國忠誠，只是抱負無以施展的悲慨。明末學者王嗣奭《杜臆》評論此詩：「蓋不止為諸葛悲之，而千古英雄有才無命者，皆括於此，言有盡而意無窮也。」可用來形容仁人志士尚未建立豐功偉績便已逝世的遺恨。也可用來形容空有雄才大略卻有志難伸的哀嘆。

【出處】唐．杜甫〈蜀相〉詩：「丞相祠堂何處尋？錦官城外柏森森。映堦碧草自春色，隔葉黃鸝空好音。三顧頻煩天下計，兩朝開濟老臣心。出師未捷身先死，長使英雄淚滿襟。」

江東子弟多才俊，卷土重來未可知？

在項羽帶領的江東的子弟裡，不乏傑出優秀的年輕人，若有機會一切重新來過，最後項羽和劉邦之間的爭霸，到底誰勝誰負還說不定呢？

【解析】此詩為杜牧經過項羽當年自刎的烏江亭（位在今安徽馬鞍山市境內）時所作，抒發其對楚漢相爭這件史事的看法。杜牧認為勝敗乃兵家常事，垓下一戰項羽雖然大敗，但他本可選擇先行渡江，日後借助江東才俊捲土重來，可惜的是，項羽卻以無顏見江東父老為由，自刎於烏江岸邊，如此不智之舉，也等同斷送了他日轉敗為勝的可能機會。可用來勉勵人們遭遇失敗後，不可自暴自棄，應重新整頓力量，再接受挑戰。

【出處】唐．杜牧〈題烏江亭〉詩：「勝敗兵家事不期，包羞忍恥是男兒。江東子弟多才俊，卷土重來未可知？」

昔時人已沒，今日水猶寒。

過去的人如今都已不在了，而易水依舊在，河水還是那麼冰冷。

【解析】一生仕途坎坷的駱賓王在易水（位在今河北境內）邊送行友人，憶起戰國末年荊軻行刺秦王前，燕國太子丹也曾在此地為其餞別。作者借史事暗喻自己空懷荊軻的大志，卻苦無機會施展，難掩激憤之情。可用來抒發心懷報國或遠大的志向，卻難有一番作為的不滿情緒。

【出處】唐．駱賓王〈於易水送人〉詩：「此地別燕丹，壯士髮衝冠。昔時人已沒，今日水猶寒。」

東風[1]不與周郎便，銅雀[2]春深鎖二喬[3]。

倘若當時東風不給孫吳大將周瑜提供方便的話，恐怕孫吳的兩大美人大喬、小喬，都會被曹操擄去，將她們鎖在春色幽深的銅雀臺中。

【注釋】1.東風：春風。此指赤壁戰時，孫吳與蜀漢聯軍，蜀相諸葛亮借東風，燒毀曹魏的戰船，大敗曹魏於赤壁一事。2.銅雀：為曹操築於魏都鄴城之高臺，故址位在今河北邯鄲市境內。3.二喬：指大喬、小喬姊妹，兩人皆貌美。孫策納大喬、周瑜納小喬。

【解析】赤壁，山名，一說位在今湖北咸寧市嘉魚縣東北。另一說位在今湖北咸寧市赤壁市西北。此為杜牧回顧赤壁之戰這段史實，興起成敗之慨嘆。他認為當時吳、蜀兩國若不得東風之便，風又助火勢烈焰，或許後來孫吳的兩大美人早成了銅雀臺裡曹操的戰利品，這也意味著孫吳將為曹魏所滅。可用來說明赤壁之戰的勝利，並非全靠吳、蜀兩國的英雄人物便可以達成，若非外在條件因素的影響，歷史極有可能改寫。另可用來說明某一必要的客觀條件，對於事情的成敗具有非常關鍵的作用。

【出處】唐・杜牧〈赤壁〉詩：「折戟沉沙鐵未銷，自將磨洗認前朝。東風不與周郎便，銅雀春深鎖二喬。」

寂寂寥寥揚子居，年年歲歲一床書。

想當年，揚雄居住的地方既孤單又冷清，年復一年只有滿床的書與他相伴。

【解析】作者盧照鄰在細摹長安都城顯貴人家的奢華生活後，詩末以長年窮居著書的西漢文學家揚雄自比，抒發其雖置身於紙醉金迷的長安，卻始終和耽於享樂的上流社會格格不入。可用來形容讀書人效法前人揚雄長期與書為伴的清苦生活。

【出處】唐・盧照鄰〈長安古意〉詩：「……昔時金階白玉堂，即今唯見青松在。寂寂寥寥揚子居，年年歲歲一床書。獨有南山桂花發，飛來飛去襲人裾。」（節錄）

衛青不敗由天幸，李廣無功緣數奇[1]。

漢朝的衛青屢次討伐匈奴，不曾打過敗仗，這是由於上天的寵幸，勇猛過人的李廣卻無法建立戰功，這是因為他的命數不好。

【注釋】1. 數奇：古人認為偶數吉利，奇數不吉利，故做事無法偶合者稱之數奇，以表時運不濟。

【解析】西漢名將衛青乃皇親貴戚，深得漢武帝的寵信，立功封爵，官拜大將軍；反觀戰將李廣先前與匈奴對戰皆獲得勝利，卻始終未能封侯，其後隨衛青出征，因迷失道路而受到責罰，最終選擇刎頸自盡。王維詩中援引了衛青、李廣之例，意在表達

兩人的成敗並非才能懸殊之故，而是緣於命運好壞的不同。本句借西漢衛青有功封爵，而李廣有功無賞、無功受罰的史實，抒發自己與李廣一樣失意不得志的感慨。

【出處】唐・王維〈老將行〉詩：「……一身轉戰三千里，一劍曾當百萬師。漢兵奮迅如霹靂，虜騎崩騰畏蒺藜。衛青不敗由天幸，李廣無功緣數奇……」（節錄）

詠物吟志

詠動物

一朝溝隴出，看取拂雲飛。

有朝一日駿馬會從山溝田隴跳躍而出，人們可以看著牠掠過天上白雲，快速飛馳。

【解析】李賀詩中運用誇飾手法描寫一匹良馬擺脫韁繩的羈絆後，跨越了田野的溝隴，直上雲霄的非凡神姿。作者藉由對馬的讚美，暗喻自己和這匹良馬一樣智勇兼備，只是懷才不遇，伏處於田野鄉間，一旦得到機會奮起，受到君上重用，他日必能樹功立業，一飛沖天。可用來表達賢才志士渴望建立一番宏偉的事業。

【出處】唐・李賀〈馬詩〉詩二十三首之十五：「不從桓公獵，何能伏虎威？一朝溝隴出，看取拂雲飛。」

何當擊凡鳥，毛血灑平蕪。

何時能讓不凡的蒼鷹展翅搏擊那些平凡的鳥，將牠們的毛血灑在平原上。

【解析】此為杜甫早年所作的題畫詩，他將畫中的

蒼鷹的神態描繪得矯健不凡，靈氣飛舞，表面上看似歌詠畫中鷹，實是表達其當時凌雲壯志、嫉惡如仇以及不甘平庸的心境寫照。可用來比喻人的雄心壯志，有如蒼鷹一樣英勇猛烈。

【出處】唐．杜甫〈畫鷹〉詩：「素練風霜起，蒼鷹畫作殊。㩳（ㄙㄨㄥˇ）身思狡兔，側目似愁胡。絛（ㄊㄠ）旋光堪摘，軒楹勢可呼。何當擊凡鳥，毛血灑平蕪。」

居高聲自遠，非是藉秋風。

蟬棲在高處，聲音自然遠播，並非憑藉秋風的助力。

【解析】蟬棲高飲露，古來被視為高潔的象徵。虞世南通過對蟬的形象描寫，寓意人應立身高處，廉潔自持，格調若能像蟬一樣清明高遠，即使不依附任何的外力，自然也能聲名遠傳。可用來比喻擁有高尚的品德，比去費心想要如何攀附權勢更能獲得眾人的認同。

【出處】唐．虞世南〈蟬〉詩：「垂緌（ㄖㄨㄟˊ）飲清露，流響出疏桐。居高聲自遠，非是藉秋風。」

採得百花成蜜後，為誰辛苦為誰甜？

蜜蜂採花成蜜之後，卻是被人們享用。這到底是為誰辛苦、為誰釀成蜜的甜呢？

【解析】羅隱借歌詠蜜蜂採蜜的辛勞，暗喻世上很多人勞累奔波一生，到頭來卻是得不到任何的回報。可用來讚美蜜蜂辛勤釀蜜，成果終為人們享用的無私奉獻。另可用來比喻認真工作，最後辛苦所得卻遭他人剝削或占有的不平現象。

【出處】唐．羅隱〈蜂〉詩：「不論平地與山尖，無限風光盡被占。採得百花成蜜後，為誰辛苦為誰甜？」

深山月黑風雨夜，欲近曉天啼一聲。

山中的夜晚月色昏暗，風雨交加，等到快要天亮時啼叫一聲就可以了。

【解析】崔道融詩中描寫其與雄雞的對話，他希望自己飼養的公雞平日不要隨便鳴叫，只要在風雨如晦的破曉前發出一聲長啼，以喚醒沉睡的人們，迎接黎明的到來，藉此砥礪自己平時行事不可肆意聲張，力求表現，而是要等到關鍵或危急時刻才一鳴驚人，匡救危難。可用來比喻人在平日宜養精蓄銳，等待適當時機再一展真才實學。

【出處】唐．崔道融〈雞〉詩：「買得晨雞共雞語，常時不用等閑鳴。深山月黑風雨夜，欲近曉天啼一聲。」

莫道無心畏雷電，海龍王處也橫行。

不要說螃蟹沒有心腸，所以不害怕雷電，就算到了海龍王的住所也敢橫行無忌。

【解析】皮日休借寫螃蟹沒有心腸，到處橫行無忌，即使在天上的雷電、海底的海龍王面前也毫不畏懼的神態，寄寓自己其實也和螃蟹的性格一樣狂傲叛逆，不管面對多麼強大的威勢也絕不卑躬屈膝。可用來形容膽量氣魄非凡，一身傲骨，無畏強權。

【出處】唐．皮日休〈詠蟹〉詩：「未遊滄海早知名，有骨還從肉上生。莫道無心畏雷電，海龍王處也橫行。」

露重飛難進，風多響易沉。

露水沉重，蟬有翅膀也難以飛起。風聲響亮，蓋過了蟬的鳴叫聲。

【解析】不幸遭人誣陷入獄的駱賓王，藉蟬的潔身自愛以自喻，詩中宣洩其在官場遭受的打壓與不得志的痛苦。可用來比喻志節雖高，卻遭逢困厄的怨懟不滿。

【出處】唐．駱賓王〈在獄詠蟬〉詩：「西陸蟬聲唱，南冠客思侵。那堪玄鬢影，來對白頭吟。露重飛難進，風多響易沉。無人信高潔，誰為表予心？」

■詠植物■

不是花中偏愛菊，此花開盡更無花。

並不是我在所有的花中特別厚愛菊花，而是因為等到菊花開過之後，就再也沒有別的花開了。

【解析】此為元稹讚揚菊花之作，他認為並不是自己對晚秋傲然獨放的菊花偏心，而是一旦菊花謝盡便是百花凋零，無處尋花，自然會把全部情感寄託於菊花上了。可用來讚頌菊花不畏凌寒的堅貞品格，同時也借菊花來象徵有志之士的不屈傲骨。

【出處】唐．元稹〈菊花〉詩：「秋叢繞舍似陶家，遍繞籬邊日漸斜。不是花中偏愛菊，此花開盡更無花。」

志士幽人莫怨嗟，古來材大難為用。

有志之士和隱逸高人不要再怨嘆了，自古以來，有才幹的人都很難受到重用的啊！

【解析】杜甫在此詠物言志，借諸葛亮廟前的孤高蒼勁的古柏，一方面比喻諸葛亮的忠貞情操，一方面暗喻自己的心志堪與諸葛亮相比，同時也感嘆像古柏這樣高大的木材很難為世人所利用，就正如宏材大略的諸葛亮曾不被重用一樣。詩中「材大」既是指古柏，也兼指材大之人。可用來形容有才能的人多曲高和寡、生不逢時而不獲重視。

【出處】唐·杜甫〈古柏行〉詩：「……大廈如傾要梁棟，萬牛回首丘山重。不露文章世已驚，未辭剪伐誰能送？苦心豈免容螻蟻，香葉終經宿鸞鳳。志士幽人莫怨嗟，古來材大難為用。」（節錄）

松柏本孤直，難為桃李顏。

松樹柏樹的本性是孤高挺直的，難以表現出像桃花李花那樣嬌豔的容顏。

【解析】李白借松柏孤傲耿直的性情自比，再借桃李招蜂引蝶的媚態比喻那些為達目的而竭力取悅他人的人，表達其不願屈身獻媚於權貴的氣概。可用來比喻人的氣骨猶如松柏堅貞挺拔，縱使遭逢逆境或面對誘惑也不為所動。

【出處】唐·李白〈古風〉詩五十九首之十二：「松柏本孤直，難為桃李顏。昭昭嚴子陵，垂釣滄波間。身將客星隱，心與浮雲閑。長揖萬乘君，還歸富春山。清風灑六合，邈然不可攀。使我長嘆息，冥棲巖石間。」

高節人相重，虛心世所知。

高尚的節操會受到人們的尊重，謙虛的情懷會被世人所知曉。

【解析】本詩詩題為〈和黃門盧侍御詠竹〉。黃門，唐玄宗時稱門下省為黃門省，門下省為審查國家詔令內容的機構。盧侍御，指曾官拜黃門侍郎的盧懷慎，為官清廉謹慎。張九齡藉由描寫竹子具有竹節與中空的特徵，意在讚美君子的高尚節操和虛懷若谷的美好品德。可用來形容具備氣節操守以及態度虛心謙和的人，必然會得到大家的敬重和肯定。

【出處】唐·張九齡〈和黃門盧侍御詠竹〉詩：「清切紫庭垂，葳蕤防露枝。色無玄月變，聲有惠風吹。高節人相重，虛心世所知。鳳皇佳可食，一去一來儀。」

唯有牡丹真國色，花開時節動京城。

只有牡丹堪稱是國中最美麗的花，在花開的季節驚動了整個京城。

【解析】花的種類無數，但在劉禹錫的眼中，芍藥過於妖嬌，荷花過於素雅，唯有牡丹才符合傾國傾城的豔美姿色，足以在花開時吸引眾人前來欣賞，語氣中含有對牡丹豔冠群芳、氣質高雅的傾慕。可用來歌詠牡丹雍容華貴，氣質高雅，花品絕倫。另可用來形容春天牡丹盛開時，人們爭相觀賞，造成轟動喧騰。

【出處】唐．劉禹錫〈賞牡丹〉詩：「庭前芍藥妖無格，池上芙蕖淨少情。唯有牡丹真國色，花開時節動京城。」

數萼初含雪，孤標畫本難。

梅花剛剛綻放時，花萼略帶白雪的色澤，孤傲脫俗，想要畫出梅花的神韻都很困難。

【解析】崔道融詩中藉著歌詠在寒冷氣候下綻開的梅花，花萼潔白如雪，素雅高潔，寄寓人的品德應如梅花般地傲世絕俗。可用來比喻人的品格如梅花一樣高尚清雅，不隨流俗。

【出處】唐．崔道融〈梅花〉詩：「數萼初含雪，孤標畫本難。香中別有韻，清極不知寒。橫笛和愁聽，斜枝倚病看。朔風如解意，容易莫摧殘。」

穠麗最宜新著雨，嬌嬈全在欲開時。

被雨淋過的海棠看起來格外豔麗，含苞待放的海棠則最為嬌媚。

【解析】鄭谷詩中讚美春風微雨後的海棠色澤妍麗，姿態嬌美，花瓣上的晶瑩水珠，使花朵更顯得豔光四射，含苞將要開放的花，神采耀眼奪目。可用來形容細雨後的海棠亮麗嫵媚，令人傾慕不已。另可用來比喻少女俏麗動人的豔容和嬌姿。

【出處】唐・鄭谷〈海棠〉詩：「春風用意勻顏色，銷得攜觴與賦詩。穠麗最宜新著雨，嬌嬈全在欲開時。莫愁粉黛臨窗懶，梁廣丹青點筆遲。朝醉暮吟看不足，羨他蝴蝶宿深枝。」

詠物質

方流涵玉潤，圓折動珠光。

水流如玉石般溫潤光滑，水花如珍珠般渾圓閃亮。

【解析】張文琮在詩中藉由歌詠水具有溫潤如玉、渾圓如珠的特質，暗喻人也該向水學習如玉石般溫和柔順的言行，如珍珠般華貴優美的儀態。可用來形容人的品格美好耀眼。另可用來比喻文詞豐美圓熟或歌聲圓滑清潤。

【出處】唐・張文琮〈詠水〉詩：「標名資上善，流派表靈長。地圖羅四瀆，天文載五潢。方流涵玉潤，圓折動珠光。獨有蒙園吏，棲偃玩濠梁。」

日落山水靜，為君起松聲。

太陽下山，山水間一片靜寂，風自松林間吹起，為你響起美妙的樂音。

【解析】王勃詩中以風喻人，借讚美習習涼風在日落西山，萬籟靜寂時吹動松樹，發出像波濤般的聲音，同時驅散炎熱，帶給萬物涼爽快意，正如人高尚清雅的品格，慷慨無私地遍施恩惠。明人鍾惺、譚元春《唐詩歸》評曰：「『為君』二妙字，待物如人矣。」可用來比喻人普濟眾生又勤奮不懈的美好品德。

【出處】唐．王勃〈詠風〉詩：「肅肅涼風生，加我林壑清。驅煙尋澗戶，卷霧出山楹。去來固無跡，動息如有情。日落山水靜，為君起松聲。」

古調雖自愛，今人多不彈。

我雖然很喜愛古老的曲調，但現今的人大多已不彈奏了。

【解析】劉長卿表面上是在書寫自己所偏愛的古調，早已被世人冷落的遺憾，實是借詠古調以明志，抒發世上知音難遇，只能孤芳自賞的孤獨感。可用來形容自己孤高自重的心志以及絕不追求俗尚的堅持。另可用來比喻人們多喜歡新鮮而厭倦老舊的人或事物。

【出處】唐．劉長卿〈聽彈琴〉詩：「泠泠七絃上，靜聽松風寒。古調雖自愛，今人多不彈。」

直到天頭無盡處，不曾私照一人家。

月光普照，月光未曾偏照某一戶人家。

【解析】中秋節歷來有賞月、吃月餅的習俗，象徵闔家團圓之意。曹松在中秋節這天，不能免俗地也與眾人共賞皎潔圓月，當他望著月亮從海平面上冉冉升起時，不禁讚嘆這天底下最公正無私的就是月亮了，因為它不會只映照所偏愛的某一家人，語意中含有對當時社會充斥各種徇私廢公現象的不滿。可用來歌詠月亮光明磊落，普照人間每一角落，也反映人渴望生活在平等大同的理想國度。另可用來說明中秋節日夜空淨澄，更襯托出一輪明月的光潔，人們爭相賞月的景象。

【出處】唐．曹松〈中秋對月〉詩：「無雲世界秋三五，共看蟾盤上海涯。直到天頭無盡處，不曾私

照一人家。」

朝爭暮競歸何處？
盡入權門與倖門。

日以繼夜爭逐最後歸屬在哪裡呢？全部都進入了權貴以及君王親信的家中。

【解析】徐夤（ㄧㄣˊ）詩中藉由歌詠金錢，諷諭古往今來，金錢一直都離不開握有權勢的顯貴望族以及皇帝寵愛的佞臣之家，縱有前人因追逐金錢而家財萬貫，最後也給自己招來了無窮禍患，但後人還是前仆後起，難以拋卻金錢的誘惑，也可以說，擁有愈多財富的人愈無法對錢忘情。本句可用來形容權貴豪門和特權階級，為了獲得更多的錢財朝思夕計，甚至無所不用其極。

【出處】唐．徐夤〈詠錢〉詩：「多蓄多藏豈足論，有誰還議濟王孫？能於禍處翻為福，解向讎家買得恩。幾怪鄧通難免餓，須知夷甫不曾言。朝爭暮競歸何處？盡入權門與倖門。」

雕琢為世器，
真性一朝傷。

經過雕刻琢磨的玉成了世間人們玩賞的器物，玉的本性便被破壞了。

【解析】韋應物詩中讚美玉乃天地之間的靈物，可惜的是玉經過工匠的精心雕琢後反而失去了本來的靈性，成為一般世俗的玩物，詩人藉此表達自己崇尚自然率真，不喜粉飾偽裝的性情。可用來形容做人應當保持純真質樸，不流世俗。

【出處】唐．韋應物〈詠玉〉詩：「乾坤有精物，至寶無文章。雕琢為世器，真性一朝傷。」

勸君覓得須知足，
錢解[1]榮人也辱人。

勸你覓得了錢財之後要知道滿足，畢竟錢能夠帶給人榮華，也會帶給人恥辱。

【注釋】 1. 解：會，能夠。

【解析】 古來就有把錢視為神明的說法，認為錢有通神的力量，任誰都難以抗拒，故李嶠詩中先是頌讚錢不只是世上的珍寶，更具有令人崇拜的神力，但之後話鋒一轉，他勸誡世人若是對錢貪得無厭，通神的金錢可以給人顯榮地位，也可以讓人身敗名裂。可用來規勸人們不要執著於錢財的追求，知足常樂，以免為錢而招致禍害。

【出處】 唐．李嶠〈錢〉詩：「九府五銖世上珍，魯褒曾詠道通神。勸君覓得須知足，錢解榮人也辱人。」

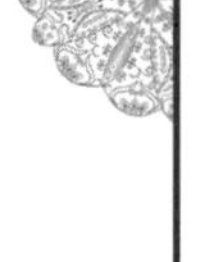

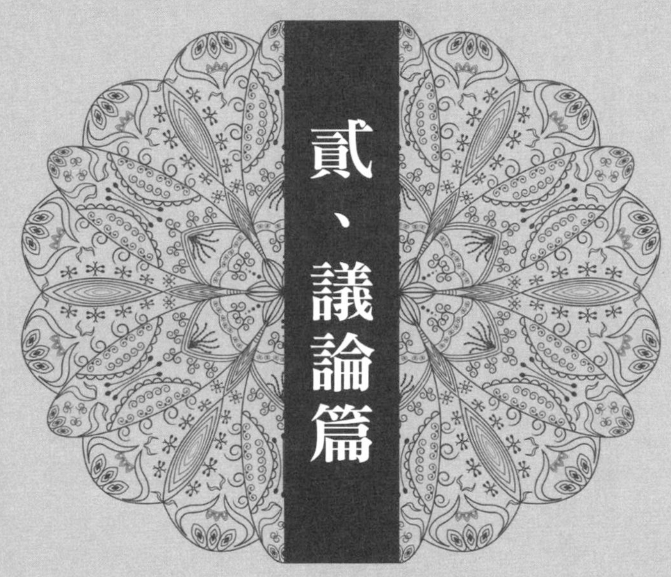

貳、議論篇

一、論生命

人生領悟

一裘暖過冬，一飯飽終日。

一件毛皮衣服就可以溫暖地度過寒冬，一碗飯便可以填飽肚子一整天。

【解析】此乃白居易晚年寫來勸勉姪子們要節制物質欲望之作，其擔心晚輩生活奢華無度，而人心欲望又是無窮無限，所以提醒他們要懂得知足常樂的道理，並以自身的言行舉止為例，希望姪子們可以從他的人生經驗得到啟發。可用來說明人知道滿足，不貪求多餘無用的物質，就能保持身心愉悅。

【出處】唐·白居易〈狂言示諸姪〉詩：「……松柏本孤直，況當垂老歲，所要無多物。一裘暖過冬，一飯飽終日。勿言舍宅小，不過寢一室。何用鞍馬多？不能騎兩匹。如我知足心，人中十有七。如我優幸身，人中百無一。傍觀愚亦見，當己賢多失。不敢論他人，狂言示諸姪。」（節錄）

人生直作百歲翁，亦是萬古一瞬中。

就算活到成了百歲老翁，在萬年的歷史裡也不過是一瞬間而已。

【解析】本詩詩題為〈池州送孟遲先輩〉。先輩，是對年長者或輩分較高者的尊稱。杜牧擔任池州（位在今安徽境內）刺史期間，好友孟遲前來探望，離去前特作此詩相贈。杜牧詩中抒發其對人生短暫的慨嘆，他認為一個人縱使在世間活得再久，頂多也就是百年歲月，完全無法和亙古的歷史長流相比，也不可能超越時空的限制而長存於人間。可用來表達人壽有盡而世代無窮無盡的感觸。

【出處】唐．杜牧〈池州送孟遲先輩〉詩：「……人生直作百歲翁，亦是萬古一瞬中。我欲東召龍伯翁，上天揭取北斗柄。蓬萊頂上斡海水，水盡到底看海空……」（節錄）

十年一覺揚州夢，贏得青樓薄倖名。

在揚州放蕩了十年，如今看來彷若是夢一場，只贏得了我對青樓女子們薄情負心的名聲。

【解析】杜牧在揚州做官期間，經常流連歌樓妓院，十年過去，他追憶起自己在揚州的荒唐沉淪，有種不堪回首的自責意味。可用來形容長期縱情酒色生活後的醒覺與悔恨。

【出處】唐．杜牧〈遣懷〉詩：「落魄江南載酒行，楚腰纖細掌中輕。十年一覺揚州夢，贏得青樓薄倖名。」

他人騎大馬，我獨跨驢子。回顧擔柴漢，心下較些子。

看別人騎著大馬，我獨自坐在驢子上。回頭看見擔著柴的男人，心理就比較好些。

【解析】王梵志，是唐初一位僧人，其詩淺白易懂，多含有勸善戒惡的意味。這首詩主在表達人不要只羨慕著別人擁有自己所沒有的，因為還有很多人是連自己擁有的都沒有，提醒人們應該知足常樂，不要一味地妄想和他人攀比，徒增無謂的煩惱。可用來說明比上不足，比下有餘，保持怡然自得的心境。

【出處】唐．王梵志〈他人騎大馬〉詩：「他人騎大馬，我獨跨驢子。回顧擔柴漢，心下較些子。」

功名富貴若長在，漢水[1]亦應西北流。

如果世上的官位與財富能夠永遠保持下去的話，那麼漢水就要從東南往西北倒流了！

【注釋】1.漢水：亦稱漢江，為長江最長的支流，流經陝西、湖北兩省。

【解析】李白詩中不正面說功名富貴不長在，而是借自然現象中的漢水不可能倒流之事實，來對人一生致力追求的名利權勢予以否定。可用來形容功業名望和錢財全是一場虛幻，如同煙雲過眼。

【出處】唐·李白〈江上吟〉詩：「……屈平詞賦懸日月，楚王臺榭空山丘。興酣落筆搖五嶽，詩成笑傲凌滄洲。功名富貴若長在，漢水亦應西北流。」（節錄）

白頭縱作花園主，醉折花枝是別人。

終日忙碌為了購置田產，等到了年老，縱使做成了花園的主人，最後在花園裡喝醉折花的卻是別人！

【解析】詩人雍陶看見許多人直到頭髮發白，都還辛苦奔波，追求豐裕的物質生活，但是人的青春有限，等到生命消逝，那時在花園內的亭臺樓閣遊樂的人就不是打拚一輩子的自己了，意在提醒人們不要一味地努力掙錢，而忽略了生命的意義是要認真體會人生的美好。可用來勸人把握青春，及時享受生活。

【出處】唐·雍陶〈勸行樂〉詩：「老去風光不屬身，黃金莫惜買青春。白頭縱作花園主，醉折花枝是別人。」

百歲有涯頭上雪，萬般無染耳邊風。

人的壽命是有盡頭的，活到百歲時，頭髮早已白得像霜雪般，看待塵世間的所有事情，就像吹過耳邊的風一樣，無所掛心。

【解析】此乃詩人杜荀鶴稱讚兜率寺中的老僧清靜無為，不沾染塵囂是非的修持工夫。可用來說明人經過了漫長歲月的歷練，到年老時，對於所聽到的事情都不會放在心上。

【出處】唐．杜荀鶴〈贈題兜率寺閑上人院〉詩：「人間寺應諸天號，真行僧禪此寺中。百歲有涯頭上雪，萬般無染耳邊風。挂帆波浪驚心白，上馬塵埃翳眼紅。畢竟浮生謾勞役，算來何事不成空？」

身外何足言？人間本無事。

身體之外的事物又有什麼好說的呢？人世間本來就沒有什麼大事啊！

【解析】白居易見滿庭幽致春色，想著自己雖已年老，身體卻少有病痛，每日飽食安睡，還能沉浸於美酒之中，因而體會到世間煩惱多是人們自找的，才會導致病痛纏身，故作詩勸人拋下無謂的執著掛念，常保知足之心。可用來說明心情樂觀開朗，毋須為世俗雜事自尋煩惱。

【出處】唐．白居易〈日長〉詩：「日長晝加餐，夜短朝餘睡。春來寢食間，雖老猶有味。林塘得芳景，園曲生幽致。愛水多棹舟，惜花不掃地。幸無眼下病，且向尊前醉。身外何足言？人間本無事。」

浮名浮利濃於酒，醉得人心死不醒。

虛浮的名利比酒還要濃烈，致使人心醉到死時仍無法清醒過來。

【解析】作者體悟人終其一生汲汲營營，致力於追求身外的名聲和利益，就好像是醉酒的人一樣，到死都渾然不識自己原來本心的模樣。可用來表達世俗的名利過於誘人，人們深陷後便難以自拔。

【出處】唐．杜光庭〈傷時〉詩：「帆力劈開滄海浪，馬蹄踏破亂山青。浮名浮利濃於酒，醉得人心死不醒。」（此詩一說為鄭遨所作，詩題則作〈偶題〉）

假如三萬六千日，半是悲哀半是愁。

假若人的一生有百年的壽命，共計大約三萬六千個日子，其中一半是生活在悲苦哀傷中，一半是在愁煩心緒中度過的。

【解析】杜牧有感於人生實是終日活在悲傷與愁悵的情緒中，因而提醒人們珍惜當下難得的美好，像是有酒喝時，就該不加思索地喝到酣醉，有花看時，理當停下腳步來盡情欣賞，不要怕耽誤了時間而覺得可惜，畢竟機會錯過了便不復遇。可用來形容生命充滿著哀愁感傷，少有令人值得快樂的事。

【出處】唐．杜牧〈寓題〉詩：「把酒直須判酩酊，逢花莫惜暫淹留。假如三萬六千日，半是悲哀半是愁。」

細推物理須行樂，何用浮名絆此身？

仔細推敲宇宙萬物間的道理，體悟出人生應要及時行樂，何必要讓虛名來束縛自己這個人身呢？

【解析】杜甫從春花漫天飄落中體認到不僅萬物皆有盡時，人一生所致力追求的功名也同樣是有盡頭的，與其為了如浮雲般的名聲而勞累奔波，倒不如在有限的年華裡認真享受人生的樂趣。可用來表達因理解人事物發展變化的道理，故能不再執著於浮華不實的功業名位，好好把握人生有限的光陰。

【出處】唐．杜甫〈曲江〉詩二首之一：「……江上小堂巢翡翠，苑邊高塚臥麒麟。細推物理須行樂，何用浮名絆此身？」（節錄）

處世若大夢，胡為勞其生？

人生在世就像是做了一場很長的夢，何必要過得如此操心勞苦呢？

【解析】李白於春日醉酒醒來，看見庭院前的花香鳥語，突然省悟到浮生若夢，做人實不必過於操勞而讓自己不得安寧，也無法真正感受大自然的風月景色。可用來說明人生好像一場虛幻的夢境，不應作繭自縛而忽略了生活中的美好風情和趣味。

【出處】唐．李白〈春日醉起言志〉詩：「處世若大夢，胡為勞其生？所以終日醉，頹然臥前楹。覺來盼庭前，一鳥花間鳴。借問此何時？春風語流鶯。感之欲嘆息，對酒還自傾。浩歌待明月，曲盡已忘情。」

逢人不說人間事，便是人間無事人。

碰到人不談人世間的是非，便是可以脫離人世間是非的人。

【解析】本詩詩題為〈贈質上人〉。上人，多用來尊稱修行、智慧卓越的高僧。此詩為杜荀鶴贈送給一位名叫「質」的出家人，由衷讚美質上人能夠擺脫俗塵、心中無所罣礙的不凡修行。可用來說明不去談論世上的是非恩怨，自然不會招惹煩惱痛苦。

【出處】唐．杜荀鶴〈贈質上人〉詩：「枿（ㄋㄧㄝˋ）坐雲遊出世塵，兼無瓶缽可隨身。逢人不說人間事，便是人間無事人。」

經事還諳事，閱人如閱川。

經歷的事情多了，自然更加熟悉事物的道理，見過的人多了，就如同水匯聚成川河一樣，看待人世更加清澈了然。

【解析】此為劉禹錫回給好友白居易的一首詩，他認為人實在不必悲嘆年老，因為老人的閱歷豐富，見識廣博，對人生有深刻的體悟，所以一個人能夠活到老可說是一件值得驕傲的事。可用來說明經驗豐富的可貴。

【出處】唐．劉禹錫〈酬樂天詠老見示〉詩：「人誰不願老，老去有誰憐。身瘦帶頻減，髮稀冠自偏。廢書緣惜眼，多炙為隨年。經事還諳事，閱人如閱川。細思皆幸矣，下此便翛然。莫道桑榆晚，為霞尚滿天。」

蝸牛角上爭何事？石火光中寄此身。

人活在世上，就像是寄住在蝸牛的觸角上，空間是如此狹小，還有什麼好爭的呢？人的生命短暫，就像是石頭相擊時所發出的剎那火光一般。

【解析】晚年的白居易，領悟到人終其一生經常為了功名私利，你爭我奪，縱使最後爭贏了，也不過局限在像蝸牛觸角的窄小範圍裡，如何能與天地之大相爭？而人的生命猶如火石擊發的火光，轉瞬即逝，故勸人不必枉費心機，徒增煩憂。可用來表現生命渺小短暫，不應把時間耗費無謂的爭鬥上。

【出處】唐．白居易〈對酒〉詩五首之二：「蝸牛角上爭何事？石火光中寄此身。隨富隨貧且歡樂，不開口笑是痴人。」

舉世盡從愁裡老，誰人肯向死前閑？

世上所有的人都在愁苦中逐漸老去，有誰願意在死前讓自己好好休息呢？

【解析】杜荀鶴從年輕時期便致力於科舉考試的準備，直到四十多歲才中舉。詩中他感嘆人的一生為了追求理想而奔波勞苦，過程辛酸無限，眼看來日無多，卻仍然還是放不下手，最後愁苦而終。可用來說明人們寧願為了基本生存或功名利祿而愁煩忙碌到終老，也不願讓自己靜下心來，享受清閒生活的樂趣。

【出處】唐·杜荀鶴〈秋宿臨江驛〉詩：「南來北去二三年，年去年來兩鬢斑。舉世盡從愁裡老，誰人肯向死前閑？漁舟火影寒歸浦，驛路鈴聲夜過山。身事未成歸未得，聽猿鞭馬入長安。」

哲思禪道

千尺絲綸[1]直下垂，一波才動萬波隨。

長長的釣絲筆直地垂入江中，每當江面上一個水波興起時，便會牽引出無數的波紋。

【注釋】1. 綸：釣魚用的絲線。

【解析】這首詩是船子和尚撰寫的一道偈。偈，即梵語中的「頌」義，也可以說是佛教文學的詩歌。船子和尚，原名德誠，因經常在江上為人擺渡，泛舟隨緣度化四方往來之人，故稱之。這首偈表面上是寫月夜釣者居高臨下垂釣，釣線入水後激起層層波紋的景象，實是暗喻人來到世上心靈逐漸受到塵世的汙染，罪惡的種子就像是「千尺絲綸」一樣「直下垂」到我們的身上，一旦受到了「一波才動」的外緣誘惑，這些潛伏在身上的罪惡種子便會「萬波隨」。換言之，人只要一個念頭生起，萬念便會相隨相生，煩惱從此無邊無際，若不生念頭，就什麼都沒有，如要立一個念頭來破除，那這個想要破除的念頭也是「一波」，終究還是禍害的根源。可用來比喻人心無念無著，便不會被世間的聲色欲念所牽動而苦惱。

【出處】唐·船子和尚〈撥棹歌〉偈：「千尺絲綸直下垂，一波才動萬波隨。夜靜水寒魚不食，滿船空載月明歸。」

大海從魚躍，長空任鳥飛。

寬闊的大海讓魚兒可以騰躍，遼遠的天空讓鳥兒可以任意飛翔。

【解析】此為禪僧玄覽題於竹子上的一首詩，表達其自由自在的寬闊胸襟，就像大海中的魚、天上的飛鳥般地優游於廣大天地間，這正是他所奉行的順應自然、不違背事物情理的道。這段名句可用來比喻人的心胸開闊，灑脫自如。另可用來形容寫文章時思路順暢通達。

【出處】唐．玄覽〈題竹〉詩：「欲知吾道廓，不與物情違。大海從魚躍，長空任鳥飛。」

不是一番寒徹骨，爭得梅花撲鼻香？

梅花要是沒有經過刺骨寒冬的考驗，怎麼會生出如此撲鼻的香氣呢？

【解析】本詩的作者希運是禪宗高僧，因在黃蘗（ㄅㄛˋ）山（位在今江西南昌市境內）傳法，世稱黃蘗希運。此偈是作者對門下子弟上課時所講述的道理，其借寒冬才綻放清幽芳香的梅花為喻，勉勵門人要有堅定不移的信念，才能克服修行路上的艱苦磨練，方能達到對禪機妙理的領悟。可用來比喻只有經過一番嚴格的鍛練，才會有苦盡甘來的成就或對人生哲理更參透的體悟。

【出處】唐．黃蘗希運〈上堂開示頌〉偈：「塵勞迥脫事非常，緊把繩頭做一場。不是一番寒徹骨，爭得梅花撲鼻香？」

本來無一物，何處惹塵埃？

人的身心本來就是虛幻沒有實相，從何沾惹塵埃呢？

【解析】禪宗六祖慧能本在五祖弘忍門下擔任雜工，不識字的他在聽到師兄神秀寫的偈後，便央請一旁的人代筆寫出他所作的偈。慧能認為人的身軀不過是虛幻假相，人心苦樂也是經過外在意念所形成的虛妄感受，一切現象既然沒有真實的存在過，自然也就沒有所謂的垢淨、生滅。慧能的偈中表達的是一種「頓悟」的思想，也就是證悟一切現象都無真實的生滅變化，只要洞明心性的本源，眾生皆可見性成佛。可用來說明事物本來就不存在，故由其引起的事物或現象自然也就不存在。

【出處】唐．慧能《六祖壇經．行由品第一》偈：「菩提本無樹，明鏡亦無臺。本來無一物，何處惹塵埃？」

因過竹院逢僧話，又得浮生半日閑。

因經過了一處有竹林的庭院，剛巧聽了僧人的一席話，於是在這個浮沉紛擾的人世中，又多得到了半日的悠閑。

【解析】原本日子過得昏昏沉沉的李涉，在春天快要結束前決定去登山，經過鎮江鶴林寺時無意間與一位僧人閑聊了許久，從中獲得了不少的啟示。作者在詩中雖沒有明講其和僧人的聊天內容，但從他的心態由消沉鬱悶轉為寧靜祥和，可知僧人的提點使其突然醒悟，重新看見自己的本來面目。可用來形容與某人相談，彷彿在奔波繁忙生活中得到一段難得的清閑。

【出處】唐．李涉〈題鶴林寺僧舍〉詩：「終日昏昏醉夢間，忽聞春盡強登山。因過竹院逢僧話，又得浮生半日閑。」

吾心似秋月，碧潭清皎潔。

我的心好像秋天朗朗的明月，映在碧綠潭水中更顯得清澈純淨。

【解析】詩僧寒山在詩中以「秋月」比喻人心自性本是空明清淨，不染世俗塵埃，且世上也找不到任何物質可以堪比，更是任何言語都無法表達出來的。其意在強調人若能拋開對外物的鑽營追求，精神自在爽朗，內心無所罣礙，自然煩惱不生。可用來說明人若能回歸淨潔無瑕的初始本心，便能洞悉人間一切事理，不再為擾攘的人情世事所困惑。

【出處】唐．寒山〈吾心似秋月〉詩：「吾心似秋月，碧潭清皎潔。無物堪比倫，教我如何說？」

改頭換面孔，不離舊時人。

在輪迴當中，眾生的容貌不斷改變，但內在本質並不曾離開過去的那個自己。

【解析】詩僧寒山認為六道輪迴的痛苦是非常可怕的，人的表相雖在每一次的輪迴後轉化成不同的樣貌，但實質上還是相同的靈魂，故詩中勸人要盡早修行，方能脫離輪迴不休的苦海。可用來說明即使面孔變換，但本性仍未有改變。

【出處】唐．寒山〈可畏輪迴苦〉詩：「可畏輪迴苦，往復似翻塵。蟻巡環未息，六道亂紛紛。改頭換面孔，不離舊時人。速了黑暗獄，無令心性昏。」

男兒大丈夫，一刀兩段截。

有志氣、有原則的男子，遇到紛擾心思的事情時，會毫不遲疑地將其立刻斷絕。

【解析】詩僧寒山認為世間有三種人，一是智慧過人者，其心思敏銳，容易領悟佛法中的意境；二是智慧中等者，其心思清靜，審慎思慮周詳；三是智慧低下者，其心思愚昧，等到大難來臨時，才知道人生被自己給毀滅了。也因此，他提醒大丈夫徘徊歧路時，必須當下一刀兩斷，才不會空有人的面目而行同禽獸。可用來比喻面對煩惱或誘惑時，果決地屏絕。

【出處】唐．寒山〈上人心猛利〉詩：「上人心猛利，一聞便知妙。中流心清淨，審思云甚要。下士鈍暗痴，頑皮最難裂。直待血淋頭，始知自摧滅。看取開眼賊，鬧市集人決。死屍棄如塵，此時向誰說。男兒大丈夫，一刀兩段截。人面禽獸心，造作何時歇。」

時時勤拂拭，勿使惹塵埃。

時時刻刻勤加擦拭，不要使身心沾惹世俗的塵埃。

【解析】禪宗五祖弘忍為了挑選衣缽傳人，吩咐弟子作偈寫下對佛性的體悟。弘忍門下弟子地位最高的便推神秀，其經過一番苦思後作成此偈。弘忍認為神秀的偈「未見本性，只到門外」，但也告訴眾人「依此偈修，免墮惡道」，後因慧能另作一偈而得弘忍的衣缽，成為禪宗六祖。事實上，神秀偈中表達的是一種「漸悟」的思想，也就是漸進提升心性修為的工夫。可用來說明人要隨時提醒自己斷除雜想妄念，使身心常保清淨無垢。

【出處】唐．神秀《六祖壇經．行由品第一》偈：「身是菩提樹，心如明鏡臺。時時勤拂拭，勿使惹塵埃。」

睫在眼前長不見，道非身外更何求？

眼睫毛就長在眼睛的前方，人卻長期看不見，真理從來不在身體之外，人還要到何處去尋求呢？

【解析】杜牧在池州擔任刺史期間，仕途不順的友人張祜前來探訪，兩人同遊當地名勝九峰樓。杜牧在詩中一方面肯定張祜的才能，諷刺握有權位者識人不明，竟對如此優秀人才視而不見，但一方面也勸慰張祜，既有無形的品格操守在身上，又何必去

追求有形的仕途名利呢？可用來說明真理本來就存在每個人的心中，離開人的本心，真理便不存在。另可用來比喻人只能見遠而不能見近。

【出處】唐．杜牧〈登池州九峰樓寄張祜〉詩：「百感衷來不自由，角聲孤起夕陽樓。碧山終日思無盡，芳草何年恨即休。睫在眼前長不見，道非身外更何求？誰人得似張公子，千首詩輕萬戶侯。」

詩思禪心共竹閑，任他流水向人間。

吟詩和修禪的心思猶如山林裡的竹子一樣自在悠閑，任憑那匆匆流水奔向塵世間。

【解析】李嘉祐題寫這首詩在高僧禪房的牆壁上，意在讚美其深湛的修行工夫，早已參透自身與天地萬物融合為一的道理，不論是留在山林門前的竹子或是流向紅塵俗世的江水，都與自己毫無隔閡，完全不著於心。可用來表達修行高深之人超脫塵俗的高逸情懷。

【出處】唐．李嘉祐〈題虔上人壁〉詩：「詩思禪心共竹閑，任他流水向人間。手持如意高窗裡，斜日沿江千萬山。」

慚愧情人遠相訪，此身雖異性長存。

很感動有你這位重情義的朋友遠道來探望我，雖然我這個身軀已和過去不同，本性卻是永久存在。

【解析】此詩源於袁郊〈甘澤謠〉傳奇，故事描述唐代高僧圓觀與官宦子弟李源情誼深厚，圓觀在圓寂前和李源約定三世輪迴再相見，李源也果然信守承諾前來赴約，此時已投胎為牧童的圓觀，即對著李源吟唱這一首詩，不僅意味著兩人的緣分早已註定，也表明了肉身易壞，而本性卻能永恆長存。可用來說明人世的因緣前定，本性歷久不滅。

【出處】唐・袁郊〈甘澤謠〉詩：「三生石上舊精魂，賞月吟風不要論。慚愧情人遠相訪，此身雖異性常存。」

豐衣足食處莫住，聖跡靈蹤好遍尋。

不要住在衣食充足的地方，才容易找尋到聖人仙靈的蹤跡。

【解析】詩僧齊己在病中勉勵即將前往清涼山禮佛的小師父，應避免和世俗人一樣致力於生活富裕的追求，保持心境清澄安寧，才能真正體悟潛藏於內心的佛性。可用來提醒修行者應恬淡清心，去除對外物的欲求。

【出處】唐・齊己〈病中勉送小師往清涼山禮大聖〉詩：「豐衣足食處莫住，聖跡靈蹤好遍尋。忽遇文殊開慧眼，他年應記老師心。」

二、論生活

社會現象

世情冷暖

人情翻覆似波瀾。

人世間的常情就像那水上的波浪一樣，翻來覆去，變幻不定。

【解析】此詩為王維與好友裴迪一同飲酒時所作，可說是王維對人性現實的深切體悟。官場沉浮多年，詩人有感於世道人情翻覆無常，人們經常隨著對方地位的高低而表現出親熱或冷漠的對待。可用來感嘆世態炎涼，人心多變。

【出處】唐・王維〈酌酒與裴迪〉詩：「酌酒與君君自寬，人情翻覆似波瀾。白首相知猶按劍，朱門

先達笑彈冠。草色全經細雨濕，花枝欲動春風寒。世事浮雲何足問？不如高臥且加餐。」

白首相知猶按劍，朱門先達笑彈冠[1]。

從年輕相交到老的知己，都有可能要按著劍提防對方，有的朋友一旦成為達官顯宦，便會嘲笑後來才入仕的人。

【注釋】1. 彈冠：整理衣帽。此用來比喻準備出來做官。

【解析】王維詩中主在表達其對世態無常、人情善變的深刻感悟，他認為朋友相交本貴在真心，後來卻要演變成相互猜疑，甚至反目成仇的地步。他也見識過有朋友早先一步做了官，竟對後進友人加以嘲辱排擠，讓人不禁感嘆，如果連知心好友都尚且如此，更遑論其他毫無交情的人了。可用來說明世人往往為了個人名利而忽略了彼此的情誼。

【出處】唐．王維〈酌酒與裴迪〉詩：「酌酒與君君自寬，人情翻覆似波瀾。白首相知猶按劍，朱門先達笑彈冠。草色全經細雨濕，花枝欲動春風寒。世事浮雲何足問？不如高臥且加餐。」

朱門酒肉臭，路有凍死骨。

富貴人家的酒肉多到吃不完而任其腐臭，路邊卻有許多受凍而死的屍骨。

【解析】這首詩作於安史之亂發生的前夕，杜甫從長安前往奉先（位在今陝西渭南市境內）的途中，看見達官顯貴們極盡豪奢浪費，尋常百姓卻窮困到凍死在街頭，兩者不過咫尺之隔，境遇竟是天壤之別，詩人百般無奈之餘，只能藉詩抒發其對社會不公不義的憤怒。可用來形容貧富差距懸殊的社會現象。

【出處】唐．杜甫〈自京赴奉先縣詠懷五百字〉詩：

「……中堂舞神仙，煙霧蒙玉質。煖客貂鼠裘，悲管逐清瑟。勸客駝蹄羹，霜橙壓香橘。朱門酒肉臭，路有凍死骨。榮枯咫尺異，惆悵難再述……」（節錄）

君不見床頭黃金盡，壯士無顏色。

你沒有看見床頭的黃金用完了，縱使再豪壯勇敢的人都感到面上無光而羞愧萬分。

【解析】張籍在詩中描寫一旦錢財耗盡，人在社會上便會寸步難行，世人對於身無分文的窮人多半嗤之以鼻，就算是名聞天下的英雄好漢，也會被貧窮給逼迫到無路可走。可用來形容英勇志士手頭上的金錢用盡，生活陷入貧困之境。

【出處】唐．張籍〈行路難〉詩：「湘東行人長嘆息，十年離家歸未得。弊裘羸馬苦難行，僮僕饑寒少筋力。君不見床頭黃金盡，壯士無顏色。龍蟠泥中未有雲，不能生彼升天翼。」

門前冷落鞍馬稀，老大嫁作商人婦。

門前冷冷清清的，連車馬都很少經過這裡，眼看年紀大了，於是嫁給了一個商人。

【解析】詩中「鞍馬」一說作「車馬」。白居易描寫琵琶女回憶歌妓生涯的過往，從其紅顏青春時人人爭相求愛的得意光景，到姿色衰退後來客的冷清稀落，最末只能將後半生託付給一個經常不在家的生意人，卻也從此展開了自己淒涼孤獨的中晚年人生。其中「門前冷落鞍馬稀」一句，可用來形容家道中落後門戶冷清，往來稀少，揭露社會現實與人心的勢利冷漠。另可用來形容女子衰老後風光不再而落魄嫁人。

【出處】唐．白居易〈琵琶行〉詩：「……弟走從軍阿姨死，暮去朝來顏色故。門前冷落鞍馬稀，老大嫁作商人婦……」（節錄）

侯門一入深如海，從此蕭郎[1]是路人。

一旦進入了深幽似海的官宦顯貴人家的大門，從此情人便像是路人般地陌生。

【注釋】1. 蕭郎：本指未稱帝前的梁武帝蕭衍，後常為女子對所愛男子的借稱。

【解析】崔郊詩中描寫其和姑母家的一名婢女相戀，後婢女被賣入門禁森嚴的官宦人家，兩人即使難得見上一面，也不得機會交談，故作詩抒發心中的無奈。可用來諷刺某些後來因故得勢的人，不再與親人舊朋往來的勢利現實。另可用來形容因門第懸殊而被迫與相愛的人分開，兩人只能形同陌路。

【出處】唐．崔郊〈贈婢〉詩：「公子王孫逐後塵，綠珠垂淚滴羅巾。侯門一入深如海，從此蕭郎是路人。」

冠蓋滿京華，斯人獨憔悴。

達官顯貴遍布京城，唯獨這個人如此困頓不得志。

【解析】杜甫為好友李白的坎坷遭遇打抱不平，認為京城裡到處充斥戴著官帽、坐在裝飾豪華座車的高官權貴，卻容不下一位才高氣昂的李白。可用來形容有才能者不受重用，能力不足的人卻坐享權勢名位。

【出處】唐．杜甫〈夢李白〉詩二首之二：「浮雲終日行，遊子久不至。三夜頻夢君，情親見君意。告歸常局促，苦道來不易。江湖多風波，舟楫恐失墜。出門搔白首，若負平生志。冠蓋滿京華，斯人獨憔悴……」（節錄）

時人莫小池中水，淺處無妨有臥龍。

世人切莫小看池塘裡的水，池水的高度雖然不深，但很可能藏有睡臥中的龍。

【解析】符載，是竇庠（ㄒㄧㄤˊ）的好友，早年隱居山中，後入仕途卻不甚順遂，飽受世人輕蔑的眼光。竇庠深信符載只是還沒有機會嶄露頭角而已，有朝一日必會讓所有的人刮目相看。可用來說明世人眼光多勢利短淺，經常鄙視眼下潦倒失意之士，而對方將來說不定就是一位卓傑顯達的人才。

【出處】唐．竇庠〈醉中贈符載〉詩：「白社會中嘗共醉，青雲路上未相逢。時人莫小池中水，淺處無妨有臥龍。」

樓前相望不相知，陌上相逢詎[1]相識。

樓前相互看著，尚且都不知道對方是誰，走在路上相逢，又怎麼會認得出來呢？

【注釋】1. 詎：怎麼、難道，表示反問的語氣。

【解析】盧照鄰描寫長安城內的大街小巷終日車水馬龍，豪門貴族成群川流於富麗堂皇的宅邸間，人多到站在樓閣前都互相不認識，更不用說到了熙熙攘攘的熱鬧街道上。本句可用來感嘆人與人之間縱使比鄰而居也是互不交往，情感疏離陌生。

【出處】唐．盧照鄰〈長安古意〉詩：「……複道交窗作合歡，雙闕連甍垂鳳翼。梁家畫閣天中起，漢帝金莖雲外直。樓前相望不相知，陌上相逢詎相識？……」（節錄）

翻手作雲覆手雨，紛紛輕薄何須數？

掌心向上時是雲，掌心向下時又變成了雨，如此翻覆無常、輕薄無行的人比比皆是，哪裡用得著細數呢？

【解析】飽受貧困所苦的杜甫，觀察到人在富貴得勢時，交遊熱絡頻繁，反之在失意潦倒時，身邊的人便隨即散去，兩者之間的變化，就好比翻手覆手一樣快速容易。清人浦起龍《讀杜心解》評曰：「只起一語，盡千古世態。」可用來形容人際關係勢利多變，情誼無常。另可用來形容人的行止輕浮，喜好玩弄手段，興風作浪。

【出處】唐．杜甫〈貧交行〉詩：「翻手作雲覆手雨，紛紛輕薄何須數？君不見管鮑貧時交，此道今人棄如土。」

■社會風氣■

人生莫作婦人身，百年苦樂由他人。

切勿生為女人之身，否則一生的痛苦和快樂都受他人來決定。

【解析】歷來封建傳統社會男尊女卑，白居易詩中為女子一輩子的命運全操縱在他人手上深表同情與不平。可用來說明古來婦女地位低下，毫無追求自我的權利。

【出處】唐．白居易〈太行路〉詩：「……為君薰衣裳，君聞蘭麝不馨香。為君盛容飾，君看珠翠無顏色。行路難，難重陳，人生莫作婦人身，百年苦樂由他人……」（節錄）

世人結交須黃金，黃金不多交不深。

世間之人結交朋友不可缺少黃金，黃金的數量若是不多，交情必定不會深厚。

【解析】此為張謂在一戶人家牆壁上的題詩，詩中道出了當時社會人與人的交情深淺，多是憑藉個人身家和錢財的多寡來衡量的，換言之，出身低微的窮人是很難交到朋友的。可用來形容人情現實而重利。

【出處】唐．張謂〈題長安壁主人〉詩：「世人結交須黃金，黃金不多交不深。縱令然諾暫相許，終是悠悠行路心。」

古調雖自愛，今人多不彈。

我雖然很喜愛古老的曲調，但現今的人大多已不彈奏了。

【解析】劉長卿表面上是在書寫自己所偏愛的古調，早已被世人冷落的遺憾，實是借詠古調以明志，抒發世上知音難遇，只能孤芳自賞的孤獨感。可用來比喻人們多喜歡新鮮而厭倦老舊的人或事物。另可用來形容孤高自重的心志以及不追求俗尚的堅持。

【出處】唐．劉長卿〈聽彈琴〉詩：「泠泠七絃上，靜聽松風寒。古調雖自愛，今人多不彈。」

妝罷低聲問夫婿，畫眉深淺[1]入時無？

梳妝打扮後輕聲地問夫婿，畫成這樣深淺濃度的眉毛是否迎合現在的時尚？

【注釋】1. 畫眉深淺：此比喻自己的寫作方式。

【解析】本詩詩題為〈近試上張籍水部〉。從「近試」二字判斷，可知這是作者朱慶餘在考前寫來獻給張籍的詩。唐代的科舉考試盛行「行卷」的風氣，即是在考前會將自己的詩文寫於卷軸內，呈給名人冀求賞識介紹。朱慶餘詩中自比為新嫁婦，把時任水部（即六部之一工部所屬的水部司）員外郎的張籍和主考官比成新郎和公婆，藉此向張籍探詢自己的寫作方式能否投主考官的喜好，也道出了他心中的不安忐忑和新嫁婦拜見公婆的緊張心情是一樣的。本句可用來比喻做完某事後徵求他人的意見，或期待結果是他人所滿意的。另可用來形容女子在丈夫面前刻意裝扮後的嬌羞情態。

【出處】唐・朱慶餘〈近試上張籍水部〉詩：「洞房昨夜停紅燭，待曉堂前拜舅姑。妝罷低聲問夫婿，畫眉深淺入時無？」

近來時世輕先輩，好染髭鬚事後生。

近來社會的風氣日益輕視前輩長者，既然世風如此，也只好把白鬍子染黑來伺候後生晚輩吧！

【解析】本詩詩題為〈與歌者米嘉榮〉。米嘉榮是活動於中唐時期的著名歌唱家，因歌藝超群，在當時名氣不小，之後社會習尚流行追捧年輕的歌者，米嘉榮便受到大眾的冷落與輕視。詩中劉禹錫採用反諷筆法，表達其對米嘉榮今昔待遇天差地遠的無限感慨。可用來形容社會只重視年輕人而輕視或忽視老年人的現象。也可用來形容老人家遭到後生晚輩的漠視而感到失落。

【出處】唐・劉禹錫〈與歌者米嘉榮〉詩：「唱得〈涼州〉意外聲，舊人唯數米嘉榮。近來時世輕先輩，好染髭鬚事後生。」

商人重利輕別離。

商人重視利益，把夫妻分離一事看得相當淡然。

【解析】白居易詩中的琵琶女自敘丈夫時常為了做生意而必須離家，一出門便要經過很長的時間才會返家，對於夫妻之情並不太在意。可用來形容商人以金錢財利為重，故商人婦多要承受夫妻久別的寂寞。

【出處】唐・白居易〈琵琶行〉詩：「……商人重利輕別離，前月浮梁買茶去。去來江口守空船，繞船月明江水寒。夜深忽夢少年事，夢啼妝淚紅闌干……」（節錄）

遂令天下父母心，

不重生男重生女。

（楊貴妃的受寵）讓全天下父母的心思，開始不重視生男孩子而希望生的是女孩子。

【解析】傳統的封建社會向來是重男輕女的，但白居易筆下的玄宗時期，卻因楊貴妃深獲君王的寵愛，使其兄弟姊妹皆受封官爵，光耀門楣，這也讓當時的父母轉變原本的觀念，寧可生女兒也不再像以往一樣地期待生的是兒子。

【出處】唐．白居易〈長恨歌〉詩：「……姊妹弟兄皆列土，可憐光彩生門戶。遂令天下父母心，不重生男重生女……」（節錄）

誰憐越女顏如玉？貧賤江頭自浣紗。

有誰憐惜像越國西施那樣美貌如玉的女子呢？因為出身貧賤，只能在溪邊浣紗。

【解析】王維詩中借寫春秋越國美女西施貧賤時無人憐惜，獨自在溪邊浣紗一事，與一名洛陽女子嫁入豪門夫家後，過著極盡奢華的生活作對比，以諷喻當時社會貧富懸殊的現象。可用來暗諷社會重視家世背景，有才寒士難以得到實現抱負的機遇。另可用來形容女子貌美卻出身貧寒，故無人憐愛。

【出處】唐．王維〈洛陽女兒行〉詩：「……狂夫富貴在青春，意氣驕奢劇季倫。自憐碧玉親教舞，不惜珊瑚持與人。春窗曙滅九微火，九微片片飛花璅。戲罷曾無理曲時，妝成祇是薰香坐。城中相識盡繁華，日夜經過趙李家。誰憐越女顏如玉？貧賤江頭自浣紗。」（節錄）

驊騮拳跼不能食，蹇驢得志鳴春風。

赤色的駿馬蜷曲在馬槽底下難以舒展軀體，因而得不到食物，跛腳的驢子卻能在外躊躇滿志，迎著春風得意嘶鳴。

【解析】李白詩中以「驊騮」比喻良才，以「蹇驢」比喻庸才，暗指統治者識人不明，遠賢近佞，導致良才有志難伸而庸才卻能得意春風。可用來比喻才能出眾的人在社會上經常受到壓抑，反倒是毫無才幹的人容易獲得重用。

【出處】唐．李白〈答王十二寒夜獨酌有懷〉詩：「……魚目亦笑我，謂與明月同。驊騮拳跼不能食，蹇驢得志鳴春風……」（節錄）

■節日慶典■

七夕景迢迢，相逢只一宵。

等了漫長的一年，終於等到七月七日這個夜晚，但（牛郎與織女）能在一起的時間也只有這一個晚上。

【解析】七夕，指農曆七月七日晚上。相傳織女為天帝孫女，長年織造雲錦天衣，但與牽牛郎結為夫婦後，逐漸荒廢織事。天帝大為震怒，令兩人分隔於銀河兩岸，終年只能遙遙相對，每年七夕才得以相會。詩僧清江描寫牽牛郎和織女好不容易盼到了七夕的短暫相聚，卻又要馬上面臨隔日一早的分離，語氣充滿無限的悲戚。可用來說明七夕本為傳說中的牛郎織女一年一度相聚的日子，後世以此日為情人節。另可用來形容期盼日久的會面，卻如牛郎織女般地匆匆就要離別的不捨。

【出處】唐．清江〈七夕〉詩：「七夕景迢迢，相逢只一宵。月為開帳燭，雲作渡河橋。映水金冠動，當風玉珮搖。惟愁更漏促，離別在明朝。」

九月九日望鄉臺，他席他鄉送客杯。

在九月九日重陽節這天登上望鄉臺遠眺，身在異鄉為友人設宴飲酒送行，更添愁思滿懷。

【解析】農曆九月九日為重陽節，人們習慣在這一天從事登高、賞菊和飲酒等活動。王勃描述客居成都時，於重陽節登上高臺為他人送行，詩人看著自己在客鄉送客的情景，心中的鄉愁更加地濃郁強烈。可用來說明重陽節人們有相約登高以避凶厄的習俗。另可用來抒發外鄉遊子佳節思鄉的情懷。

【出處】唐．王勃〈蜀中九日〉詩：「九月九日望鄉臺，他席他鄉送客杯。人情已厭南中苦，鴻雁那從北地來？」

三月三日天氣新，長安水邊多麗人。

三月三日天氣晴朗，空氣清新，長安東南的曲江水邊聚集很多的美麗佳人。

【解析】古代稱農曆三月三日為上巳日，人們在這一天會到水邊洗濯祈福，藉以除去不祥，後來逐漸演變成結伴到水邊春游宴飲的重要節日。杜甫詩中描寫楊國忠族兄妹於上巳日在曲江邊宴游時奢華無度的情景，意在諷刺唐玄宗的昏庸與時政的腐敗。可用來說明人們在上巳日有盛裝打扮到水邊遊樂的習俗。

【出處】唐．杜甫〈麗人行〉詩：「三月三日天氣新，長安水邊多麗人。態濃意遠淑且真，肌理細膩骨肉勻。繡羅衣裳照暮春，蹙金孔雀銀麒麟……」（節錄）

天時人事日相催，冬至陽生春又來。

天地四時運轉，世間事物變化，每天都在催促著人，轉眼間就到了冬至，之後開始白天漸長，而春天很快地又要來臨了。

【解析】小至，即二十四節氣之一冬至的前一天，傳統習俗上家家戶戶會在這一天搗米作湯圓，以便冬至當日全家團圓時一起食用。杜甫詩中主在感嘆

韶光似箭般地催人老，過了冬至，就要再年老一歲了！其中「冬至陽生春又來」一句，可用來說明過了傳統節慶冬至後，即將迎接新春的到來。另可用來形容時令變化流轉，光陰流逝不復返。

【出處】唐．杜甫〈小至〉詩：「天時人事日相催，冬至陽生春又來。刺繡五紋添弱線，吹葭六琯動浮灰。岸容待臘將舒柳，山意沖寒欲放梅。雲物不殊鄉國異，教兒且覆掌中杯。」

火樹銀花合，星橋鐵鎖開。

四處燈火通明，就像火一般燦爛的樹，開著銀色的絢麗花朵，裝飾著花燈的橋閃爍照耀，有如天上的星橋銀河，京城為慶祝上元節而取消了宵禁，城橋也打開了鐵鎖任由百姓通行。

【解析】農曆正月十五為上元節，又稱元宵節或燈節。蘇味道詩中描寫正月十五日上元節的夜晚，京城花燈繁多華麗，人群出遊過節的熱鬧情景。可用來形容元宵節處處掛著燈籠，燈火輝煌，遊人絡繹不絕的景象。

【出處】唐．蘇味道〈正月十五夜〉詩：「火樹銀花合，星橋鐵鎖開。暗塵隨馬去，明月逐人來。遊妓皆穠李，行歌盡落梅。金吾不禁夜，玉漏莫相催。」

直到天頭無盡處，不曾私照一人家。

月光普照，月光未曾偏照某一戶人家。

【解析】中秋節歷來有賞月、吃月餅的習俗，象徵闔家團圓之意。曹松在中秋節這天，不能免俗的也與眾人共賞皎潔圓月，當他望著月亮從海平面上冉冉升起時，不禁讚嘆這天底下最公正無私的就是月亮了，因為它不會只映照所偏愛的某一家人，語意中含有對當時社會充斥各種徇私廢公現象的不滿。

本詩可用來說明中秋節日夜空淨澄，更襯托出一輪明月的光潔，人們爭相賞月的景象。另可用來歌詠月亮光明磊落，普照人間每一角落，也反映人渴望生活在平等大同的理想國度。

【出處】唐．曹松〈中秋對月〉詩：「無雲世界秋三五，共看蟾盤上海涯。直到天頭無盡處，不曾私照一人家。」

春城無處不飛花，寒食東風御柳斜。

春天的京城裡，沒有一處不飄著落花，寒食節這天，宮廷花園裡的楊柳樹隨春風吹拂而斜舞。

【解析】寒食節為古代傳統節日，一般在每年冬至後的一百零五日，約清明節前的一、二日。相傳是春秋時期晉文公為求介之推出仕而焚林，介之推抱木而死，全國哀悼，於是這一天家家戶戶禁火，只吃冷食。韓翃詩中描述了寒食節時長安城內花柳隨風飛舞的迷人春光，而「柳」也是寒食節的象徵之物，人們會在寒食節折柳插門，以懷念介之推不慕名利的行止。可用來說明寒食節時正逢柳樹盛開，同時也是紀念隱士介之推的日子。另可用來形容正值暮春的寒食節日，一片花木繁盛，柳絮飛舞的繽紛景象。

【出處】唐．韓翃〈寒食〉詩：「春城無處不飛花，寒食東風御柳斜。日暮漢宮傳蠟燭，輕煙散入五侯家。」

桑柘[1]影斜春社散，家家扶得醉人歸。

春社慶典結束，太陽下山，桑樹、柘樹的影子傾斜，家家戶戶扶著喝醉的人回家。

【注釋】1. 桑柘：指桑樹和柘樹，這兩種樹木的葉子都可用來養蠶。柘，音ㄓㄜˋ。

【解析】社日，分春社、秋社兩種，古時農家為祈求豐年，會在立春（國曆二月三日、四日或五日）、立秋（國曆八月七日、八日或九日）過後各舉辦一場祭祀土神的儀式習俗，民眾也會在春社、秋社這兩天集會宴飲並進行各種娛樂表演。詩中透過描寫參加春社的人們在酒足飯飽後酣醉快樂地準備返家的場景，表達了農民豐收富足，因而在過節時全都顯露出歡暢的心情。清人李鍈《詩法易簡錄》評曰：「畫出山村社日風景。」可用來形容農村人家在春社節慶後喝到酩酊大醉的情景。

【出處】唐．王駕〈社日〉詩：「鵝湖山下稻粱肥，豚柵雞棲半掩扉。桑柘影斜春社散，家家扶得醉人歸。」（此詩一說作者為張演）

清明時節雨紛紛，路上行人欲斷魂。

清明節這天落雨紛飛，無法返家的人走在路上心情格外哀傷，顯出失魂落魄的神情。

【解析】清明，是二十四節氣之一，在國曆四月五日或六日，民間一直流傳著在清明節祭祖掃墓或是結伴踏青的習俗，歷來清明的前後也多是有雨的天氣。杜牧在詩中除了描述清明節這天春雨綿綿，也道出了本該和家人團聚的人卻仍奔走在外，心中無限感傷。可用來說明瀟瀟細雨是清明節典型的天氣特徵。另可用來抒發孤身在異鄉的人於清明節時的思鄉心情。

【出處】唐．杜牧〈清明〉詩：「清明時節雨紛紛，路上行人欲斷魂。借問酒家何處有？牧童遙指杏花村。」

普天皆滅焰，匝[1]地盡藏煙。

全天下都熄滅了火焰，遍地盡把煙藏了起來。

【注釋】1. 匝：音ㄗㄚ，滿、整。

【解析】唐代有嚴禁在寒食節生火煮飯的命令，故無論朝野貴賤皆絕火食，如果違反這項規定是會遭到懲處的，詩中便是描寫寒食節時全國上下因吃冷食而沒有炊煙的景況。可用來說明寒食節日有斷火禁炊，一概冷食的習俗。

【出處】唐．沈佺期〈寒食〉詩：「普天皆滅焰，匝地盡藏煙。不知何處火？來就客心然。」（此詩一說作者為李崇嗣）

節分端午自誰言？萬古傳聞為屈原。

端午節日是從何人開始說起的呢？自古以來傳說是為了紀念戰國時楚國臣子屈原。

【解析】端午，為農曆五月五日，相傳戰國時代，遭流言詆毀而被放逐的楚臣屈原，就是在這天懷石自沉於汨羅江，人們不捨其含冤而死，便以粽子投江祭祀並划舟撈救，相沿成端午食粽和賽龍舟的習俗。詩僧文秀面對遼闊茫茫的江水，抒發他對一代耿介直臣的懷念與追思，同時也對屈原生前飽受冤屈的境遇表達憤恨不平。可用來說明端午乃是紀念愛國詩人屈原而來的節日。

【出處】唐．文秀〈端午〉詩：「節分端午自誰言？萬古傳聞為屈原。堪笑楚江空渺渺，不能洗得直臣冤。」

萬里此情同皎潔，一年今日最分明。

雖然相隔萬里之遠，我們的情誼如同今夜的明月一樣光潔，一年當中只有今天中秋的月亮是最明淨的。

【解析】中秋，為農曆八月十五日，又稱仲秋，歷來人們認為這天的月亮最為澄澈正圓，便寄託了月圓人團圓的意義。詩人戎昱在中秋登上高樓倚欄賞月，他望著清朗的一輪明月，懷念其遠方的舊交故友，希望自己的悠悠思念能透過月光傳遞與對方。

本句可用來說明中秋節日的月亮圓滿潔淨，故有親友團聚賞月的風俗。另可用來形容中秋夜在月下懷念遠方友人。

【出處】唐．戎昱〈中秋夜登樓望月寄人〉詩：「西樓見月似江城，脈脈悠悠倚檻情。萬里此情同皎潔，一年今日最分明。初驚桂子從天落，稍誤蘆花帶雪平。知稱玉人臨水見，可憐光彩有餘清。」

誰家見月能閑坐？何處聞燈不看來？

有哪戶人家看見月亮還能悠閑地坐著？有誰聽到元宵放燈卻不去觀賞的呢？

【解析】崔液於詩中描寫農曆正月十五日上元節（元宵節）的夜晚，京城長安解除了宵禁，舉行放燈慶祝活動，人們在這一天爭先恐後地湧上街頭，通宵達旦地盡情歡樂，造成燈市人聲鼎沸的熱鬧景象。可用來形容在元宵節迫不急待出門賞燈的盛況。

【出處】唐．崔液〈上元夜〉詩六首之一：「玉漏銀壺且莫催，鐵關金鎖徹明開。誰家見月能閑坐？何處聞燈不看來？」

獨在異鄉為異客，每逢佳節倍思親。

獨自客居他鄉，每到過節時更加思念親人。

【解析】此詩為王維十七歲獨自一人在長安過重陽節時所作，詩中他運用側筆，轉以兄弟的角度書寫，想像著故鄉的兄弟思念著在佳節缺席的自己，流露出彼此相憶的手足深情。可用來說明重陽節家人團圓、登高、佩帶茱萸以避邪的風俗。另可用來形容親友佳節團聚，卻獨缺一人羈旅在外，心中格外地想念親人。

【出處】唐．王維〈九月九日憶山東兄弟〉詩：「獨在異鄉為異客，每逢佳節倍思親。遙知兄弟登高處，遍插茱萸少一人。」

處世交際

【眞誠】

人生交契無老少，論交何必先同調？

人生在世交朋友，不必有老年或少年的分別，只要是坦誠相交，又何必在乎對方是否與自己年齡或志趣相投呢？

【解析】這是杜甫贈詩給曾助朝廷平定亂事的友人李嗣業，詩中除力讚李嗣業乃戡亂不可多得之英才，也道出了兩人雖在年齡、身分、地位上迥異，卻絲毫不影響他們這段忘年的友好情誼。可用來說明交友貴在真心，而不是著重外在條件。

【出處】唐．杜甫〈徒步歸行〉詩：「明公壯年值時危，經濟實藉英雄姿。國之社稷今若是，武定禍亂非公誰。鳳翔千官且飽飯，衣馬不復能輕肥。青袍朝士最困者，白頭拾遺徒步歸。人生交契無老少，論交何必先同調？妻子山中哭向天，須公櫪上追風驃。」

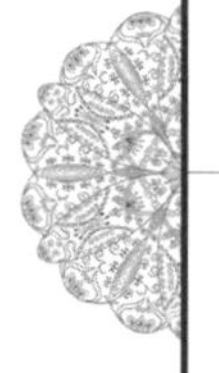

珍重主人心，酒深情亦深。

珍惜主人熱情款待的一片用心，酒的顏色如此深，主人的情意也和酒的顏色一樣濃厚。

【解析】韋莊詩中描寫出外作客，主人殷勤地設備筵席接待，濃厚真摯的情意就如同筵席上醇醲的酒一樣，令人動容。可用來形容宴會上切莫辜負設宴者對待賓客的真心誠意。

【出處】唐．韋莊〈菩薩蠻．勸君今夜須沉醉〉詞：「勸君今夜須沉醉，尊前莫話明朝事。珍重主人心，酒深情亦深。須愁春漏短，莫訴金杯滿。遇酒且呵呵，人生能幾何？」

【圓融】

四戶八窗明，玲瓏[1]逼上清[2]。

屋內四面八方都有窗戶，光線明亮充足，直逼神仙居住的環境。

【注釋】 1. 玲瓏：明亮的樣子。2.上清：仙境。

【解析】 盧綸描寫彭祖樓（位在今江蘇徐州市境內）內的環境因四面八方都有窗戶，所以室內光線顯得通明透亮，宛如置身在仙境般。由於詩句提及屋子的八個面向都能透光，也稱作「八面玲瓏」，此語後來演變成形容人的手段巧妙圓滑，應付世情面面俱到。可用來比喻待人處世圓融周到。另可用來形容房屋透光明亮。

【出處】 唐．盧綸〈賦得彭祖樓送楊宗德歸徐州幕〉詩：「四戶八窗明，玲瓏逼上清。外欄黃鵠下，中柱紫芝生。每帶雲霞色，時聞簫管聲。望君兼有月，幢蓋儼層城。」

寄言處世者，不可苦剛強。

奉勸那些在社會上與人交際的人們，行事不可太過於剛烈逞強。

【解析】 白居易作此詩的目的是為了教育家中的晚輩，規諫他們在面對世間的各種情態以及自己的待人接物方面，千萬不可固執己見，剛愎自用，但也不能過於軟弱畏怯，而是要在強弱剛柔之間找到平衡點，方能長保順遂，免於受人欺凌。可用來說明為人行事宜圓活通達，剛柔相濟。

【出處】 唐．白居易〈遇物感興因示子弟〉詩：「……寄言處世者，不可苦剛強。龜性愚且善，鳩心鈍無惡。人賤拾支床，鶻欺擒暖?。寄言立身者，不得全柔弱彼固罹禍難，此未免憂患。於何保

終吉，強弱剛柔間……」（節錄）

■謹慎■

未諳姑食性，先遣小姑嘗。

因還不瞭解婆婆的口味，所以先請小姑來嘗一嘗我做的羹湯。

【解析】古代有女子新婚後三天要下廚做飯侍奉公婆的習俗。王建在詩中描寫一位剛嫁入夫家的新娘，唯恐廚藝不合婆婆的口味，故先讓熟悉婆婆食性的小姑來試嘗看看，藉此反映其聰慧機敏的細膩心思。可用來形容新嫁娘為討婆家歡心的謹慎態度以及善於心計的行事手腕。也可用來比喻初到陌生的環境，必須先請教經驗老練的前輩，做事才不容易出差錯。

【出處】唐．王建〈新嫁娘詞〉詩三首之三：「三日入廚下，洗手作羹湯。未諳姑食性，先遣小姑嘗。」

君子忌苟合，擇交如求師。

品行端正的人結交朋友最忌諱苟且湊合，選擇朋友就如同尋求好的老師一樣。

【解析】此為賈島寫給科舉落第的沈姓友人之忠告，希望其東歸返鄉後，不可因考試失敗而自暴自棄，更應該謹慎擇交良朋益友，經常和品德美好的人往來，就如同遇到良師的指導一樣，對自己的思想行為將會有莫大的影響。可用來說明交友宜慎重，不可輕率將就。

【出處】唐．賈島〈送沈秀才下第東歸〉詩：「曲言惡者誰？悅耳如彈絲。直言好者誰？刺耳如長錐。沈生才俊秀，心腸無邪欺。君子忌苟合，擇交如求師……」（節錄）

處世忌太潔，至人貴藏暉。

做人處世的道理忌諱過於高潔，品德修養完美的人要懂得遮掩自己閃耀的光彩。

【解析】古代高潔之士，剛洗淨後必會彈去帽子上的灰塵，抖落衣服上的塵埃，意即不願自己的清白之身受到世俗的汙染。李白則是認為做人應該要與世推移，對人不要過於苛求，對自己應要避免鋒芒外露而惹禍上身。可用來說明立身處世要善於韜光養晦，深藏不露。

【出處】唐．李白〈沐浴子〉詩：「沐芳莫彈冠，浴蘭莫振衣。處世忌太潔，志人貴藏暉。滄浪有釣叟，吾與爾同歸。」

結交須擇善，非識莫與心。

結交朋友要選擇品行好的人，不瞭解對方就不要把心交出去。

【解析】詩僧王梵志認為朋友之間若認識不深就毫不設防地坦露自己的心跡，極可能因交友不慎而惹禍上身。換言之，真正的好友是必須經過交往後，確定對方的人品良善方能建立情誼。可用來說明擇善交友是一個人立身處世的根本。

【出處】唐．王梵志〈勸誡詩〉詩：「結交須擇善，非識莫與心。若知管鮑志，還共不分金。」

勸君不用分明語，語得分明出轉難。

勸（鸚鵡）你不要說太過明白的言語，話說得太透澈是很難出得了籠子啊！

【解析】鸚鵡的特點是善於學人言語。羅隱在詩中藉由告誡鸚鵡不要隨便說話，以免永遠被困在鳥籠中，暗喻人與人之間的相處，說話也要謹慎小心，才能避免惹禍上身。可用來說明言語不慎，足以招禍。

【出處】唐・羅隱〈鸚鵡〉詩：「莫恨雕籠翠羽殘，江南地暖隴西寒。勸君不用分明語，語得分明出轉難。」

躋攀分寸不可上，失勢一落千丈強。

琴聲的高音越彈越高，當高到不能再高時，突然從高音處降到比千丈深還要更低。

【解析】本詩詩題為〈聽穎師談琴〉。穎師，指的是唐憲宗元和年間一位善於彈奏古琴的僧人。韓愈在聆聽了穎師的精湛琴藝後，想像琴音的起落變化就宛如鳳凰昂揚激越的鳴聲瞬間轉成悄聲低吟，把聽覺感受變得具體形象化。可用來暗喻擁有權勢地位的人，行事要更加小心謹慎，否則很容易便會跌入深淵谷底。另可用來形容音調由極高驟然降到很低。

【出處】唐・韓愈〈聽穎師彈琴〉詩：「昵昵兒女語，恩怨相爾汝。劃然變軒昂，勇士赴敵場，浮雲柳絮無根蒂，天地闊遠隨飛揚。喧啾百鳥群，忽見孤鳳凰。躋攀分寸不可上，失勢一落千丈強……」（節錄）

工作謀生

二月賣新絲，五月糶[1]新穀。

二月賣了還沒生產出的蠶絲，五月賣了還沒長成的稻穀。

【注釋】1. 糶：ㄊㄧㄠˋ，出售穀物。

【解析】聶夷中描寫農夫迫於生計，不得不把尚未產出的農產品預先抵押出去，表面上看似解決了當下的急難，實際上就像是挖肉補瘡一樣，不但於事無補，甚至經濟狀況每況愈下。可用來形容農家受到不公平的剝削，過著寅吃卯糧的生活，處境窮困悽慘。

【出處】唐．聶夷中〈詠田家〉詩：「二月賣新絲，五月糶新穀。醫得眼前瘡，剜卻心頭肉。我願君王心，化作光明燭。不照綺羅筵，只照逃亡屋。」

只緣五斗米，辜負一魚竿。

只為了五斗米的微薄俸祿，便違背了自己對持著魚竿、悠閒釣魚生活的鍾愛。

【解析】岑參詩中抒發其為了現實所迫而出來做官的無奈，不得不割捨了原本閑適自在的隱居生活。可用來表達為了生計而出仕，內心仍對原本隱逸生活的依戀與不捨。

【出處】唐．岑參〈初授官題高冠草堂〉詩：「三十始一命，宦情多欲闌。自憐無舊業，不敢恥微官。澗水吞樵路，山花醉藥欄。只緣五斗米，辜負一魚竿。」

本賣文為活，翻令室倒懸[1]。

本來以寫文章賣錢來維持生計，反而使家裡的生活更加窮困。

【注釋】1. 倒懸：頭向下、腳向上的懸掛著。比喻處境極為困難。

【解析】官，為對人的尊稱。杜甫詩中描述一個和自己同樣貧寒的文人斛斯融，原本是靠著寫文章的酬勞來過生活，結果卻連給家人基本的溫飽都做不到，只好出遠門去追討以前幫人寫碑文的潤筆錢。

可用來形容依賴寫文稿所賺取的收入，根本不足以維持家計。

【出處】唐・杜甫〈聞斛斯六官未歸〉詩：「故人南郡去，去索作碑錢。本賣文為活，翻令室倒懸。荊扉深蔓草，土銼冷疏煙。老罷休無賴，歸來省醉眠。」

田家少閑月，五月人倍忙。

農事很少有清閑的時光，到了五月比平日更加繁忙。

【解析】白居易詩中藉由描寫觀看農民割麥的情景，點出了農民終年辛勤不休，到了農忙季節尤其繁碌的事實，以表達他對農民的深切關心與同情。可用來形容務農生活的辛苦。

【出處】唐・白居易〈觀刈麥〉詩：「田家少閑月，五月人倍忙。夜來南風起，小麥覆隴黃。婦姑荷簞食，童稚攜壺漿。相隨餉田去，丁壯在南岡。足蒸暑土氣，背灼炎天光。力盡不知熱，但惜夏日長……」（節錄）

春種一粒粟，秋收萬顆子。

春天播下一粒穀種，秋天收成萬顆稻穀。

【解析】李紳先是描寫農民春耕後秋收，呈現辛勤工作後豐收的太平氣象，最後一語才道破在豐年竟出現了許多受餓而死的農人，前後對比強烈，反映農夫遭到有權位者極度不合理的剝削，語意中流露出對農民處境的無限憐憫。可用來形容農民終年辛苦，收成全被刮削，連養活自己的能力都沒有。

【出處】唐・李紳〈憫農〉詩二首之一：「春種一粒粟，秋收萬顆子。四海無閑田，農夫猶餓死。」

苦恨年年壓金線，為他人作嫁衣裳。

深恨年復一年手拈金線刺繡的生活，全是在替別人縫製出嫁時所穿的嫁衣。

【解析】秦韜玉表面是在描寫一個貧女對長期辛勞工作的怨恨，實際上是借貧女的處境以自喻，抒發其因出身寒門而在仕途上不受重視的苦悶心結。可用來形容為他人賣命地工作，最終只成就了別人。

【出處】唐．秦韜玉〈貧女〉詩：「……敢將十指誇針巧，不把雙眉鬥畫長。苦恨年年壓金線，為他人作嫁衣裳。」（節錄）

海人無家海裡住，採珠役象為歲賦。

靠海維生的人沒有家，天天在海裡生活，他們潛入海底採擷珍珠，驅使大象運出珍珠來繳納一年的徵稅。

【解析】王建於詩中描寫採珠人冒著生命危險在海底工作，其後再利用大象作為交通工具將珍珠運出來，年復一年的辛苦所得竟全成了國家的賦稅，足見當時統治者對底層百姓的剝削與壓迫。可用來說明當時漁人或行船人終年在海上討生活，收入又遭上位者橫徵暴斂的悲慘處境。

【出處】唐．王建〈海人謠〉詩：「海人無家海裡住，採珠役象為歲賦。惡波橫天山塞路，未央宮中常滿庫。」

採得百花成蜜後，為誰辛苦為誰甜？

蜜蜂採花成蜜之後，卻是被人們享用。這到底是為誰辛苦、為誰釀成蜜的甜呢？

【解析】羅隱借歌詠蜜蜂採蜜的辛勞，暗喻世上很多人勞累奔波一生，卻始終得不到任何的回報。可用來比喻認真工作，最後辛苦所得卻遭他人剝削或占有的不平現象。另可用來讚美蜜蜂辛勤釀蜜，成果終為人們享用的無私奉獻。

【出處】唐．羅隱〈蜂〉詩：「不論平地與山尖，無限風光盡被占。採得百花成蜜後，為誰辛苦為誰甜？」

虛懷事僚友，平步取公卿。

持以謙虛心懷來做事的同僚友人，已經平穩順利地升到公卿的高位。

【解析】白居易貶謫江州期間，得知過去一同共事的友人，由於行事謙遜、言語謹慎，所以宦途一帆風順，反觀自己卻因直言不諱而遭遷謫外地，兩相對比，不禁感慨無限。可用來比喻為人虛心謙和，較能平順獲取升職的機會。

【出處】唐．白居易〈潯陽歲晚寄元八郎中、庾三十二員外〉詩：「……封事頻聞奏，除書數見名。虛懷事僚友，平步取公卿。漏盡雞人報，朝回幼女迎。可憐白司馬，老大在湓城。」（節錄）

誰知盤中飧，粒粒皆辛苦。

有誰知道盤碗中的粒粒米飯，都是農夫的辛勞汗水所換來的。

【解析】李紳於詩中描寫烈日當空的正午，農民仍在稻田裡辛勤耕耘的景象，不禁讓他感嘆那些飽食終日又不事生產的人，怎能體會每天吃進嘴裡的食物是他人付出汗水勞力所取得的。可用來表達糧食得來不易，全是農夫勤勞耕作而來，當飲水思源，避免浪費。

【出處】唐．李紳〈憫農〉詩二首之二：「鋤禾當日午，汗滴禾下土。誰知盤中飧，粒粒皆辛苦。」

擊劍夜深歸甚處？披星帶月折麒麟[1]。

在深夜揮劍擊刺，不知哪裡是歸處？為了降伏神獸，即使身披星星，頭頂月亮，早出晚歸，也還在奔走不歇。

【注釋】 1.麒麟：一種傳說中的罕見神獸。

【解析】 此詩的作者呂巖，字洞賓，號純陽子，道教全真道派奉其為祖師，世稱呂祖。相傳其手持劍器，可斬斷嗔愛煩惱、度化眾生，後來修道成仙。詩中他提出所謂命運的造化實是人本身的修為足以扭轉，相較於世上多是汲汲名利的人，更顯得自己選擇這條濟弱扶傾、慈悲度世的路分外地孤獨，但即便如此，他還是會不辭勞苦地堅持下去。可用來形容工作勤奮勞苦、早出晚歸或連夜趕路。

【出處】 唐．呂巖〈七言〉詩其四十四：「向身方始出埃塵，造化功夫只在人。早使亢龍拋地網，豈知白虎出天真。綿綿有路誰留我，默默忘言自合神。擊劍夜深歸甚處？披星帶月折麒麟。」

日常生活

【飲食】

淹留膳茶粥，共我飯蕨薇。

主人留我吃茶粥，和我一起分食野蕨與野薇。

【解析】 儲光羲描寫其於炎炎夏日來到朋友家中作客，直到太陽快要下山時，朋友請他留下來用餐，招待他的食物就是以茶汁或茶粉煮成的稀飯，以及摘取山野的蕨、薇嫩葉來配粥。蕨與薇是以前貧窮人家常吃的山蔬，可見這位主人雖不富有卻相當地好客，希望作者飽餐一頓後再回去。可用來說明古來有用茶熬粥煮飯的飲食習俗。

【出處】唐・儲光羲〈喫茗粥作〉詩：「當晝暑氣盛，鳥雀靜不飛。念君高梧陰，復解山中衣。數片遠雲度，曾不蔽炎暉。淹留膳茶粥，共我飯蕨薇。敝廬既不遠，日暮徐徐歸。」

紫駝之峰出翠釜，水精之盤行素鱗。

紫駱駝背上的峰肉是用色澤鮮豔的鍋具來盛裝的，新鮮肥美的白魚擺置在精緻的水晶盤上。

【解析】杜甫詩中描寫楊貴妃的家族宴請當朝顯要，場面闊綽，餐桌上全都是平民百姓吃不起的名貴食材，連放置食物的餐具也都非常講究，旨在突顯楊氏家族的餚饌珍美，排場豪奢。可用來形容盛宴招待客人。也可用來形容飲食奢華侈靡。

【出處】唐・杜甫〈麗人行〉詩：「……紫駝之峰出翠釜，水精之盤行素鱗。犀箸厭飫久未下，鑾刀縷切空紛綸。黃門飛鞚（ㄎㄨㄥˋ）不動塵，御廚絡繹送八珍。簫鼓哀吟感鬼神，賓從雜遝實要津……」（節錄）

盤飧市遠無兼味，樽酒家貧只舊醅。

離市場太遠，所以盤子裡沒有幾樣菜餚，由於家裡貧窮，杯中只有過去家裡釀的濁酒。

【解析】此詩乃杜甫向遠來稀客表明自己雖有滿懷的款待熱情，卻因離市集太遠而來不及準備豐盛的菜餚，同時也因家貧而買不起高貴的酒來招待對方。可用來說明平日飲食的酒菜簡單粗糙。

【出處】唐・杜甫〈客至〉詩：「……盤飧市遠無兼味，樽酒家貧只舊醅。肯與鄰翁相對飲，隔籬呼取盡餘杯。」（節錄）

【茶酒】

人生得意須盡歡，莫使金樽空對月。

人生得意時應當縱情歡樂，千萬別讓金杯空著對著天上的明月。

【解析】李白認為人的一生既然朝暮即逝，生命消亡快速，所以更要把握良辰美景，盡情痛飲，及時行樂。可用在宴飲聚會時，勸人飲酒作樂的話語。

【出處】唐．李白〈將進酒〉詩：「……人生得意須盡歡，莫使金樽空對月。天生我材必有用，千金散盡還復來……」（節錄）

三杯通大道，一斗合自然。

只要三杯酒喝下去，便能通往美好人生的大道，要是飲盡一斗的酒，便可和天地萬物合而為一。

【解析】好酒的李白，把飲酒的趣味和理解人生、自然的道理相提並論，等同替天下所有的嗜酒者找到了喝酒的絕佳藉口。可用來形容以酒領悟人生的真諦，進而達到和自然合一的超然境界。

【出處】唐．李白〈月下獨酌〉詩四首之二：「天若不愛酒，酒星不在天。地若不愛酒，地應無酒泉。天地既愛酒，愛酒不愧天。已聞清比聖，復道濁如賢。賢聖既已飲，何必求神仙？三杯通大道，一斗合自然。但得酒中趣，勿為醒者傳。」

五碗肌骨清，六碗通仙靈，七碗喫不得也，唯覺兩腋習習清風生。

五碗茶喝下後，感覺全身的肌骨清爽無比，六碗茶喝下後，感覺自己與神仙相通。七碗茶簡直是吃不得了，只覺得兩腋好像有清風吹拂著。

【解析】本詩詩題為〈走筆謝孟諫議寄新茶〉。諫議，職官名，即諫議大夫，負責規諫朝政得失。盧仝（ㄊㄨㄥˊ）愛茶成癖，此詩為其感謝好友孟簡寄來珍貴新茶而作，詩中生動地描述飲茶的多種妙處，若是一碗接著一碗品嘗下去，甚至可以達到飄飄欲仙、兩腋生風的境界。可用來形容茶葉甘美醇香，飲後帶給人們美好滿足的感受。

【出處】唐．盧仝〈走筆謝孟諫議寄新茶〉詩：「……一碗喉吻潤，兩碗破孤悶。三碗搜枯腸，唯有文字五千卷。四碗發輕汗，平生不平事，盡向毛孔散。五碗肌骨清，六碗通仙靈，七碗喫不得也，唯覺兩腋習習清風生……」（節錄）

是時連夕雨，酩酊無所知。

這時已連續下了好幾個晚上的雨，我醉得什麼事情都不知道。

【解析】白居易因傾慕東晉詩人陶潛棄官歸返田園的隱逸情志，刻意仿效其詩歌風格，詩中描述美酒一杯飲盡後，便一發不可收拾地狂飲不止，終喝到物我兩忘，誰是誰非都已經分不清了。可用來形容酣醉到不省人事。

【出處】唐．白居易〈效陶潛體詩〉詩十六首之四：「……是時連夕雨，酩酊無所知。人心苦顛倒，反為憂者嗤。」（節錄）

借問酒家何處有？牧童遙指杏花村。

向人詢問哪裡有賣酒的店家，牧童指著遠方那座開滿杏花的村莊。

【解析】杜牧在詩中描寫了清明節仍孤身在異鄉趕路的人，情緒被紛亂春雨煩擾到低落的境地，向人打聽酒家的所在，欲飲酒來排遣內心的淒迷惆悵，而報路的牧童所指的「杏花村」，後來也成了酒店的代稱。可用來形容尋找特定事物時，幸運得到了他人的指點。

【出處】唐·杜牧〈清明〉詩：「清明時節雨紛紛，路上行人欲斷魂。借問酒家何處有？牧童遙指杏花村。」

舉杯邀明月，對影成三人。

舉起酒杯，邀請天上的明月，明月、自己以及影子，彷彿三個人一同共飲。

【解析】李白原本只是一人在月下花間喝酒，他卻能把天上的明月和自己的影子都拉在一起，想像成三人同歡的熱鬧畫面，但月、影本為無情無知之物，如此筆法，反襯出詩人內心的淒清寂靜。清人蘅塘退士《唐詩三百首》評曰：「題本獨酌，詩偏幻出三人，月影伴說，反復推勘，愈形其獨。」可用來形容月下獨自飲酒，形影相弔的情狀。

【出處】唐·李白〈月下獨酌〉詩四首之一：「花間一壺酒，獨酌無相親。舉杯邀明月，對影成三人。月既不解飲，影徒隨我身。暫伴月將影，行樂須及春。我歌月徘徊，我舞影凌亂。醒時同交歡，醉後各分散。永結無情遊，相期邈雲漢。」

勸君今夜須沉醉，尊前莫話明朝事。

今晚勸你務必要喝到大醉，在酒杯之前就不要說明天的事了！

【解析】韋莊詩中描寫酒席上主人勸客痛快暢飲，並請客人不要談論明日的事情，可見將要面臨的必定是令人相當苦惱的事，故欲藉由酒醉來暫且忘卻煩憂。可用來形容宴席上勸人縱情飲酒，及時行樂。

【出處】唐·韋莊〈菩薩蠻·勸君今夜須沉醉〉詞：「勸君今夜須沉醉，尊前莫話明朝事。珍重主人心，酒深情亦深。須愁春漏短，莫訴金杯滿。遇酒且呵呵，人生能幾何？」

勸君終日酩酊醉，酒不到劉伶墳上土。

勸你還是每天喝到爛醉吧，一滴酒也不會灑落到劉伶的墳土上。

【解析】劉伶，西晉竹林七賢之一，以嗜酒聞名。李賀在飲宴上欣賞著歡歌妙舞，品嘗著珍饈異饌的當下，感受到自己的生命即將消亡，遙想起即便是嗜酒如命的劉伶，到了九泉之下也喝不到後人灑在其墳上的一滴酒，故奉勸人們生前盡情縱酒，有樂且樂，才不致死後孤寂於地下時後悔莫及。可用來形容勸人把握有限生命，痛飲作樂。

【出處】唐·李賀〈將進酒〉詩：「琉璃鍾，琥珀濃，小槽酒滴真珠紅。烹龍炮鳳玉脂泣，羅屏繡幕圍香風。吹龍笛，擊**鼉**（ㄊㄨㄛˊ）鼓，皓齒歌，細腰舞。況是青春日將暮，桃花亂落如紅雨。勸君終日酩酊醉，酒不到劉伶墳上土。」

蘭陵美酒鬱金香，玉碗盛來琥珀光。

蘭陵出產的美酒，聞起來有著鬱金香的芬芳香氣，盛在精美的玉碗裡，泛出琥珀般地晶瑩光澤。

【解析】蘭陵以產鬱金香浸泡的酒而聞名，酒色金黃如琥珀，醇香撲鼻。李白來此作客，主人便盛情地拿出蘭陵美酒招待，讓嗜酒的詩人嘗到濃郁的酒香與深厚的人情。可用來形容美酒的天然香味及其盛於透明碗裡所呈現的透亮光澤。

【出處】唐·李白〈客中作〉詩：「蘭陵美酒鬱金香，玉碗盛來琥珀光。但使主人能醉客，不知何處是他鄉。」

娛樂

元戎[1]小隊出郊坰[2]，問柳尋花到野亭。

你率領了一小隊的士兵來到野外，在涼亭賞玩春天柳樹、繁花盛開的景色。

【注釋】 1. 元戎：主將、主帥。2. 坰：音ㄐㄩㄥ，郊野。

【解析】 本詩詩題〈嚴中丞枉駕見過〉。中丞，職官名，即御史中丞，為御史臺的長官，掌理監察百官的事務。杜甫詩中描述成都府尹兼御史中丞嚴武，於春季百花綻開，柳枝垂綠之時，在隨從人員的陪伴下屈駕前來拜訪自己，而此時也正是出外遊山玩水、飽覽柳綠花紅的最佳時機。可用來形容官員帶隊出巡，同時玩賞繁花似錦、綠柳成蔭的明媚春光。其中「問柳尋花」一詞後來引申為狎妓之意。

【出處】 唐．杜甫〈嚴中丞枉駕見過〉詩：「元戎小隊出郊坰，問柳尋花到野亭。川合東西瞻使節，地分南北任流萍。扁舟不獨如張翰，白帽還應似管寧。寂寞江天雲霧裡，何人道有少微星。」

若待上林花似錦，出門俱是看花人。

若是等到上林苑錦簇花開之際，那時一出門全都是要去賞花的人。

【解析】 楊巨源本是要提醒人們早春才是賞花的最佳時機，此時柳葉初生，細長柔嫩，顏色參差不齊，別有一番清新風情。他認為等到花季到來時，一路上人山人海，縱然長安城內的上林苑繁花錦簇，也會因人潮擁擠而失去了賞花的興致。可用來形容花季時節，人們爭先恐後地前往賞花，盛況空前。另可用來比喻作者須感覺敏銳，努力開創新的境界，而不可人云亦云，不斷重複那些缺乏新意的論調。

【出處】唐·楊巨源〈城東早春〉詩：「詩家清景在新春，綠柳纔黃半未勻。若待上林花似錦，出門俱是看花人。」

唯有牡丹真國色，花開時節動京城。

只有牡丹堪稱是全國最美麗的花，在花開的季節驚動了整個京城。

【解析】花的種類無數，但在劉禹錫的眼中，芍藥過於妖嬌，荷花過於素雅，唯有牡丹才符合傾國傾城的豔美姿色，足以在花開時吸引眾人前來欣賞，語氣中含有對牡丹豔冠群芳、氣質高雅的傾慕。可用來形容春天牡丹盛開時，人們爭相觀賞，造成轟動喧騰。另可用來歌詠牡丹雍容華貴，氣質高雅，花品絕倫。

【出處】唐·劉禹錫〈賞牡丹〉詩：「庭前芍藥妖無格，池上芙蕖淨少情。唯有牡丹真國色，花開時節動京城。」

三、論藝文教育

論勤學

三更燈火五更[1]雞，正是男兒讀書時。

每天的三更半夜，以及五更雞將啼的時候，正是男子讀書的最佳時間。

【注釋】1. 五更：古代以漏刻計時，把晚上到隔日清晨分成五個時段，五更指凌晨三時到清晨五時。

【解析】書法家顏真卿認為勤奮的人，到三更時燈火還亮著在不眠苦讀，熄燈休息不久，至五更雞鳴時又起身開始讀書。可用來比喻晚睡早起，勤學不休的精神。

【出處】唐．顏真卿〈勸學〉詩：「三更燈火五更雞，正是男兒讀書時。黑髮不知勤學早，白首方悔讀書遲。」

少年辛苦終身事，莫向光陰惰寸功。

年輕時辛勤努力，鍛鍊自己，為將來畢生的志業打下深厚的基礎，千萬不可在絲毫的怠惰中虛度那段寶貴時光。

【解析】此為杜荀鶴為姪子的書房所題寫的詩，意在勸勉正值青春年華的姪子，不要畏懼辛勞困難而荒廢了學習，否則等到年紀老大時仍一事無成，內心縱使有再多的悔恨也喚不回光陰了。可用來說明年少勤勞學習且堅持不懈，是獲得人生成就的重要條件。

【出處】唐．杜荀鶴〈題弟姪書堂〉詩：「何事居窮道不窮，亂時還與靜時同。家山雖在干戈地，弟姪常修禮樂風。窗竹影搖書案上，野泉聲入硯池中。少年辛苦終身事，莫向光陰惰寸功。」

好事盡從難處得，少年無向易中輕。

好的事情都是從困難中得到的，年輕人不要只想著從容易做的地方求得輕鬆。

【解析】本詩詩題為〈送譚孝廉赴舉〉。孝廉，漢代稱被推舉出來做官的孝悌清廉人士，到科舉時代成了對舉人的稱呼。李咸用送一位姓譚的年輕人前赴科舉考試，他作此詩勸勉對方，若想要成就任何正面的、良善的事情，都必須經過一番努力奮鬥才會成功，期許這位年輕人不要貪圖安逸，害怕困難便逃避退縮，以為選擇輕鬆容易的方式才是便捷途徑，最後終是會後悔不已的。可用來勸勉人想要完成大事，必先克服艱難阻礙。

【出處】唐．李咸用〈送譚孝廉赴舉〉詩：「鼓鼙聲裡尋詩禮，戈戟林間入鎬京。好事盡從難處得，少年無向易中輕。也知貴賤皆前定，未見疏慵遂有成。吾道近來稀後進，善開金口答公卿。」

飛黃騰踏去，不能顧蟾蜍。

兩個從小一起成長的孩子，一個好學不倦，另一個剛好相反，長大後好學的孩子仕途得意，如同神馬飛馳而去，再也看不到那個庸碌不學有如蟾蜍的兒時玩伴。

【解析】此詩乃韓愈為勉勵其子韓符勤勉好學而作，他舉兒時一同玩耍的兩個孩子為例，小時候人們還看不出來他們之間的差別，之後一個孩子勤學，另一個不好學，等到長大成人，勤學的孩子事業一帆風順，不好學的則是庸俗平凡，謀生辛苦不易。可用來形容治學勤奮的人仕途稱心如意，成就顯赫非凡。

【出處】唐・韓愈〈符讀書城南〉詩：「……兩家各生子，提孩巧相如。少長聚嬉戲，不殊同隊魚。年至十二三，頭角稍相疏。二十漸乖張，清溝映汙渠。三十骨骼成，乃一龍一豬。飛黃騰踏去，不能顧蟾蜍。一為馬前卒，鞭背生蟲蛆。一為公與相，潭潭府中居。問之何因爾，學與不學歟。金璧雖重寶，費用難貯儲。學問藏之身，身在則有餘……」（節錄）

富貴必從勤苦得，男兒須讀五車書。

錢財和地位必須從勤勞和辛苦中獲取，有志男兒應當博覽群書多用功。

【解析】本詩詩題為〈題柏學士茅屋〉。學士，職官名，唐時負責起草詔書、撰集著錄文章等事務。先前在朝廷任官的柏學士因避亂事而來到鄉野的茅屋居住，但仍然力學不倦。詩中「五車書」一詞，語本《莊子・天下》之「惠施多方，其書五車」，

形容人書讀很多，學問淵博。杜甫認為男兒理應立定志向，博覽群書，未來方能有一番成就，也唯有經過刻苦勤學而獲得的利祿才可算是受之無愧的。可用來說明富貴功名必來自於勤奮學習。

【出處】唐．杜甫〈題柏學士茅屋〉詩：「碧山學士焚銀魚，白馬卻走身巖居。古人已用三冬足，年少今開萬卷餘。晴雲滿戶團傾蓋，秋水浮階溜決渠。富貴必從勤苦得，男兒須讀五車書。」

尋章摘句老雕蟲，曉月當簾挂玉弓。

一直把時間投入在尋覓典籍中章句這樣的雕蟲小技上，不知不覺年華已老。經常是天剛破曉，簾外的殘月狀似玉做成的彎弓時，我還在案前埋首苦讀。

【解析】李賀詩中描述自己畢生刻苦讀書，夙夜不懈，只是遇到國家連年戰亂，縱使自詡才學滿腹，也毫無施展抱負的機會。可用來形容從年輕到老，日夜伏案苦讀。

【出處】唐．李賀〈南園〉詩十三首之六：「尋章摘句老雕蟲，曉月當簾挂玉弓。不見年年遼海上，文章何處哭秋風。」

童心便有愛書癖，手指今餘把筆痕。

從小就有喜愛讀書的僻好，長大後也不曾間斷，到了現在，手指上都還留有握筆的痕跡。

【解析】永州舉人周魯儒在參加科舉考試前來拜訪劉禹錫，兩人交談之後，劉禹錫發現周魯儒自孩童時期便立志向學，勤勉不倦，手上握筆的印痕清晰可見，他相信如此認真上進的人，必然會名登金榜。果不其然，周魯儒在文宗時考取進士，劉禹錫也可說是慧眼獨具。本句可用來形容一直保持愛好讀書、寫字或寫作的習慣，長年樂此不疲。

【出處】唐．劉禹錫〈送周魯儒赴舉詩〉詩：「宋日營陽內史孫，因家占得九疑村。童心便有愛書癖，手指今餘把筆痕。自握蛇珠辭白屋，欲憑雞卜謁金門。若逢廣坐問羊酪，從此知名在一言。」

讀書破萬卷，下筆如有神。

讀過的書超過了萬卷，下筆寫文章時得心應手，如同受到神明的助力。

【解析】詩中杜甫自道他在少年時期的讀書寫作經驗，其以「破萬卷」的誇飾筆法來形容自己力學不倦的精神，以「如有神」來比喻融會貫通所學之後，寫起文章來就能暢達傳神，援筆立成。可用來形容知識淵博，寫作時便能文思泉湧。

【出處】唐．杜甫〈奉贈韋左丞丈二十二韻〉詩：「甫昔少年日，早充觀國賓。讀書破萬卷，下筆如有神……」（節錄）

論詩文

二句三年得，一吟雙淚流。

兩句詩不停思索了三年才寫成，每次吟詠時都忍不住流下淚來。

【解析】賈島重視錘字鍊句，有「苦吟詩人」之稱，詩中道出他在作品完成前所投注的嘔心苦思，也正因好句得來不易，對箇中甘苦的體會更為深刻。可用以形容寫作時反覆斟酌字句的嚴謹認真。也可用來形容創作過程的艱辛。

【出處】唐．賈島〈題詩後〉詩：「二句三年得，一吟雙淚流。知音如不賞，歸臥故山秋。」

大海從魚躍，長空任鳥飛。

寬闊的大海讓魚兒可以騰躍，遼遠的天空讓鳥兒可以任意飛翔。

【解析】此為禪僧玄覽題於竹子上的一首詩，表達其自由自在的寬闊胸襟，就像大海中的魚、天上的飛鳥般優游於廣大天地間，這正是他所奉行的順應自然、不違背事物情理的道。可用來形容寫文章時思路順暢通達。另可用來比喻人的心胸開闊，灑脫自如。

【出處】唐．玄覽〈題竹〉詩：「欲知吾道廓，不與物情違。大海從魚躍，長空任鳥飛。」

大雅久不作，吾衰竟誰陳？

像《詩經．大雅》那樣純正的詩風已很久不興盛了，我現在年邁體衰，有誰還能夠發揚那樣的詩篇呢？

【解析】《詩經》是中國最早的詩歌總集，採集西周初期到東周春秋中葉五百年間的歌謠和宗廟樂章，內容分為國風、大雅、小雅和頌，其中大雅多為王室貴族雅正的樂歌。李白對當時的詩歌發展充滿擔憂，他雖有振興大雅之聲的抱負，卻也因年紀老大而力不勝任了。可用來表達文學雅正風氣衰微而又後繼無人。

【出處】唐．李白〈古風〉詩五十九首之一：「大雅久不作，吾衰竟誰陳？王風委蔓草，戰國多荊榛。龍虎相啖食，兵戈逮狂秦。正聲何微茫，哀怨起騷人……」（節錄）

不薄今人愛古人，清詞麗句必為鄰。

我不會輕薄今人而只鍾愛古人，不論是今人還是古人，只要他們的作品是清新的文詞、美好的詩句，我都一定會和他們親近。

【解析】杜甫認為優秀的作家或作品並無今古之分，不要因與其他文人生在同一時代，便覺得對方的作品比不上古人。可用來說明學術研究應當兼容並蓄，不該厚此薄彼或重古輕今，而是要學習古今作家各自的優點，以博采眾長。

【出處】唐．杜甫〈戲為六絕句〉詩六首之五：「不薄今人愛古人，清詞麗句必為鄰。竊攀屈宋宜方駕，恐與齊梁作後塵。」

文章千古事，得失寸心知。

寫文章是千古不朽的大事，作品的好壞只有作者的心裡最明白。

【解析】此為杜甫對詩文創作過程提出其深刻的見解，畢竟優秀的作品可以流傳千古，對後代世人產生極為深遠的影響。可用來說明好的文章足以永存不朽，因而好的作家會把創作視為是一件非常嚴謹的事情來看待。

【出處】唐．杜甫〈偶題〉詩：「文章千古事，得失寸心知。作者皆殊列，名聲豈浪垂……」（節錄）

文章憎命達。

詩詞文章最憎惡命運顯達的人。

【解析】此為杜甫懷想遭流放中的李白而作，表達其對文才超俗拔群的李白，命運卻一路失意坎坷的憤懣不平，語意中隱約含有命途乖蹇之人，更能寫出不朽的傳世佳作。可用來說明以文章著稱的人，身世命運大多困頓不順。

【出處】唐．杜甫〈天末懷李白〉詩：「涼風起天末，君子意如何？鴻雁幾時到？江湖秋水多。文章憎命達，魑魅喜人過。應共冤魂語，投詩贈汨羅。」

方流涵玉潤，圓折動珠光。

水流如玉石般溫潤光滑，水花如珍珠般渾圓閃亮。

【解析】張文琮在詩中藉由歌詠水具有溫潤如玉、渾圓如珠的特質，暗喻人也該向水學習如玉石般溫和柔順的言行，如珍珠般華貴優美的儀態。可用來比喻文詞豐美圓熟或歌聲圓滑清潤。另可用來形容人的品格美好耀眼。

【出處】唐．張文琮〈詠水〉詩：「標名資上善，流派表靈長。地圖羅四瀆，天文載五潢。方流涵玉潤，圓折動珠光。獨有蒙園吏，棲偃玩濠梁。」

以文長會友，唯德自成鄰。

時常透過詩文來與人相會，只有品行作風相近才會相互成為芳鄰好友。

【解析】祖詠在清明節與司勳（即六部之一吏部所屬的司勳司）劉郎中宴飲聚會，彼此賦詩論文，談笑風生，這也讓他深深體會到，唯有與同樣熱愛文藝以及德行美好的人一起討論文藝，話題投機，自然就會交往密切，進而成為好友。可用來形容結交同樣愛好詩文的朋友，由於志同道合，理念相近，便會經常聚首。

【出處】唐．祖詠〈清明宴司勳劉郎中別業〉詩：「田家復近臣，行樂不違親。霽日園林好，清明煙火新。以文長會友，唯德自成鄰。池照窗陰晚，杯香藥味春。簷前花覆地，竹外鳥窺人。何必桃源裡，深居作隱淪。」

別裁偽體親風雅，轉益多師是汝師。

要懂得區別、裁剪那些形式內容都不好的詩，親近《詩經》國風、大小雅那種反映現實生活的文學傳統，隨時向他人請益，因為他們都是你值得效法的對象。

【解析】杜甫認為詩歌創作當如《詩經》風雅的素樸寫實風格，反對六朝以來僅重視形式而內容空泛的頹靡詩風，並要經常以他人為師，博取眾家之長，自然就能寫出好的詩文。可用來說明主張學習《詩經》優秀的文學傳統，多方師法各家前賢，不拘泥一派一家之說。

【出處】唐．杜甫〈戲為六絕句〉詩六首之六：「未及前賢更勿疑，遞相祖述復先誰？別裁偽體親風雅，轉益多師是汝師。」

吟安一個字，撚[1]斷數莖鬚。

寫詩時反覆吟誦，為了選擇適合的一個字，不斷用手指揉捏鬍鬚，不知不覺間，鬍鬚已經捏斷了好幾根。

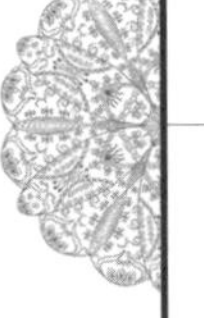

【注釋】1. 撚：音ㄋㄧㄢˇ，用手指揉搓。

【解析】盧延讓描述其為了完成一首佳作，選字煉句的過程中絞盡腦汁的情態，由此也可看出詩人在構思作品時辛苦思索、反覆推敲的認真態度。可用來說明寫作時，一次又一次詳慎斟酌用字遣詞，殫心竭慮。也可用來形容人的文思不順暢，搜索枯腸也寫不出來。

【出處】唐．盧延讓〈苦吟〉詩：「莫話詩中事，詩中難更無。吟安一個字，撚斷數莖鬚。險覓天應悶，狂搜海亦枯。不同文賦易，為著者之乎。」

李杜文章在，光燄萬丈長。

李白、杜甫的詩文至今依然廣為流傳，他們的成就有如萬丈光芒般耀眼不凡。

【解析】韓愈的活動年代稍晚於李白、杜甫。韓愈認為即使過了數十年後，李、杜兩人的作品仍深受眾多後輩所推崇，是因為他們的詩文具有一股與眾不同的雄奇氣勢。可用來讚美李白、杜甫兩大詩人的作品歷久不衰，成就非凡。

【出處】唐．韓愈〈調張籍〉詩：「李杜文章在，光燄萬丈長。不知群兒愚，那用故謗傷？蚍蜉撼大樹，可笑不自量……」（節錄）

為人性僻耽佳句，語不驚人死不休。

我的個性古怪，沉溺在寫出好的詩句來，若是語句平凡無奇，不能引人驚奇的話，我至死也不會罷手。

【解析】這是杜甫的創作經驗談，道出他為了寫出令人驚歎的絕妙好句，在文字提煉上所下的苦心鑽研工夫。可用來形容寫作過程中字句斟酌，力求完美的認真、嚴格態度。

【出處】唐．杜甫〈江上值水如海勢聊短述〉詩：「為人性僻耽佳句，語不驚人死不休。老去詩篇渾漫興，春來花鳥莫深愁。新添水檻供垂釣，故著浮槎替入舟。焉得思如陶謝手，令渠述作與同遊。」

若待上林花似錦，出門俱是看花人。

若是等到上林苑錦簇花開之時，一出門全都是要去賞花的人。

【解析】楊巨源本是要提醒人們早春才是賞花的最佳時機，此時柳葉初生，細長柔嫩，顏色參差不齊，別有一番清新風情。他認為等到花季到來時，一路上人山人海，縱然長安城內的上林苑繁花錦簇，也會因人潮擁擠而失去了賞花的興致。可用來比喻作者須感覺敏銳，努力開創新的境界，而不可人云亦云，不斷重複那些缺乏新意的論調。另可用來形容花季時節，人們爭先恐後地前往賞花，盛況空前。

【出處】唐・楊巨源〈城東早春〉詩：「詩家清景在新春，綠柳纔黃半未勻。若待上林花似錦，出門俱是看花人。」

風清月冷水邊宿，詩好官高能幾人？

在微風清涼、月光冰冷的夜晚露宿於水畔，感嘆這世上把詩寫得好、官位又高的能有幾個人呢？

【解析】白居易〈夜題玉泉〉中寫有「玉泉潭畔松間宿，要且經年無一人」句，意指自己住在玉泉寺旁的松林間，長久下來卻也不曾見人經過，表達了人只要置身名利場上，便會少與大自然互動。徐凝則作此詩酬答白居易，他認為正因住在風清月冷的水邊，所以才能寫出優秀的作品，畢竟放眼古今，位高權重又有佳作傳世者實在是寥寥無幾。可用來說明官高祿厚的人長期在宦海中爭逐，或生活富貴安逸，故大多無心創作出好的作品。

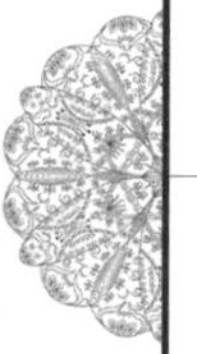

【出處】唐・徐凝〈和夜題玉泉寺〉詩：「歲歲雲山玉泉寺，年年車馬洛陽塵。風清月冷水邊宿，詩好官高能幾人？」

借問別來太瘦生？總為從前作詩苦。

請問自從和你分別之後，你為何如此消瘦呢？總是因為以往一直在為了寫詩而煎熬受苦啊！

【解析】李白與杜甫別後重逢，李白調侃杜甫為了想出好的詩句，竟把自己弄得瘦骨嶙峋，但也由此可見，杜甫的每一首作品都是抱持著嚴謹和勤奮的精神而完成的。可用來形容為了寫出好的作品而絞盡腦汁，甚至廢寢忘食，身形為之消瘦。

【出處】唐・李白〈戲贈杜甫〉詩：「飯顆山頭逢

杜甫，頂戴笠子日卓午。借問別來太瘦生？總為從前作詩苦。」

庾信平生最蕭瑟，暮年詩賦動江關。

南朝梁人庾信的一生極為蕭條淒涼，但是他晚年的詩賦卻足以轟動整座江關。

【解析】庾信乃南朝梁的駢賦大家，晚年被迫羈留在北朝，無法返回南方，其作品一改早期的綺靡華麗，轉為沉鬱蒼勁的文風。杜甫一方面替庾信的遭遇感到悲傷，一方面也藉此砥礪和庾信同樣歷經家國動盪，同樣長年漂泊在外的自己，能夠寫出更撼動人心的詩作。可用來說明生命歷經艱辛坎坷之後，筆下的作品更能深刻感人。

【出處】唐．杜甫〈詠懷古跡〉詩五首之一：「支離東北風塵際，漂泊西南天地間。三峽樓臺淹日月，五溪衣服共雲山。羯胡事主終無賴，詞客哀時且未還。庾信平生最蕭瑟，暮年詩賦動江關。」

清詩句句盡堪傳。

詩風清麗新穎，每一首詩中的詩句都可以流傳久遠。

【解析】孟浩然去世之後，杜甫回顧起孟浩然平生的創作，認為孟浩然的詩風清新優美，句句都堪稱傳世佳作，可說是給予了極高的評價。可用來讚美寫出一手好詩的人。

【出處】唐．杜甫〈解悶〉詩十二首之六：「復憶襄陽孟浩然，清詩句句盡堪傳。即今耆舊無新語，漫釣槎（ㄔㄚˊ）頭縮頸鯿（ㄅㄧㄢ）。」

童子解吟長恨曲，胡兒能唱琵琶篇。文章已滿行人耳，一度思卿一愴然。

兒童都能理解和吟誦你寫的〈長恨歌〉，連邊疆地區的胡人小孩都會歌唱你寫的〈琵琶行〉。走在路上，隨時都能聽到有人在吟唱著你的作品，每一次想起你就又一次地感到悲傷。

【解析】此為唐宣宗李忱為悼念白居易而作，詩中除讚美白居易的作品平易近人、廣為人知之外，也對白居易的去世表達其心中的悲愴與惋惜之情。可用來稱美白居易的作品通俗易懂，老少皆能朗朗上口，對百姓的影響極為深遠。

【出處】唐・唐宣宗李忱〈弔白居易〉詩：「綴玉聯珠六十年，誰教冥路作詩仙。浮雲不繫名居易，造化無為字樂天。童子解吟〈長恨〉曲，胡兒能唱〈琵琶〉篇。文章已滿行人耳，一度思卿一愴然。」

筆落驚風雨，詩成泣鬼神。

筆一落下，便驚起了疾風驟雨，詩一寫成，令鬼神都感動到哭泣。

【解析】杜甫在詩中運用誇飾的筆法讚美其友人李白的才思敏捷特出，一下筆便驚天動地，富有極大的震撼力和感染力。可用來形容文藝作品氣勢強大，語妙絕倫。

【出處】唐・杜甫〈寄李十二白二十韻〉詩：「昔年有狂客，號爾謫仙人。筆落驚風雨，詩成泣鬼神。聲名從此大，汨沒一朝伸。文彩承殊渥，流傳必絕倫……」（節錄）

詞源倒傾三峽水，筆陣獨掃千人軍。

文詞如水源般層出不窮，可使長江三峽的水為之倒流，筆勢威猛雄健，就像一個人在戰場上打敗了千軍萬馬。

【解析】詩題之下注有「別從姪勤落第歸」，可知

此乃杜甫為安慰參加科舉落第的堂姪杜勤而作。詩中稱譽年少的杜勤才氣縱橫，文思有如泉湧，筆鋒犀利，氣勢盛大磅礡，語氣中隱含對他應試落第的不平與惋惜。可用來形容人的文思敏捷，筆力萬鈞。

【出處】唐．杜甫〈醉歌行〉詩：「陸機二十作文賦，汝更小年能綴文。總角草書又神速，世上兒子徒紛紛。驊騮作駒已汗血，鷙鳥舉翮連青雲。詞源倒傾三峽水，筆陣獨掃千人軍……」（節錄）

新詩改罷自長吟。

把新寫好的詩仔細斟酌修改完之後，自得其樂地長聲吟誦。

【解析】杜甫認為陶冶人的性情和心靈的良方，就是朗誦著自己用認真踏實的態度所完成的力作。可用來形容誦讀、玩味自己細心推敲的得意之作。

【出處】唐．杜甫〈解悶〉詩十二首之七：「陶冶性靈存底物，新詩改罷自長吟。孰知二謝將能事，頗學陰何苦用心。」

爾曹身與名俱滅，不廢江河萬古流。

你們這些人的身軀和名聲都已不存於世，但無礙於王勃、楊炯、盧照鄰和駱賓王的作品像江河般流傳下去。

【解析】王勃、楊炯、盧照鄰、駱賓王以文詞齊名，人稱「初唐四傑」，他們的詩文清麗新穎，一掃南朝齊、梁以來的浮豔風氣。杜甫對四傑充滿尊崇敬意，不滿當時有人對四傑的譏笑，便在詩中直指那些嘲弄四傑的人，不久就被淹沒在歷史的洪流裡，豈能與在文壇名垂不朽的四傑相比呢？可用來說明優秀的作品絕對經得起時間的考驗。

【出處】唐．杜甫〈戲為六絕句〉詩六首之二：

「王楊盧駱當時體，輕薄為文哂（ㄕㄣˇ）未休。爾曹身與名俱滅，不廢江河萬古流。」

蓬萊[1]文章建安[2]骨，中間小謝[3]又清發。

你在猶如蓬萊仙山的祕書省擔任校書郎，所寫的文章有東漢建安時期的剛健風骨，而我的才思也像南朝齊的謝朓一般清新俊發。

【注釋】 1.蓬萊：東漢時稱政府藏書機構的東觀為道家蓬萊山，意謂藏書非常豐富。唐代多用蓬山、蓬閣代指掌理圖書典籍的祕書省。2.建安：指東漢末年建安時期，曹操父子以及建安七子等人的作品所展現出來的文字生命力。3.小謝：此指南朝齊時山水詩人謝朓，其與南朝宋人謝靈運並稱大小謝。另有謝靈運與其族弟謝惠連並稱大小謝一說。

【解析】 李白在宣州謝朓樓為官拜祕書省校書郎的族叔李雲設宴送別，謝朓樓為南朝齊人謝朓任宣州太守時所建，巧合的是，李白向來對謝朓推崇備至。詩中他以「蓬萊文章建安骨」來稱美李雲的文章，又以「中間小謝又清發」來自喻自己的詩其實也不遑多讓，顯示十足的自信，也表達了他和李雲之間的相惜之情。可用來形容人的才思恣肆敏捷，文章風骨不凡。

【出處】 唐．李白〈宣州謝朓樓餞別校書叔雲〉詩：「……蓬萊文章建安骨，中間小謝又清發。俱懷逸興壯思飛，欲上青天攬明月……」（節錄）

【音樂】

女媧鍊石補天處，石破天驚逗秋雨。

（樂聲傳到了天上）把女媧用來補天的五色石震破，讓上天為之驚動，秋雨傾瀉而下。

【解析】本詩詩題為〈李憑箜篌引〉。李憑，是中唐時期以彈奏箜篌聞名的宮廷樂師。箜篌，為一種撥弦的樂器。李賀在聽了李憑的彈奏後，想像著李憑巧奪天工的琴音飛上了天，使女媧所補的石也為之驚破，足見樂音的震撼力有多麼強烈。可用來形容樂聲高亢激昂，驚天動地。另可用來比喻事物或言論出人意表，新奇驚人。

【出處】唐．李賀〈李憑箜篌引〉詩：「……女媧鍊石補天處，石破天驚逗秋雨。夢入神山教神嫗，老魚跳波瘦蛟舞。吳質不眠倚桂樹，露腳斜飛濕寒兔。」（節錄）

天然一曲非凡響，萬顆明珠落玉盤。

（瀑布由高處奔瀉而下的聲音）是天然而不平凡的樂音，宛若萬顆晶瑩的珍珠落在玉盤一樣的響亮。

【解析】道士程太虛描寫瀑布在蒼翠山谷間直瀉而下，清脆的流水聲傳入耳裡，就像是珍珠落玉盤般，他認為此乃大自然發出的美妙天籟，絕非凡間的曲調可與比擬。可用來比喻不平凡的音樂，也可用來比喻藝術或文學作品的出色。另可用來比喻人的才能傑出。

【出處】唐．程太虛〈漱玉泉〉詩：「瀑布橫飛翠壑間，泉聲入耳送清寒。天然一曲非凡響，萬顆明珠落玉盤。」

古人唱歌兼唱情，今人唱歌唯唱聲。

以前的人唱歌能唱出歌曲的內在情感，聲情並茂，現在的人唱歌只能唱出聲音來。

【解析】本詩詩題〈問楊瓊〉。楊瓊，指的是中唐時期一位善於歌唱的酒妓，與元稹、白居易皆有往來。白居易回想起早年如楊瓊這般出類拔萃的歌者，不僅歌唱技巧高超，聲音美妙，也能在歌聲中寄寓歌曲的內容情感。可惜的是，楊瓊之後的歌者，歌聲雖依舊美妙，聽來卻是毫無情感可言，與前人相比，高下立判。可用來說明音樂、詩歌等藝文表演要聲情並茂才能打動人心。

【出處】唐．白居易〈問楊瓊〉詩：「古人唱歌兼唱情，今人唱歌唯唱聲。欲說向君君不會，試將此語問楊瓊？」

曲終人不見，江上數峰青。

樂曲演奏完畢，聽者才剛回過神來，卻發現演奏的人已不知去向，只看見江水環繞著幾座青山。

【解析】本詩詩題〈湘靈鼓瑟〉。湘靈，傳說中是堯的女兒娥皇、女英，兩人同嫁與舜，後因哀痛舜的崩殂，自溺於湘江，化為湘水之神，故稱之。錢起借《楚辭．遠遊》中「湘靈鼓瑟」的神話作為題材，寫他在湘江岸邊，聆聽湘靈神妙精湛的演奏，曲罷耳邊還縈繞著優美樂音時，湘靈早已飄然無蹤，只留下悵然迷惘的他和原本就聳立在江邊的綿延青山。清人宋宗元《網師園唐詩箋》評曰：「曲與人與地膠粘入妙。末二句遠韻悠然。」可用來形容動人樂曲戛然而止，令聽者餘味不盡。

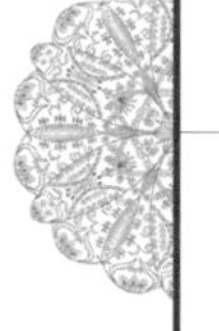

【出處】唐．錢起〈湘靈鼓瑟〉詩：「善鼓雲和瑟，常聞帝子靈。馮夷空自舞，楚客不堪聽。苦調淒金石，清音入杳冥。蒼梧來怨慕，白芷動芳馨。流水傳湘浦，悲風過洞庭。曲終人不見，江上數峰青。」

曲罷不知人在否？餘音嘹亮尚飄空。

一首樂曲吹完，不知道吹笛的人還在嗎？彷彿響亮的笛聲還在空中迴繞不去。

【解析】趙嘏描寫月夜下畫樓高處的笛聲響徹雲霄，待一曲終了，他雖不知吹笛人是否還停駐原地，但悠揚的樂音彷彿仍在夜空中飄蕩不止，令人陶醉嚮往。可用來形容演奏者的樂音悠揚動聽，音樂造詣不凡。

【出處】唐·趙嘏〈聞笛〉詩：「誰家吹笛畫樓中？斷續聲隨斷續風。響遏行雲橫碧落，清和冷月到簾櫳。興來三弄有桓子，賦就一篇懷馬融。曲罷不知人在否？餘音嘹亮尚飄空。」

此曲只應天上有，人間能得幾回聞？

這樣悅耳的曲子應該只能在天上才能聽到，人世間哪有幾次機會得以聽聞呢？

【解析】杜甫先是敘說成都城內日夜歌舞昇平，又描述宴會上的樂曲無比動聽，宛如人間難得聽聞之天籟。表面上看似在讚譽樂曲優美，實是在暗諷成都將領花驚定（一名花敬定）目無法紀，僭用天子禮樂一事，意即皇宮才能使用的樂曲，根本不該在花驚定府中的宴會上聽到的！可用來讚美音樂或歌聲美妙動人。另可用來比喻罕人聽聞的事件或論調。

【出處】唐·杜甫〈贈花卿〉詩：「錦城絲管日紛紛，半入江風半入雲。此曲只應天上有，人間能得幾回聞？」

江城吹角水茫茫，曲引邊聲怨思長。

臨靠在江邊的城市，聽到號角聲在茫茫水上迴盪著，號角吹奏著邊塞歌曲，聽到的人無不感到哀怨淒涼。

【解析】羈旅在潤州（位在今江蘇境內）的李涉，黃昏時分佇立在江岸，望著茫茫江水，耳邊突然傳來邊地特有的號角樂音，曲音慷慨悲涼，彷彿是在替邊塞將士抒發思念親人的愁恨幽怨。可用來形容號角吹奏邊塞樂曲，樂音悠揚悲切，引發懷人情思。

【出處】唐．李涉〈潤州聽暮角〉詩：「江城吹角水茫茫，曲引邊聲怨思長。驚起暮天沙上雁，海門斜去兩三行。」

別有幽愁暗恨生，此時無聲勝有聲。

樂聲停止，一股潛藏的愁恨滋生，這時雖然悄然無聲，竟比樂曲彈奏時更加美妙。

【解析】白居易描述琵琶女彈奏時的節奏韻律，時而急促、時而低切、時而婉轉、時而嗚咽，技藝可謂出神入化，等到樂音停止下來，眾人皆屏息無語，心神仍沉浸在樂曲的旋律之中。可用來形容音樂或言語中的留白予人一種意在言外、餘韻無窮的感受。

【出處】唐．白居易〈琵琶行〉詩：「……大弦嘈嘈如急雨，小弦切切如私語。嘈嘈切切錯雜彈，大珠小珠落玉盤。間關鶯語花底滑，幽咽泉流水下灘。水泉冷澀弦疑絕，疑絕不通聲暫歇。別有幽愁暗恨生，此時無聲勝有聲……」（節錄）

客心洗流水，餘響入霜鐘。不覺碧山暮，秋雲暗幾重？

琴聲好像流水般洗滌我這個旅客的心靈，那悠揚的餘音，傳入滿是秋霜的寺院鐘聲裡。不知時間過了多久，青山已罩上一層暮色，秋天的雲在天空又堆疊了多少層？

【解析】李白描寫在傾聽了來自故鄉蜀地僧人濬的清妙琴聲後，心靈清澈明淨，鄉愁也一掃而空，更沒有察覺到山暮雲深，整個人完全沉浸在琴音之中。可用來形容琴聲深沉高妙，令聽者心曠神怡，回味無窮而忘卻了時間。

【出處】唐．李白〈聽蜀僧濬彈琴〉詩：「蜀僧抱綠綺，西下峨眉峰。為我一揮手，如聽萬壑松。客心洗流水，餘響入霜鐘。不覺碧山暮，秋雲暗幾重？」

嘈嘈切切錯雜彈，大珠小珠落玉盤。

琵琶所彈奏出來的音樂，嘈雜的大弦和細切的小弦的聲音交錯夾雜在一起，聽起來就好像是大小不一的珠子落在玉盤上一樣的響聲。

【解析】白居易在此描寫琵琶女高超的演奏技巧，見其低眉信手彈撥著大弦小弦，便可發出高低輕重、抑揚起伏的節奏，樂音宛如大小珠子落在玉盤裡那樣清脆悅耳。可用來形容樂音鏗鏘動聽。

【出處】唐．白居易〈琵琶行〉詩：「……大弦嘈嘈如急雨，小弦切切如私語。嘈嘈切切錯雜彈，大珠小珠落玉盤。間關鶯語花底滑，幽咽泉流水下灘。水泉冷澀弦疑絕，疑絕不通聲暫歇。別有幽愁暗恨生，此時無聲勝有聲……」（節錄）

誰家玉笛暗飛聲？散入春風滿洛城。

是哪戶人家的笛聲在暗中飛揚呢？隨著春風傳遍了整個洛陽城。

【解析】李白漫遊洛陽時，靜夜裡突然從遠處傳來哀怨動人的笛聲，那位不知名的吹笛人自吹自聽，完全不知洛陽全城的人都被他悠揚迴盪的笛聲所感動。可用來形容樂音悅耳美妙，遠播四方。

【出處】唐．李白〈春夜洛城聞笛〉詩：「誰家玉笛暗飛聲？散入春風滿洛城。此夜曲中聞〈折柳〉，何人不起故園情？」

躋攀分寸不可上，失勢一落千丈強。

琴聲的高音越彈越高，當高到不能再高時，突然從高音處直降到比千丈深還要更低。

【解析】韓愈在聆聽了一位古琴名家穎師的精湛琴藝後，想像琴音的起落變化就宛如鳳凰昂揚激越的鳴聲瞬間轉成悄聲低吟，把聽覺感受變得具體形象化。可用來形容音調由極高驟然降到很低。另可用來暗喻擁有權勢地位的人，行事要更加小心謹慎，否則很容易便會跌入深淵谷底。

【出處】唐．韓愈〈聽穎師彈琴〉詩：「昵昵兒女語，恩怨相爾汝。劃然變軒昂，勇士赴敵場。浮雲柳絮無根蒂，天地闊遠隨飛揚。喧啾百鳥群，忽見孤鳳凰。躋攀分寸不可上，失勢一落千丈強……」（節錄）

【書畫】

左盤右蹙如驚電，狀同楚漢相攻戰。

字體的筆勢左盤旋右收縮，像是令人震撼的閃電，形狀猶如楚漢相互爭奪天下時的激烈戰鬥。

【解析】相傳李白晚年獲赦歸來後遊零陵（位在今湖南永州市境內）時，年少僧人懷素慕名前來求詩，李白亦相當賞識懷素的才情，因而寫了這首詩相贈。懷素，為盛唐時期的書法家，精擅草書，與張旭齊名，時稱「張顛素狂」或「顛張醉素」。李白詩中稱讚懷素的草書筆勢如驚風掣電般地狂奔肆意，字形又如楚漢鏖戰般地錯綜複雜，變化萬千。可用來形容揮毫時運筆疾速自如，氣韻飛動不凡。

【出處】唐．李白〈草書歌行〉詩：「……起來向壁不停手，一行數字大如斗。恍恍如聞神鬼驚，時時只見龍蛇走。左盤右蹙如驚電，狀同楚漢相攻戰。湖南七郡凡幾家，家家屏障書題遍……」（節錄）

凌煙功臣[1]少顏色，將軍下筆開生面。

在凌煙閣的功臣肖像因顏色褪去，曹霸將軍奉命重新摹繪，結果賦予畫像嶄新的面貌。

【注釋】 1. 凌煙功臣：唐太宗為表彰二十四位功臣，在凌煙閣內懸掛閻立本所畫的功臣畫像。

【解析】 杜甫描述畫家曹霸在開元年間，受到玄宗的賞識，重新描繪凌煙閣內的功臣畫像，曹霸一下筆便使原本褪色的面貌變得氣韻生動。可用來形容畫作本已褪色，後經人重畫更顯得生氣。其中「下筆開生面」後演變成「別開生面」一詞，另可用來比喻開創新的格局或形式。

【出處】 唐．杜甫〈丹青引贈曹將軍霸〉詩：「……開元之中嘗引見，承恩數上南熏殿。凌煙功臣少顏色，將軍下筆開生面。良相頭上進賢冠，猛將腰間大羽箭。褒公鄂公毛髮動，英姿颯爽來酣戰。先帝天馬玉花驄，畫工如山貌不同……」（節錄）

舞蹈

回裾[1]轉袖若飛雪，左鋋[2]右鋋生旋風。

回旋衣襟，轉動衣袖，好像雪花在飛舞般，左旋右轉，舞者的身影彷彿生出一股旋風般。

【注釋】 1. 裾：音ㄐㄩ，衣服的後襟。2. 鋋：音ㄔㄢˊ，本為刺殺之意，此指舞劍的姿勢。

【解析】 本詩詩題〈田使君美人舞如蓮花北鋋歌〉。北鋋，為一種胡人舞蹈。岑參描寫參加了一場歌舞宴會，欣賞了美麗舞者如蓮花般的美豔舞姿，對於舞者的旋轉動作感到驚為天人。可用來形容女子舞蹈的姿態優美，旋轉翩飛。

【出處】 唐．岑參〈田使君美人舞如蓮花北鋋歌〉詩：「美人舞如蓮花旋，世人有眼應未見。高堂滿地紅氍（ㄑㄩˊ）毹（ㄩˊ），試舞一曲天下無。此曲

胡人傳入漢，諸客見之驚且歎。慢臉嬌娥纖復穠，輕羅金縷花葱蘢。回裾轉袖若飛雪，左鋋右鋋生旋風……」（節錄）

弦鼓一聲雙袖舉，迴雪飄搖轉蓬舞。

在弦樂聲和鼓聲同時響起時，舞者雙袖舉起，舞姿像空中雪花般地飄搖迴旋，又像蓬草般地迎風旋轉。

【解析】胡旋女，指的是舞蹈胡旋舞的女子。胡旋舞，為一種古代西北民族的舞蹈，在唐代傳入中原後即刻傾倒朝野，深獲大眾的喜愛。白居易詩中描寫胡旋女揚袖起舞的姿態，動作輕如雪花、蓬草般迴旋飄舞，左旋右轉也不感到疲倦，千圈萬轉也不知道休止，令觀眾嘆為觀止。可用來形容舞姿輕盈美妙，旋轉疾速如風。

【出處】唐．白居易〈胡旋女〉詩：「胡旋女，胡旋女。心應弦，手應鼓。弦鼓一聲雙袖舉，迴雪飄搖轉蓬舞。左旋右轉不知疲，千匝萬周無已時。人間物類無可比，奔車輪緩旋風遲……」（節錄）

昔有佳人公孫氏，一舞劍器動四方。

過去有一位姓公孫的美麗女子，她揮舞劍器舞蹈的神韻足以震動四方。

【解析】杜甫年幼時曾在郾城（位在今河南漯河市境內）見過劍舞名家公孫大娘的表演，公孫大娘的舞技高超，容貌姣麗，令杜甫印象深刻；五十年後，他在夔州有幸看到公孫大娘弟子李十二娘舞劍器，舞技和公孫大娘一脈相承，但看起來也不年輕了，撫今追昔，心中感慨無限。可用來稱許舞者的舞蹈技藝拔類超群。

【出處】唐．杜甫〈觀公孫大娘弟子舞劍器行〉詩：「昔有佳人公孫氏，一舞劍氣動四方。觀者如

山色沮喪，天地為之久低昂。㸌如羿射九日落，矯如羣帝驂龍翔。來如雷霆收震怒，罷如江海凝清光……」（節錄）

【棋藝】

得勢侵吞遠，乘危打劫贏。

投子侵入到對方的勢力範圍，並占據多數的空點，便能取得棋局的優勢。雙方對殺時，反覆爭奪一個可互相牽制的棋眼，趁對方危亂時就進行攻掠，贏得勝利。

【解析】杜荀鶴詩中描寫其在一旁觀賞棋手弈棋的心得，傳神地摹繪棋盤上一場機關算盡、你爭我奪的激戰。可用來形容下圍棋時，棋手運用布局發動激烈攻勢，以獲得贏棋。

【出處】唐．杜荀鶴〈觀棋〉詩：「對面不相見，用心同用兵。算人常欲殺，顧己自貪生。得勢侵吞遠，乘危打劫贏。有時逢敵手，當局到深更。」

雁行布陣眾未曉，虎穴得子人皆驚。

對弈時，看著棋盤上的棋子排列如群雁飛行，井然有序，所有人都不知道棋手接下來會怎麼下，突然見他提去了對方的棋子，眾人全都驚歎不已。

【解析】一位與劉禹錫有往來的圍棋僧友儇（ㄒㄩㄢ）師，專程帶著新的棋譜從長沙到連州探望被遠放的劉禹錫。由於儇師走遍各地都遇不到對手，又不甘天分遭到埋沒，因而準備赴京賭取聲名，臨行前劉禹錫特作此詩相贈。詩中極力讚揚儇師的棋藝高明，當眾人都還在捉摸儇師弈棋的思路對策時，見他已圍住並吃下對方的棋子，致使滿座皆驚。可用來形容棋藝精湛，令人歎為觀止。

【出處】唐．劉禹錫〈觀棋歌送儇師西遊〉詩：

「……初疑磊落曙天星，次見搏擊三秋兵。雁行布陳眾未曉，虎穴得子人皆驚。行盡三湘不逢敵，終日饒人損機格。自言臺閣有知音，悠然遠起西遊心。商山夏木陰寂寂，好處徘徊駐飛錫。忽思爭道畫平沙，獨笑無言心有適。藹藹京城在九天，貴遊豪士足華筵。此時一行出人意，賭取聲名不要錢。」（節錄）

四、論國家社會

政治國事

一封朝奏九重天，夕貶潮陽路八千。

早晨才呈上朝廷一份奏章，晚上便被貶到八千里外的潮州。

【解析】唐憲宗派遣使者迎回佛骨，韓愈因反對迷信佛骨的行為而上奏了〈論佛骨表〉，皇帝看完後大怒，立即將他遠貶至潮州（位在今廣東境內）。在前往潮州的路上，途經藍關（即藍田關，位在今陝西西安市境內），姪孫韓湘前來送行，韓愈見到親人，悲憤更甚，他自認提出的是替朝廷除弊的諫言卻無端獲罪，詩中抒發其內心的沉痛以及對自身前途未卜的感傷。可用來形容官場上稍有不慎，便遭嚴譴。

【出處】唐．韓愈〈左遷至藍關示姪孫湘〉詩：「一封朝奏九重天，夕貶潮陽路八千。欲為聖朝除弊事，肯將衰朽惜殘年。雲橫秦嶺家何在？雪擁藍關馬不前。知汝遠來應有意，好收吾骨瘴江邊。」

字人無異術，至論不如清。

撫治百姓沒有什麼特別的方法，最高明的論述還比不上清正廉明的施行政務。

【解析】杜荀鶴的友人準備到吳縣（位在今江蘇境內）擔任縣令，詩人作此詩相贈並予以勉勵，提出為官之道沒有訣竅，面對百姓，只要多加安撫體恤便足矣，與其耗費心神在高談闊論上，不如切實執行廉潔政風，畢竟市井小民只在乎官員有無施行德政，不想聽巧言辭令。可用來說明當官的要愛護百姓，清廉施政。

【出處】唐．杜荀鶴〈送人宰吳縣〉詩：「海漲兵荒後，為官合動情。字人無異術，至論不如清。草履隨船賣，綾梭隔水鳴。唯持古人意，千里贈君行。」

家國興亡自有時，吳人何苦怨西施。

一個國家的興盛或衰亡自然有它的原由，春秋吳國的人民何必埋怨越國西施致使吳國亡國呢！

【解析】歷來人們多將春秋吳國亡國的責任，歸咎在吳王夫差所寵愛的越國美女西施身上，但羅隱認為一個國家的興衰自有其背後深層而複雜的因素，若西施的美人計能使吳國滅亡，那麼後來越國的君主並沒有耽溺女色，不也終究亡國了嗎？可用來說明國家興亡並非美色，而有更深沉的原因。

【出處】唐．羅隱〈西施〉詩：「家國興亡自有時，吳人何苦怨西施。西施若解傾吳國，越國亡來又是誰？」

疾風知勁草，板蕩識誠臣。

經過猛烈的風，才知道哪些是剛勁有力的草，歷經動盪不安，才能分辨誰是忠誠的臣子。

【解析】此詩為唐太宗李世民賜贈其臣子蕭瑀之作，其以「疾風知勁草」之喻，除了感激蕭瑀曾協助自己挺過一場宮廷皇位的血腥鬥爭，更藉此稱揚這位賢臣對朝廷君上的忠貞如一。可用來說明唯有經歷危急艱難的考驗，才能看出一個人的品格高下及其對國家的忠奸之心。

【出處】唐．太宗李世民〈賜蕭瑀〉詩：「疾風知勁草，板蕩識誠臣。勇夫安識義？智者必懷仁。」

理國無難似理兵，兵家法令貴遵行。

治理國家並不困難，就像治理軍隊一樣，關鍵在於嚴格執行軍法律令。

【解析】周曇認為治國之道是全國不分地位高下都必須遵守法令，如同將領治軍一樣，軍令如山，將士因而不敢有所違抗。換言之，如果權勢、人情或金錢足以影響違法者的裁決，那麼縱有再完備的法律條文，也只適用於無權無勢的人，如此一來，必然造成人心不平，社會秩序失衡，國家也將走向衰敗一途。可用來說明法度嚴明是治理國家的重要關鍵。

【出處】唐．周曇〈孫武〉詩：「理國無難似理兵，兵家法令貴遵行。行刑不避君王寵，一笑隨刀八陣成。」

聖代[1]無隱者，英靈盡來歸。

聖明的時代沒有隱居的人，全天下的英才都來為朝廷貢獻一己之力。

【注釋】1. 聖代：古人對自己所處時代的美稱。

【解析】綦毋潛落第後準備還鄉，好友王維作詩勸慰對方，希望他不要因為一時失意便放棄科舉，選擇隱居江湖。他認為當時政治開明，社會安定，賢能俊秀都該竭盡所能來為朝廷獻力。綦毋潛得了王維的這番鼓勵，之後果然再接再厲考取進士。可用來說明政治太平之時，才能出眾的人都願意出來為國效力。

【出處】唐．王維〈送綦毋潛落第還鄉〉詩：「聖代無隱者，英靈盡來歸。遂令東山客，不得顧采薇……」（節錄）

歷覽前賢國與家，成由勤儉破由奢。

綜觀歷代的聖賢治理國家，成功是由於勤勞節儉，衰敗是由於奢華浪費。

【解析】李商隱藉由回顧前朝聖賢治國治家的經驗教訓，以古鑑今，歸納出勤儉能使家國昌盛，而奢靡必使家國走向滅亡。可用來形容勤儉或奢侈乃是國家興衰或政權成敗的重要關鍵。

【出處】唐．李商隱〈詠史〉詩：「歷覽前賢國與家，成由勤儉破由奢。何須琥珀方為枕，豈得真珠始是車。運去不逢青海馬，力窮難拔蜀山蛇。幾人曾預南薰曲，終古蒼梧哭翠華。」

興廢由人事，山川空地形。

國家的興盛或衰廢取決於人的作為，人的作為若是不對，縱使山川形勢優越也是徒然的。

【解析】金陵（即今南京）北臨長江，周遭群山環抱，地勢雄偉險要，向來有「龍蟠虎踞」之稱，歷來許多朝代的君王定都於此。劉禹錫認為金陵雖有山河作為屏障，城防堅固無虞，但改朝換代的事件仍接連發生，這不也證明了地形的優勢並不足以成為國家長治久安的憑恃，唯有上位者的施政好壞才是社稷存亡的關鍵。可用來說明國家的成敗興衰決定在施行政務的表現上，而不是地勢險阻就能獲得保障。

【出處】唐．劉禹錫〈金陵懷古〉詩：「潮滿冶城渚，日斜征虜亭。蔡洲新草綠，幕府舊煙青。興廢由人事，山川空地形。後庭花一曲，幽怨不堪聽。」

諷諭針砭

一種風流一種死，朝歌[1]爭[2]得似揚州？

在朝歌的宮殿中酒池肉林的商紂，最後落得自焚而死的下場，但商紂怎麼和長期逗留在揚州縱情享樂，最後遭人弒殺的隋煬帝相比呢？

【注釋】1.朝歌：地名，商朝後期的都城，位在今河南鶴壁市淇縣東北，商紂即在附近的牧野為周武王所滅。2.爭：同「怎」字，如何。

【解析】作者羅隱全詩都沒有提到人名，但從他點出「朝歌」、「揚州」兩地，可知其譏諷的對象乃歷史上公認的末代暴君商紂和隋煬帝。「朝歌」是商朝後期的政治中心，「揚州」為隋煬帝生前鍾愛的城市，曾多次到此居住，也各是兩人臨死之所在。詩中以「風流」來諷刺他們的「死」實是荒淫無道所致，同時也讓國家推向滅亡。可用來提醒上位者若耽於淫逸，誤國殃民，終會留下像商紂和隋煬帝一樣的千古惡名。

【出處】唐．羅隱〈江北〉詩：「廢宮荒苑莫閑愁，成敗終須要徹頭。一種風流一種死，朝歌爭得似揚州？」

一雙笑靨才回面，十萬精兵盡倒戈。

生有一對酒窩的西施才剛回眸一笑，吳王的十萬精兵便已放下武器投降敵人了。

【解析】春秋越王句踐採范蠡之計，將本為浣紗女的西施獻給吳王夫差以亂其政，夫差果然為西施所惑而疏於朝政，後遭越國消滅。魚玄機在詩中援引西施與吳越相爭的這段歷史，意在強調統治者若沉溺於女色，國家終會走向衰敗甚至亡國一途。可用來形容上位者沉湎淫逸，導致兵敗國亡。

【出處】唐．魚玄機〈浣紗廟〉詩：「吳越相謀計策多，浣紗神女已相和。一雙笑靨才回面，十萬精兵盡倒戈。范蠡功成身隱遁，伍胥諫死國消磨。只今諸暨長江畔，空有青山號苧蘿。」

一騎紅塵妃子笑，無人知是荔枝來。

差使騎著驛馬疾馳，身後揚起一片紅色沙塵，長安宮廷裡的妃子見到差使奔來，開心地笑了，沿途沒有人知道送來的是遠在南方的荔枝。

【解析】杜牧路過唐玄宗與楊貴妃昔時遊樂之地華清宮，有感於玄宗荒淫誤國而作此詩。玄宗為了討貴妃的歡心，不惜派人專程到南方送來貴妃愛吃的新鮮荔枝，人們見到一路飛奔的驛馬，還以為差使正在奔波公務，孰知竟是皇帝為了博取妃子嫣然一笑的荒謬行徑。可用來諷刺上位者不惜勞民傷財來滿足一己私欲，終將把國家帶往衰頹之路。

【出處】唐．杜牧〈過華清宮〉詩：「長安回望繡成堆，山頂千門次第開。一騎紅塵妃子笑，無人知是荔枝來。」

日暮漢宮[1]傳蠟燭，輕煙散入五侯[2]家。

在寒食節這天的傍晚，漢宮裡傳送著賞賜給王侯的蠟燭，淡淡上升的燭煙散入王侯們的家中。

【注釋】1. 漢宮：此代指唐朝宮廷。2. 五侯：一說指西漢成帝母舅王譚、王根、王立、王商、王逢時等五人同日封侯。另一說指東漢桓帝藉宦官單超、徐璜、具瑗、左悺、唐衡等五人剷除外戚梁冀及其親黨，五人同日受封為侯。此代指中唐時期宦官專權之勢力。

【解析】寒食，本應是全國禁火的節日，韓翃詩中借寫漢宮內升起冉冉煙霧，乃皇帝賞賜與近親寵臣蠟燭所點燃的燭煙，暗諷其所處的唐朝宮中，亦充

斥著權貴之家可以不遵守常禮的跋扈行徑，朝政日趨腐敗。可用來諷刺有權勢的人可以超越俗禮規範，享有特殊的權利，而一般人就必須受到嚴格的限制。

【出處】唐·韓翃〈寒食〉詩：「春城無處不飛花，寒食東風御柳斜。日暮漢宮傳蠟燭，輕煙散入五侯家。」

世無洗耳翁[1]，誰知堯與跖[2]？

世間現在沒有像許由那樣品德高尚的人，誰能分辨出堯的賢德和跖的殘暴呢？

【注釋】1. 洗耳翁：指上古高士許由。據傳堯帝要將天下讓給許由，許由聽到這些話後覺得耳朵受到汙染，便去水邊清洗耳朵。2. 堯與跖：堯，相傳是古代明君。跖，相傳是古代的大盜。

【解析】李白借古人古事暗喻當時朝政的腐敗，因皇上不辨忠奸，使小人囂張跋扈，有才德的人也難以出頭。可用來諷刺統治者是非不分，小人得志。

【出處】唐·李白〈古風〉詩五十九首之二十四：「大車揚飛塵，亭午暗阡陌。中貴多黃金，連雲開甲宅。路逢鬥雞者，冠蓋何輝赫。鼻息干虹蜺，行人皆怵惕。世無洗耳翁，誰知堯與跖？」

可憐夜半虛前席，不問蒼生問鬼神。

西漢文帝在半夜接見賈誼，身體不由自主地向賈誼靠近，可惜文帝向賈誼請教的不是國家民生大事，而是與鬼神有關的事情。

【解析】李商隱意在借古諷今，詩中敘述西漢文帝深夜召見政論家賈誼，但文帝並不是為了天下蒼生的福祉來向賈誼請益，而是想要聆聽賈誼對鬼神由來的議論。晚唐皇帝多耽溺於佛道而荒廢政事，造

成國祚逐漸衰弱，李商隱一方面為賈誼的懷才不遇感到不平，一方面也為自己處於和賈誼同樣有志難伸之境感慨萬千，可用來諷刺上位者不關心百姓生計，而迷信於鬼神之事。

【出處】唐．李商隱〈賈生〉詩：「宣室求賢訪逐臣，賈生才調更無倫。可憐夜半虛前席，不問蒼生問鬼神。」

冷眼靜看真好笑，傾懷與說卻為冤。

用冷靜的眼光在旁觀察，就會發現阿諛小人的言行十分可笑，也看見有人敢直言勸諫，但卻受到冤枉和遭到罷黜的下場。

【解析】徐夤描述其長期在官場冷眼旁觀形色人物的感觸，藉此勸誡人們唯有三緘其口才能在政治舞臺上明哲保身。可用來形容政治名利場上多虛偽，直言之人難以生存。另可用以形容在現實生活中，冷靜旁觀周遭的人或事物，以免惹禍上身。

【出處】唐．徐夤〈上盧三拾遺以言見黜〉詩：「骨鯁如君道尚存，近來人事不須論。疾危必厭神明藥，心惑多嫌正直言。冷眼靜看真好笑，傾懷與說卻為冤。因思周廟當時誡，金口三緘示後昆。」

官倉老鼠大如斗，見人開倉亦不走。

官府糧倉裡的老鼠，每隻肥大得像量米的斗一樣，即使看見有人來開糧倉也不逃。

【解析】曹鄴描述官倉裡的老鼠因糧食豐富而體型碩大無比，甚至見了人也不害怕的誇張行止，意在揭發官吏大力搜刮民脂民膏，其肆無忌憚的行徑就像詩人筆下的官倉碩鼠一樣，絲毫不懼被舉發或受到制裁，足見當時官場政治之黑暗。可用來諷刺貪官汙吏中飽私囊，上下沆瀣一氣的惡行惡狀。

【出處】唐·曹鄴〈官倉鼠〉詩：「官倉老鼠大如斗，見人開倉亦不走。健兒無糧百姓飢，誰遣朝朝入君口？」

炙手可熱勢絕倫，慎莫近前丞相嗔。

丞相楊國忠的氣焰盛大，權勢大到當今朝中無人可比，奉勸大家謹慎小心，千萬不要走到他的面前，丞相可是會發怒的。

【解析】杜甫詩中描寫楊貴妃的族兄楊國忠仗恃著貴妃的得寵而權傾朝野，盛氣凌人。可用來說明居高位者氣焰灼人，令人感到懼怕，也隱含有玩弄權勢的下場，便是加速國家朝政的敗壞。

【出處】唐·杜甫〈麗人行〉詩：「……後來鞍馬何逡巡，當軒下馬入錦茵。楊花雪落覆白蘋，青鳥飛去銜紅巾。炙手可熱勢絕倫，慎莫近前丞相嗔。」（節錄）

春宵苦短日高起，從此君王不早朝。

埋怨春夜過於短暫，直到太陽高升才起身離床，自此君王早上便不到朝廷處理政事了。

【解析】白居易描寫唐玄宗迷戀楊貴妃的美色，兩人不僅在夜晚共度春宵，到了白日仍一同宴飲遊樂，形影難分。玄宗荒廢國政的結果，就是社會日益動亂，國家一步步走向衰敗。可用來形容統治者耽溺女色而荒於國事或重要事務。另詩中「春宵苦短」可用來比喻歡樂時光總是過得很快。

【出處】唐·白居易〈長恨歌〉詩：「……春寒賜浴華清池，溫泉水滑洗凝脂。侍兒扶起嬌無力，始是新承恩澤時。雲鬢花顏金步搖，芙蓉帳暖度春宵。春宵苦短日高起，從此君王不早朝……」（節錄）

狡吏不畏刑，貪官不避贓。

狡詐的奸吏不怕犯下刑罰，貪婪的官員不避諱獲得贓物。

【解析】皮日休藉由描寫拾橡老婦的悲慘境遇，揭發官吏貪贓枉法的惡行。當時不肖官員利用耕種期間以官糧向農民發放私債，等到農耕結束，官員賺飽了厚利，再把本錢歸回官倉，等同農民辛苦收成的結果全部白費，只好去撿拾本不該是糧食的橡實來充飢。本句可用來形容官吏肆無忌憚地剝削百姓，完全無懼遭到刑罰的懲處。

【出處】唐．皮日休〈橡媼嘆〉詩：「……持之納於官，私室無倉箱。如何一石餘，只作五斗量。狡吏不畏刑，貪官不避贓。農時作私債，農畢歸官倉。自冬及於春，橡實誑飢腸。吾聞田成子，詐仁猶自王。吁嗟逢橡媼（ㄠˇ），不覺淚沾裳。」（節錄）

相逢盡道休官好，林下何曾見一人。

做官的人相遇都說要辭退官職才是上策，但清幽山林之下未曾見過一個辭官人的蹤影。

【解析】此為僧人靈澈在廬山東林寺時回覆給韋丹刺史的一首詩。韋丹在寄給靈澈的詩中表達自己動了歸隱山林的想法，靈澈回信中先是說明了修行生涯的恬淡寡欲，物質生活寒微簡陋，之後不忘揶揄韋丹以及所有仍在宦海沉浮的人們，明明戀棧官位卻又口是心非地說要拂袖歸去，「休官」兩字不過是留在嘴邊卻永不會兌現的空話罷了。可用來形容當官的人貪戀祿位，對外卻又想要博取隱士清高的美譽。

【出處】唐．靈澈〈東林寺酬韋丹刺史〉詩：「年老心閑無外事，麻衣草座亦容身。相逢盡道休官好，林下何曾見一人。」

美人首飾侯王印，盡是沙中浪底來。

美女穿戴的金飾和王侯使用的金印，都是淘金女從浪底的一粒粒沙子中淘洗出來的。

【解析】劉禹錫詩中描寫淘金女的工作辛勞，表面上看似在讚頌她們為社會所創造的不凡價值，實是暗諷王公貴族生活豪奢以及對底層百姓的剝削，同時也對淘金女的遭遇寄予無限的同情。可用來說明權貴富豪的奢華生活是建築在平民的辛苦勞累之上。

【出處】唐．劉禹錫〈浪淘沙〉詩九首之六：「日照澄洲江霧開，淘金女伴滿江隈。美人首飾侯王印，盡是沙中浪底來。」

珠玉買歌笑，糟糠養賢才。

用珠寶和美玉買歌者的笑顏，卻用酒滓和穀皮培養才德能士。

【解析】李白意在揭露當權者生活揮霍奢靡，寧可拿著珍寶去賞賜為其歌舞作樂的人，也不願重視為朝政竭智盡力的賢才。可用來表達權貴貪圖享樂，懷才之士有志難伸。

【出處】唐．李白〈古風〉詩五十九首之十五：「燕昭延郭隗，遂築黃金臺。劇辛方趙至，鄒衍復齊來。奈何青雲士，棄我如塵埃。珠玉買歌笑，糟糠養賢才。方知黃鶴舉，千里獨徘徊。」

商女不知亡國恨，隔江猶唱〈後庭花〉[1]。

歌女不懂得亡國的痛苦，隔著河畔還在唱〈玉樹後庭花〉的靡靡之音。

【注釋】1.後庭花：指的是南朝陳後主作的〈玉樹後庭花〉樂曲。陳後主因沉湎於聲色，終導致國家為隋所滅，後人多以〈後庭花〉代稱靡靡之音或亡國之音。

【解析】南京秦淮河沿岸一帶，乃六朝金粉薈萃之地，出入多是當時的顯貴人家。杜牧夜泊於此，見

歌女們正唱著過去的亡國之君留下的綺靡曲調，便在詩中借陳後主荒淫誤國的史事，諷刺晚唐的當權者仍然醉生夢死，無視於朝政的日漸衰敗。可用來諷刺國家危難之際，有人只圖眼前的享樂，全然不關心國事。

【出處】唐．杜牧〈泊秦淮〉詩：「煙籠寒水月籠沙，夜泊秦淮近酒家。商女不知亡國恨，隔江猶唱〈後庭花〉。」

漁陽[1]鼙鼓[2]動地來，驚破〈霓裳羽衣曲〉[3]。

安祿山在漁陽一帶起兵叛變，戰鼓聲震天動地，驚亂了宮廷裡正沉醉在〈霓裳羽衣曲〉的人們。

【注釋】1. 漁陽：唐代郡名，位在今天津市薊縣。本為平盧、范陽、河東三鎮節度使安祿山的管轄，後安祿山自此興兵反唐。2. 鼙鼓：鼙，音ㄆㄧˊ。古代軍中使用的戰鼓。3. 霓裳羽衣曲：樂曲名，原為西域樂舞，唐玄宗開元年間傳進中原，後經玄宗加以改編而成。

【解析】白居易在〈長恨歌〉中描述唐玄宗和楊貴妃沉浸在歌舞樂音中，不料卻傳來安祿山自漁陽造反的消息，叛軍迅速攻陷洛陽、長安。玄宗和楊貴妃隨軍隊往西南避難，但西行到百里外的馬嵬坡時，軍隊不願再前進，要求皇帝必須賜死貴妃，玄宗只能無奈接受。本句可用來形容戰亂發生或敵人入侵，方才驚醒了耽溺於安逸享樂的人們。

【出處】唐．白居易〈長恨歌〉詩：「……驪宮高處入青雲，仙樂風飄處處聞。緩歌慢舞凝絲竹，盡日君王看不足。漁陽鼙鼓動地來，驚破〈霓裳羽衣曲〉。九重城闕煙塵生，千乘萬騎西南行。翠華搖搖行復止，西出都門百餘里。六軍不發無奈何？宛轉蛾眉馬前死……」（節錄）

總為浮雲能蔽日，長安不見使人愁。

太陽總是容易被天上浮雲所遮蔽，舉目不見長安使人心裡發愁啊！

【解析】李白登臨高臺，本欲遠望他日夜思念的京城長安，然長安卻被浮雲遮住，這讓他有感於「浮雲」好比是朝廷中的小人當道，「蔽日」就像是皇帝被小人所包圍一樣，致使自己無法為國盡忠。可用來比喻上位者為邪佞小人所蒙蔽，有志之士難以一展抱負。

【出處】唐．李白〈登金陵鳳凰臺〉詩：「……三山半落青天外，二水中分白鷺洲。總為浮雲能蔽日，長安不見使人愁。」（節錄）

難將一人手，掩得天下目。

憑恃一人之手就想遮住天下人的眼睛，這是很困難的事啊！

【解析】曹鄴在讀了西漢史家司馬遷《史記．李斯列傳》後抒發心得。他認為秦相李斯玩弄權術，欺上瞞下，本以為憑著自己的能耐，便能遮蔽所有人的耳目，最後的下場是遭宦官趙高所陷害，被腰斬於市。可用來比喻倚仗權勢、欺瞞矇騙的行徑，終是難取信於天下人。

【出處】唐．曹鄴〈讀李斯傳〉詩：「一車致三轂，本圖行地速。不知駕馭難，舉足成顛覆。欺暗尚不然，欺明當自戮。難將一人手，掩得天下目。不見三尺墳，雲陽草空綠。」

戰事風雲

【謀略】

和雪翻營一夜行，神旗凍定馬無聲。

全營上下冒著大雪，連夜行軍，軍旗已經結了冰，戰馬無聲地往敵軍陣營前進著。

【解析】本詩詩題為〈贈李愬僕射〉。僕射，職官名，即尚書僕射，分左、右僕射，唐初相當於宰相的職權，後權力逐漸削減，到了唐玄宗時，多為用來加授有功戰將的虛銜。李愬，中唐名將，憲宗元和年間助朝廷平定淮西亂事的一大功臣，後被加封檢校尚書左僕射。王建詩中描寫李愬領兵在雪夜中行軍，人馬無聲，軍紀嚴整，以迅雷不及掩耳的速度夜襲敵軍，一夜便攻下了蔡州（位在今河南境內），生擒還在睡夢中的叛將吳元濟，史稱「雪夜下蔡州」。王建寫這首詩表達其對李愬的指揮才能與深諳兵機的崇高敬意。可用來說明作戰時採用攻其不備、出其不意的戰術而獲勝。

【出處】唐·王建〈贈李愬僕射〉詩二首之一：「和雪翻營一夜行，神旗凍定馬無聲。遙看火號連營赤，知是先鋒已上城。」

射人先射馬，擒賊先擒王。

要射倒一個人，就要先射中他騎的馬，要捉拿一群賊寇，就要先抓到帶領他們的首腦。

【解析】杜甫提出對戰事活動的致勝謀略，直指唯有攻擊敵人的重點要害，才能達到事半功倍的成效，也不會導致更多戰士的無辜傷亡。可用來說明打擊敵人必須先鏟除他們的領頭者。另可用來比喻做事要能把握關鍵環節。

【出處】唐·杜甫〈前出塞〉詩九首之六：「挽弓當挽強，用箭當用長。射人先射馬，擒賊先擒王。殺人亦有限，列國自有疆。苟能制侵陵，豈在多殺傷？」

■邊防■

一夫當關，萬夫莫開。

只要一個人守住要塞關口，即使有一萬人攻上來也都別想衝破。

【解析】李白藉描寫山川的險峻來突顯蜀道（從陝西入四川的道路）之難行，而如此崎嶇高危的地形，正好形成一座天然堅固的防禦關塞。清代詩評家沈德潛《唐詩別裁集》評曰：「筆陣縱橫，如虯飛蠖動，起雷霆於指顧之間。」可用來比喻地勢險要，易守難攻。另可用來比喻一個人的本事極大，眾人都無法與之匹敵。

【出處】唐．李白〈蜀道難〉詩：「……劍閣崢嶸而崔嵬，一夫當關，萬夫莫開。所守或匪親，化為狼與豺。朝避猛虎，夕避長蛇。磨牙吮（ㄕㄨㄣˇ）血，殺人如麻。錦城雖云樂，不如早還家。蜀道之難難於上青天，側身西望長咨嗟。」（節錄）

但使龍城[1]飛將[2]在，不教胡馬度陰山[3]。

要是漢朝戍守龍城的飛將軍李廣還在的話，就不會讓匈奴的兵馬越過陰山了。

【注釋】1.龍城：一說指的是匈奴祭祀祖先的地方，位在今漠北蒙古一帶。另一說指的是盧龍城，古要塞名，也就是漢朝的右北平郡，位在今河北喜峰口附近一帶。2.飛將：一說指西漢名將李廣，曾任右北平太守，匈奴稱其「漢之飛將軍」。另一說認為不是單指李廣一人，而是泛指漢代抗擊匈奴的將領。3.陰山：位在今內蒙古北部一帶。自漢武帝討伐匈奴奪得此山後，便成為歷朝北方的屏蔽。

【解析】王昌齡借寫漢朝時匈奴對「龍城飛將」李廣的畏懼而不敢犯境，反映了當時人們期盼唐軍也能出現像李廣一樣驍勇善戰的將領，方能平息終年不止的戰事。可用來感嘆上位者任命防守邊塞的人不得其所，造成國家戰爭頻繁，同時也表達了人民迫切渴望良將出現以安定邊防的心理。

【出處】唐．王昌齡〈出塞〉詩二首之一：「秦時明月漢時關，萬里長征人未還。但使龍城飛將在，

不教胡馬度陰山。」

落日照大旗，馬鳴風蕭蕭。

夕陽照映在軍中的大旗上，戰馬在蕭蕭風聲中嘶鳴。

【解析】杜甫詩中描寫黃昏時分的塞外，落日餘暉下戰旗飛揚，蕭颯風聲交織著戎馬的嘶鳴，展現了部隊在關塞行進時的雄渾蒼勁風光。可用來形容邊塞將士在暮野行軍時的壯闊莊嚴景象。

【出處】唐．杜甫〈後出塞〉詩五首之二：「朝進東門營，暮上河陽橋。落日照大旗，馬鳴風蕭蕭。平沙列萬幕，部伍各見招。中天懸明月，令嚴夜寂寥。悲笳數聲動，壯士慘不驕。借問大將誰？恐是霍嫖姚。」

英勇善戰

一身能擘兩雕弧，虜騎千重只似無。

一個人便可以拉開雕著圖紋的弓，縱使被敵人騎兵層層包圍，也好像眼前根本沒有人一樣的神情自若。

【解析】王維詩中描寫年輕戰士除了擁有不凡的射箭技藝，更具有大敵當前臨危不亂的英勇氣概，為了保衛國家，他們可以義無反顧地挺身而出，殺敵致果。可用來形容戰士的本領高強，面對強敵環伺也毫無畏懼。

【出處】唐．王維〈少年行〉詩四首之三：「一身能擘兩雕弧，虜騎千重只似無。偏坐金鞍調白羽，紛紛射殺五單于。」

一身轉戰三千里，一劍曾當百萬師。

光憑一人便能馳騁戰場三千里，光持一柄劍便能擋下百萬大軍。

【解析】王維描寫沙場老將年輕時那段氣吞山河、驍勇無敵的英雄過往。即使現已老邁，仍渴望請纓報國，再立不朽戰功。可用來形容戰將雄奇威武，勇猛善戰，無人能與之對抗。

【出處】唐．王維〈老將行〉詩：「……一身轉戰三千里，一劍曾當百萬師。漢兵奮迅如霹靂，虜騎崩騰畏蒺藜。衛青不敗由天幸，李廣無功緣數奇……」（節錄）

少年十五二十時，步行奪得胡馬騎。

在年少十五、二十歲的時候，即使徒步也能奪下胡軍的馬來騎乘。

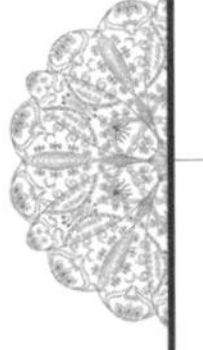

【解析】王維描述老將在其年少時奮勇破敵，功勛卓著，但晚年卻過得落寞淒涼，乏人聞問，然而老將的心中仍滿懷著愛國熱忱，隨時準備再赴戰場殺敵建功。可用來形容年輕戰士身手矯健敏捷，豪氣干雲。

【出處】唐．王維〈老將行〉詩：「少年十五二十時，步行奪得胡馬騎。射殺中山白額虎，肯數鄴下黃鬚兒……」（節錄）

功名只向馬上取，真是英雄一丈夫。

功業名聲唯有在英勇作戰中取得，這樣才算得上是一名真正的英雄好漢。

【解析】本詩詩題為〈送李副使赴磧西官軍〉。副使，職官名，在唐代指節度副使。這首詩是岑參為

送別友人遠赴磧西（為唐時對西域的稱呼）之作，詩中完全不言離別感傷或不捨友人日後邊塞生活之艱難，而是鼓舞對方馳騁沙場，立下汗馬功勞。可用來形容戰士不畏生死，奮力作戰，留下一世英名。

【出處】唐．岑參〈送李副使赴磧西官軍〉詩：「火山六月應更熱，赤亭道口行人絕。知君慣度祁連城，豈能愁見輪臺月。脫鞍暫入酒家壚，送君萬里西擊胡。功名只向馬上取，真是英雄一丈夫。」

孰知不向邊庭苦，縱死猶聞俠骨香。

明明知道不應該去邊境受苦，卻情願奔赴前往，縱然戰死也還能聞得到俠義風骨的芳香。

【解析】王維詩中描寫少年戰士出征前已抱持視死如歸的決心，即便奮勇殺敵後為國捐軀也是在所不辭。可用來形容從軍士兵壯志豪雲、不畏戰死的英勇情操。

【出處】唐．王維〈少年行〉四首之二：「出身仕漢羽林郎，初隨驃騎戰漁陽。孰知不向邊庭苦，縱死猶聞俠骨香。」

黃沙百戰穿金甲，不破樓蘭[1]終不還。

在黃沙瀰漫的沙場上，歷經百戰的將士們身上的堅硬鐵甲都已經磨穿了，沒有徹底消滅敵人前誓不還鄉。

【注釋】1. 樓蘭：古國名，位在今新疆境內，漢時為通往西域的要衝。此泛指進犯唐代西北邊境的外敵。

【解析】王昌齡詩中描述戍守邊疆的戰士們，長期處在黃沙風暴的惡劣環境下和敵軍浴血奮戰，縱使內心思念家人，但為了保衛國家也只能先拋開個人情感，全力破敵。清人沈德潛《唐詩別裁集》評曰：「作豪語看亦可，然作歸期無日看，倍有意味。」可用來形容將士奮勇殺敵的大無畏精神和抱持必勝的決心。

【出處】唐．王昌齡〈從軍行〉詩七首之四：「青海長雲暗雪山，孤城遙望玉門關。黃沙百戰穿金甲，不破樓蘭終不還。」

曈曈白日當南山，不立功名終不還。

清晨時分，終南山的天空剛剛由暗轉亮，這次出征若沒有立下功績絕不回來。

【解析】唐憲宗元和年間，宰相裴度親赴前線討伐叛亂藩鎮，王建於此詩中即是描述了這次出征戰士誓言拚死也要贏得勝利，建立功勳的決心。可用來形容從軍將士對建功立業的熱烈想望。

【出處】唐．王建〈東征行〉詩：「……男兒生殺在手裡，營門老將皆憂死。曈曈白日當南山，不立功名終不還。」（節錄）

征戰苦楚

大漠風塵日色昏，紅旗半捲出轅門。

廣大的沙漠上風沙瀰漫，天色顯得格外昏暗，戰士們半捲著紅旗打開軍營的門，準備出發作戰。

【解析】王昌齡詩中描述位在邊塞的唐軍，於風沙遮天蔽日之時出兵攻打敵人，為了減少風的阻力，唐軍將旗幟半捲，以便行軍速度加快，而這場在風沙滾滾中進行的軍事行動，最終獲得了勝利。可用來形容軍隊在沙漠地區或風沙漫天中辛苦出征的情景。

【出處】唐．王昌齡〈從軍行〉詩七首之五：「大漠風塵日色昏，紅旗半捲出轅門。前軍夜戰洮河北，已報生擒吐谷渾。」

可憐無定河[1]邊骨，

猶是春閨夢裡人。

可憐那些在無定河邊的枯骨，都是家中妻子夢裡想念的人啊！

【注釋】1.無定河：為黃河支流，位在今陝西北部，因流急沙多，深淺不定而得名。

【解析】陳陶主在詩作中反映戰爭的殘酷無情，尤其是描寫後方夢寐期待將士返家團圓的妻子們，完全不知丈夫早已化成河邊白骨的事實，其以閨中夢境的痴心渴望對比真實世界的悲慘絕望，更激發人們內心強烈的迴響。可用來形容赴沙場征戰的將士死去，其家人仍在日夜等待他們平安歸來。也可用來形容戰事造成百姓生活的巨大苦難。

【出處】唐．陳陶〈隴西行〉詩四首之二：「誓掃匈奴不顧身，五千貂錦喪胡塵。可憐無定河邊骨，猶是春閨夢裡人。」

生女猶得嫁比鄰，生男埋沒隨百草。

生女兒還可以嫁給附近的鄰居，生兒子卻只能像被埋沒的野草一樣死在戰場上。

【解析】封建社會中重男輕女的觀念向來根深蒂固，杜甫在此詩中卻言生女比生男好，反映的是當時被徵調前線的男子，大多躲不過戰死的厄運，造成無數的家庭妻離子散、家破人亡。可用來說明國家連年出兵，大量的男丁命喪沙場，人們因而渴望生女勝過生男，以免於骨肉日後難逃死於戰場的劫難。

【出處】唐．杜甫〈兵車行〉詩：「……長者雖有問，役夫敢申恨？且如今年冬，未休關西卒。縣官急索租，租稅從何出？信知生男惡，反是生女好。生女猶得嫁比鄰，生男埋沒隨百草。君不見青海頭，古來白骨無人收。新鬼煩冤舊鬼哭，天陰雨濕聲啾啾。」（節錄）

田園寥落干戈後，
骨肉流離道路中。

戰爭過後，家鄉的田園早已荒廢，血親骨肉流落離散在各地的道路上。

【解析】白居易詩中傾訴其歷經戰亂的切身之痛，不僅家園因饑荒而成了一片荒蕪，兄弟姊妹也為此各自流亡到異鄉。可用來形容戰火造成家園殘破，家人被迫分離的悲慘境遇。

【出處】唐．白居易〈自河南經亂，關內阻饑，兄弟離散，各在一處。因望月有感，聊書所懷，寄上浮梁大兄、於潛七兄、烏江十五兄，兼示符離及下邽弟妹〉詩：「時難年饑世業空，弟兄羈旅各西東。田園寥落干戈後，骨肉流離道路中……」（節錄）

年年戰骨埋荒外，
空見蒲桃入漢家。

每年有多少戰死的士兵埋骨於荒郊野外，只換得區區西域的葡萄進貢到漢廷來。

【解析】李頎在詩中借寫漢朝皇帝為開通西域，窮兵黷武，不體恤將士性命之事，表達對當時玄宗用兵政策的憤恨不滿。清人沈德潛《唐詩別裁集》中有言：「以人命換塞外之物，失策甚矣，為開邊者垂戒，故作此詩。」可用來諷刺統治者為了滿足個人喜好而發動戰爭，導致將士無謂的犧牲。

【出處】唐．李頎〈古從軍行〉詩：「白日登山望烽火，黃昏飲馬傍交河。行人刁斗風砂暗，公主琵琶幽怨多。野雲萬里無城郭，雨雪紛紛連大漠。胡雁哀鳴夜夜飛，胡兒眼淚雙雙落。聞道玉門猶被遮，應將性命逐輕車。年年戰骨埋荒外，空見蒲桃入漢家。」

車轔轔，馬蕭蕭，
行人弓箭各在腰。

兵車行走聲音轔轔，戰馬嘶鳴的聲音蕭蕭，出征的士兵們都把弓箭佩掛在他們的腰間。

【解析】杜甫在詩中描寫新兵隊伍即將開拔前的情形，但這些士兵實是官方四處抓兵而來的，也正是源於戰事的節節失利，朝廷才會急於補充兵源，逼使更多無辜百姓不得不和至親分離。本句可用來形容軍隊武裝行進時的景象，也隱含有頻年征戰，造成親人離散的痛楚。

【出處】唐．杜甫〈兵車行〉詩：「車轔轔，馬蕭蕭，行人弓箭各在腰。爺孃妻子走相送，塵埃不見咸陽橋。牽衣頓足攔道哭，哭聲直上干雲霄……」（節錄）

羌笛何須怨〈楊柳〉，春風不度玉門關。

胡地的笛音何必吹奏出淒涼的〈折楊柳〉曲子，春天和煦的風從來吹不到玉門關外來。

【解析】這首詩主在表現戍守邊地將士所處環境之荒寒艱苦。古來有折柳贈別的習俗，樂府中有音調甚為哀怨的〈折楊柳〉曲，詩中「楊柳」一詞雙關柳樹與〈折楊柳〉曲，藉由羌笛的吹奏聲中，勾引出將士的離愁別怨。「春風不度玉門關」表面上是說玉門關地處偏僻，連春風都吹不進來，實是暗喻君主對遠方將士的漠視。明人楊慎《升庵詩話》云：「此詩言恩澤不及於邊塞，所謂君門遠於萬里也。」可用來形容統治者不關心邊防戰士的疾苦，使其有被遺棄的感受。

【出處】唐．王之渙〈涼州詞〉詩二首之一：「黃河遠上白雲間，一片孤城萬仞山。羌笛何須怨〈楊柳〉，春風不度玉門關。」

秦時明月漢時關，萬里長征人未還。

秦漢時的月亮和關塞至今仍舊存在，但是過去那些萬里征戰的將士們，卻是一去就不再歸返。

【解析】王昌齡詩中表達了自秦漢以來，邊塞便一直征戰不歇，而在萬里之外的後方百姓，則世世代代飽嘗家人戍守邊境未歸的痛苦。可用來說明連年戰事不止，人民生活不得安寧，更被迫與至親生離死別。

【出處】唐．王昌齡〈出塞〉詩二首之一：「秦時明月漢時關，萬里長征人未還。但使龍城飛將在，不教胡馬度陰山。」

欲將輕騎逐，大雪滿弓刀。

正要率領輕騎去追趕敵人，沿途大雪紛飛，將士的弓刀上已沾滿了雪花。

【解析】盧綸在詩中描寫邊塞將士雪夜中輕裝策馬、奮勇追擊敵人的矯健英姿，同時也反映出邊地軍旅生活的艱苦。可用來形容戰士無畏嚴寒大雪，出兵襲敵的情景。

【出處】唐．盧綸〈塞下曲〉詩六首之三：「月黑雁飛高，單于夜遁逃。欲將輕騎逐，大雪滿弓刀。」

牽衣頓足攔道哭，哭聲直上干雲霄。

親友們扯著征夫的衣服，擋在道路上跺腳痛哭，那嚎啕的哭聲直沖上了天際。

【解析】杜甫詩中描寫兵車隊伍即將帶走征夫遠赴邊疆，父母妻子在送別時哭聲震野，宛如是一場生離死別。可用來說明統治者窮兵黷武，戰士死傷無數，面對親人從軍，家屬捶胸頓足、哭天喊地的悲慘情狀。

【出處】唐．杜甫〈兵車行〉詩：「車轔轔，馬蕭蕭，行人弓箭各在腰。爺孃妻子走相送，塵埃不見咸陽橋。牽衣頓足攔道哭，哭聲直上干雲霄……」（節錄）

醉臥沙場君莫笑，古來征戰幾人回？

縱使醉倒在戰場上，請你也不要笑我啊！自古出征打戰的人，有幾人是能平安回來的呢？

【解析】王翰詩中真實刻畫邊塞戰士的生活和情感，看似在軍旅宴飲場合盡情酣醉的可笑舉動，實是點出戰爭背後殘酷的死亡本質。可用來形容軍人在赴戰場前的灑脫豪飲，視死如歸的曠達氣概。

【出處】唐．王翰〈涼州詞〉詩二首之一：「葡萄美酒夜光杯，欲飲琵琶馬上催。醉臥沙場君莫笑，古來征戰幾人回？」

憑君莫話封侯事，一將功成萬骨枯。

請求你不要再談論封官進爵的事了，一個將軍的功成名就，可是由上萬士兵戰死沙場以及眾多無辜百姓的性命所換來的啊！

【解析】曹松在詩中描述將軍只在意其個人封賞的浮名虛榮，全然漠視戰事造成了多少士兵和百姓的傷亡，藉以揭露戰爭的殘酷無情。可用來說明一名戰將的成就，是用無以算計的性命所換來的。另可用來比喻某人成功的背後，是源於眾人的奉獻犧牲而完成的。

【出處】唐．曹松〈己亥歲〉詩二首之一：「澤國江山入戰圖，生民何計樂樵蘇。憑君莫話封侯事，一將功成萬骨枯。」

戰士軍前半死生，美人帳下猶歌舞。

士兵們奮勇在前線作戰，大半都已經陣亡，統帥卻還在營帳裡和美人一同歌舞。

【解析】高適於詩中透過前方戰士保家衛國，不顧個人生死的英勇精神，對比高層將領只顧尋歡作樂而怠忽職守的荒唐行為，意在揭露朝廷的用人不當，造成士兵的大量傷亡。可用來說明戰士在前線拚命殺敵，領軍的將帥卻耽溺享樂，腐敗無能。

【出處】唐．高適〈燕歌行〉詩：「……山川蕭條極邊土，胡騎憑陵雜風雨。戰士軍前半死生，美人帳下猶歌舞。大漠窮秋塞草腓，孤城落日鬥兵稀。身當恩遇恆輕敵，力盡關山未解圍……」（節錄）

今來縣宰加朱紱[1]，便是生靈血染成。

今年再來胡城縣時，縣令已經升官了，繫著官印的紅絲繩，是用百姓的鮮血染成的。

【注釋】1. 朱紱：用以繫印環用的紅絲繩。紱，音ㄈㄨˊ。

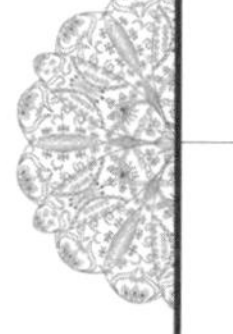

【解析】杜荀鶴於此詩中描述去年到胡城縣（位在今安徽阜陽市境內）時，百姓早已怨聲載道，生活苦不堪言，今年他再經過此地，縣令卻得以受到獎勵而升官，可見他對百姓的壓榨變本加厲，於是便把縣令身上繫著官印的紅絲繩和百姓的鮮血作對比，暗喻惡政殺人。可用來說明貪官汙吏的加官晉爵是靠著殘害百姓的生命所換來的。

【出處】唐．杜荀鶴〈再經胡城縣〉詩：「去歲曾經此縣城，縣民無口不冤聲。今來縣宰加朱紱，便是生靈血染成。」

可憐身上衣正單，心憂炭賤願天寒。

可憐（賣炭翁）身上衣服如此單薄，心裡卻還在擔心著天氣若不夠冷，炭價會跌得更低，因此寧願天氣更加寒冷。

【解析】白居易透過描寫在寒天裡賣炭老人衣著單薄，卻希望天氣更冷才能把炭賣出的矛盾心理，刻畫當時生活在社會底層人家的困苦遭遇。可用來表達貧困百姓在艱辛處境下奮力掙扎、以求生存的辛酸。

【出處】唐・白居易〈賣炭翁〉詩：「賣炭翁，伐薪燒炭南山中。滿面塵灰煙火色，兩鬢蒼蒼十指黑。賣炭得錢何所營？身上衣裳口中食。可憐身上衣正單，心憂炭賤願天寒……」（節錄）

白水暮東流，青山猶哭聲。

河水在暮色中東流而去，青山下還能聽得到出征士兵親人的哭泣聲。

【解析】杜甫途經新安（位在今河南洛陽市境內），親眼目睹官吏為了應急，到處抓丁的場景。眼見天色昏暗，征人早已走遠，但沿途送行的親人卻還遲遲不忍離去，嗚咽聲不絕於耳，彷彿知道被抓走的孩子將一去不復返。可用來表達戰爭帶給百姓巨大的創傷和苦痛。

【出處】唐・杜甫〈新安吏〉詩：「……肥男有母送，瘦男獨伶俜。白水暮東流，青山猶哭聲。莫自使眼枯，收汝淚縱橫。眼枯即見骨，天地終無情……」（節錄）

任是深山更深處，也應無計避征徭。

任憑躲到深山裡頭更偏僻的地方，也恐怕沒有辦法避開賦稅與徭役。

【解析】杜荀鶴詩中描寫山中寡婦孤貧苦難的際遇，她因丈夫戰死而被迫搬到深山中的茅屋，終日蓬頭垢面，衣衫襤褸，但讓她更痛苦的是，由於兵連禍結，田園早已荒蕪，三餐多靠野菜果腹，還要被官府徵收繁重的賦稅與勞役，不禁感嘆即使逃到天涯地角，也逃離不了苛政的天羅地網。可用來形

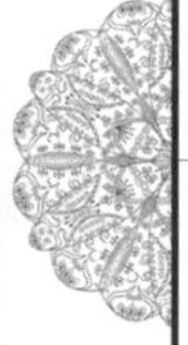

容黎民百姓面對統治者的搜括掠奪，無所遁逃的絕望。

【出處】唐．杜荀鶴〈山中寡婦〉詩：「夫因兵死守蓬茅，麻苧衣衫鬢髮焦。桑柘廢來猶納稅，田園荒盡尚徵苗。時挑野菜和根煮，旋斫（ㄓㄨㄛˊ）生柴帶葉燒。任是深山更深處，也應無計避征徭。」

安得廣廈千萬間，大庇天下寒士俱歡顏？風雨不動安如山。

怎樣才能得到千萬間寬敞的房子，庇護普天下貧苦的人，好讓他們都能展露歡顏，即使風雨來襲，房子仍穩固如山。

【解析】杜甫晚年在成都浣花溪畔蓋了一間茅屋，日子雖然窮苦，但比先前到處逃難時安定。不料卻遇上一場暴風雨吹破茅屋，他在飢寒凍餒的當下，想到若是犧牲了自己的房子，而能為天下窮人換得遮風避雨的住所也就無所怨尤，表現其敦厚的情懷以及崇遠的胸襟。可用來形容關心百姓疾苦，渴盼天下人得到衣食溫飽、居住安穩的博大胸懷。

【出處】唐．杜甫〈茅屋為秋風所破歌〉詩：「……安得廣廈千萬間，大庇天下寒士俱歡顏，風雨不動安如山。嗚呼！何時眼前突兀見此屋，吾廬獨破受凍死亦足。」（節錄）

拜迎長官心欲碎，鞭撻[1]黎庶令人悲。

面對那些下拜迎接長官的事，讓我心力交瘁，奉命驅策百姓更讓人感到悲哀。

【注釋】1. 鞭撻：本指用鞭子抽打之意，此指驅遣。

【解析】此詩為高適擔任封丘（位在今河南境內）縣尉時所作，抒發其在官場上除了要面對繁文縟節

之外，對上還要奉迎長官，對下竟得驅策黎民，使其內心充滿無奈與矛盾，也可看出當時政治的黑暗。可用來說明官僚政治中，職位低的官多要趨奉上司，對平民百姓下達不合理的命令，不顧同流合汙者便會對為官感到失望，並同情人民所承受的苦楚。

【出處】唐．高適〈封丘作〉詩：「我本漁樵孟諸野，一生自是悠悠者。乍可狂歌草澤中，寧堪作吏風塵下。只言小邑無所為，公門百事皆有期。拜迎官長心欲碎，鞭撻黎庶令人悲……」（節錄）

苗疏稅多不得食，輸入官倉化為土。

由於山地貧瘠，禾苗長得稀疏，收成自然減少，但國家的徵稅卻相當繁重，家人沒有食物可吃，糧食都被收入官府的糧倉內，一直放到腐爛後變成泥土。

【解析】詩題一作〈山農詞〉。張籍詩中描述山中老農辛苦耕作的結果，卻是全家衣食無著，足見當時的賦稅制度對農人甚為不公，更諷刺的是，已是一貧如洗的農人，繳納到官倉裡的穀物，最後竟被擺放到腐敗成土。眼見自己的心血遭到踐踏，農夫的椎心苦痛可想而知。可用來形容賦稅沉重，農民受盡剝削，但官倉內的糧食卻多到腐壞的地步。

【出處】唐．張籍〈野老歌〉詩：「老農家貧在山住，耕種山田三四畝。苗疏稅多不得食，輸入官倉化為土。歲暮鋤犁傍空室，呼兒登山收橡實。西江賈客珠百斛，船中養犬長食肉。」

虐人害物即豺狼，何必鉤爪鋸牙食人肉？

虐待百姓，傷害萬物，就是像豺狼般的狠毒惡人，為什麼一定要長著如鉤鋸一樣的爪子牙齒，才能吃人肉的豺狼呢？

【解析】唐憲宗元和四年，江南發生大規模的旱災，此時擔任左拾遺的白居易上書請求皇帝減免農民租稅。憲宗名義上雖然頒布了免稅令，底下的貪官汙吏卻仍然陽奉陰違，趕在詔令下達地方前急著對農民徵斂，沒有收成的農民只好典桑賣地，等到皇帝豁免租稅的詔令在鄉里公告時，農民早被催稅的官員逼迫到繳完了稅，完全沒有獲得免稅的實惠。詩中便是透過描寫住在杜陵的老農夫慘遭無情剝削，痛斥地方官員如豺狼一樣貪狠殘暴行為，這也應驗了人禍實比天災更為可怕。可用來形容人民受到上位者的壓迫虐待，巧取豪奪，生活被逼迫到無以為繼。

【出處】唐．白居易〈杜陵叟，傷農夫之困也〉：「杜陵叟，杜陵居，歲種薄田一頃餘。三月無雨旱風起，麥苗不秀多黃死。九月降霜秋早寒，禾穗未熟皆青乾。長吏明知不申破，急斂暴徵求考課。典桑賣地納官租，明年衣食將何如？剝我身上帛，奪我口中粟。虐人害物即豺狼，何必鉤爪鋸牙食人肉……」（節錄）

路傍老人憶舊事，相與感激皆涕零。

路邊的老人回憶起戰爭時的往事，都對這位拯救百姓免受戰亂之苦的英雄李愬感動到涕淚縱橫。

【解析】唐憲宗元和九年，淮西節度使（中唐時轄區主要位在今河南一帶）吳少陽之子吳元濟發動叛變，憲宗派兵討伐。歷經多年的紛亂，唐將李愬於元和十二年攻破蔡州，結束了這場內亂。劉禹錫詩中描寫唐軍在戰勝之後，城裡響起了和平的樂音，年長的人們回想起戰爭時不安的過往，都對李愬讓百姓得以重拾平和的日子感動不已。可用來表達人們在飽嘗戰爭之苦後，對於能夠平息戰亂的將領表達由衷感謝之意。

【出處】唐．劉禹錫〈平蔡州〉詩三首之二：「汝南晨雞喔喔鳴，城頭鼓角音和平。路傍老人憶舊事，相與感激皆涕零。老人收泣前致辭：『官軍入城人不知。忽驚元和十二載，重見天寶承平時。』」

聞道長安似弈棋，百年世事不勝悲。

聽說長安的局勢就如似下棋一樣，彼此爭奪，變動不定，百年下來所發生的紛爭世事，令人不勝唏噓。

【解析】杜甫感嘆京城長安數十年來動亂不安，紛擾的情況就宛如棋局般地詭譎多變，不僅時時得被人步步進逼，輸贏也沒有定數，著實讓人憂心不已。可用來表達對國家多災多難的憂憤之情。

【出處】唐·杜甫〈秋興〉詩八首之四：「聞道長安似弈棋，百年世事不勝悲。王侯第宅皆新主，文武衣冠異昔時。直北關山金鼓振，征西車馬羽書遲。魚龍寂寞秋江冷，故國平居有所思。」

參、敘事寫物篇

一、敘說事理

事理寓意

九曲黃河萬里沙，浪淘風簸自天涯。

曲折的黃河奔流而來，一路夾帶著隨巨浪滔滔和狂風顛簸萬里的泥沙，從遙遠的天涯一直來到這裡。

【解析】劉禹錫主在描寫曲折多致的黃河，隨浪潮捲來大量泥沙的雄偉氣勢。可用來暗喻人生道路的波折坎坷。另可用來形容黃河水流的蜿蜒彎曲，泥沙滾滾。

【出處】唐．劉禹錫〈浪淘沙〉詩九首之一：「九曲黃河萬里沙，浪淘風簸自天涯。如今直上銀河去，同到牽牛織女家。」

人憐巧語情雖重，鳥憶高飛意不同。

鸚鵡的主人深愛著會學人說話的鸚鵡，但鸚鵡卻是一心想著要離開鳥籠，高飛遠走，鸚鵡的心思和主人的想法是完全不同的啊！

【解析】鸚鵡，善於模仿人說話，又稱為「能言鳥」，古代官宦權貴之家多有飼養。白居易詩中描寫長期被關在籠裡的鸚鵡，渴望高飛遠方，和那些自以為愛憐鸚鵡，卻又唯恐鸚鵡飛走而殘忍剪短鸚鵡翅膀的主人，兩者想法完全迴異，藉此表達他對鸚鵡的同情以及對鸚鵡主人虛情假意的不以為然。可用來暗喻掌握權勢者剝削弱者。

【出處】唐．白居易〈鸚鵡〉詩：「隴西鸚鵡到江東，養得經年觜漸紅。常恐思歸先剪翅，每因餵食暫開籠。人憐巧語情雖重，鳥憶高飛意不同。應似朱門歌舞妓，深藏牢閉後房中。」

丈夫蓋棺事始定，君今幸未成老翁。

有理想的男兒一生功過是非，要等到死後才可評斷論定，慶幸的是，你還沒有年老力衰，只要有心肯定會有一番作為。

【解析】這是杜甫勉勵隱居的友人應該出來為社會做事，他認為傑出的人才不該埋沒在山林裡，更直指人要到死了之後，世人方可對其一生作出公正評價，所以該趁著還有機會發揮所長時，盡心貢獻一己之力。本句可用來表明人一生的是非功過，到死才得定論，應珍惜青春，加緊努力。

【出處】唐．杜甫〈君不見簡蘇徯〉詩：「君不見道邊廢棄池，君不見前者摧折桐。百年死樹中琴瑟，一斛舊水藏蛟龍。丈夫蓋棺事始定，君今幸未成老翁。何恨憔悴在山中，深山窮谷不可處，霹靂魍魎兼狂風。」

千呼萬喚始出來，猶抱琵琶半遮面。

經過很多次的邀請才肯走出來，還抱著琵琶遮住了半邊的臉。

【解析】白居易描寫在船上為友人餞行時，耳邊傳來技藝精湛的琵琶樂音，他邀請琵琶女移船相見，然女子似乎有所矜持或難以言喻的苦衷，經再三催請才勉強上船來，道出了自己飽經風霜的人生遭遇。可用來比喻人或事物渴盼很久後才出現，但出現後也是不願完全坦然真實以對。另可用來形容女子不好意思輕易露臉的羞澀模樣。

【出處】唐．白居易〈琵琶行〉詩：「……忽聞水上琵琶聲，主人忘歸客不發。尋聲暗問彈者誰？琵琶聲停欲語遲。移船相近邀相見，添酒回燈重開宴。千呼萬喚始出來，猶抱琵琶半遮面……」（節錄）

夕陽無限好，

只是近黃昏。

夕陽的景色雖然美不勝收，可惜已臨近黃昏，很快便會消失。

【解析】傍晚時分，人在京城長安的李商隱，本欲藉登上高原緩解心中不快，然見落日餘暉雖美而黃昏將至，夜幕隨即籠罩大地，有感好景無法常駐，進而對生命的美好時光平添無限感懷。可用來比喻人或事物由極盛轉衰。另可用來表達對人生晚景的留戀，只是來日不多，故要更加珍惜光陰。

【出處】唐・李商隱〈登樂遊原〉詩：「向晚意不適，驅車登古原。夕陽無限好，只是近黃昏。」

大都好物不堅牢，彩雲易散琉璃脆。

大概天底下美好的事物都不長久，就像天上的彩雲容易消散，漂亮的琉璃容易破碎。

【解析】此詩乃白居易為哀悼一位名喚蘇簡簡的女孩而作，不捨其在十三歲的璀璨年華便香消玉殞。詩中他寬慰蘇簡簡的父母莫要悲傷，深信這位早慧的女孩必定是天上仙女下凡，也正因如此完美脫俗，所以才難以在人間久留。可用來比喻美好的人或事物總是不易掌握或停留短暫。

【出處】唐・白居易〈簡簡吟〉詩：「蘇家小女名簡簡，芙蓉花腮柳葉眼。十一把鏡學點妝，十二抽鍼能繡裳。十三行坐事調品，不肯迷頭白地藏。玲瓏雲髻生花樣，飄颻風袖薔薇香。殊姿異態不可狀，忽忽轉動如有光。二月繁霜殺桃李，明年欲嫁今年死。丈人阿母勿悲啼，此女不是凡夫妻。恐是天仙謫人世，只合人間十三歲。大都好物不堅牢，彩雲易散琉璃脆。」

女媧鍊石補天處，石破天驚逗秋雨。

（樂聲傳到天上）把女媧用來補天的五色石震

破，讓上天為之驚動，秋雨傾瀉而下。

【解析】李賀在聽了宮廷樂師李憑的彈奏後，想像著李憑巧奪天工的琴音飛上了天，使女媧所補的石也為之驚破，足見樂音的震撼力有多麼強烈。可用來比喻事物或言論出人意表，新奇驚人。另可用來形容樂聲高亢激昂，驚天動地。

【出處】唐．李賀〈李憑箜篌引〉詩：「……女媧鍊石補天處，石破天驚逗秋雨。夢入神山教神嫗，老魚跳波瘦蛟舞。吳質不眠倚桂樹，露腳斜飛濕寒兔。」（節錄）

山光物態弄春暉，莫為輕陰便擬歸。

春天的陽光照耀山林，萬物爭相展現自己的獨特光采，請你千萬不要因為天色微陰就有了回去的打算啊！

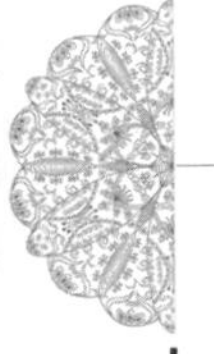

【解析】張旭透過對春日山中景致生機勃勃的描繪，勸說友人別因天色微暗欲雨便失去春遊雅興，以免錯過了欣賞春景的最佳時機。可用來比喻切莫對環境有輕微不適應或遇到一點挫折，便喪失信心而放棄。另可用來表達對春天山中風景的熱愛。

【出處】唐．張旭〈山行留客〉詩：「山光物態弄春暉，莫為輕陰便擬歸。縱使晴明無雨色，入雲深處亦沾衣。」

手中十指有長短，截之痛惜皆相似。

手上的十根手指頭長短不一，截斷哪一根的痛楚都是一樣的。

【解析】東漢才女蔡琰身陷胡地十二年，其後曹操雖用金璧將其贖歸，但返回中原的蔡琰仍日夜思念在胡地的子女，作有〈胡笳十八拍〉、〈悲憤詩〉等。劉商在詩中仿蔡琰的口吻，抒發其迫於現實而

與子女分隔兩地的無奈。可用來比喻事物有所差別本是一種必然的現象。另可用來形容同出的子女性情雖各有不同，但父母對他們的疼愛都是一樣的，根本無法取捨。

【出處】唐．劉商〈胡笳十八拍〉詩十八首之十四：「莫以胡兒可羞恥，恩情亦各言其子。手中十指有長短，截之痛惜皆相似。還鄉豈不見親族，念此飄零隔生死。南風萬里吹我心，心亦隨風渡遼水。」

只在此山中，雲深不知處。

他雖身在這座山林中，但因雲霧重重，所以不知他到底在山中的何處。

【解析】詩人賈島到山中尋訪隱者卻正巧不遇，透過童子的回答，一方面寫出隱者遠離塵囂的閑逸生活，一方面也表達其對隱者高潔如白雲以及德行如高山的景仰之情。可用來比喻所要找的人或事物，只知大概範圍，卻不知確切之所在。另可用來形容山林深密、雲霧繚繞的樣子，不知人或事物在哪裡。

【出處】唐．賈島〈尋隱者不遇〉詩：「松下問童子，言師採藥去。只在此山中，雲深不知處。」（此詩一說作者為孫革，詩題則作〈訪羊尊師〉）

可憐日暮嫣香落，嫁與春風不用媒。

可惜原本嬌豔的春花，到了黃昏時隨風飄落，就好像是嫁給了春風一樣，根本不需要找媒人。

【解析】李賀見原本百花齊放、嬌豔芬芳的南園，於日暮時分花兒凋零，隨風紛飛，便興起了春花猶似待嫁女孩般，等到時間或機緣成熟時，就會順理成章地嫁與某人了。可用來比喻女子在某種因緣巧合或青春盛年已過時便會自然而然地成婚。另可用來形容殘花滿地，隨風飛舞的情景。

【出處】唐．李賀〈南園〉詩十三首之一：「花枝草蔓眼中開，小白長紅越女腮。可憐日暮嫣香落，嫁與春風不用媒。」

向使當初身便死，一生真偽復誰知。

假使在事情的真相未清楚之前，周公和王莽便先死去，那麼他們一生人品的真誠或虛假又有誰知道呢？

【解析】白居易在詩中舉周公和王莽生平為例，回顧周公攝政期間，流言四起，眾人指其將要篡位，周公為此也感到恐懼；王莽在輔佐漢平帝時，是大家公認禮賢下士的謙恭君子，但歷史證明，王莽後來成了篡漢之人。由兩人的事例可見，對人或事都要經過長期觀察才能看清真相。可用來表達分辨人心真偽，是需要時間的考驗，否則便會被一時所見給蒙蔽而冤枉好人或誤信小人。

【出處】唐．白居易〈放言〉詩五首之三：「贈君一法決狐疑，不用鑽龜與祝蓍。試玉要燒三日滿，辨材須待七年期。周公恐懼流言日，王莽謙恭未篡時。向使當初身便死，一生真偽復誰知？」

此曲只應天上有，人間能得幾回聞？

這樣悅耳的曲子應該只在天上才能聽到，人世間哪有幾次機會得以聽聞呢？

【解析】杜甫先是敘說成都城內日夜歌舞昇平，又描述宴會上的樂曲無比動聽，宛如人間難得聽聞之天籟。表面上看似在讚譽樂曲優美，實是在暗諷成都將領花驚定（一作花敬定）目無法紀，僭用天子禮樂一事，意即皇宮才能使用的樂曲，根本不該在花驚定府中的宴會上聽到的！可用來比喻罕人聽聞的事件或論調。另可用來讚美音樂或歌聲美妙動人。

【出處】唐．杜甫〈贈花卿〉詩：「錦城絲管日紛

紛，半入江風半入雲。此曲只應天上有，人間能得幾回聞？」

何必奔沖山下去，更添波浪向人間。

山上的清泉為何要奔沖到山下去，給原本多事的人間增添波瀾。

【解析】白居易見蘇州天平山上的白雲泉，是何等的逍遙自在，卻執意要往山下飛瀉奔流，反而翻弄出更多的波瀾呢？便有感而發寫下此詩，寄寓他知足知止的思想。可用來比喻保持心境如山泉般地從容悠閒，遠離令人困擾的世俗紛爭。

【出處】唐．白居易〈白雲泉〉詩：「天平山上白雲泉，雲自無心水自閑。何必奔沖山下去，更添波浪向人間。」

忽聞海上有仙山，山在虛無飄緲間。

聽聞在海上有一座仙山，山就隱約坐落在雲霧飄緲之間。

【解析】〈長恨歌〉後段詩中描寫道士受玄宗請託，費盡千辛萬苦的尋尋覓覓後，終於在海上一座雲霧飄緲的仙山中，發現山裡樓閣住有不少風姿綽約的仙子，仔細詢問之下，確認其中一位美貌仙子就是楊貴妃的芳魂。可用來比喻與現實世界相去甚遠的幻想或夢境。另可用來形容遠山或遠方島嶼瀰漫在雲霧中的景象。

【出處】唐．白居易〈長恨歌〉詩：「……忽聞海上有仙山，山在虛無縹緲間。樓閣玲瓏五雲起，其中綽約多仙子。中有一人字太真，雪膚花貌參差是……」（節錄）

抽刀斷水水更流，

舉杯銷愁愁更愁。

想要抽出刀子來切斷水流，水卻更加奔流不止，想要飲酒來消除愁緒，煩惱卻是愈益增多。

【解析】李白詩中表達其急欲擺脫一切煩惱苦悶，但結果卻是憂憤的情緒更加劇烈。可用來比喻想要阻止某種事物的發展，或運用某種方法來消除某種現象，結果卻是適得其反。另可用來形容滿腹的愁苦，無以排解。

【出處】唐．李白〈宣州謝朓樓餞別校書叔雲〉詩：「……抽刀斷水水更流，舉杯銷愁愁更愁。人生在世不稱意，明朝散髮弄扁舟。」（節錄）

東風[1]不與周郎便，銅雀[2]春深鎖二喬[3]。

倘若當時東風不給孫吳大將周瑜提供方便的話，恐怕孫吳的兩大美人大喬、小喬都會被曹操擄

去，並將她們鎖在春色幽深的銅雀臺中。

【注釋】1.東風：春風。此指赤壁戰時，孫吳與蜀漢聯軍，蜀相諸葛亮借東風，燒毀曹魏的戰船，大敗曹魏於赤壁一事。2.銅雀：為曹操築於魏都鄴城之高臺，故址位在今河北邯鄲市境內。3.二喬：指大喬、小喬姊妹，兩人皆貌美。孫策納大喬、周瑜納小喬。

【解析】此為杜牧回顧赤壁之戰這段史實，興起對事情成敗之慨嘆，他認為當時吳、蜀兩國若不得東風之便，風又助火勢烈焰，或許後來孫吳的兩大美人便成了銅雀臺裡曹操的戰利品，這也意味著孫吳將為曹魏所滅。本句可用來說明某一條件，對於事情的成敗有非常關鍵的作用。另可用來說明赤壁之戰的勝利，並非全靠吳、蜀兩國的英雄人物便可以達成，若非外在條件的影響，歷史極有可能改寫。

【出處】唐．杜牧〈赤壁〉詩：「折戟沉沙鐵未銷，自將磨洗認前朝。東風不與周郎便，銅雀春深鎖二喬。」

為愛好多心轉惑，遍將宜稱問傍人。

因為愛好太多，內心反而更加困惑，只好到處請教旁人，詢問自己的妝扮是否合宜？

【解析】韓偓在詩中描寫一名待嫁女子的婚期將近，她一心希望自己的穿著打扮在婚禮上表現完美，可是又擔心喜愛的過多，反而不知哪種妝扮才真正適合自己，於是緊張得四處詢問人們的意見。其中「為愛好多心轉惑」一句，可用來比喻一個人心意不專，興趣廣泛龐雜，結果便是無一專精，一事無成。另可用來形容女子在婚禮前興奮不安的情緒。

【出處】唐．韓偓〈新上頭〉詩：「學梳蟬鬢試新裙，消息佳期在此春。為愛好多心轉惑，遍將宜稱問傍人。」

紅顏未老恩先斷。

容貌還沒有衰老，恩情便先斷絕。

【解析】白居易詩中描述一名後宮女子深夜不寐，苦盼君王親臨而未能如願，女子不禁想著，如果是自己的容顏衰老也就罷了，偏偏姿色未衰就先失去了君王的恩寵，不禁傷心欲絕，詩意中也隱約流露出作者在政治上被皇帝疏離的失望之情。可用來比喻人還沒有老或事物尚未過時就被疏遠或棄用。另可用來形容女子的美色仍在，卻慘遭心上人厭棄。

【出處】唐．白居易〈後宮詞〉詩：「淚濕羅巾夢不成，夜深前殿按歌聲。紅顏未老恩先斷，斜倚薰籠坐到明。」

凌煙功臣少顏色，將軍下筆開生面

在凌煙閣的功臣肖像因顏色褪去，曹霸將軍奉命重新摹繪，賦予畫像嶄新的面貌。

【解析】杜甫描述畫家曹霸在開元年間，受到玄宗的賞識，重新描繪凌煙閣內的功臣畫像，曹霸一下筆便使原本褪色的圖畫變得氣韻生動。其中「下筆開生面」後演變成「別開生面」一語，可用來比喻開創新的格局或形式。另可用來形容畫作本已褪色，經人重畫後更顯生氣。

【出處】唐．杜甫〈丹青引贈曹將軍霸〉詩：「……開元之中嘗引見，承恩數上南熏殿。凌煙功臣少顏色，將軍下筆開生面。良相頭上進賢冠，猛將腰間大羽箭。褒公鄂公毛髮動，英姿颯爽來酣戰。先帝天馬玉花驄，畫工如山貌不同……」（節錄）

射人先射馬，擒賊先擒王。

要射倒一個人，要先射中他騎的馬，要捉拿一群賊寇，得先抓到帶領他們的首腦。

【解析】杜甫提出其對戰事活動的致勝謀略，直指唯有攻擊敵人的重點要害，才能達到事半功倍的成效，也不會導致更多戰士的無辜傷亡。本句可用來比喻做事要能把握關鍵。另可用來說明攻擊敵人必須先鏟除他們的領頭者。

【出處】唐．杜甫〈前出塞〉詩九首之六：「挽弓當挽強，用箭當用長。射人先射馬，擒賊先擒王。殺人亦有限，列國自有疆。苟能制侵陵，豈在多殺傷？」

時來天地皆同力，運去英雄不自由。

時運來了，天地都會與你同心協力，時運去了，縱使是英雄也有身不由己的慨嘆。

【解析】本詩詩題為〈籌筆驛〉。籌筆驛，古地名，位在今四川廣元市北部，相傳蜀相諸葛亮出兵攻打曹魏時，便是在此地籌劃軍事。羅隱詩中援引諸葛亮善於掌握天時（如靠東風火攻，燒毀曹魏戰船）、地利（如靠長江之險，因曹魏軍隊不習水

戰）而贏得了赤壁之戰，否則以當時蜀漢、孫吳兩家的兵力，聯合起來還是不敵曹魏。換言之，若是機遇來時，不懂得及時把握，就算是英雄豪傑也會遭受挫敗而抱憾終生的。可用來說明時機、運氣的重要，足以導致人事的成敗。

【出處】唐．羅隱〈籌筆驛〉詩：「拋擲南陽為主憂，北征東討盡良籌。時來天地皆同力，運去英雄不自由。千里山河輕孺子，兩朝冠劍恨譙周。唯餘巖下多情水，猶解年年傍驛流。」

海日[1]生殘夜，江春入舊年。

黑夜還沒有消盡，太陽已從海上升起，舊的一年還沒有過完，江上已呈現春天的氣息。

【注釋】1. 海日：海上的太陽。此指長江水面。

【解析】歲末泛舟夜行於長江之上的王灣，借寫朝日東昇和春意初動驅走了黑夜與舊歲，表達了時序更迭而年華也匆匆不再的心境。可用來比喻新生的事物即將取代舊有的事物。另可用來抒發時光流逝，歲不我與的喟嘆。還可用來形容歲暮早春前，天將破曉時的江海風光。

【出處】唐．王灣〈次北固山下〉詩：「……海日生殘夜，江春入舊年。鄉書何處達？歸雁洛陽邊。」（節錄）

涇溪石險人兢慎，終歲不聞傾覆人。卻是平流無石處，時時聞說有沉淪。

溪流中很多暗礁險灘，人們經過時都會小心翼翼，整年沒聽說翻船的消息。倒是水流平穩沒有礁石的地方，常常聽到有人溺水的消息。

【解析】作者藉由描寫人們經過險途時都會戰戰兢兢，但經過坦途時往往會掉以輕心，意在告誡人處在安定中，更要保有憂患意識，以免突然發生危急時措手不及。可用來比喻一件事情如果人人都知道有風險，就會謹慎留心而成功；反之，一件事情如果人人都覺得很容易，便會因疏忽懈怠而失敗。

【出處】唐·杜荀鶴〈涇溪〉詩：「涇溪石險人兢慎，終歲不聞傾覆人。卻是平流無石處，時時聞說有沉淪。」（此詩一說作者為羅隱）

草木有本心，何求美人折？

芳草樹木自有美好的本質，何曾希望被美麗的女子攀折欣賞呢？

【解析】此詩為張九齡貶謫外地時所作，詩中他以「草木有本心」隱喻有志節的人同清雅高潔的芳草、溫潤茂盛的樹木一樣，自有不為外力所移的根性，不管身處高下都會保持潔身自好，又以「美人折」代指來自外界的美譽或受到君王的舉用。明人程元初編《唐詩緒箋》評曰：「此詩氣高而不怒。」可用來說明事物的狀況或人的行止是由其本性所致，並非想藉此來博取他人的稱譽或提拔。

【出處】唐·張九齡〈感遇〉詩十二首之一：「蘭葉春葳蕤，桂華秋皎潔。欣欣此生意，自爾為佳節。誰知林棲者，聞風坐相悅。草木有本心，何求美人折？」

蚍蜉撼大樹，可笑不自量。

大螞蟻竟然想要搬動大樹，真是可笑又不自量力。

【解析】韓愈在詩中對李白、杜甫兩人的文學成就予以極高的評價，並對當時有人批評李、杜的詩文感到不以為然，故諷喻那些人就好比渺小的蚍蜉一樣，居然妄想搬動如雄偉大樹般的李、杜之才。可用來譏諷才能或勢力微小的人，想要超越才能或勢力比其強大的人或事物。

【出處】唐．韓愈〈調張籍〉詩：「李杜文章在，光燄萬丈長。不知群兒愚，那用故謗傷？蚍蜉撼大樹，可笑不自量……」（節錄）

欲窮千里目，更上一層樓。

想要看到更遠的景物，就要再爬上更高的一層樓。

【解析】鸛雀樓，故址位在今山西永濟市境內，因時有鸛雀棲其上，故名之，後為河流所沖沒。王之渙藉由登樓極目遠眺壯麗山川景致，從中領悟到要站得更高才能看得更遠的道理。可用來比喻要將事物看得更清楚，就要站到更高的位置。也可用來鼓舞人積極進取，不斷地向上提升自己。

【出處】唐．王之渙〈登鸛雀樓〉詩：「白日依山盡，黃河入海流。欲窮千里目，更上一層樓。」

欲覺聞晨鐘，令人發深省。

清早睡醒時，聽到了寺院的鐘聲，頓時令人引發深刻的思考而有所醒悟。

【解析】佛寺中朝課之前都有會報時的鐘聲。杜甫夜宿洛陽龍門山的奉先寺，當清晨的鐘聲響起時，他感受到內心也受到了晨鐘的激盪，頃刻間有了深切的省悟。可用來比喻使人警惕或覺悟的力量。

【出處】唐．杜甫〈遊龍門奉先寺〉詩：「已從招提遊，更宿招提境。陰壑生虛籟，月林散清影。天闕象緯逼，雲臥衣裳冷。欲覺聞晨鐘，令人發深省。」

野火燒不盡，春風吹又生。

小草任由野火焚燒是燒不盡的，只要春風吹

起，小草又會蓬勃生長。

【解析】白居易借古原上的小草為喻，意指不管所處的環境如何惡劣，富有生命力的東西都絕不會被毀滅。可用來比喻人的毅力堅強無比，難以被外力擊垮。也可用來比喻惡勢力難以連根拔除，只要一有機會，便會死灰復燃，繼續作惡。另可用來形容草木頑強旺盛的生命力。

【出處】唐．白居易〈賦得古原草送別〉詩：「離離原上草，一歲一枯榮。野火燒不盡，春風吹又生。遠芳侵古道，晴翠接荒城。又送王孫去，萋萋滿別情。」

曾經滄海難為水，除卻巫山不是雲。

曾經見過大海的壯闊，就覺得其他地方的水都不能稱作是水，看過了巫山的雲後，就覺得別處的雲也不能算是雲了。

【解析】此詩為元稹為亡妻韋叢而作，詩中表達其對已逝妻子的無限追懷，即便眾多美貌的女子出現眼前也不為所動，因為在他的心目中，韋叢永遠是獨一無二，也是其他女子所無可取代的。可用來比喻人的見識愈廣，眼界就愈開闊，追求的目標自然也就更高。另可用來形容對愛情的專一。

【出處】唐．元稹〈離思〉詩五首之四：「曾經滄海難為水，除卻巫山不是雲。取次花叢懶回顧，半緣修道半緣君。」

無邊落木蕭蕭下，不盡長江滾滾來。

一眼望去，無邊無際的落葉蕭蕭飄落，無窮無盡的長江水滾滾奔來。

【解析】杜甫晚年客居他鄉，生活窘迫潦倒，此時他拖著老病的身軀登高瞭望遠方，見枯葉被秋風蕭蕭吹落的聲勢，以及長江滾滾壯闊的氣勢，引發出

青春不再的慨嘆。明人胡應麟在《詩藪》評論此詩：「當為古今七言律第一。」給予極高的評價。可用來比喻舊的人或事物逐漸衰亡，轉而被新生的人或事物所取代。另可用來形容樹葉紛紛落下與江水奔騰的景象。

【出處】唐．杜甫〈登高〉詩：「風急天高猿嘯哀，渚清沙白鳥飛迴。無邊落木蕭蕭下，不盡長江滾滾來……」（節錄）

睫在眼前長不見，道非身外更何求？

眼睫毛就長在眼睛的前方，人卻長期看不見，真理從來不在身體之外，人還要到何處去尋求呢？

【解析】杜牧在池州擔任刺史期間，仕途不順的友人張祜前來探訪，兩人同遊當地名勝九峰樓。杜牧在詩中一方面肯定張祜的才能，諷刺當時握有權位者識人不明，竟對如此優秀人才視而不見，但一方面也勸慰張祜，既有無形的品格操守在身上，又何必去追求有形的官宦名利呢？可用來比喻人只見遠而不能見近。另可用來說明真理本來就存在每個人的心中，離開人的本心，真理便不存在。

【出處】唐．杜牧〈登池州九峰樓寄張祜〉詩：「百感衷來不自由，角聲孤起夕陽樓。碧山終日思無盡，芳草何年恨即休。睫在眼前長不見，道非身外更何求？誰人得似張公子，千首詩輕萬戶侯。」

蛺蝶紛紛過牆去，卻疑春色在鄰家。

蝴蝶一隻隻飛過牆去，讓人疑心春天的景色是不是只在隔壁鄰居的家裡。

【解析】王駕雨後漫步庭園時，發現雨前所見的花朵多已殘敗零落，又見蝴蝶翩翩飛過牆壁，不由得興起美好的春光已被鄰人悄悄偷去的念頭，語氣中流露出對滿園殘春景象的嘆息不捨。其中「卻疑春色在鄰家」一句，可用來比喻懷疑自己失去的心愛事物已為他人所擁有。另可用來形容蝴蝶飛舞追逐春色，使人心生尋春、惜春之情。

【出處】唐．王駕〈雨晴〉詩：「雨前初見花間蕊，雨後兼無葉裡花。蛺蝶紛紛過牆去，卻疑春色在鄰家。」

過盡千帆皆不是。

眼前駛過了無數的船隻，全都不是你所坐的船。

【解析】溫庭筠詩中描寫一女子倚樓眺望歸船，從船隻來來去去看到船盡江空，仍然不見思念之人的失落心情。可用來比喻殷切期待某人、事、物的出現，最後卻事與願違，希望完全落空。另可用來形容女子渴盼情人或丈夫返家，卻久等不至的失望哀傷。

【出處】唐．溫庭筠〈夢江南．梳洗罷〉詞：「梳洗罷，獨倚望江樓。過盡千帆皆不是，斜暉脈脈水悠悠，腸斷白蘋洲。」

嫦娥應悔偷靈藥，碧海青天夜夜心。

想必嫦娥應該後悔當初偷吃了靈藥，如今在月宮中對著碧海般的天空，孤獨度過每一個夜晚。

【解析】嫦娥是神話傳說中后羿之妻，因偷吃了西王母送給后羿的靈藥而飛上月宮。李商隱借寫嫦娥奔月後，日夜飽嘗孤寂，暗喻自己對已經無法挽回的感情或事物的追悔。可用來比喻對於自己過去已成定局的決定感到悔不當初。另可用來形容生活與世隔絕，後悔不已。

【出處】唐．李商隱〈嫦娥〉詩：「雲母屏風燭影深，長河漸落曉星沉。嫦娥應悔偷靈藥，碧海青天夜夜心。」

鳴聲相呼和，無理只取鬧。

蝦蟆的鳴聲相互應和，其實並沒有什麼道理，就只是無緣無故的喧鬧而已。

【解析】此詩為韓愈回覆好友柳宗元而作，詩中他描述了蝦蟆的特性，認為牠們不斷地發出鳴叫聲相和，不過是沒來由的為了喧鬨吵嚷。可用來比喻無端鬧事或蠻橫無理的行為。

【出處】唐．韓愈〈答柳柳州食蝦蟆〉詩：「蝦蟆雖水居，水特變形貌。強號為蛙蛤，於實無所校。雖然兩股長，其奈脊皴皰。跳躑雖云高，意不離濘淖。鳴聲相呼和，無理只取鬧……」（節錄）

憑君莫話封侯事，一將功成萬骨枯。

請求你不要再談論封官進爵的事了，一個將軍的功成名就，可是由上萬士兵戰死沙場以及眾多無辜百姓的性命所換來的啊！

【解析】曹松在詩中描述將軍只在意其個人封賞的浮名虛榮，漠視戰事造成了多少士兵和百姓的傷亡，藉以揭露戰爭的殘酷無情。可用來比喻某人成功的背後，是源於眾人的奉獻犧牲而完成的。另可用來說明一名戰將的成就，是用無以算計的性命所換來的。

【出處】唐．曹松〈己亥歲〉詩二首之一：「澤國江山入戰圖，生民何計樂樵蘇。憑君莫話封侯事，一將功成萬骨枯。」

醜女來效顰，還家驚四鄰。

容貌醜陋的女子模仿西施皺著眉頭的模樣，返家時把周遭的鄰居全都嚇著了！

【解析】春秋越國美女西施因患有心病而經常蹙額捧心，人們看了覺得別具風姿，更增美態。李白詩中描寫相貌醜陋的人也想要學西施的動作，結果鄰人見狀後反而受到驚嚇。可用來比喻不衡量自身條件，只是盲目模仿他人，往往得到的是反效果。另可用來形容女子容貌難看，卻喜歡效法古代美人西施蹙眉，讓人感到怪異而驚恐。

【出處】唐．李白〈古風〉詩五十九首之三十五：「醜女來效顰，還家驚四鄰。壽陵失本步，笑殺邯鄲人……」（節錄）

馨香歲欲晚，感嘆情何極。

花期就要結束，芳草的香氣也快要消失，心中感慨無窮無盡。

【解析】張九齡貶謫外地時，看著時序即將邁入秋天，不忍空谷幽蘭轉眼就要被露水摧殘而逐漸凋零，芳香也跟著花謝而消逝，因而興起憐花悲秋的喟嘆。可用來比喻人或事物雖然美好，但仍躲不過歲月催促而衰老或消歇的遺憾。另可用來形容芳草逢秋，花季已晚，無限的悲嘆湧上心頭。

【出處】唐．張九齡〈感遇〉詩十二首之十：「漢上有遊女，求思安可得。袖中一札書，欲寄雙飛翼。冥冥愁不見，耿耿徒緘憶。紫蘭秀空蹊，皓露奪幽色。馨香歲欲晚，感嘆情何極。白雲在南山，日暮長太息。」

人事變化

一丸五色成虛語，石爛松薪更莫疑。

五種顏色的長生不老藥丸終是一句空虛的話語，石頭經風化粉碎，松木最後變成柴薪，更是不用懷疑的道理。

【解析】此詩為杜牧重遊舊地時所作，看著去年見到的風光景物，今昔對比，興起對生命有限以及世

事無常的感嘆。可用來比喻人或事物歷久必有變化。

【出處】唐・杜牧〈題桐葉〉詩：「去年桐落故溪上，把筆偶題歸燕詩。江樓今日送歸燕，正是去年題葉時。葉落燕歸真可惜，東流玄髮且無期。笑筵歌席反惆悵，明月清風愴別離。莊叟彭殤同在夢，陶潛身世兩相遺。一丸五色成虛語，石爛松薪更莫疑……」（節錄）

人世幾回傷往事，山形依舊枕寒流。

人世間歷經多少個朝代興亡的傷心往事，如今高山依然和過往一樣，枕靠著潺潺寒冷的江流。

【解析】西塞山（位在今湖北黃石市境內）為長江中游的天險，被六朝視作是重要的軍事堡壘。劉禹錫藉六朝改朝換代之頻繁，暗喻國家興廢的關鍵在於上位者的治理能力，而不是僅靠地形屏障便足以禦敵的。可用來表達人事轉移改變迅速，唯山川景貌恆久不變。

【出處】唐・劉禹錫〈西塞山懷古〉詩：「西晉樓船下益州，金陵王氣黯然收。千尋鐵鎖沉江底，一片降幡出石頭。人世幾回傷往事，山形依舊枕寒流。今逢四海為家日，故壘蕭蕭蘆荻秋。」

人事有代謝，往來成古今。

世事在興衰中新舊交替，往者已去，來者復至，接連成古今有別的歷史。

【解析】孟浩然登高抒懷，詩中感嘆世事總是有盛有衰，相互消長，而時間也是匆匆流逝，誰也逃脫不了有生有死的命運。可用來說明古往今來的世事或政局不斷更替變化，由此構成了歷史。

【出處】唐・孟浩然〈與諸子登峴山〉詩：「人事

有代謝，往來成古今。江山留勝跡，我輩復登臨。水落魚梁淺，天寒夢澤深。羊公碑尚在，讀罷淚沾襟。」

山圍故國周遭在，潮打空城寂寞回。淮水東邊舊時月，夜深還過女牆來。

環繞舊時都城的群山依然存在，潮水拍打著空蕩的城都，又寂寞地退去。當年從秦淮河東邊升起的明月，夜深時分還是會偷偷地爬過城牆來。

【解析】石頭城，指金陵（南京的舊稱），也就是人稱金粉六朝的國都所在，而秦淮河曾是六朝王公貴族醉生夢死的遊樂之地，故六朝的國祚都極為短暫，很快地便遭到亡滅。劉禹錫借寫過去金迷紙醉的金陵，如今只留下城外群山聳立，城內一片荒涼空寂，抒發人事興替盛衰之感，也含有以古事為今人借鏡之意。清人李鍈《詩法易簡錄》評曰：「傷前朝所以垂後鑒也。」可用來表達江河明月依舊而人事全非的感傷。

【出處】唐．劉禹錫〈石頭城〉詩：「山圍故國周遭在，潮打空城寂寞回。淮水東邊舊時月，夜深還過女牆來。」

天上浮雲如白衣，斯須改變如蒼狗。

天上飄浮的雲，原本好像是一件白衣裳，轉瞬間卻又變成了灰狗的模樣。

【解析】杜甫的友人王季友本以賣鞋為生，但仍終日好學不倦，甘貧守分，但妻子無法忍受窮苦的生活選擇與其仳離，孰知王季友之後時來運轉，得到李勉的賞識而做了官，命運和先前相比簡直天差地別，這也讓杜甫感嘆世上任何出乎意料的事情，其實都是有可能發生的。可用來比喻世事多變無常。

【出處】唐．杜甫〈可嘆〉詩：「天上浮雲如白衣，斯須改變如蒼狗。古往今來共一時，人生萬事無不有……」（節錄）

天翻地覆誰可知，如今正南看北斗[1]。

誰知道真有天地翻轉過來的一天，自己會面對著南方觀看北斗七星。

【注釋】1.北斗：星座名。共有七星，因在北方，聚成斗形，故稱之。

【解析】劉商在詩中敘述東漢才女蔡琰遭胡騎擄至北方十二年，看到了和故鄉全然迥異的風土人情，不禁感嘆自己的人生際遇就像是天地翻覆一樣，任誰也都料想不到。可用來形容發生巨大的變化。

【出處】唐．劉商〈胡笳十八拍〉詩十八首之六：「怪得春光不來久，胡中風土無花柳。天翻地覆誰得知，如今正南看北斗。姓名音信兩不通，終日經年常閉口。是非取與在指撝，言語傳情不如手。」

玄都觀裡桃千樹，盡是劉郎去後栽。

長安城內玄都觀裡有上千棵的桃樹，全都是我離開長安後才栽種的。

【解析】劉禹錫參與革新運動失敗而遭到貶謫朗州（位在今湖南境內）司馬，十年後被召回長安，他藉由到玄都觀裡賞花來暗諷朝中權貴就像成千棵的桃樹一樣，全都是靠打壓他人才得勢的小人。此詩一出，當朝小人又開始大作文章，誣陷劉禹錫對朝廷飽含怨憤，結果又被遠放外地十四年才返回長安，歷經了前後共二十多年的謫宦生涯。可用來形容舊地重遊時景物已變，人事也與以往大不相同。

【出處】唐．劉禹錫〈元和十年，自朗州召至京，戲贈看花諸君子〉詩：「紫陌紅塵拂面來，無人不道看花回。玄都觀裡桃千樹，盡是劉郎去後栽。」

別來滄海事，語罷暮天鐘。

與你分別以來，世事如同滄海桑田般地變化無常，我們暢談不止，直到遠處傳來了寺院的鐘聲。

【解析】李益詩中描寫其與表弟從小因戰亂而分開，長大後意外相遇時還得問起對方的姓名才知道彼此是久別重逢的親人，兩人雖有很多話欲傾吐，卻又急於各自趕路，只能匆匆話別。可用來形容親友闊別多年後相見敘舊，感慨彼此已發生種種變化。

【出處】唐．李益〈喜見外弟又言別〉詩：「……別來滄海事，語罷暮天鐘。明日巴陵道，秋山又幾重？」（節錄）

來如春夢[1]幾多時，去似朝雲無覓處。

來的時候就像春天的夢一樣短促，走的時候好似早晨的雲那般飄散無蹤。

【注釋】1. 春夢：春天作的夢。因春天易睡也易醒，故常用來比喻短暫易逝的事。

【解析】白居易有感於生活中出現過的美好的人或事物都難以恆常擁有，故借「春夢」、「朝雲」為喻，表達對逝去之人或事物的深深追念。可用來比喻人或事物來去匆匆，讓人捉摸不定，也無處尋覓。

【出處】唐．白居易〈花非花〉詩：「花非花，霧非霧，夜半來，天明去。來如春夢幾多時，去似朝雲無覓處。」

明年此會知誰健？醉把茱萸仔細看。

明年九月九日大家再度相聚時，不知還有誰能平安健在？趁著現在先喝得爛醉，把佩帶身上的茱萸仔細地看清楚。

【解析】古人有九月九日重陽登高、飲酒的習俗，人們在這天會把一種名叫茱萸的植物插在頭或手臂上以作避邪之用。杜甫於九月九日登高時，在藍田崔氏莊與友人暢飲歡聚，但早已飽經歲月風霜的

他，一想到來年此時大家不知能否健朗再見，不免流露出滿懷的憂傷。可用來感慨人生壽命有限，世事變化無常。

【出處】唐．杜甫〈九日藍田崔氏莊〉詩：「……藍水遠從千澗落，玉山高並兩峰寒。明年此會知誰健？醉把茱萸仔細看。」（節錄）

昔人已乘黃鶴去，此地空餘黃鶴樓。

從前的仙人已乘黃鶴飛去，這裡只留下一座空蕩蕩的黃鶴樓了。

【解析】崔顥藉仙人駕鶴而去的神話傳說，點出眼前的黃鶴樓早已人去樓空。元人辛文房《唐才子傳》記述李白遊歷黃鶴樓時，看了崔顥的題詩後，曾云：「眼前有景道不得，崔顥題詩在上頭。」足見對此詩的推崇。可用來表示人或事物早已消逝改變，僅空留遺跡。

【出處】唐．崔顥〈黃鶴樓〉詩：「昔人已乘黃鶴去，此地空餘黃鶴樓。黃鶴一去不復返，白雲千載空悠悠……」（節錄）

宮女如花滿春殿，只今惟有鷓鴣飛。

當初豔美如花的越國宮女，讓整座宮殿籠罩在明媚的春光裡，如今卻只有鷓鴣在此飛來飛去。

【解析】越中，為唐代越州的別名，位在今浙江境內。此詩為李白遊覽越州時有感而發之作，詩中描述春秋越國滅了吳國後，戰士凱旋歸來，在宮中舉行慶祝宴會的熱鬧場景，如今昔時的繁華早已不在，只剩下鷓鴣在此地飛翔，今昔對比，興起世事盛衰無常的慨嘆。可用來表達昔盛今衰，人非物換的感慨。另可用來形容宮殿古蹟的頹敗荒涼。

【出處】唐．李白〈越中覽古〉詩：「越王句踐破吳歸，義士還鄉盡錦衣。宮女如花滿春殿，只今惟有鷓鴣飛。」

庭樹不知人去盡，春來還發舊時花。

庭園中的樹木不知人早已離散，春天來時仍然開著像從前一樣的花。

【解析】岑參遊梁園時見庭園蕭條荒敗，然庭樹上的花依然盛開，不禁心生人事盛衰無常，而自然永恆無盡之感慨。可用來抒發人去樓空，而景色依舊的感傷。

【出處】唐．岑參〈山房春事〉詩二首之二：「梁園日暮亂飛鴉，極目蕭條三兩家。庭樹不知人去盡，春來還發舊時花。」

鳥去鳥來山色裡，人歌人哭水聲中。

鳥在青翠山色的掩映中來去飛翔，人在潺潺水聲中夾著歌聲和哭聲逐漸地老去。

【解析】此為杜牧在宣州任官期間遊開元寺、登臨水閣時有感而發之題作，他望著鳥圍繞山間飛來又飛去，想著宛溪兩岸的人家世代定居此地，不論歡喜歌唱或悲傷痛哭，從生到死都離不開宛溪水聲的陪伴，古今以來，變易的是人鳥，不變的是山色水聲，生命的起落便在鳥的往返、人的歌哭聲中代代更迭而過。清人楊逢春《唐詩繹》評曰：「此詩言人事有變易，而清景則古今不變易。」可用來表達自然山水常存，而生命有限且世事無常。

【出處】唐．杜牧〈題宣州開元寺水閣，閣下宛溪，夾溪居人〉詩：「六朝文物草連空，天淡雲閑今古同。鳥去鳥來山色裡，人歌人哭水聲中。深秋簾幕千家雨，落日樓臺一笛風。惆悵無因見范蠡，參差煙樹五湖東。」

閑雲潭影日悠悠，

物換星移幾度秋。

白雲的影子投映在滕王閣前的潭中，日復一日，任時光冉冉流逝，不知過了多少個年頭。

【解析】本詩詩題〈滕王閣詩〉。滕王閣，位在今江西南昌市境內。王勃看著這座過去由唐高祖幼子滕王李元嬰一手打造的華麗樓閣，經過了時序推移，如今已不復昔往大宴賓客的熱鬧景象，心中有感而發。可用在對世事更替、景物改變的表述上。

【出處】唐・王勃〈滕王閣詩〉詩：「……閑雲潭影日悠悠，物換星移幾度秋。閣中帝子今何在？檻外長江空自流。」（節錄）

詩侶酒徒消散盡，一場春夢越王城[1]。

昔日結伴作詩飲酒的好友一個個離散逝去，回想以往歡聚的情景，就彷彿是作了一個短促易逝遊越王古城的幻夢。

【注釋】1.越王城：指春秋越國的國都會稽，位在今浙江紹興市。越王句踐消滅吳國後，國力強盛，城都也曾熱鬧繁華一時。

【解析】盧延讓在詩中回憶和好友李郢生前相聚的歡樂時光，他一想到周遭友人逐漸凋零老死，不禁感嘆世事無常就如同一場很快地便會醒來的春夢，夢醒時一切也已消散無蹤。可用來比喻世事無常，轉瞬即逝。

【出處】唐・盧延讓〈哭李郢端公〉詩：「軍門半掩槐花宅，每過猶聞哭臨聲。北固暴亡兼在路，東都權葬未歸塋。漸窮老僕慵看馬，著慘佳人暗理箏。詩侶酒徒消散盡，一場春夢越王城。」

種桃道士歸何處？前度劉郎今又來。

種植桃花的道士如今去了哪裡？以前來過這裡的我今天又重遊舊地。

【解析】劉禹錫在貶謫期間曾一度被召回長安，他遊玄都觀時寫了一首詩，其中「玄都觀裡桃千樹，盡是劉郎去後栽」詩句惹惱了朝中權貴，結果又慘遭外放。十四年後，劉禹錫再回到當年因詩獲罪的玄都觀，而過去那些陷害他的權貴早已不知去向，他有感而發寫下此詩，以「種桃道士」來比喻以前那些弄權者，而自己這個「劉郎」仍是無所畏懼地又來同一地點寫詩。足見「詩豪」的美譽，劉禹錫果然當之無愧。可用來形容重回舊地，人事已非。

【出處】唐．劉禹錫〈再遊玄都觀〉詩：「百畝庭中半是苔，桃花淨盡菜花開。種桃道士歸何處？前度劉郎今又來。」

鳳凰臺[1]上鳳凰遊，鳳去臺空江自流。

鳳凰臺上曾經有鳳凰聚集遨遊，如今鳳凰離去，留下這座空臺，唯獨江水仍不斷地流著。

【注釋】1. 鳳凰臺：故址位在今江蘇南京市之南。相傳南朝宋時，有鳳凰集結於此，因而得名。

【解析】鳳凰臺所在位置金陵，曾是六朝的國都，歷經一段悠久的浮靡綺麗風華。李白在此借鳳去臺空之喻，象徵昔往這座古城的昌盛榮景也已一去不復返，唯大自然得以永恆長存。可用來形容撫今思昔，興起景物依舊而人事已非之慨。

【出處】唐．李白〈登金陵鳳凰臺〉詩：「鳳凰臺上鳳凰遊，鳳去臺空江自流。吳宮花草埋幽徑，晉代衣冠成古丘……」（節錄）

繁華事散逐香塵，流水無情草自春。

過去的繁盛榮華都已隨著當時的芳香塵灰而消散，潺潺的水無情地流著，草木自然生長。

【解析】本詩詩題〈金谷園〉。金谷園，為西晉富豪石崇所建造的一座園林別館，故址位在今河南洛陽市境內。杜牧來到早已荒廢的金谷園，感慨此地昔日富麗堂皇，賓客如雲，如今那些揮金霍玉、追逐享樂的往事猶如塵灰般地過眼無蹤，不論世間歷經多少人非物換，園林中的流水和草木依舊，不受任何的影響。可用來形容過往的繁榮顯赫已隨人事變遷而消逝，風景如昔。

【出處】唐·杜牧〈金谷園〉詩：「繁華事散逐香塵，流水無情草自春。日暮東風怨啼鳥，落花猶似墜樓人。」

舊時王謝堂前燕，飛入尋常百姓家。

從前在王導、謝安兩大望族廳堂前築巢的燕子，如今仍在同地築巢，只是屋裡住的是普通百姓。

【解析】烏衣巷，指的是東晉時期，王導、謝安兩大名門聚居在金陵城內的一條街巷，因其子弟喜穿烏衣而得名。劉禹錫意在表達烏衣巷昔日不可一世的榮景早已褪去，王、謝家族也隨著幾番朝代的更迭而走入了歷史，徒留堂前燕子見證今昔的興衰變化。可用來形容過去的繁華之地或顯赫人家，已不復以往的風光。

【出處】唐·劉禹錫〈烏衣巷〉詩：「朱雀橋邊野草花，烏衣巷口夕陽斜。舊時王謝堂前燕，飛入尋常百姓家。」

離別家鄉歲月多，近來人事半消磨。

離開家鄉很多年了，如今回來，發現家鄉的人和事物大半都已經改變了。

【解析】賀知章描述其離鄉背井數十年，返家後會訪親友，得知原來的親人舊朋大多已經不在了，不禁發出時過境遷、物是人非的嘆息。可用來形容離家日久而人事已非的感傷。

【出處】唐．賀知章〈回鄉偶書〉詩二首之二：「離別家鄉歲月多，近來人事半消磨。惟有門前鏡湖水，春風不改舊時波。」

事物狀態

上窮碧落下黃泉，兩處茫茫皆不見。

道士上了青天、入了黃泉，到處都找遍了，就是看不到貴妃的魂魄。

【解析】〈長恨歌〉詩中後段描寫唐玄宗極度想念死去貴妃的消息傳遍了民間，有一位自稱能和亡靈相通的道士得知皇帝的心事，便派方士們上天入地四處探尋，卻仍然找不到貴妃魂魄的影蹤。本句可用來形容欲尋找某人或某種事物，卻始終遍尋不著。也可用來比喻純屬虛構的事物或脫離現實的生活，不可能出現在真實人生中。

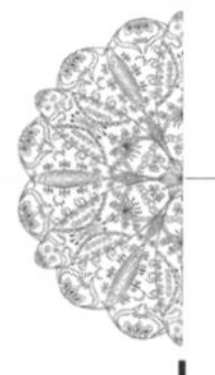

【出處】唐．白居易〈長恨歌〉詩：「……臨邛道士鴻都客，能以精誠致魂魄。為感君王展轉思，遂教方士殷勤覓。排空馭氣奔如電，升天入地求之徧。上窮碧落下黃泉，兩處茫茫皆不見……」（節錄）

川上風雨來，須臾滿城闕。

河川上風雨驟至，才一瞬間，整座城樓全都籠罩在風雨之中。

【解析】本詩為韋應物在洛陽同德寺中目睹大雨後寄寫給李博士之作。博士，職官名，指從事教學的官職，唐時有國子、太學、算學博士等。韋應物在詩中描寫城市很快就被飄風急雨給覆蓋住，可見這場風雨來勢洶洶，後來「滿城風雨」一詞便是從這

兩句詩脫化而出。可用來比喻事情一經傳開後便流言四起。另可用來形容風雨交加的景象。

【出處】唐．韋應物〈同德寺雨後寄元侍御、李博士〉詩：「川上風雨來，須臾滿城闕。岧嶢青蓮界，蕭條孤興發。前山遽已淨，陰靄夜來歇。喬木生夏涼，流雲吐華月。嚴城自有限，一水非難越。相望曙河遠，高齋坐超忽。」

日暮酒醒人已遠，滿天風雨下西樓。

黃昏酒醒時，人已經遠離，整個天空都籠罩著風雨，我獨自走下了西樓。

【解析】作者許渾在謝亭送別友人乘舟離去，自己因不勝酒力而睡去，酒醒後早已不見行舟的蹤影，在暮色蒼茫、風雨淒迷中，黯然孤寂地步下樓來。詩中不直抒滿懷離愁，而是借淒涼迷濛的景色來襯托離情。其中「滿天風雨下西樓」一句，可用來形容重要人士在紛亂擾攘的局勢中辭職下臺。另可用來形容與友人餞別後情緒低落，又遇到淒風苦雨的天氣，更使人發愁。

【出處】唐．許渾〈謝亭送別〉詩：「勞歌一曲解行舟，紅葉青山水急流。日暮酒醒人已遠，滿天風雨下西樓。」

他生未卜此生休。

來生將會如何是無法預知的事，但今生的緣分已經休止。

【解析】本詩詩題〈馬嵬〉。馬嵬，即馬嵬坡，位在今陝西興平市境內。安史之亂時，唐玄宗奔蜀途中，六軍不發，玄宗不得已命人在此地縊死楊貴妃。在李商隱生活的年代，陳鴻的〈長恨歌傳〉早為人們口耳相傳，故事描寫唐玄宗因對死去的楊貴妃思念不已，令道士上天入地遍尋芳蹤，後在海外仙山找到了貴妃，貴妃又託道士轉達玄宗莫忘來世的定情誓言。李商隱認為玄宗、貴妃的悲劇今生已然結束，如果貴為天子都保不住自己心愛的人，那麼相約來生不過只是一場空話罷了。可用來形容今生的某件事情已經終了或毫無任何扭轉情勢的希望。

【出處】唐．李商隱〈馬嵬〉詩二首之二：「海外徒聞更九州，他生未卜此生休。空聞虎旅傳宵柝，無復雞人報曉籌。此日六軍同駐馬，當時七夕笑牽牛。如何四紀為天子，不及盧家有莫愁。」

司空[1]見慣渾閑事，斷盡江南刺史[2]腸。

這麼盛大的宴席場面，對曾任司空的李紳看來應是極為平常的事，但對於在江南當過刺史的我卻是開了眼界，兩相對比，真令人柔腸寸斷啊！

【注釋】1. 司空：職官名，為太尉、司徒、司空三公之一，但隋、唐時司空多僅是一種崇高的虛銜。此指李紳。2. 刺史：職官名，古時掌管地方糾察的官，後沿稱地方長官。此為劉禹錫的自稱。

【解析】據唐代詩話孟棨《本事詩．情感》記載，劉禹錫因仕途乖舛，外調多年後回到朝廷。曾官拜司空的李紳仰慕其名，邀到家中設宴招待，席間安排歌妓表演，劉禹錫對宴會的隆重盛大感到十分驚奇，卻見李紳面不改色，習以為常的樣子，不免心生感傷，當場吟賦此詩，李紳聽後便把歌妓贈與劉禹錫。可用來比喻普遍常見、不足為奇的事情。

【出處】唐．劉禹錫〈贈李司空妓〉詩：「䯸鬌（ㄨㄛˇ ㄉㄨㄛˇ）梳頭宮樣妝，春風一曲〈杜韋娘〉。司空見慣渾閑事，斷盡江南刺史腸。」

春潮帶雨晚來急，野渡無人舟自橫。

春天的傍晚，一場驟雨使潮水急劇升高，水勢湍急，郊野的渡口，毫無人煙，只有一艘小船橫在水面上，隨意漂浮著。

【解析】此為韋應物擔任滁州刺史期間所作，寫其春遊城西郊外的一條溪澗，突然暮雨奔騰，潮水上漲，而此時整個村野渡口只見一葉孤舟在雨中飄移晃盪，在如此惡劣天氣的當下，表現出一種任舟漂泛遨遊的恬適情懷。其中「春潮帶雨晚來急」一句，可用來比喻事情的狀況急速變化到難以掌控的趨勢，或一股來勢洶洶到無法抵擋的社會潮流。另可用來形容人在風雨危急時仍能保持閑適淡泊的心境。還可用來形容春日晚潮，大雨淅瀝，小船任流水自在搖晃的景象。

【出處】唐．韋應物〈滁州西澗〉詩：「獨憐幽草澗邊生，上有黃鸝深樹鳴。春潮帶雨晚來急，野渡無人舟自橫。」

軒然大波起，宇宙隘而妨。

洞庭湖湧起了巨大的波濤，連天地看起來都顯得狹隘而有所妨礙似的。

【解析】本詩詩題為〈岳陽樓別竇司直〉。司直，職官名，為唐代掌理司法的大理院之屬官。韓愈在岳陽樓與官拜大理司直的岳州刺史竇庠在岳陽樓餞別，詩中以誇飾的筆法描寫洞庭湖的雄偉壯闊，直指洞庭湖所揚起的高聳波濤和宇宙相比也毫不遜色。可用來比喻重大的糾紛或事件。另可用來形容洶湧盛大的波浪。

【出處】唐．韓愈〈岳陽樓別竇司直〉詩：「洞庭九州間，厥大誰與讓。南匯群崖水，北注何奔放。瀦為七百里，吞納各殊狀。自古澄不清，環混無歸向。炎風日搜攪，幽怪多冗長。軒然大波起，宇宙隘而妨……」（節錄）

除卻天邊月，沒人知。

（我的一片深情）除了天邊的明月，又有誰知道呢？

【解析】韋莊詞中描寫一女子與情人相別正好屆滿

周年，期間女子飽嘗相思苦楚，承受的煎熬無人可講，難以排遣的情思只好對著天上的明月傾訴。可用來比喻事情極為隱密，不敢讓人知道。另可用來形容對某人用情至深，但對方卻遠在天邊或毫不知情。

【出處】唐．韋莊〈女冠子．四月十七〉詞：「四月十七，正是去年今日。別君時。忍淚佯低面，含羞半斂眉。不知魂已斷，空有夢相隨。除卻天邊月，沒人知。」

無情最是臺城柳，依舊煙籠十里堤。

最無情的就是臺城的楊柳，（無論世事如何滄桑變化）它們依舊像輕煙般地籠罩在十里長堤上。

【解析】詩題一作〈臺城〉。此為韋莊憑弔六朝古都臺城之作，表面上雖言臺城的柳樹最為無情，實是借楊柳堆煙，茂盛如昔之美景，昭示臺城的以往

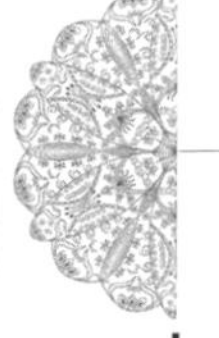

榮景早已不復，僅存一城破敗遺址，以反襯心中對朝代興衰、人世滄桑的沉重傷痛。其中「依舊煙籠十里堤」一句，可用來比喻某些事物長久以來興盛不衰。另可用來抒發不論世事歷經多少更迭變遷，河堤上的煙柳依然如故的慨想。

【出處】唐．韋莊〈金陵圖〉詩：「江雨霏霏江草齊，六朝如夢鳥空啼。無情最是臺城柳，依舊煙籠十里堤。」

溪雲初起日沉閣，山雨欲來風滿樓。

溪流上方的雲層漸漸升起，夕陽從樓閣邊慢慢落下。驟起的風滿布西邊的城樓，一場山雨即將要降臨。

【解析】許渾登樓遠眺，看著暮雲升起，太陽西落，此時忽有陣陣強風迎面襲來，讓他感受到一種驟雨將至的肅殺氣息。許渾身處國祚已日暮西山的

唐王朝，詩句表面看似在描繪山雨欲來的景況，實際上則含有對國家危機迫在眉睫的警示。可用來比喻重大事件發生前的徵兆或緊張氣氛。另可用來描寫雲升日落，大風吹起，雨也將隨後而到的情景。

【出處】唐．許渾〈咸陽城東樓〉詩：「一上高城萬里愁，蒹葭楊柳似汀洲。溪雲初起日沉閣，山雨欲來風滿樓。鳥下綠蕪秦苑夕，蟬鳴黃葉漢宮秋。行人莫問當年事，故國東來渭水流。」

蜀道之難難於上青天。

通往巴蜀的山路非常難走，甚至比上青天還要困難。

【解析】此詩為李白初抵長安時所作，詩中主在描寫蜀道的奇絕凶險，崎嶇難行，藉此透露出他對未來前途的關切與憂慮。可用來比喻事情難以達成或人生道路坎坷多險。另可用來形容四川或其他地方的道路險阻，極難行走。

【出處】唐．李白〈蜀道難〉詩：「……蜀道之難難於上青天，使人聽此凋朱顏。連峰去天不盈尺，枯松倒挂倚絕壁……」（節錄）

樂往必悲生，泰來猶否極。

快樂來到時，便表示悲傷的事情即將發生了，厄運走到了盡頭，就表示平順即將到來。

【解析】白居易詩中援引《易》的卦名「否」、「泰」示意情況壞到極點後逐漸好轉，也正是「否極泰來」的意思。同樣的道理，極盡的享樂背後，往往就有不幸的事情正準備發生，也就是所謂的「樂極生悲」。詩人一方面提醒人們處於安樂時，就要提早想到可能出現的危險，另一方面也安慰處於困厄的人，只要一遇到機會便會重獲生機，人生由逆轉順。可用來說明凡事到了極點，必然會有反向的發展。

【出處】唐・白居易〈遣懷〉詩：「樂往必悲生，泰來猶否極。誰言此數然，吾道何終塞。嘗求詹尹卜，拂龜竟默默。亦曾仰問天，天但蒼蒼色。自茲唯委命，名利心雙息。近日轉安閑，鄉園亦休憶。回看世間苦，苦在求不得。我今無所求，庶離憂悲域。」

二、描寫人物

形貌儀態

【貌美】

一枝紅豔露凝香。

一枝紅豔的花朵沾濕了露水，彷彿香氣還凝結在露水上面一樣。

【解析】李白詩中意在褒揚楊貴妃的美豔尊貴，有如帶露凝香的牡丹花一樣，自是深獲唐玄宗的寵愛。可用來形容女子天姿國色。

【出處】唐・李白〈清平調〉詩三首之二：「一枝紅豔露凝香，雲雨巫山枉斷腸。借問漢宮誰得似？可憐飛燕倚新妝。」

人面不知何處去？桃花依舊笑春風。

如今可與桃花爭豔的女子已不知在哪裡？只留下桃花依然在春風裡含笑盛開著。

【解析】崔護相隔一年重遊長安城南，去年同日又住在同一地點偶遇的那位心儀女子，今年卻已不見芳蹤，他心中悵然若失，只好在深鎖的門扉上題詩，抒發這段思念一年後重訪未遇的落寞心情。詩中兩句合成「人面桃花」一語，可用來形容女子容貌美麗，可與桃花爭豔。另可用來形容景物一如往昔，但曾在此地見過的人已離去或死去的感傷。

【出處】唐·崔護〈題都城南莊〉詩：「去年今日此門中，人面桃花相映紅。人面不知何處去？桃花依舊笑春風。」

天生麗質難自棄，一朝選在君王側。回眸一笑百媚生，六宮粉黛[1]無顏色。

她天生的美麗本質，連自己都無法掩飾的美貌，終於有天被選入朝中侍奉君主。她輕輕轉動眼珠，微微一笑，顯得無比的嬌媚，後宮所有美女全都相形失色了。

【注釋】1. 粉黛：本指婦女的脂粉和畫眉顏料，後多代指美女。

【解析】白居易描寫楊貴妃因國色天香而被選入皇宮，她驚為天人的美貌，即使置身在美女如雲的後宮中，都很難不被發現，很快就獲得玄宗的寵愛。可用來形容女子的姿色出眾，千嬌百媚，使其他人相形見絀。其中「天生麗質難自棄」一句，可用來形容天生美麗的人或天然美好的事物，即使自甘寂寞，終究會被發現的。

【出處】唐·白居易〈長恨歌〉詩：「……天生麗質難自棄，一朝選在君王側。回眸一笑百媚生，六宮粉黛無顏色……」（節錄）

玉容寂寞淚闌干[1]，梨花一枝春帶雨。

秀麗的臉上滿是落寞神情，淚水撲簌簌地流下，就好像一枝沾著春天雨珠的梨花般。

【注釋】1. 淚闌干：淚水縱橫貌。

【解析】白居易在詩中描述楊貴妃死後，玄宗朝暮思念，命令道士上天入地尋覓芳蹤，終於在海上一座仙山招到貴妃的魂魄；當貴妃聽聞玄宗仍不忘昔往繾綣恩愛，不禁感動得淚流滿面。可用來形容美女流淚時，惹人憐愛的嬌弱模樣。

【出處】唐．白居易〈長恨歌〉詩：「……風吹仙袂飄飄舉，猶似霓裳羽衣舞。玉容寂寞淚闌干，梨花一枝春帶雨。含情凝睇謝君王，一別音容兩渺茫。昭陽殿裡恩愛絕，蓬萊宮中日月長。回頭下望人寰處，不見長安見塵霧……」（節錄）

名花傾國兩相歡，常得君王帶笑看。

名貴的牡丹花伴著絕色美人多麼令人心歡，因此得到君王滿臉帶笑的注視。

【解析】李白詩中將名花和美人聯繫一起，藉以描寫楊貴妃的傾國美色，也難怪能因而贏得君王的注視目光以及對她的愛憐情意。可用來形容女子的美貌和讓人憐惜疼愛的樣子。

【出處】唐．李白〈清平調〉詩三首之三：「名花傾國兩相歡，常得君王帶笑看。解釋春風無限恨，沉香亭北倚闌干。」

秀色掩今古，荷花羞玉顏。

秀麗的姿容，讓古往今來的佳人全都相形失色，就連荷花都自嘆不如而感到羞愧不已。

【解析】李白詩中借出水荷花都自覺不如西施之美為喻，意在歌頌春秋越國美人西施空前絕後的出色容貌。可用來形容女子姿色姣好動人，冠絕古今。

【出處】唐．李白〈西施〉詩：「西施越溪女，出自苧蘿山。秀色掩今古，荷花羞玉顏。浣紗弄碧水，自與清波閑。皓齒信難開，沉吟碧雲間。句踐徵絕豔，揚蛾入吳關。提攜館娃宮，杳渺詎可攀？一破夫差國，千秋竟不還。」

宗之瀟灑美少年，舉觴白眼望青天，皎如玉樹臨風前。

崔宗之是一位風度翩翩的俊秀年輕人，他抬頭高舉酒杯，用睥睨一切的眼神仰望天空，醉酒時的神情好似玉般的美樹在風中搖曳。

【解析】杜甫詩中描寫友人崔宗之年少俊美，鄙視世間一切庸俗人事，故以白眼望天，表現其桀驁不馴的性格，及其醉酒時的神態宛如玉樹般隨風擺動，風姿瀟灑。可用來形容人的才貌出眾，性情高傲，翩然俊雅。

【出處】唐．杜甫〈飲中八仙歌〉詩：「知章騎馬似乘船，眼花落井水底眠。汝陽三斗始朝天，道逢麴車口流涎，恨不移封向酒泉。左相日興費萬錢，飲如長鯨吸百川，銜杯樂聖稱避賢。宗之瀟灑美少年，舉觴白眼望青天，皎如玉樹臨風前……」（節錄）

芙蓉如面柳如眉。

見到芙蓉，就想起她的面容，看見楊柳，就想起她的眉毛。

【解析】白居易描寫唐玄宗因思念已逝的楊貴妃，一見到嬌豔的芙蓉與細長的楊柳便追憶起心上人的美貌與秀眉。可用來形容女子的容貌豔美如花，眉毛細如柳葉。

【出處】唐．白居易〈長恨歌〉詩：「……君臣相顧盡沾衣，東望都門信馬歸。歸來池苑皆依舊，太液芙蓉未央柳。芙蓉如面柳如眉，對此如何不淚垂……」（節錄）

春風十里揚州[1]路，卷上珠簾總不如。

在春風中走過了十里長的揚州路，把沿路上一家家的珠簾捲上來，總覺得裡頭沒有一個女子比妳美麗動人。

【注釋】1. 揚州：位在今江蘇境內，是唐朝商業往來的運輸中心以及海內外交通的重要港口，繁盛熱鬧。

【解析】早已心有所屬的杜牧走在繁鬧的揚州路上，看著捲上珠簾裡那些打扮得花枝招展的美女，全都不如自己心儀的那名女子來得標緻可人。可用來形容女子的面貌姣好出眾。另可用來形容對自己意中人的痴心戀慕。

【出處】唐．杜牧〈贈別〉詩二首之一：「娉娉嫋嫋十三餘，豆蔻梢頭二月初。春風十里揚州路，卷上珠簾總不如。」

借問漢宮誰得似？可憐飛燕倚新妝。

請問漢朝宮廷中有那個美人和她相像呢？只有那可愛的西漢成帝皇后趙飛燕，憑恃著剛化好的妝，方可以和她媲比吧！

【解析】李白詩中描寫堪稱絕代美人的西漢成帝皇后趙飛燕，都要靠新妝才能擄獲皇帝的心，藉此襯托出不施脂粉的楊貴妃之國色天香。可用來形容女子出眾脫俗的美貌。

【出處】唐．李白〈清平調〉詩三首之二：「一枝紅豔露凝香，雲雨巫山枉斷腸。借問漢宮誰得似？可憐飛燕倚新妝。」

雲鬢欲度香腮雪。

像雲般的鬢髮覆蓋在她那雪白的臉頰上。

【解析】溫庭筠詞中描寫一女子初醒後，慵懶地臥在床上還不想起身，散亂著一頭秀髮的嬌柔姿態。可用來形容女子鬢絲撩亂的嬌美睡態。

【出處】唐．溫庭筠〈菩薩蠻．小山重疊金明滅〉詞：「小山重疊金明滅，鬢雲欲度香腮雪。懶起畫蛾眉，弄妝梳洗遲。照花前後鏡，花面交相映。新帖繡羅襦，雙雙金鷓鴣。」

誰憐越女顏如玉？

貧賤江頭自浣紗。

有誰憐惜像越國西施那樣美貌如玉的女子呢？因為出身貧賤，只能在溪邊浣紗。

【解析】王維詩中借寫春秋越國美女西施貧賤時無人憐惜，獨自在溪邊浣紗一事，與洛陽女子嫁入豪門夫家後，過著極盡奢華的生活作對比，以諷諭當時社會貧富懸殊的現象。可用來形容女子貌美卻出身貧寒，故無人憐愛。另可用來暗諷社會重視家世背景，有才寒士難以得到伸展抱負的機遇。

【出處】唐．王維〈洛陽女兒行〉詩：「……狂夫富貴在青春，意氣驕奢劇季倫。自憐碧玉親教舞，不惜珊瑚持與人。春窗曙滅九微火，九微片片飛花瑣。戲罷曾無理曲時，妝成祇是薰香坐。城中相識盡繁華，日夜經過趙李家。誰憐越女顏如玉？貧賤江頭自浣紗。」（節錄）

青春

娉娉嫋嫋十三餘，豆蔻[1]梢頭二月初。

十三餘歲的少女身材輕盈嫋娜，就好像早春二月在枝頭含苞待放的豆蔻花一樣。

【注釋】1. 豆蔻：植物名，夏天初期開花，花未開時已顯得非常豐滿，俗有「含胎花」之稱，後常被當作是少女的象徵。

【解析】杜牧在詩中以初春快要露出新芽的豆蔻為喻，藉以描寫十三歲少女柔嫩清新、美姿嬌態的惹人憐愛模樣。本句可用來形容年輕少女姿態婀娜多姿，青春洋溢。

【出處】唐．杜牧〈贈別〉詩二首之一：「娉娉嫋嫋十三餘，豆蔻梢頭二月初。春風十里揚州路，卷上珠簾總不如。」

楊家有女初長成，養在深閨人未識。

楊家有個女孩子剛剛長大，養在閨房裡還沒有人知道。

【解析】白居易詩中描寫楊貴妃尚未被選入宮前，天生絕色的美貌不為外界所知的情形。可用來形容女孩子初長成人，正值芳華，還未與外界接觸。

【出處】唐．白居易〈長恨歌〉詩：「漢皇重色思傾國，御宇多年求不得。楊家有女初長成，養在深閨人未識……」（節錄）

隔戶楊柳弱嫋嫋，恰似十五女兒腰。

隔著門牆外面的楊柳樹，那纖細柔弱的柳枝條，就好像十五歲少女的細腰一樣。

【解析】杜甫藉著柳條柔弱細長的特色，來喻比十五歲少女的腰如柳條般纖細柔軟。可用來形容青春少女輕盈美好、婀娜多姿的動人體態。

【出處】唐．杜甫〈絕句漫興〉詩九首之九：「隔戶楊柳弱嫋嫋，恰似十五女兒腰。誰謂朝來不作意，狂風挽斷最長條。」

穠麗最宜新著雨，嬌嬈全在欲開時。

被雨淋過的海棠看起來格外豔麗，含苞待放的海棠則最為嬌媚。

【解析】鄭谷詩中讚美春風微雨後的海棠色澤妍麗，姿態嬌美，花瓣上的晶瑩水珠，使花朵更顯得豔光四射，含苞將要開放的花，神采耀眼奪目。可用來比喻少女俏麗動人的豔容和嬌姿。另可用來形容細雨後的海棠亮麗嫵媚，令人傾慕不已。

【出處】唐・鄭谷〈海棠〉詩：「春風用意勻顏色，銷得攜觴與賦詩。穠麗最宜新著雨，嬌嬈全在欲開時。莫愁粉黛臨窗懶，梁廣丹青點筆遲。朝醉暮吟看不足，羨他蝴蝶宿深枝。」

【含羞】

千呼萬喚始出來，猶抱琵琶半遮面。

經過很多次的邀請才肯走出來，還抱著琵琶遮住了半邊的臉。

【解析】白居易描寫其在船上為友人餞行時，耳邊傳來技藝精湛的琵琶樂音，他便邀請琵琶女到船上相見，然女子似乎有所矜持或難以言喻的苦衷，經白居易再三催請才勉強上船來，並道出了自己飽經風霜的人生遭遇。本句可用來形容女子不好意思輕易露臉的羞澀模樣。另可用來比喻人或事物渴盼很久後才出現，但出現後也是不願完全坦然真實以對。

【出處】唐・白居易〈琵琶行〉詩：「……忽聞水上琵琶聲，主人忘歸客不發。尋聲暗問彈者誰？琵琶聲停欲語遲。移船相近邀相見，添酒回燈重開宴。千呼萬喚始出來，猶抱琵琶半遮面……」（節錄）

妝罷低聲問夫婿，畫眉深淺入時無？

梳妝打扮後輕聲問夫婿，畫成這樣深淺濃度的眉毛是否迎合現在的時尚？

【解析】朱慶餘詩中自比為新嫁婦，把時任水部員外郎的張籍和主考官比成新郎和公婆，藉此向張籍探詢自己的寫作方式能否投主考官的喜好，也道出了他心中的不安忐忑和新嫁婦拜見公婆的緊張心情是一樣的。可用來形容女人在丈夫面前刻意裝扮後的嬌羞情態。另用來比喻做完某事後徵求他人的意見或期待結果是他人所滿意的。

【出處】唐・朱慶餘〈近試上張籍水部〉詩：「洞房昨夜停紅燭，待曉堂前拜舅姑。妝罷低聲問夫婿，畫眉深淺入時無？」

■妝扮■

雲想衣裳花想容。

看到了天上的雲彩，就想到了她的衣裳，看到了花，就想起了她的容顏。

【解析】相傳唐玄宗和楊貴妃正在宮中觀賞牡丹時，特地把當時擔任翰林學士的李白召來作詩助興，詩中李白借雲和花來比擬楊貴妃的服飾絢麗與容貌姣好的美人形象。可用來形容女子愛美以及善於裝扮。

【出處】唐・李白〈清平調〉詩三首之一：「雲想衣裳花想容，春風拂檻露華濃。若非羣玉山頭見，會向瑤臺月下逢。」

照花前後鏡，花面交相映。

戴上花朵，用前後兩面鏡子照著看，花和人的面容在鏡子裡互相輝映。

【解析】溫庭筠於詞中描寫一女子對著鏡子整飾妝容的情景，藉由一前一後的鏡子裡出現自己的面孔和頭後的簪花，仔細端詳妝容是否打理妥當。可用來形容女子對鏡妝扮的嬌美神態。也可用來形容女子顧影自賞的樣子。

【出處】唐・溫庭筠〈菩薩蠻・小山重疊金明滅〉詞：「小山重疊金明滅，鬢雲欲度香腮雪。懶起畫蛾眉，弄妝梳洗遲。照花前後鏡，花面交相映。新帖繡羅襦，雙雙金鷓鴣。」

學梳蟬鬢試新裙，消息佳期在此春。

一面學著把鬢髮梳理成像蟬翼般細薄動人，一面又忙著試穿新的裙子，因為大好佳期就在今年春天啊！

【解析】本詩詩題為〈新上頭〉。上頭，指的是古代女子出嫁，將頭髮挽起結成髮髻的儀式。韓偓詩中描寫一名正準備新婚的女子對鏡學著梳理已婚婦女的鬢式和試穿新裙的行止，表現十分在意自己的妝容，以及對即將到來的婚禮充滿期待的喜悅心情。可用來形容待嫁女兒用心梳妝打扮的樣子。

【出處】唐．韓偓〈新上頭〉詩：「學梳蟬鬢試新裙，消息佳期在此春。為愛好多心轉惑，遍將宜稱問傍人。」

懶起畫蛾眉，
弄妝梳洗遲。

醒來後，懶洋洋地起身描畫自己細長而彎曲的眉毛，慢吞吞地梳頭整理自己的妝容。

【解析】溫庭筠描寫一女子早晨醒來，意興闌珊地梳理妝容的情態，抒發其不知要為誰而裝扮的寂寞感傷。清人陳廷焯《白雨齋詞話》評曰：「飛卿詞『懶起畫蛾眉，弄妝梳洗遲』，無限傷心，溢於言表。」可用來形容女子梳妝時嬌慵柔美的神態。另可用來形容女子睡醒後心情低落，意態懶散。

【出處】唐．溫庭筠〈菩薩蠻．小山重疊金明滅〉詞：「小山重疊金明滅，鬢雲欲度香腮雪。懶起畫蛾眉，弄妝梳洗遲。照花前後鏡，花面交相映。新帖繡羅襦，雙雙金鷓鴣。」

高雅

天寒翠袖薄，
日暮倚修竹。

天氣寒冷，但她的身上只穿著翠色的薄衣，在黃昏時分，倚立在長竹的旁邊。

【解析】杜甫詩中的「天寒」除點明天候外，其實也暗喻佳人當時處境之艱難，以「翠袖薄」描寫佳人衣衫單薄，身形纖弱，以「倚修竹」比擬佳人的清高志節正如耐寒又挺拔的竹柏，堅忍不屈。可用來形容女子風姿輕盈，人品高潔。

【出處】唐．杜甫〈佳人〉詩：「……在山泉水清，出山泉水濁。侍婢賣珠回，牽蘿補茅屋。摘花不插鬢，采柏動盈掬。天寒翠袖薄，日暮倚修竹。」（節錄）

絕代有佳人，幽居在空谷。

她是這一代絕無僅有的美麗佳人，居住在深隱僻靜的山谷之中。

【解析】杜甫在舉家遷移的途中，偶遇一位出身良家的絕世佳人，她因兄弟死於戰亂，丈夫見其娘家敗落而將她拋棄，後來女子來到荒山野谷，展開其與草木為鄰的幽居歲月。杜甫意在讚美這位居住在深谷中的絕世佳人其高潔、幽雅的人品。可用來形容女子貌美與品格高尚。

【出處】唐．杜甫〈佳人〉詩：「絕代有佳人，幽居在空谷。自云良家子，零落依草木。關中昔喪敗，兄弟遭殺戮。官高何足論？不得收骨肉……」（節錄）

■矯捷■

身輕一鳥過，槍急萬人呼。

身影輕捷，就像是一隻鳥兒在眼前飛過般，槍法迅疾，使得上萬人全都驚呼不已。

【解析】此詩是杜甫為當時名將哥舒翰的部屬蔡希曾都尉送行時所作，詩中稱譽蔡都尉勇決善戰，在前線奮力殺敵，俐落的身手就跟飛鳥一樣快捷靈

活，嫻熟的槍法更贏得了全軍上下的喝采，眾人無不心悅誠服。可用來形容動作敏捷，武藝高強。

【出處】唐·杜甫〈送蔡希曾都尉還隴右，因寄高三十五書記〉詩：「蔡子勇成癖，彎弓西射胡。健兒寧鬥死，壯士恥為儒。官是先鋒得，材緣挑戰須。身輕一鳥過，槍急萬人呼……」（節錄）

草枯鷹眼疾，雪盡馬蹄輕。

野草枯萎，獵鷹的目光特別銳利而使獵物更無遺漏，積雪消融，獵人的馬飛奔的速度格外輕快無阻，很快地便追到獵物。

【解析】王維詩中藉著寫鷹、馬助獵人捕獲獵物之得心應手，來展現獵人馳騁追逐時身手輕敏迅捷。可用來形容獵人在寒冬將盡時出獵的矯健身姿與不凡氣勢。

【出處】唐·王維〈觀獵〉詩：「風勁角弓鳴，將軍獵渭城。草枯鷹眼疾，雪盡馬蹄輕。忽過新豐市，還歸細柳營。迴看射鵰處，千里暮雲平。」

衰醜

多病多愁心自知，行年未老髮先衰。

心中明白自己的病痛不少又多愁善感，年紀雖然還沒有到老，但頭髮早已先掉而顯得面容衰老。

【解析】白居易詩中主在感嘆自己雖尚未年老，但緣於病痛纏身，以致外貌和心態早已出現各種老化的跡象。可用來形容人還不到老年，外表樣貌和身心狀態已邁入衰頹。

【出處】唐·白居易〈嘆髮落〉詩：「多病多愁心自知，行年未老髮先衰。隨梳落去何須惜？不落終須變作絲。」

醜女來效顰，還家驚四鄰。

容貌醜陋的女子模仿西施皺著眉頭的模樣，返家時把周遭的鄰居全都嚇著了！

【解析】春秋越國美女西施因患有心病而經常蹙額捧心，人們看了覺得別具風姿，更增美態。李白詩中描寫相貌醜陋的人也想要學西施的動作，結果鄰人見狀後反而受到驚嚇。可用來形容女子容貌難看，卻喜歡效法美人蹙眉，讓人感到怪異而驚恐。另可用來比喻不衡量自身的條件，只是盲目地模仿他人，往往得到的是反效果。

【出處】唐．李白〈古風〉詩 五十九首之三十五：「醜女來效顰，還家驚四鄰。壽陵失本步，笑殺邯鄲人……」（節錄）

言語行為

言談

平生不解藏人善，到處逢人說項斯。

我一生不懂得把人的優點藏起來不說，所以看到人都會說項斯的好。

【解析】楊敬之詩中表達其看了項斯的文章後，便很喜愛項斯的文章，後來知道項斯的人品也好，故逢人就會稱揚他。可用來形容喜歡到處誇獎別人的優點。也可用來比喻替他人遊說說情。

【出處】唐．楊敬之〈贈項斯〉詩：「幾度見詩詩總好，及觀標格過於詩。平生不解藏人善，到處逢人說項斯。」

含情欲說宮中事，鸚鵡前頭不敢言。

滿懷幽怨想要訴說宮裡的事情，看到鸚鵡在面前便不敢說出來了。

【解析】朱慶餘描寫兩名宮女本欲互訴衷腸，但一見到會學人話的鸚鵡便有所畏忌而不敢多言了，以此暗示在宮中說話必須提防隔牆有耳，以免遭到有心人的詆毀，反而為自己招來不測，由此也可看出宮中生活的幽閉與黑暗。可用來形容想說的話當著某人的面前不敢說出口。也可用來形容因有第三者在旁，自己的想法或心事不願被其聽見或擔心其中傷，故忍著不說出來。

【出處】唐．朱慶餘〈宮詞〉詩：「寂寂花時閉院門，美人相並立瓊軒。含情欲說宮中事，鸚鵡前頭不敢言。」

【純真】

郎騎竹馬來，遶床弄青梅。同居長干里，兩小無嫌猜。

回憶兒時你騎著竹馬過來，我們圍繞著井欄投擲著青梅玩耍。我們同住在長干里，從小一起長大，用不著避嫌疑或旁人的猜忌。

【解析】李白借一女子的口吻，自述其從童年到步入婚姻，以至於後來丈夫離家未歸的過程。其中「騎竹馬」、「弄青梅」都是在敘述兩人稚齡時的玩耍遊戲，可見她和丈夫是從小相識的玩伴，也累積了相當深厚的感情基礎。清人黃周星《唐詩快》云：「雖是兒女子喁喁，卻原帶英雄之氣，自與他人閨怨不同。」可用來形容男女幼童純真無邪的嬉戲情景。

【出處】唐．李白〈長干行〉詩二首之一：「妾髮初覆額，折花門前劇。郎騎竹馬來，遶床弄青梅。

同居長干里，兩小無嫌猜。十四為君婦，羞顏未嘗開。低頭向暗壁，千喚不一回。十五始展眉，願同塵與灰。常存抱柱信，豈上望夫臺。十六君遠行，瞿塘灩澦堆。五月不可觸，猿聲天上哀……」（節錄）

遙憐小兒女，未解憶長安。

可憐我那遠方的幼小兒女們，還不懂得他們的母親為何會如此地思念長安。

【解析】離開鄜州的妻小，隻身在長安的杜甫，對著皎皎明月，想像著他年幼的兒女陪著妻子看著月亮的情景，由於兒女年紀尚小，自是不能理解母親望月思念父親的心情，藉此抒發自己對家人的想念。可用來形容孩童天真無邪，未諳人情世事。

【出處】唐．杜甫〈月夜〉詩：「今夜鄜州月，閨中只獨看。遙憐小兒女，未解憶長安。香霧雲鬟溼，清輝玉臂寒。何時倚虛幌？雙照淚痕乾。」

■狂放■

我本楚狂人，鳳歌笑孔丘。

我原本就像春秋楚國的狂人接輿一樣，高唱「鳳兮鳳兮！何德之衰」的歌來嘲笑孔丘。

【解析】楚狂人，指的是春秋楚國隱士陸通，字接輿。《論語．微子》中記載接輿曾唱出「鳳兮鳳兮！何德之衰」的歌來諷刺到楚國遊說楚王的孔子，意在規勸孔子於亂世中不要戀眷仕途，以免惹禍上身。李白在此借用前人典故，自比楚狂人接輿的縱情恣意，任性而為，對政治前景不抱希望。可用來形容人言行狂放不羈，不受世俗束縛。

【出處】唐．李白〈廬山謠寄盧侍御虛舟〉詩：「我本楚狂人，鳳歌笑孔丘。手持綠玉杖，朝別黃鶴樓……」（節錄）

李白一斗詩百篇，長安市上酒家眠。

李白只要喝下一斗酒，立刻詩興大發作出上百篇的詩來，他經常到長安街上去喝酒，喝醉了就在酒店酣眠。

【解析】杜甫以幽默諧謔的筆調描摹文壇上八位友人喝酒後的神態，包括有賀知章、李璡、李適之、崔宗之、蘇晉、李白、張旭和焦遂，杜甫稱他們為「八仙」。詩中也道出了李白只要黃湯一下肚便詩興大發，文采飛揚，喝到爛醉後還直接倒臥酒家酣睡，完全不在乎他人的異樣眼光。可用來形容李白不僅嗜酒，還能借酒助詩興，以及不拘小節的豪放形象。

【出處】唐．杜甫〈飲中八仙歌〉詩：「……蘇晉長齋繡佛前，醉中往往愛逃禪。李白一斗詩百篇，長安市上酒家眠。天子呼來不上船，自稱臣是酒中仙。張旭三杯草聖傳，脫帽露頂王公前，揮毫落紙如雲煙。焦遂五斗方卓然，高談雄辯驚四筵。」（節錄）

花須連夜發，莫待曉風吹。

百花須得連夜齊放，不可等到天亮風吹時才綻開。

【解析】詩題一作〈臘日宣詔幸上苑〉。武則天武曌（ㄓㄠˋ）於農曆臘月初八欲至上苑（即上林苑，秦漢時期的皇家園林）賞花，由於時序正值寒冬，還未到花開時節，武則天便作詩傳詔給管理百花的春神，令其催促上苑裡的花連夜盛開。相傳第二天武則天連同文武百官遊上苑時，原本含苞待放的花果然全都開放。植物開花原本就得按時間、季節的先後順序，武則天卻為了提前賞花而下詔書給春神，乍聽之下像是無稽之談，但這也正是此詩要傳達的意圖，就是武則天自詡為負有天命的皇帝，暗示有心叛變的臣子不可違逆上天的旨意，否則將會招致天譴。可用來形容一代女皇武則天號令天下、主宰一切的狂傲氣概。

【出處】唐．武則天武曌〈催花〉詩：「明朝遊上苑，火急報春知。花須連夜發，莫待曉風吹。」

科頭[1]箕踞[2]長松下，白眼看他世上人。

不戴帽子，兩腿分開坐在大松樹下，眼睛朝上，冷冷地看著世俗中人。

【注釋】1. 科頭：泛指不戴帽子。2. 箕踞：兩腿舒展而坐，形如畚箕，是一種隨意不拘或倨傲無禮的表現。

【解析】王維與友人盧象一同去拜訪表弟崔興宗，他見崔興宗幽居山林，生活逍遙自在，舉止不拘禮節，眼裡看不起那些在俗世中追逐名利的人，王維便作此詩稱許崔興宗不同於流俗的孤傲性格。可用來形容人自命清高，性情狂傲，故對世俗名利之徒表現出鄙薄厭惡的行止。

【出處】唐．王維〈與盧員外象，過崔處士興宗林亭〉詩：「綠樹重陰蓋四鄰，青苔日厚自無塵。科頭箕踞長松下，白眼看他世上人。」

氣岸遙凌豪士前，風流肯落他人後？

氣概高傲，遠遠超過那些豪放人士，放蕩不羈，又豈肯落於他人的後面？

【解析】李白晚年遭流放夜郎，詩中他回顧年輕時期，曾在京城長安和權貴們開懷暢飲，當時傲岸不羈的氣概，令豪傑志士都為之佩服，以及他那放誕不受拘束的態度，從來不肯落後於人，只是昔日豪情萬千對比他今日的窮途落魄，內心自是抑鬱難平。可用來形容人意氣風發、狂放不羈的樣子。

【出處】唐．李白〈流夜郎贈辛判官〉詩：「昔在長安醉花柳，五侯七貴同杯酒。氣岸遙凌豪士前，風流肯落他人後？夫子紅顏我少年，章臺走馬著金鞭。文章獻納麒麟殿，歌舞淹留玳瑁筵。與君自謂長如此，寧知草動風塵起。函谷忽驚胡馬來，秦宮桃李向明開。我愁遠謫夜郎去，何日金雞放赦回？」

痛飲狂歌空度日，飛揚跋扈為誰雄？

你成天痛快地飲酒，縱情高歌消磨日子，如此意氣飛揚，是為了在誰的面前稱雄呢？

【解析】杜甫在詩中描寫李白因得罪權貴而不得不離開翰林供奉一職後每天狂飲度日，行止放肆不羈，縱使仕途失意，壯志難伸，如飄蓬般雲遊四海的李白依然意態狂傲，瀟灑自若，絕不與現實妥協。可用來形容人終日飲酒，恣情放縱，任性而為。

【出處】唐．杜甫〈贈李白〉詩：「秋來相顧尚飄蓬，未就丹砂愧葛洪。痛飲狂歌空度日，飛揚跋扈為誰雄？」

新豐[1]美酒斗十千，咸陽游俠多少年。

新豐縣的美酒一斗值十千錢，咸陽城裡的游俠多是少年郎。

【注釋】1. 新豐：地名，位在今陝西西安市境內，以產美酒聞名。

【解析】詩中「咸陽」本是秦朝國都，王維在此代指唐都長安。詩中描寫長安城裡聚集了不少年輕俠士，他們皆是喜好交遊、看輕生死且重情重義之人，彼此一見如故，便開懷縱飲起聞名遐邇的新豐美酒。可用來形容少年游俠豪邁不羈、意氣風發的形象。

【出處】唐．王維〈少年行〉四首之一：「新豐美酒斗十千，咸陽游俠多少年。相逢意氣為君飲，繫馬高樓垂柳邊。」

【揮霍】

一擲千金渾是膽，家無四壁不知貧。

在外揮霍大筆的錢財時膽量很大，無所畏忌，家裡空無一物還不知道自己的貧窮。

【解析】吳象之詩中描述一名陪皇帝打獵的少年，把皇帝賜與的大量金錢全都花在結交富貴朋友上，即便家中屋內窮到一無所有也毫不在乎。可用來形容一個人恣意浪費錢財、毫不節制的行為。

【出處】唐．吳象之〈少年行〉詩：「承恩借獵小平津，使氣常遊中貴人。一擲千金渾是膽，家無四壁不知貧。」

六博[1]爭雄好彩[2]來，金盤一擲萬人開。

為了贏得彩頭而在博弈時與眾人競爭輸贏，豪邁地往棋盤上擲下所有的賭注，在場的人全都高聲喊叫起來。

【注釋】1.六博：古代賭博遊戲的一種，由棋子、棋盤和箸三種器具組成。兩人相博，每人六枚棋子，按照各自擲箸上的數目，以決定在棋盤上走棋的步數，行棋時相互攻逼致對方死棋為止。六博中的箸，即相當於後來的骰子。2.好彩：此指賭博中獲勝者的豐厚獎金或獎品。彩，即彩頭，指參加競賽或賭博時贏得的錢物。

【解析】本詩詩題為〈送外甥鄭灌從軍〉，乃李白送給即將參軍入伍的外甥鄭灌之作，詩中借寫在賭博場上為爭贏而孤注一擲，眾人見狀驚呼連連的情景，來比喻鄭灌得到了報效國家，建立汗馬功勞的機會，就如同博弈時獲得好彩頭是一樣幸運，鼓勵

其在戰場上殺敵立功，凱旋歸來。可用來形容不惜金錢的豪賭行為。

【出處】唐．李白〈送外甥鄭灌從軍〉詩三首之一：「六博爭雄好彩來，金盤一擲萬人開。丈夫賭命報天子，當斬胡頭衣錦回。」

黃金買歌笑，用錢不復數。

用貴重的黃金來買歌者的笑顏，耗費的錢財多到數都數不清。

【解析】王維借寫戰國時趙國女子及其丈夫擅長用歌舞表演、鬥雞技能來取悅齊王，暗諷當時的君王沉溺於聲色享樂以及浪擲金錢的行徑。可用來形容用錢如水，揮霍無度。

【出處】唐．王維〈偶然作〉詩六首之五：「趙女彈箜篌，復能邯鄲舞。夫婿輕薄兒，鬥雞事齊主。黃金買歌笑，用錢不復數……」（節錄）

隨便

翻手作雲覆手雨，紛紛輕薄何須數？

掌心向上時是雲，掌心向下時又變成了雨，如此翻覆無常、輕薄無行的人比比皆是，哪裡用得著細數呢？

【解析】飽受貧困所苦的杜甫，觀察到人在富貴得勢時，交遊熱絡頻繁，反之，在失意潦倒時，所有人便隨即散去，兩者之間的變化，就好比翻手覆手一樣快速容易。清人浦起龍《讀杜心解》評曰：「只起一語，盡千古世態。」可用來形容人的行止輕浮，喜好玩弄手段，興風作浪。另可用來形容與人交往勢利多變，情誼無常。

【出處】唐．杜甫〈貧交行〉詩：「翻手作雲覆手雨，紛紛輕薄何須數？君不見管鮑貧時交，此道今人棄如土。」

顛狂柳絮隨風舞，輕薄桃花逐水流。

瘋狂的柳絮隨風飛舞，輕佻的桃花逐水而流。

【解析】此詩表面上是在描寫柳絮漫天飄飛、桃花隨水漂流的暮春美景，實際上是杜甫刻意借「顛狂」、「輕薄」之語來諷刺人的言行放蕩輕浮，正與柳絮、桃花一樣，沒有確定的立場也不堅守原則，終究會喪失自我，隨波逐流。可用來形容人的言行舉止輕浪浮薄。另可用來形容花絮滿天飛揚、順著水流而行的景象。

【出處】唐．杜甫〈絕句漫興〉詩九首之五：「腸斷春江欲盡頭，杖藜徐步立芳洲。顛狂柳絮隨風舞，輕薄桃花逐水流。」

▌虛偽▐

白鷺之白非純真，外潔其色心匪仁。

白鷺的羽毛雖然潔白，但並不單純真誠，牠只是外表的顏色看似潔淨，內心卻是不仁慈的。

【解析】這是一首舞曲的歌詞，李白先是歌頌白鳩性情溫馴良善，知足平和，接著描寫白鷺表面看似純白乾淨，實是喜好不勞而獲，個性貪婪殘忍，正與真誠高尚的白鳩互成對比，意在批判當時朝中的權貴口蜜腹劍，假仁假義。可用來比喻人表裡不一，虛偽作假。

【出處】唐．李白〈白鳩辭〉詩：「鏗鳴鐘，考朗鼓。歌白鳩，引拂舞。白鳩之白誰與憐，霜衣雪襟誠可珍。含哺七子能平均，食不噎，性安馴，首農政，鳴陽春。天子刻玉杖，鏤形賜耆人。白鷺之白非純真，外潔其色心匪仁。闕五德，無司晨，胡為啄我葭下之紫鱗。鷹鸇鵰鶚，貪而好殺。鳳凰雖大聖，不願以為臣。」

晚將末契[1]託年少，當面輸心背面笑。

晚年將情誼託付給年輕人，但他們當著你的面表現出親熱交心的樣子，背後卻是在譏笑你。

【注釋】1. 末契：長者對晚輩的交誼。

【解析】杜甫視天下友人如膠漆，縱使與年輕晚輩往來也是真誠相待，不過當他發現這些人的言行表裡不一時，自是難掩心中的失望，故在詩中奉勸世人別熱中心思在爭鬥和相互猜疑上。可用來形容真心與人交往，但對方卻是人前一套，人後一套。

【出處】唐．杜甫〈莫相疑行〉詩：「男兒生無所成頭皓白，牙齒欲落真可惜。憶獻三賦蓬萊宮，自怪一日聲烜赫。集賢學士如堵牆，觀我落筆中書堂。往時文采動人主，此日飢寒趨路旁。晚將末契託年少，當面輸心背面笑。寄謝悠悠世上兒，不爭好惡莫相疑。」

才能學識

優秀

一夫當關，萬夫莫開。

只要一個人守住關口要塞，即使有一萬人攻上來也都別想衝破。

【解析】李白藉描寫山川的險峻來突顯蜀道之難行，而如此崎嶇高危的地形，正好形成一座天然堅固的防禦關塞。清代詩評家沈德潛《唐詩別裁集》評曰：「筆陣縱橫，如虯飛蠖動，起雷霆於指顧之間。」可用來比喻一個人的本事極大，眾人都無法與之匹敵。另可用來比喻地勢險要，易守難攻。

【出處】唐．李白〈蜀道難〉詩：「……劍閣崢嶸而崔嵬，一夫當關，萬夫莫開。所守或匪親，化為狼與豺。朝避猛虎，夕避長蛇。磨牙吮（ㄕㄨㄣˇ）

血，殺人如麻。錦城雖云樂，不如早還家。蜀道之難難於上青天，側身西望長咨嗟。」（節錄）

三分割據紆籌策，萬古雲霄一羽毛。

諸葛亮為三國鼎立的局面，費心籌謀策劃，千秋萬代以來，他的才能就像是翱翔在高空中的一隻大鳥。

【解析】杜甫在詩中表揚三國蜀相諸葛亮的卓越才智與傑出膽識，對於他為蜀漢所立下的奇功偉業予以極高的評價。可用來讚美諸葛亮拔萃出群的才幹。

【出處】唐．杜甫〈詠懷古跡〉詩五首之五：「諸葛大名垂宇宙，宗臣遺像肅清高。三分割據紆籌策，萬古雲霄一羽毛。伯仲之間見伊呂，指揮若定失蕭曹。福移漢祚難恢復，志決身殲軍務勞。」

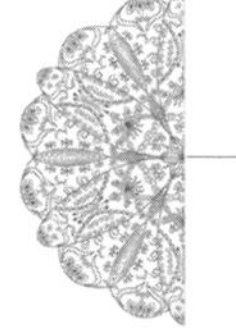

天恐文章中道絕，再生賈島在人間。

上天唯恐孟郊的文章會隨其去世而中斷，所以又生了賈島來到人間。

【解析】韓愈對孟郊的詩文十分推崇，孟郊去世後，與其詩歌風格相近的賈島，在韓愈的心目中便承繼了孟郊的文學命脈，地位顯著，世稱齊名的兩人「郊寒島瘦」。可用來讚美以清奇幽峭詩風著稱的賈島在歷史上的文學成就。

【出處】唐．韓愈〈贈賈島〉詩：「孟郊死葬北邙山，日月星辰頓覺閑。天恐文章中道絕，再生賈島在人間。」

天然一曲非凡響，萬顆明珠落玉盤。

（瀑布由高處奔瀉而下的）聲音是天然而不平凡

的樂音，宛若萬顆晶瑩的珍珠落在玉盤一樣的響亮。

【解析】道士程太虛描寫瀑布在蒼翠山谷間直瀉而下，清脆的流水聲傳入耳裡，就像是珍珠落玉盤般，他認為此乃大自然發出的美妙天籟，絕非凡間的曲調可與比擬。可用來比喻人的才能傑出。另可用來比喻不平凡的音樂，也可用來比喻藝術或文學作品的出色。

【出處】唐．程太虛〈漱玉泉〉詩：「瀑布橫飛翠壑間，泉聲入耳送清寒。天然一曲非凡響，萬顆明珠落玉盤。」

世人皆欲殺，吾意獨憐才。

世上的人大都認為李白該殺，我的心裡卻是獨獨愛惜他的才氣。

【解析】李白因永王李璘叛亂而受到牽連，當時很多人要求將李白處以極刑，後被判流放夜郎，直到遇到朝廷大赦才得返。已十多年沒見到李白的杜甫，不忍好友遭到當朝權貴的排擠非議，甚至還想要殺了他，語氣中流露出對李白懷才不遇的哀憐悲痛。可用來表達對具有才華卻犯眾怒之人的寬容與支持。

【出處】唐．杜甫〈不見〉詩：「不見李生久，佯狂真可哀。世人皆欲殺，吾意獨憐才……」（節錄）

功蓋三分國，名成八陣圖。

三國鼎立時，諸葛亮的功業蓋世，他所創制的八陣圖，天下聞名。

【解析】八陣圖是三國蜀相諸葛亮以石所布的陣式，由天、地、風、雲、龍、虎、鳥、蛇八種陣勢所構成，於兩軍對壘時作困敵之用。杜甫認為諸葛亮的功業超過三國時代的任何人，詩中並借諸葛亮所排布的八陣圖來突顯其卓越的軍事才幹。可用來

頌揚三國蜀相諸葛亮的偉大功績及其在軍事上的卓絕成就。

【出處】唐．杜甫〈八陣圖〉詩：「功蓋三分國，名成八陣圖。江流石不轉，遺恨失吞吳。」

白也詩無敵，飄然思不群。

李白的詩文天下無敵，才思更是灑脫不羈，高超不凡。

【解析】杜甫詩中主在抒發其對李白的讚譽與思慕之情，更直指李白創作詩歌的才氣情思卓異超群，冠絕當代。可用來形容李白的才學思想超凡脫俗，出群拔萃。

【出處】唐．杜甫〈春日憶李白〉詩：「白也詩無敵，飄然思不羣。清新庾開府，俊逸鮑參軍……」（節錄）

兵法五十家，爾腹為篋笥[1]。

熟讀歷來各家的兵書，腹中的知識豐富到就像是大箱子裡裝滿了東西一樣。

【注釋】1. 篋笥：竹編的箱子。

【解析】這是杜甫為送別堂弟杜亞將要赴河西（指河西節度使的治所涼州）就任判官而作，詩中大力稱讚杜亞不僅飽讀兵書、學問淵博，而且與人應對圓融通達，必然會是朝廷不可多得的人才。可用來比喻人精通兵法，辯才無礙。

【出處】唐．杜甫〈送從弟亞赴河西判官〉詩：「……兵法五十家，爾腹為篋笥。應對如轉丸，疏通略文字……」（節錄）

宣父猶能畏後生，丈夫未可輕年少。

連孔子都說過後生可畏的話了，堂堂大丈夫又豈能如此輕視年輕人啊！

【解析】李白年輕時意氣風發，他對當時的名士李邕在晚輩面前展現那種自恃甚高、輕慢無禮的態度頗不以為然，故借孔子在《論語．子罕》中說過的「後生可畏」來反譏李邕難道認為自己比孔子還要了不起嗎？怎麼可以這樣小看年輕人的本事呢！可用於說明年輕人的才學成就將來極有可能超越前輩，不可看輕。也可用來勉勵年長者，如果只會倚老賣老而不多加努力，很快便會被新世代追趕超越。

【出處】唐．李白〈上李邕〉詩：「大鵬一日同風起，搏搖直上九萬里。假令風歇時下來，猶能簸卻滄溟水。世人見我恆殊調，聞余大言皆冷笑。宣父猶能畏後生，丈夫未可輕年少。」

桐花萬里丹山路，雛鳳[1]清於老鳳聲。

傳說中的鳳凰產於丹山路上，途中一片的桐花盛開，從梧桐樹上傳來幼小鳳鳥的鳴聲，這聲音要比老鳳鳥的叫聲更加清脆圓潤。

【注釋】1. 雛鳳：鳳的幼鳥，後多比喻出色的子弟或年輕人。

【解析】晚唐詩人韓偓，小名冬郎，他的父親韓瞻與李商隱同年，兩人也是連襟關係，即韓偓要稱李商隱為姨丈。年少時的韓偓，曾在一場為李商隱餞行的筵席上賦詩送別，吟畢滿座皆驚；其後李商隱寫詩寄贈韓瞻父子，便在詩中以雛鳳的初試啼聲更勝老鳳為喻，意在稱許韓偓的詩才敏捷更勝父親韓瞻。可用來比喻青年才俊或有才幹的後生晚輩嶄露頭角。

【出處】唐．李商隱〈韓冬郎即席為詩相送，一座盡驚。他日余方追吟：「連宵侍坐徘徊久」之句有老成之風，因成二絕寄酬，兼呈畏之員外〉詩二首之一：「十歲裁詩走馬成，冷灰殘燭動離情。桐花萬里丹山路，雛鳳清於老鳳聲。」

將略兵機命世雄，蒼黃[1]鐘室[2]嘆良弓[3]。

韓信擁有將帥善於用兵的謀略與機智，是聞名於世的英雄人物，可惜世事變化太快，最後在漢宮鐘室被殺，不禁讓人發出人才來不及避禍的感嘆。

【注釋】1. 蒼黃：本指青色和黃色，此比喻事情倉促忙亂，變化很快。2. 鐘室：此指韓信被處死的長樂宮懸鐘之室。3. 良弓：本指好弓，此只有功勞的人。韓信曾言「高鳥盡，良弓藏」，原意是獵人用強弓射殺獵物後就把它擱置一邊，後多引申功臣輔助上位者滅敵後，就要盡快隱遁，否則功高震主必會遭來災禍。

【解析】劉禹錫途經祭祀韓信的廟宇時，慨嘆這位深通韜略、善曉兵機的將才，曾為西漢建國立下豐偉功業，下場卻是慘遭高祖的皇后呂后誅殺，他認為韓信若當時能把握時機，急流勇退，或許就可以避開被殺戮的厄運。其中「將略兵機命世雄」一句，可用來形容人的軍事才能高超，用兵如神，機謀遠慮，堪稱一代豪傑。另可用來抒發功勞蓋世或忠君愛國的臣子，遭到上位者猜疑忌妒而棄用或殺害的怨憤不平。

【出處】唐．劉禹錫〈韓信廟〉詩：「將略兵機命世雄，蒼黃鐘室嘆良弓。遂令後代登壇者，每一尋思怕立功。」

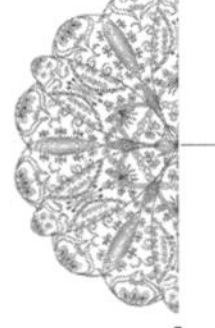

敏捷詩千首，飄零酒一杯。

李白的文思敏捷，作有詩歌上千餘首，只是時運不濟，四處漂泊，唯有借酒來消解心中愁悶。

【解析】杜甫許久未見好友李白，輾轉聽聞李白流放夜郎後又遇赦的消息，不禁對這位懷有絕世才情的友人竟蒙受政治上的不白之冤，自此過著飄零縱酒的日子深表不捨。可用來形容才華洋溢卻落拓失意的才子。

【出處】唐．杜甫〈不見〉詩：「……敏捷詩千首，飄零酒一杯。匡山讀書處，頭白好歸來。」（節錄）

莫言馬上得天下，自古英雄盡解詩。

不要說劉邦只是坐在馬背上就得到了天下，自古以來，許多英勇豪傑都是懂詩的人。

【解析】本詩詩題為〈歌風臺〉。歌風臺，位在今江蘇徐州市沛縣境內，相傳漢高祖劉邦平定淮南王英布亂事時經過沛縣，曾在此地置酒擊筑、吟唱〈大風歌〉，當地百姓為紀念其衣錦還鄉而建造。林寬認為歷來不少人品評劉邦時，多直指劉邦不過是憑藉武力獲得天下，毫無文才學養，其對此說法相當不以為然，他相信能寫出「大風起兮雲飛揚，威加海內兮歸故鄉，安得猛士兮守四方」這樣詩句的人，絕不可以等閑人物視之，意即頌揚劉邦實是一位允文允武的蓋世雄才。可用來說明草莽英雄、勇將武夫當中，也有許多滿腹經綸，文采出眾的人。

【出處】唐．林寬〈歌風臺〉詩：「蒿棘空存百尺基，酒酣曾唱〈大風詞〉。莫言馬上得天下，自古英雄盡解詩。」

莫愁前路無知己，天下誰人不識君？

請不必擔憂日後找不到知心好友，天底下有哪個人不認識您呢？

【解析】此為高適為董庭蘭送別之作，詩中安慰好友不要為離別而感到憂傷，他相信憑藉著董庭蘭的卓越才情和美好名聲，不管到哪裡都會受到大家的喜愛。明末清初人徐增《而庵說唐詩》評曰：「此詩妙在粗豪。」可用來讚美某人的才氣和聲譽天下皆知。另可用來勸勉即將遠行的友人勇敢出去冒險，未來必定前程似錦。

【出處】唐．高適〈別董大〉詩二首之一：「千里黃雲白日曛，北風吹雁雪紛紛。莫愁前路無知己，天下誰人不識君？」

鳥啼花落人何在？竹死桐枯鳳不來。

鳥兒啼鳴，花兒凋謝，你的人如今到了哪裡？竹子已死，梧桐已枯，鳳凰鳥不會再飛回來。

【解析】崔玨（ㄐㄩㄝˊ）為李商隱的好友，他得知李商隱的死訊後，悲痛不已，不捨好友還來不及展現凌雲萬丈的才識與抱負便撒手人寰。因自古有鳳凰非梧桐不棲，非竹實不食的說法，常被用來比喻賢人俊士，故詩中以「竹死桐枯鳳不來」來悲悼李商隱懷才卻飲恨而終的潦倒一生，也可看出崔玨對李商隱的坎坷仕途憤恚難平。可用來形容才智賢明的人不幸去世。

【出處】唐．崔玨〈哭李商隱〉詩二首之二：「虛負凌雲萬丈才，一生襟抱未曾開。鳥啼花落人何在？竹死桐枯鳳不來。良馬足因無主踠，舊交心為

絕弦哀。九泉莫嘆三光隔，又送文星入夜臺。」

搖落深知宋玉悲，風流儒雅亦吾師。

看到草木凋零的景況，就深深理解到戰國楚人宋玉當時的悲痛，像他這樣文藻出眾和風度高雅的人，真的可以做我的老師了。

【解析】杜甫親臨戰國楚人宋玉的故宅，看到草木搖落、萬物蕭條的景象，不禁觸景生情，對宋玉生前懷才不遇的悲傷深有同感，詩中更推崇宋玉深厚的學養以及雍容的氣度。可用來讚美戰國楚人宋玉的才華與風度，堪稱人們的典範。

【出處】唐．杜甫〈詠懷古跡〉詩五首之二：「搖落深知宋玉悲，風流儒雅亦吾師。悵望千秋一灑淚，蕭條異代不同時。江山故宅空文藻，雲雨荒臺豈夢思？最是楚宮俱泯滅，舟人指點到今疑。」

腹中貯書一萬卷，不肯低頭在草莽。

你的腹中就好像藏有一萬卷書籍那樣才學豐富，當然不願低聲下氣地在民間過一輩子。

【解析】李頎詩中稱讚好友陳章甫的學問淵博，具有處理政事的能力，而如此優秀的人才，自然是想要出仕成就一番功績事業，不甘湮沒無聞、無所作為地度過一生。可用來形容一個人滿腹經綸，才識豐富，不願只當個平凡百姓，而希望有機會出來做官，立功立事。

【出處】唐．李頎〈送陳章甫〉詩：「……陳侯立身何坦蕩？虬鬚虎眉仍大顙。腹中貯書一萬卷，不肯低頭在草莽……」（節錄）

■低劣■

生來不讀半行書，只把黃金買身貴。

出生以來便不喜讀書，只想拿黃金來提高自己的身分地位。

【解析】詩題中的「啁」字，音ㄔㄠˊ，通「嘲」字。李賀意在諷刺那些成天不學無術、沉迷享樂的富家子弟，認為他們只知道用家裡的財富來炫耀自己的身分尊貴，完全不肯用心在研求學問上。可用來形容人毫無真才實學，只會用金錢或不正當的手段來博取虛名，高抬身價。

【出處】唐．李賀〈啁少年〉詩：「……自說生來未為客，一身美妾過三百。豈知斸（ㄓㄨˊ）地種苗家，官稅頻催勿人織。長得積玉誇豪毅，每揖閑人多意氣。生來不讀半行書，只把黃金買身貴。少年安得長少年，海波尚變為桑田。榮枯遞傳急如箭，天公不肯於公偏。莫道韶華鎮長在，髮白面皺專相待。」（節錄）

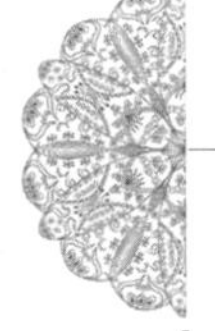

聲色狗馬外，其餘一無知。

除了嗜好歌聲、美色、養狗、騎馬之外，其餘的事情全部一無所知。

【解析】白居易在此諷喻王公貴族子弟，年紀輕輕便能繼承爵位，卻終日不學無術，縱情於聲色犬馬，其餘的事情一概不瞭解也不願意學習。可用來比喻人愚昧無知，沉迷於荒淫享樂之中。

【出處】唐．白居易〈悲哉行〉詩：「……沉沉朱門宅，中有乳臭兒。狀貌如婦人，光明膏粱肌。手不把春卷，身不擐（ㄏㄨㄢˋ）戎衣。二十襲封爵，門承勳戚資。春來日日出，服御何輕肥。朝從博徒飲，暮有倡樓期。平封還酒債，堆金選蛾眉。聲色狗馬外，其餘一無知……」（節錄）

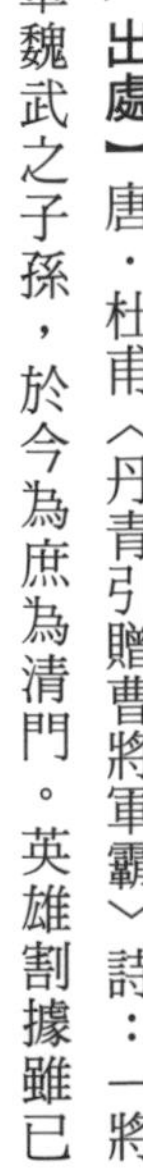

思想風範

丹青[1]不知老將至，富貴於我如浮雲。

（曹霸）一心專攻在繪畫方面，根本不知道老年已經到來，看待榮華富貴就像是天上浮雲般地淡薄。

【注釋】1.丹青：繪畫時所用的顏料。此代指繪畫。

【解析】這首詩是杜甫寫來送給當時著名的畫家曹霸，讚美曹霸一生都致力於繪畫領域的精進，畫工精湛絕倫，名聲顯赫，卻從來不追求富貴。可用來形容追求藝術或實踐理想而沒有察覺年歲漸老，心境安然淡泊，不慕名利。

【出處】唐．杜甫〈丹青引贈曹將軍霸〉詩：「將軍魏武之子孫，於今為庶為清門。英雄割據雖已

矣，文采風流猶尚存。學書初學衛夫人，但恨無過王右軍。丹青不知老將至，富貴於我如浮雲……」（節錄）

天地英雄氣，千秋尚凜然。

三國蜀國君主劉備的英雄氣概充滿天地，歷經千年依然令人肅穆起敬。

【解析】人在夔州的劉禹錫，前來瞻仰三國蜀漢開國君主劉備的廟堂，其回顧劉備生前氣蓋山河、叱吒風雲的英勇事蹟，認為即使時間已過了千餘年，劉備所立下的功業仍足以為後世的楷模。可用來讚美某位才德超群的豪傑氣魄非凡，精神久留人間。

【出處】唐·劉禹錫〈蜀先主廟〉詩：「天地英雄氣，千秋尚凜然。勢分三足鼎，業復五銖錢。得相能開國，生兒不象賢。淒涼蜀故妓，來舞魏宮前。」

古人日以遠，青史字不泯。

古代前賢先哲雖已離我們遠去，但是史冊上記載他們的事蹟卻是永遠抹滅不掉的。

【解析】杜甫詩中意在表達人的生命縱使有其限度，但在世的不凡作為和偉大功蹟，都會被記錄在史書上，並且世代相傳下去。可用來說明聖賢文人沒而不朽，精神功業永存於世間。

【出處】唐·杜甫〈贈鄭十八賁〉詩：「……羈離交屈宋，牢落值顏閔。水路迷畏途，藥餌駐修軫。古人日以遠，青史字不泯……」（節錄）

吾愛孟夫子，風流天下聞。紅顏棄軒冕[1]，白首臥松雲。

我敬愛孟先生，他那高尚的人品和超逸的才情是天下人都知曉的。他在年輕時放棄功名爵祿的追求，在年老時隱居於幽靜山林。

【注釋】1. 軒冕：古代卿大夫的座車禮帽。後多借代官位或顯貴的人。

【解析】李白詩中描寫好友孟浩然的風度翩翩、才華卓絕以及品格清高，因而贏得了世人對他的尊敬。可用來表達對某位前輩高人不慕榮華的高風亮節之欽敬仰慕。

【出處】唐．李白〈贈孟浩然〉詩：「吾愛孟夫子，風流天下聞。紅顏棄軒冕，白首臥松雲。醉月頻中聖，迷花不事君。高山安可仰？徒此揖清芬。」

我身雖歿心長在，暗施慈悲與後人。

我的身體雖然終會離開人世，但我的心意仍然可以長存，暗中施惠後人安樂以及解決他們的痛苦。

【解析】位在洛陽龍門山下的八節石灘，是白居易活動時期的著名險灘，經過的船隻不時在此地翻覆，造成傷亡無數。高齡七十三歲的白居易，早已賦閑在家，沒有官職在身，他雖知自己來日無多，仍自掏腰包，捐獻家財，主持經營開鑿，誓言要讓這段險灘變成通暢安全的津渡，之後在眾人一心的努力下，這項艱鉅的工程終於完成，而白居易如此人溺己溺、悲天憫人的胸懷，也永存世人的心中。本句可用來表達人在世時，盡自己能力所及，關懷人間疾苦，即使有朝一日去世，生前行誼、事蹟仍然會繼續嘉惠後人。

【出處】唐．白居易〈開龍門八節石灘〉詩二首之二：「七十三翁旦暮身，誓開險路作通津。夜舟過此無傾覆，朝脛從今免苦辛。十里叱灘變河漢，八寒陰獄化陽春。我身雖歿心長在，暗施慈悲與後人。」

到門不敢題凡鳥[1]，看竹[2]何須問主人？

登門拜訪時即使沒有遇見你，但參觀你幽雅的居住環境又何必詢問你呢？

【注釋】1.凡鳥：為「鳳」字的分寫，平凡的鳥，喻指才能平庸。據《世說新語．簡傲》記載，三國魏人嵇康和呂安交好，某日呂安到嵇康家，正好嵇康不在，嵇康的兄長嵇喜出門迎接，呂安在門上寫了「鳳」字便離去，意在嘲諷嵇喜是凡鳥，不屑與其往來。2.看竹：欣賞雅竹，喻指種竹的人是隱逸高士。據《晉書．王羲之傳》記載，王羲之的兒子王徽之聽說吳中有戶人家種了好竹，即驅車前往觀賞竹子而沒有去造訪主人。此指即使沒有見到屋主，只見到其種的竹子，也能得知屋主肯定是一位幽人雅士。

【解析】王維和好友裴迪一同到長安城內的新昌里去探訪一位姓呂的隱士，兩人雖未能見到呂逸人一面，王維仍難掩對呂逸人之景仰，詩中援引了前人典故來表達他內心的欽慕之情。可用來稱讚人閉門隱居，人品清雅絕塵。

【出處】唐．王維〈春日與裴迪過新昌里，訪呂逸人不遇〉詩：「桃源一向絕風塵，柳市南頭訪隱淪。到門不敢題凡鳥，看竹何須問主人？城上青山如屋裡，東家流水入西鄰。閉戶著書多歲月，種松皆老作龍鱗。」

春蠶到死絲方盡，蠟炬成灰淚始乾。

春天的蠶到臨死前還在吐絲，蠟燭燒成灰時蠟淚才會流乾。

【解析】李商隱詩中借春蠶的「絲」諧音雙關相思的「思」，借蠟燭燃燒時滴落的蠟淚暗喻相思的「淚」，表現出對愛情的執著無悔，至死方休。可用來形容品格高尚的人為了追求某種理想而奉獻終生，死而後止。另可用來形容忠誠堅貞的愛情。

【出處】唐．李商隱〈無題〉詩：「相見時難別亦難，東風無力百花殘。春蠶到死絲方盡，蠟炬成灰淚始乾。曉鏡但愁雲鬢改，夜吟應覺月光寒。蓬山此去無多路，青鳥殷勤為探看。」

遙想吾師行道處，天香桂子落紛紛。

我在遙遠的地方想念老師您所實踐的修行，就好像芳香的桂花如雨般地從空中翩然飄落。

【解析】韜光禪師為杭州天竺寺的僧人，是白居易在杭州擔任刺史時所結識的好友，後來白居易轉任蘇州刺史，思念友人而作此詩寄贈。詩中他推崇韜光禪師開山立寺、修行講道的功德，有如滿天飄香花雨，落英繽紛。可用來頌讚修行者的高尚德行。也可用來稱揚師長的風采器識令後輩景仰。

【出處】唐．白居易〈寄韜光禪師〉詩：「一山門作兩山門，兩寺原從一寺分。東澗水流西澗水，南山雲起北山雲。前臺花發後臺見，上界鐘聲下界聞。遙想吾師行道處，天香桂子落紛紛。」

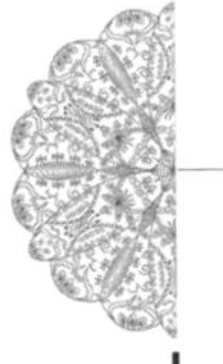

諸葛大名垂宇宙。

諸葛亮的大名將永遠流傳在天地間，不會被磨滅。

【解析】杜甫在詩中歌詠三國蜀相諸葛亮肅穆清高的風範，其為蜀漢所成就的不凡功業和最終鞠躬盡瘁的偉大情操，必然為後人所宗仰。可用來頌揚三國蜀相諸葛亮畢生為國盡忠，死而後已，美好名聲永世長存。

【出處】唐．杜甫〈詠懷古跡〉詩五首之五：「諸葛大名垂宇宙，宗臣遺像肅清高。三分割據紆籌策，萬古雲霄一羽毛。伯仲之間見伊呂，指揮若定失蕭曹。福移漢祚難恢復，志決身殲軍務勞。」

人性心態

【光明】

東門酤酒飲我曹，心輕萬事如鴻毛。

平日你在東門買酒請我們喝，對於世上所有的事情都看得和鴻毛一樣地輕微。

【解析】李頎的好友陳章甫仕途不順，經常與同事暢飲，之後決定罷官返鄉，李頎對陳章甫的際遇雖有不捨，卻也理解好友的品德操守是絕不甘於屈就在成日爭逐權勢的官場上，故也不多作挽留。他寫此詩贈別好友，稱許其心懷磊落，率性灑脫，才能將世態炎涼置之度外。可用來形容一個人的心地坦蕩，面對事情時態度自若豁達。

【出處】唐．李頎〈送陳章甫〉詩：「……東門酤酒飲我曹，心輕萬事如鴻毛。醉臥不知白日暮，有時空望孤雲高……」（節錄）

洛陽親友如相問，一片冰心在玉壺。

你到了洛陽後，那邊的親友如果向你問起我，就說我的心像玉壺中的冰一樣晶瑩潔淨。

【解析】王昌齡在潤州芙蓉樓送別友人辛漸返回洛陽，他託辛漸帶口信給親友，傳達自己縱使遭到毀謗而被貶官，但仍堅持操守的心情。故詩中其以玉壺之冰自比，表明自己行事光明磊落，內心純潔無愧。可用來形容心地坦蕩，人品清明高潔。

【出處】唐．王昌齡〈芙蓉樓送辛漸〉詩二首之一：「寒雨連天夜入吳，平明送客楚山孤。洛陽親友如相問，一片冰心在玉壺。」

難測

天可度，地可量，唯有人心不可防。

天的高度可以測算，地的廣度可以丈量，只有人的心思難以猜測和防範。

【解析】此詩為白居易描寫官場上的奸惡小人如何巧言令色、笑裡藏刀，以及為達目的而不擇手段的觀察感觸。可用來說明人心叵測。

【出處】唐．白居易〈天可度〉詩：「天可度，地可量，唯有人心不可防。但見丹誠赤如血，誰知偽言巧似簧……」（節錄）

長恨人心不如水，等閑平地起波瀾。

經常感嘆人心還不如水，總會無緣無故地從平

地起波瀾。

【解析】劉禹錫面對艱險重重的瞿塘峽，領悟出江河波濤雖然險急，卻還是顯見而可提早預防的，然而人心的叵測凶險，喜好無事生非，就像無端從平地掀起巨大波瀾般，實在令人防不勝防。可用來說明人心起伏變化，難以預料。也可用來比喻人心善於引發事端，興風作浪。

【出處】唐．劉禹錫〈竹枝詞〉詩九首之七：「瞿塘嘈嘈十二灘，此中道路古來難。長恨人心不如水，等閑平地起波瀾。」

海枯終見底，人死不知心。

海水乾枯時，終會有看見海底的那一天，但是人卻是等到死去時，都還是很難了解他們的心思。

【解析】杜荀鶴詩中以海水枯涸便能看見海底為喻，對比人的心思縱使走到生命的盡頭，仍然不容

易揣度其內心真正的想法，亦即人心比深海還要詭譎莫測。可用來說明人心莫測，難以猜透。

【出處】唐・杜荀鶴〈感寓〉詩：「大海波濤淺，小人方寸深。海枯終見底，人死不知心。」

楚客莫言山勢險，世人心更險於山。

來楚地的客人不要說這裡的山勢有多麼險阻，世上的人心比這裡的山勢來得更為凶險。

【解析】雍陶由家鄉成都出發，舟行經過楚地峽谷時，見到兩岸懸崖陡峭，興起了山勢縱然危峻，但人心實比山更為險惡的感觸。詩中先以否定句否定山險，再道出比山更可怕的乃是人心，傳神表達出人心之險遠遠勝過聳峙高山。可用來說明世道人心的奸險凶惡，陰沉難測。

【出處】唐・雍陶〈峽中行〉詩：「兩崖開盡水回環，一葉才通石罅（ㄒㄧㄚˋ）間。楚客莫言山勢險，世人心更險於山。」

三、繪寫景物

自然景觀

【山水】

九曲黃河萬里沙，浪淘風簸自天涯。

曲折的黃河奔流而來，一路夾帶著隨巨浪滔滔和狂風顛簸萬里的泥沙，從遙遠的天涯一直來到這裡。

【解析】劉禹錫主在描寫曲折多致的黃河，隨浪潮捲來大量泥沙的雄偉氣勢。可用來形容黃河水流的蜿蜒彎曲，泥沙滾滾。另可用來暗喻人生道路的波折坎坷。

【出處】唐．劉禹錫〈浪淘沙〉詩九首之一：「九曲黃河萬里沙，浪淘風簸自天涯。如今直上銀河去，同到牽牛織女家。」

山隨平野盡，江入大荒流。

山巒隨著低平的原野展開而漸漸消失，江水向著遼闊的荒野滾滾奔流。

【解析】李白從家鄉蜀地出發，乘舟出三峽，渡過荊門山時，看到長江兩岸的山巒平野廣袤無邊，江水滔滔的雄壯景象而寫下此詩。可用來形容山野一望無際，水流壯闊奔騰。

【出處】唐．李白〈渡荊門送別〉詩：「渡遠荊門外，來從楚國遊。山隨平野盡，江入大荒流。月下飛天鏡，雲生結海樓。仍連故鄉水，萬里送行舟。」

古木無人徑，深山何處鐘？

走在滿是高樹叢林的小路上，完全看不到人的蹤跡，荒僻深遠的山裡，不知哪裡傳來敲鐘的聲響？

【解析】王維描寫其第一次走訪長安附近山林的香積寺，沿途古木參天，杳無人煙，而此時山裡忽然傳來悠揚的鐘聲，更襯托出林密深山的幽邃靜寂，同時也指引了詩人前往香積寺的確切方向。可用來形容山中古樹叢密，荒僻幽靜，人跡罕至。

【出處】唐．王維〈過香積寺〉詩：「不知香積寺，數里入雲峰。古木無人徑，深山何處鐘……」（節錄）

只在此山中，雲深不知處。

他就在這座山中，但因雲霧重重，所以不知他到底在山中何處。

【解析】詩人到山中尋訪隱者卻正巧不遇，透過童子的回答，一方面寫出隱者遠離塵囂的閑逸生活，一方面也表達其對隱者高潔如白雲以及德行如高山的景仰之情。可用來形容山林深密、雲霧繚繞的樣子，不知人或事物在哪裡找尋。另可用來比喻所要找的人或事物，只知大概範圍，卻不知確切之所在。

【出處】唐．賈島〈尋隱者不遇〉詩：「松下問童子，言師採藥去。只在此山中，雲深不知處。」（此詩一說作者為孫革，詩題則作〈訪羊尊師〉）

白日依山盡，黃河入海流。

太陽貼近山的盡頭漸漸西沉，黃河向著大海滾滾奔流。

【解析】王之渙描寫其登高臨遠，把落日依山而盡，黃河奔騰入海的壯闊景致盡收眼底，展現一股雄渾不凡的氣勢。可用來形容落日山河的壯觀景色。

【出處】唐．王之渙〈登鸛雀樓〉詩：「白日依山盡，黃河入海流。欲窮千里目，更上一層樓。」

江流天地外，山色有無中。

江水奔流浩蕩，好像流到那遙遠的天地盡頭，遠山在雲霧圍繞中時隱時現，似有若無。

【解析】王維描寫其行舟入漢江時，望見江水浩瀚，源源流長，山色隱約朦朧，虛無縹緲的山水景色。可用來形容江水滾滾不絕，山色蒼茫迷濛的景致。

【出處】唐．王維〈漢江臨泛〉詩：「楚塞三湘接，荊門九派通。江流天地外，山色有無中。郡邑浮前浦，波瀾動遠空。襄陽好風日，留醉與山翁。」

吳楚[1]東南坼，乾坤日夜浮。

位於東南的吳地和楚地像是被洞庭湖劃分開來似的，天與地像是日夜漂浮在洞庭湖面上一樣。

【注釋】1. 吳楚：本指春秋時期的吳國和楚國，此指江蘇、浙江、湖南、湖北一帶。

【解析】杜甫來到岳州，登上他心目中嚮往已久的名勝岳陽樓，他望著洞庭湖浩瀚壯闊、水勢動盪的景象而寫下這首詩。可用來形容洞庭湖水浩渺無邊的宏偉氣勢。

【出處】唐．杜甫〈登岳陽樓〉詩：「昔聞洞庭水，今上岳陽樓。吳楚東南坼，乾坤日夜浮……」（節錄）

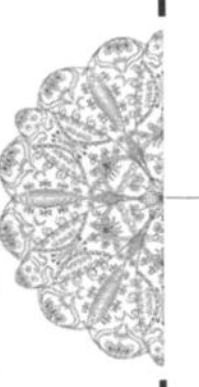

忽聞海上有仙山，山在虛無飄緲間。

聽聞在海上有一座仙山，山就隱約地坐落在雲霧飄緲之間。

【解析】〈長恨歌〉的後段描寫道士費盡千辛萬苦的尋尋覓覓後，終於在海上一座雲霧飄緲的仙山中，發現山裡樓閣住有不少風姿綽約的仙子，仔細詢問之下，確認其中一位美貌仙子就是楊貴妃的芳魂。可用來形容遠山或遠方島嶼彌漫在雲霧中的景象。另可用來比喻與現實世界相去甚遠的幻想或夢境。

【出處】唐．白居易〈長恨歌〉詩：「……忽聞海上有仙山，山在虛無縹緲間。樓閣玲瓏五雲起，其中綽約多仙子。中有一人字太真，雪膚花貌參差是……」（節錄）

空山不見人，但聞人語響。

空寂的山林中看不見一個人影，卻隱約聽得到有人說話的聲音。

【解析】王維詩中用「以動寫靜」的筆法，藉由人聲來描寫靜景，更能襯托出山林的幽靜，所以才會連不見人蹤的說話聲音都能聽見。清人李鍈《詩法易簡錄》評曰：「寫空山不從無聲無色處寫，偏從有聲有色處寫，而愈見其空。」可用來形容山林幽深寂靜的景象。

【出處】唐．王維〈鹿柴〉詩：「空山不見人，但聞人語響。返景入深林，復照青苔上。」

春潮帶雨晚來急，野渡無人舟自橫。

春天的傍晚，一場驟雨使潮水急劇升高，水勢湍急，郊野的渡口，毫無人煙，只有一艘小船橫在水面上，隨意漂浮著。

【解析】此為韋應物擔任滁州刺史期間所作，寫其春遊城西郊外的一條溪澗，突然暮雨奔騰，潮水上漲，而此時整個村野渡口只見一葉孤舟在雨中飄移晃盪，在如此惡劣天氣的當下，表現出一種任舟漂泛遨遊的恬適情懷。可用來形容春日晚潮，大雨淅瀝，小船任流水自在搖晃的景象。另可用來形容人在風雨危急時仍能保持閑適淡泊的心境。其中「春潮帶雨晚來急」一句，還可用來比喻事情的狀況急速變化到難以掌控的趨勢，或一股來勢洶洶到無法抵擋的社會潮流。

【出處】唐．韋應物〈滁州西澗〉詩：「獨憐幽草澗邊生，上有黃鸝深樹鳴。春潮帶雨晚來急，野渡無人舟自橫。」

泉聲咽危石，日色冷青松。

泉水在高聳的石頭流過，發出嗚咽低微響聲，日光照在蒼青的松林上，發出淒清冷寒的光芒。

【解析】王維描寫其於傍晚穿過古木森叢的山林，在前往香積寺的途中，耳聞泉聲嗚咽，目睹夕日晚翠，表達了寺院之外清靜幽冷的景狀。清人趙殿成《王摩詰全集箋注》評曰：「『泉聲』兩句，深山恆境，每每如此，下一『咽』字，則幽靜之狀恍然，著一『冷』字，則深僻之景若見，昔人所謂詩眼是矣。」可用來形容山中的清泉流過石間，日光映照林木的景色。

【出處】唐．王維〈過香積寺〉詩：「……泉聲咽危石，日色冷青松。薄暮空潭曲，安禪制毒龍。」（節錄）

流波將月去，潮水帶星來。

江上的流水隨著月影而去，潮水帶著星星而來。

【解析】隋煬帝楊廣於春日黃昏遠眺浩淼江水，直到夜色降臨，他看著月光照耀著水面，月影隨著波光泛動，起落潮水映照著星辰，不禁被眼前的景象給深深吸引而寫下此詩。可用來形容月夜星空下江河遼闊、水波蕩漾的景致。

【出處】隋．隋煬帝楊廣〈春江花月夜〉詩二首之一：「暮江平不動，春花滿正開。流波將月去，潮水帶星來。」

飛流直下三千尺，疑是銀河落九天[1]。

飛瀉的瀑布向下奔流三千尺，讓人懷疑是天上的銀河從那九重天上墜落下來。

【注釋】1. 九天：天的最高處。古人認為天有九層。

【解析】位於九江的廬山瀑布向來以雄偉奔放聞名，李白詩中以「三千尺」、「落九天」的誇飾手法，來描寫其遙望廬山瀑布臨空落下的強勁氣勢，以「直下」表明山勢陡峭，也造就了瀑流直瀉而下的奇景。清人宋宗元《網師園唐詩箋》評曰：「非身歷其境者不能道。」可用來形容瀑布從高山往下

飛騰直落的壯觀景致。

【出處】唐．李白〈望廬山瀑布水〉詩二首之二：「日照香爐生紫煙，遙看瀑布掛前川。飛流直下三千尺，疑是銀河落九天。」

桃花流水窅然[1]去，別有天地非人間。

桃花落下來的花瓣隨著流水緩緩流向遠方，而那裡是一個世外天地，不是凡俗人間可以比擬的。

【注釋】1. 窅然：深遠的樣子。

【解析】此詩為李白隱居山中時所作，詩中描繪了桃花隨流水飄逝遠去的景色，更言桃花最終流向之所在乃是與世俗隔絕的一方天地，充分顯露作者的神往之情。可用來形容大自然幽靜的山水景象，猶如世外桃源般的境地。

【出處】唐．李白〈山中問答〉詩：「問余何意棲碧山，笑而不答心自閑。桃花流水窅然去，別有天地非人間。」

桃花盡日隨流水，洞在清谿[1]何處邊？

一片片的桃花瓣成天隨著溪水不停地流著，不知桃花源的洞口是在清澈溪水的哪一邊呢？

【注釋】1. 清谿：清澈乾淨的溪水。

【解析】張旭借東晉陶潛〈桃花源記〉的意境寫成〈桃花谿〉詩。詩中描寫桃源山下的桃花谿沿岸桃林遍布，風景秀麗，並通過對漁夫探詢入桃花源的洞口，抒發其對桃花源這處人間樂土的嚮往之情。清人蘅塘退士編《唐詩三百首》評曰：「四句抵得一篇〈桃花源記〉。」可用來形容清溪落英繽紛，宛如是通往世外桃源的祕境。

【出處】唐．張旭〈桃花谿〉詩：「隱隱飛橋隔野煙，石磯西畔問漁船。桃花盡日隨流水，洞在清谿何處邊？」

氣蒸雲夢澤[1]，波撼岳陽城。

雲夢澤上水氣瀰漫蒸騰，湖面波浪洶湧，彷彿足以撼動整座岳陽城。

【注釋】1. 雲夢澤：古沼澤名，橫跨今湖北境內長江南北兩側，古稱江北為雲澤，江南為夢澤。後來大部分的面積已變成了陸地，只剩下洞庭湖。

【解析】孟浩然描寫洞庭湖浩瀚壯麗的景象與雄偉磅礡的氣勢，意在歌頌大唐王朝聖主英明，以致國運昌盛的太平氣象。可用來形容洞庭湖波瀾壯闊、水勢浩大的景象。

【出處】唐．孟浩然〈望洞庭湖贈張丞相〉詩：「八月湖水平，涵虛混太清。氣蒸雲夢澤，波撼岳陽城……」（節錄）

海日[1]生殘夜，江春入舊年。

黑夜還沒有消盡，太陽已從海上升起，舊的一年還沒有過完，江上已呈現春天的氣息。

【注釋】1. 海日：海上的太陽。此指長江水面。

【解析】歲末泛舟夜行於長江之上的王灣，借寫朝日東昇和春意初動驅走了黑夜與舊歲，表達了時序更迭而年華也匆匆不再的心境。可用來形容歲暮早春前，天將破曉時的江海風光。另可用來抒發時光流逝，歲不我與的喟嘆。還可用來比喻新生的事物即將取代舊有的事物。

【出處】唐．王灣〈次北固山下〉詩：「……海日生殘夜，江春入舊年。鄉書何處達？歸雁洛陽邊。」（節錄）

海風吹不斷，

江月照還空。

海風吹不斷瀑布，在江上月光的映照下，就好像一片空無似的。

【解析】李白描寫廬山瀑布從山頂直落而下，連強勁的海風都無法吹斷綿長的瀑布，江月照在瀑布上，呈現一片瑩白澄澈的景象。可用來形容瀑布水流連綿不絕，空靈雄偉。

【出處】唐·李白〈望廬山瀑布水〉詩二首之一：「西登香爐峰，南見瀑布水。掛流三百丈，噴壑數十里。欻如飛電來，隱若白虹起。初驚河漢落，半灑雲天裡。仰觀勢轉雄，壯哉造化功。海風吹不斷，江月照還空……」（節錄）

軒然大波起，宇宙隘而妨。

洞庭湖湧起了巨大的波濤，連天地看起來都顯得狹隘而有所妨礙似的。

【解析】韓愈在岳陽樓與官拜大理司直的岳州刺史竇庠餞別，詩中以誇飾的筆法描寫洞庭湖的雄偉壯闊，直指洞庭湖所揚起的高聳波濤和宇宙相比也毫不遜色。可用來形容洶湧盛大的波浪。另可用來比喻重大的糾紛或事件。

【出處】唐·韓愈〈岳陽樓別竇司直〉詩：「洞庭九州間，厥大誰與讓。南匯群崖水，北注何奔放。瀦為七百里，吞納各殊狀。自古澄不清，環混無歸向。炎風日搜攪，幽怪多冗長。軒然大波起，宇宙隘而妨……」（節錄）

造化鍾神秀，陰陽割昏曉。

大自然將神奇秀美的靈氣都集中在這座泰山上，由於山勢高聳，把山的南北兩邊分割成一邊昏暗、一邊明亮。

【解析】杜甫詩中主在描寫泰山的巍峨高大，由於山的背面為日光所不到，正與山的前面猶如刀割一樣分成一暗一明。可用來形容高山雄奇險峻、陰陽分明的奇麗景色。

【出處】唐．杜甫〈望嶽〉詩：「岱宗夫如何？齊魯青未了。造化鍾神秀，陰陽割昏曉……」（節錄）

黃河遠上白雲間，一片孤城萬仞[1]山。

黃河的水好像是從白雲處奔流而下似的，一座孤立的城池聳立在萬丈高峰之下。

【注釋】1. 萬仞：形容山勢很高。仞，量詞，古代計算長度的單位，一說以八尺為一仞。另一說以七尺為一仞。

【解析】王之渙描寫邊塞戰士駐守的一座孤城，坐落在高山大河的環抱之中，藉以展現出邊塞環境之險惡，氣氛之荒寒。可用來形容黃河的源遠流長，邊塞的廣漠無垠，以及群山簇擁孤城的雄闊蒼涼。

【出處】唐．王之渙〈涼州詞〉詩二首之一：「黃河遠上白雲間，一片孤城萬仞山。羌笛何須怨楊柳，春風不度玉門關。」

煙銷日出不見人，欸乃[1]一聲山水綠。

煙霧消散，太陽出來，仍不見人的行蹤，只聽見船槳欸乃一聲，小舟已從划過了一片碧綠山水。

【注釋】1. 欸乃：一說指行船時搖櫓的聲音。另一說指行船時所唱的歌。

【解析】柳宗元於詩中描寫一名獨來獨往的漁翁夜宿西山河邊，天亮曉霧散去後太陽升起，放眼望去，不見一人的身影，卻清楚聽到山水之間傳來漁翁準備離去的搖櫓聲或放歌聲，劃破了原本靜寂無聲的早晨，等到欸乃聲漸行漸遠，只見山光水色相交融合，景色翠綠秀美。可用來形容清早小舟獨行於江上，沿途山青水綠，景色秀麗的情景。

【出處】唐．柳宗元〈漁翁〉詩：「漁翁夜傍西巖宿，曉汲清湘燃楚竹。煙銷日出不見人，欸乃一聲山水綠。迴看天際下中流，巖上無心雲相逐。」

遠上寒山石徑斜，白雲生處有人家。

一條彎彎斜斜的石頭小路，遠遠地通往寒冷的山中，在那白雲生成的深山裡住有人家。

【解析】此為杜牧山中行旅之作，他先是描繪了秋日山路綿長蜿蜒的景色，再言順著山路遠望，山頂除了白雲繚繞之外還有裊裊炊煙，足見山勢雖高，山裡還是住有居民，並非一片死寂。可用來形容山道曲折，以及山路的盡頭雲霧升騰而有人煙生氣。

【出處】唐．杜牧〈山行〉詩：「遠上寒山石徑斜，白雲生處有人家。停車坐愛楓林晚，霜葉紅於二月花。」

潮平兩岸闊，風正一帆懸。

潮水上漲，兩岸顯得視野更加開闊，小船順風行進，揚起的孤帆直直正正地高掛著。

【解析】王灣乘舟順流而下，客途中經過北固山下，見江面與江岸幾乎相平，連成一線，詩人通過行舟這一小景，映襯出江河遼闊無邊的大景。明末清初學者王夫之《薑齋詩話》評曰：「以小景傳大景之神。」可用來形容江平岸闊，帆船在江上順風航行的情景。

【出處】唐．王灣〈次北固山下〉詩：「客路青山外，行舟綠水前。潮平兩岸闊，風正一帆懸……」（節錄）

【田園】

渡頭餘落日，
墟里上孤煙。

夕陽在河邊渡口快要落下了，村落裡已經升起一縷炊煙。

【解析】王維詩中借寫渡頭暮色餘暉，村里炊煙初升，勾勒出黃昏時分的素樸鄉野風情。可用來形容夕日映照河岸，炊煙在村野人家中裊裊升起的景色。

【出處】唐・王維〈輞川閑居贈裴秀才迪〉詩：「……渡頭餘落日，墟里上孤煙。復值接輿醉，狂歌五柳前。」（節錄）

綠波春浪滿前陂[1]，
極目連雲穲稏[2]肥。

在春風的吹拂下，層層的綠色波浪在前方的水田裡翻滾著，窮極目力遠眺，稻子長得豐壯無比，就像是直接天際與白雲相連般。

【注釋】1.陂：音ㄆㄧˊ，本指池塘或山坡，此指山坡上的梯田。2.穲稏：音ㄅㄚˋ ㄧㄚˋ，水稻的別名，也作稻搖動的樣子。

【解析】韋莊詩中描寫春天稻禾長成豐碩，清風吹來，滿坡的綠色稻浪翻騰滾動，景色綠意盎然，清新宜人。可用來形容水田中的稻禾肥壯，風吹如綠波盪漾，連雲無際。

【出處】唐・韋莊〈稻田〉詩：「綠波春浪滿前陂，極目連雲穲稏肥。更被鷺鷥千點雪，破煙來入畫屏飛。」

綠樹村邊合，
青山郭外斜。

綠樹圍繞在村子的四周，青山在城外橫斜地伸展著。

【解析】孟浩然在詩中描寫他進入農村後所見的景致，彷彿一整片青翠的山嶺以及蔥蘢的樹林就近在眼前般，給人一種視野開闊的清新感受。可用來形容綠樹環抱、青山相伴的田園景致。

【出處】唐．孟浩然〈過故人莊〉詩：「故人具雞黍，邀我至田家。綠樹村邊合，青山郭外斜。開軒面場圃，把酒話桑麻。待到重陽日，還來就菊花。」

四季風景

春

千里鶯啼綠映紅，水村山郭酒旗風。

江南的春天，千里內都聽得到黃鶯的啼鳴，綠樹紅花交互輝映，傍水的村莊和依山的城牆，到處都能看見酒店的旗子在迎風飄揚。

【解析】杜牧詩中主在描寫江南春天的明麗自然風光，以及城鄉人口稠密，百姓富饒豐足的景象。可用來形容春天鶯啼燕語、花紅柳綠以及城鄉富庶的情景。

【出處】唐．杜牧〈江南春絕句〉詩：「千里鶯啼綠映紅，水村山郭酒旗風。南朝四百八十寺，多少樓臺煙雨中。」

山光物態弄春暉，莫為輕陰便擬歸。

春天的陽光照耀山林，萬物爭相展現自己的獨特光采，請你千萬不要因為天色微陰就有了回去的打算啊！

【解析】張旭通過對春日山中景致生機勃勃的描繪，勸說友人別因天色微暗欲雨便失去春遊雅興，以免錯過了欣賞春景的最佳時機。可用來表達對春天山中風景的熱愛。另可用來比喻切莫對環境有輕微的不適應或遇到一點挫折，便喪失信心而放棄。

【出處】唐．張旭〈山行留客〉詩：「山光物態弄春暉，莫為輕陰便擬歸。縱使晴明無雨色，入雲深處亦沾衣。」

天街小雨潤如酥，草色遙看近卻無。

京城長安的街道上小雨紛紛，像是酥油般地細密滑膩，遠遠望去，春草連成碧綠一片，走近一看，卻發現綠意稀疏，若有似無。

【解析】此為韓愈寫給當時任職水部員外郎的張籍之作，詩中把初春被細雨潤澤的草芽與暮春滿城的煙柳作對比，意在突顯草色柔嫩淡碧，大地一片生

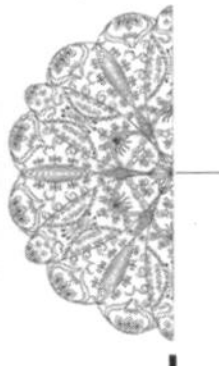

機盎然的早春風景，絕對比柳綠成蔭的晚春景致更加秀雅討喜。可用來形容早春細雨潤澤，小草新綠的景色。

【出處】唐．韓愈〈早春呈水部張十八員外〉詩二首之一：「天街小雨潤如酥，草色遙看近卻無。最是一年春好處，絕勝煙柳滿皇都。」

日出江花紅勝火，春來江水綠如藍。

太陽出來時，江邊的花朵比火還要豔紅，春天來了，江裡的水碧綠得就像是藍色一樣。

【解析】白居易在其青壯時期，曾停駐江南一帶頗長的時間，到了晚年，他雖已離開江南許久，卻依然對江南的美景念念不忘，故詞中追憶起江南春天的明媚陽光、紅花綠水時，語氣中流露出的仍是無限的眷戀。可用來形容江南春天的風景明豔動人。

【出處】唐．白居易〈憶江南．江南好〉詞：「江南好，風景舊曾諳。日出江花紅勝火，春來江水綠如藍。能不憶江南？」

夜來風雨聲，花落知多少？

昨晚一整夜的風雨聲，不知花朵被吹落了多少？

【解析】孟浩然描寫其在聽了一夜的春風春雨後，不忍見到外頭一地殘敗的落花，意含有對春花的憐惜以及對春日將盡的不捨之情。可用來表達風雨過後，花瓣飄落滿地的景象。

【出處】唐．孟浩然〈春曉〉詩：「春眠不覺曉，處處聞啼鳥。夜來風雨聲，花落知多少？」

春城無處不飛花，寒食東風御柳斜。

春天的京城裡，沒有一處不飄著落花，寒食節這天，宮廷花園裡的楊柳樹隨春風吹拂斜舞。

【解析】韓翃詩中描述了寒食節時長安城內花柳隨風飛舞的迷人春光，而「柳」也是寒食節的象徵之物，人們會在寒食節折柳插門，以懷念介之推不慕名利的行止。可用來形容正值暮春的寒食節日，一片花木繁盛，柳絮飛舞的繽紛景象。另可用來說明寒食節時正逢柳樹盛開，同時也是紀念隱士介之推的日子。

【出處】唐．韓翃〈寒食〉詩：「春城無處不飛花，寒食東風御柳斜。日暮漢宮傳蠟燭，輕煙散入五侯家。」

春眠不覺曉，處處聞啼鳥。

春日容易酣睡，醒來時都不知早已天亮，耳際隨處傳來鳥的啼聲。

【解析】孟浩然詩中抒寫其經過了春夜好眠一覺，心情格外舒暢，醒來時耳邊又伴隨著鳥雀婉轉的啼鳴聲，更增添他對春日明媚晨光的美好感受。可用來形容春意盎然，處處展現生機蓬勃的喜悅。

【出處】唐．孟浩然〈春曉〉詩：「春眠不覺曉，處處聞啼鳥。夜來風雨聲，花落知多少？」

惻惻[1]輕寒翦翦[2]風，小梅飄雪杏花紅。

輕薄的晚風拂面吹過，帶來刺人的寒意，小小的梅花如白雪般地飄落，紅色的杏花正盛開著。

【注釋】1. 惻惻：形容寒意刺人。2. 翦翦：形容風吹的樣子。

【解析】韓偓在詩中描寫正值暮春時節的寒食夜晚，此時的涼風吹來還是帶有輕微的寒意，氣候乍暖還寒，冷熱不定，已經開過的梅花隨風飄落，更迭上陣的是杏花的紅豔嬌姿。可用來形容輕風吹拂，梅花飄落而杏花綻放的晚春風情。

【出處】唐．韓偓〈寒食夜〉詩：「惻惻輕寒翦翦風，小梅飄雪杏花紅。夜深斜搭鞦韆索，樓閣朦朧煙雨中。」

亂花漸欲迷人眼，淺草才能沒馬蹄。

野花綻放，讓人漸漸地感到眼花撩亂，草剛初生，正好能遮沒馬蹄了。

【解析】此為白居易擔任杭州刺史期間遊西湖之作，描寫其於初春騎馬郊行時見到花草繁盛、春意盎然的情景。可用來形容早春百花盛開，嫩草如茵，人們騎馬遊春的景象。

【出處】唐．白居易〈錢塘湖春行〉詩：「孤山寺北賈亭西，水面初平雲腳低。幾處早鶯爭暖樹，誰家新燕啄春泥？亂花漸欲迷人眼，淺草才能沒馬蹄。最愛湖東行不足，綠楊陰裡白沙堤。」

簇錦攢花鬥勝遊，萬人行處最風流。

花朵錦繡地聚集在一起互別苗頭，如此美麗動人的景象吸引了洶湧的人潮出來遊賞。

【解析】施肩吾於詩中描寫少婦春日出遊的情景，而此時正值百花朵妍麗盛開之際，也是人們出外踏青郊遊的最佳時機。可用來形容春天繁花茂盛，顏色繽紛亮麗，人群爭相出來賞花遊樂。

【出處】唐．施肩吾〈少婦遊春詞〉詩：「簇錦攢花鬥勝遊，萬人行處最風流。無端自向春園裡，笑摘青梅叫阿侯。」

【夏】

南州溽暑醉如酒，隱几熟眠開北牖。

江南潮溼炙熱的天氣讓人睏到像是喝醉了一樣，於是打開北邊的窗戶，靠著桌子酣然沉睡。

【解析】習居北方的柳宗元遠謫到永州這塊江南之地，由於溽暑難耐，雖是白晝已讓人昏沉欲睡，意興闌珊。明人周敬、周珽編《唐詩選脈會通評林》曰：「好一幅山居夏景圖。」可用來形容夏日氣候酷熱，人們靠窗熟眠的閑逸情景。

【出處】唐．柳宗元〈夏晝偶作〉詩：「南州溽暑醉如酒，隱几熟眠開北牖。日午獨覺無餘聲，山童隔竹敲茶臼。」

荷風送香氣，竹露滴清響。

荷塘上的微風送來荷花的香氣，竹葉上的露珠滴落，發出清脆的響聲。

【解析】孟浩然敘寫夏天其在亭園納涼時的情景，鼻子撲來風吹荷花的清新芳香，耳邊傳來竹露滴落的悅耳聲響，將夏日閑適、寧靜的風情刻畫入微。清人宋宗元《網師園唐詩箋》評曰：「『荷風』、『竹露』亦凡寫夏景者所當有，妙在『送』字、『滴』字耳。」可用來形容夏日風送荷花、翠竹滴露的清美景色。

【出處】唐．孟浩然〈夏日南亭懷辛大〉詩：「山光忽西落，池月漸東上。散髮乘夕涼，開軒臥閑敞。荷風送香氣，竹露滴清響。欲取鳴琴彈，恨無知音賞。感此懷故人，中宵勞夢想。」

【秋】

八尺龍鬚方錦褥，已涼天氣未寒時。

在八尺長的龍鬚草蓆上鋪了一條方形華麗的錦繡被褥，此時天氣已經轉涼，只是還沒有到真正寒冷的時候。

【解析】韓偓先是描寫一間精緻華貴的臥房的擺設和布置，再藉由房內床上的草蓆鋪加了一層被褥，帶出時序正值夏去秋來，天氣剛剛轉涼之時。可用來形容秋意涼爽的時節。

【出處】唐．韓偓〈已涼〉詩：「碧闌干外繡簾垂，猩血屏風畫折枝。八尺龍鬚方錦褥，已涼天氣未寒時。」

山明水淨夜來霜，數樹深紅出淺黃。

秋日山光明朗、水色澄淨，夜裡降下一場輕霜，樹葉逐漸由深紅轉為淺黃色。

【解析】劉禹錫詩中勾勒秋日山水明淨，晚來飛霜，樹葉紅黃深淺相間，錯落有致的景色，表達其對清雅秋光的喜愛，勝過那撩撥人心的豔麗春色。可用來形容秋色淨明幽雅，濃淡合宜。

【出處】唐．劉禹錫〈秋詞〉詩二首之二：「山明

水淨夜來霜，數樹深紅出淺黃。試上高樓清入骨，豈如春色嗾（ㄙㄡˇ）人狂。」

空山新雨後，天氣晚來秋。

空寂的山中，剛剛下過一場雨，晚間的天氣，使人感覺到陣陣涼爽的秋意。

【解析】王維詩中描寫他在山中居所的雨後秋日晚景，其中「空山」也點出了詩人幽居山林間的寧靜恬適心境。可用來形容秋天晚間山中雨後空明清冷的景色。

【出處】唐．王維〈山居秋暝〉詩：「空山新雨後，天氣晚來秋。明月松間照，清泉石上流。竹喧歸浣女，蓮動下漁舟。隨意春芳歇，王孫自可留。」

青山隱隱水迢迢，秋盡江南草未凋。

青山隱約可見，綠水源遠流長，已是深秋季節，江南的草木還沒有凋零落盡。

【解析】杜牧寄贈此詩給在揚州擔任判官的友人韓綽，詩中除問候韓綽的近況，也藉由江南山水秋色的描寫，表達其對揚州風光的美好印記。可用來形容山青水秀、草木未凋的明媚秋景。

【出處】唐．杜牧〈寄揚州韓綽判官〉詩：「青山隱隱水迢迢，秋盡江南草未凋。二十四橋明月夜，玉人何處教吹簫？」

秋色從西來，蒼然滿關中[1]。

秋天的景色從西邊瀰漫而來，青蔥的色澤充塞了整個關中一帶。

【注釋】1. 關中：位在今陝西省境內。東至函谷關，南至武關，西至散關，北至蕭關，因位於四關之中，故稱之。

【解析】此詩為岑參和好友高適、薛據等人同遊長安慈恩寺，登臨塔頂時所見各方景色之作，詩中描摹了秋日高聳雄偉的慈恩寺塔頂周遭一片蒼茫迷濛的山色。可用來形容秋天滿目蒼翠幽寂的景致。

【出處】唐．岑參〈與高適、薛據登慈恩寺浮圖〉詩：「……連山若波濤，奔湊似朝東。青槐夾馳道，宮館何玲瓏？秋色從西來，蒼然滿關中。五陵北原上，萬古青濛濛……」（節錄）

朔風吹海樹，蕭條邊已秋。

北方寒風吹著海邊的樹木，蕭條的邊塞已經是秋天了。

【解析】陳子昂詩中描寫深秋冷風凜冽，海岸邊的樹木荒涼蕭瑟，萬物呈現一片了無生機的景貌。可

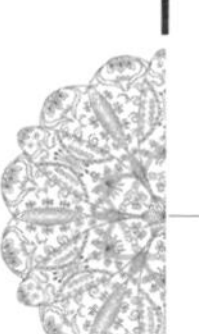

用來形容秋風冷寒瑟瑟，草木凋零的景象。

【出處】唐．陳子昂〈感遇〉詩三十八首之三十四：「朔風吹海樹，蕭條邊已秋。亭上誰家子，哀哀明月樓……」（節錄）

停車坐[1]愛楓林晚，霜葉紅於二月花。

停下車來，只為了看那傍晚夕陽映照下的楓林，那些經過秋霜染紅的楓葉，比起二月的春花更加豔紅。

【注釋】1.坐：因為。

【解析】杜牧詩中描寫深秋山林的美景，尤其見到絢麗的晚霞映著滿山的楓紅，讓他心動到流連忘返，不忍驅車離去。可用來形容山中夕照、楓林晚景的秋色。

【出處】唐．杜牧〈山行〉詩：「遠上寒山石徑

斜，白雲生處有人家。停車坐愛楓林晚，霜葉紅於二月花。」

晚色霞千片，秋聲雁一行。

傍晚時，天空雲霞千千片，成群的飛雁排成一行，鳴聲在空中迴盪著。

【解析】令狐楚描寫其在重陽節時剛好寄身他鄉，無法返家過節，此時節令已至深秋，詩人遠望霞光滿天，雁聲嚶嚶，眼前情景如似一幅秋日晚景圖，令人美不勝收。可用來形容秋天日落時分，晚霞燦爛，秋雁南飛的景象。

【出處】唐．令狐楚〈九日言懷〉詩：「二九即重陽，天清野菊黃。近來逢此日，多是在他鄉。晚色霞千片，秋聲雁一行。不能高處望，恐斷老人腸。」

樹樹皆秋色，山山唯落暉。

每一棵樹都呈現了秋天金黃的色澤，每一座山都沾染了落日的餘暉。

【解析】王績通過對眼前滿是蕭瑟秋色的層層樹林，以及撒遍夕陽餘暉的重重山巒的描繪，流露他徬徨孤寂的心境，更加緬懷像伯夷、叔齊那樣在山中採野菜生活的隱士。可用來形容秋日山林夕照的遼闊景致。

【出處】唐．王績〈野望〉詩：「東皋薄暮望，徙倚欲何依。樹樹皆秋色，山山唯落暉。牧人驅犢返，獵馬帶禽歸。相顧無相識，長歌懷采薇。」

■冬■

千山鳥飛絕，萬徑人蹤滅。

連綿的群山中，不見鳥兒在飛翔，眾多的小路上，不見行人的蹤跡。

【解析】柳宗元詩中藉由描寫廣大寥廓、杳無人跡的江上雪景，意在突顯一漁翁在風雪中獨釣的孤絕形象。可用來形容冬天大地一片冷清寂靜的景象。

【出處】唐．柳宗元〈江雪〉詩：「千山鳥飛絕，萬徑人蹤滅。孤舟簑笠翁，獨釣寒江雪。」

風吹雪片似花落，月照冰文如鏡破。

風吹著片片白雪就好像花瓣落下一樣，月光映照的冰紋就好像鏡子破裂似的。

【解析】呂溫描寫其在冬天的深夜裡，因心頭的愁緒難遣導致他終夜無法成眠，不寐的他，對於眼前的冰雪景物提出一番如花似鏡的靈動比喻。可用來形容冬天的飛雪猶如落花漫舞，月下的冰紋宛若破鏡裂痕。

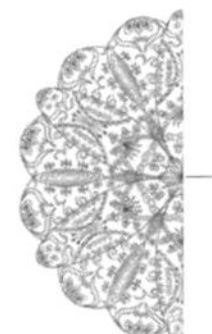

【出處】唐．呂溫〈冬夜即事〉詩：「百憂攢心起復臥，夜長耿耿不可過。風吹雪片似花落，月照冰文如鏡破。」

日夜天象

■日■

大漠孤煙直，長河落日圓。

廣大的沙漠中，升起一縷直長的烽煙，長長的大河上，映照一輪紅圓的落日。

【解析】此詩記錄了王維奉命出使邊塞時，途中所見的漠野風光與心情感觸，大漠上孤立挺拔的濃煙和渾圓溫暖的落日，更予人對大漠的蒼茫壯麗景致加深印象。清人徐增《而庵說唐詩》評曰：「大

漠、長河一聯，獨絕千古。」可用來形容沙漠、江岸等地旁夕陽西下的雄渾壯美景色。

【出處】唐．王維〈使至塞上〉詩：「單車欲問邊，屬國過居延。征蓬出漢塞，歸雁入胡天。大漠孤煙直，長河落日圓。蕭關逢候吏，都護在燕然。」

日輪當午凝不去，萬國如在洪爐中。

中午的太陽在天空停滯不動，全天下就好像是置身在大火爐當中。

【解析】王轂詩中描繪了盛夏時節日正當中，熾熱的陽光令人感到痛苦難耐，萬物猶如被囚禁在一座洪爐裡，完全無處可逃，詩人不由得期待秋天盡快到來，才能早日擺脫炎夏大毒日頭的折磨。可用來形容烈日當空，陽光強烈逼人。

【出處】唐．王轂〈苦熱行〉詩：「祝融南來鞭火龍，火旗焰焰燒天紅。日輪當午凝不去，萬國如在洪爐中。五嶽翠乾雲彩滅，陽侯海底愁波竭。何當一夕金風發？為我掃卻天下熱。」

赫赫炎官張火傘。

太陽的光芒耀眼，熱氣旺盛，就像是火神炎官撐開了一把火傘。

【解析】本詩詩題〈遊青龍寺贈崔大補闕〉。補闕，職官名，負責對皇帝進行規諫和舉薦人才。此為韓愈與友人遊長安青龍寺時所作的一首贈詩，由於當時烈日當空，其以神話中的火神「炎官」來代稱太陽，以「火傘」來比喻整個大地都籠罩在強烈的太陽底下。可用來形容熾熱的陽光。

【出處】唐．韓愈〈遊青龍寺贈崔大補闕〉詩：「秋灰初吹季月管，日出卯南暉景短。友生招我佛寺行，正值萬株紅葉滿。光華閃壁見神鬼，赫赫炎官張火傘。然雲燒樹火實騈，金烏下啄赬（ㄔㄥ）虬卵……」（節錄）

【夜】

人閑桂花落，夜靜春山空。

山中寂靜無聲，桂花輕輕地飄落一地，彷彿春夜裡整座山都空無一物般。

【解析】王維描寫春天夜裡山中空曠寂靜的景象。夜晚大地靜謐無聲，人心也跟著平靜下來，屏除了一切思慮雜念，便能感受到桂花從樹上掉落的細微聲響。詩人以動寫靜，意在突顯夜的寧靜與人心的閑靜。可用來形容夜裡山中的幽靜空寂。

【出處】唐．王維〈鳥鳴澗〉詩：「人閑桂花落，夜靜春山空。月出驚山鳥，時鳴春澗中。」

小時不識月，呼作白玉盤。

小時候不認識月亮，便稱呼它作白玉盤。

【解析】李白詩中描述童年時的天真無邪，望見天上晶瑩渾圓的月亮，就稱它為白玉盤，表現出孩童對月亮的爛漫遐想，也反映出一輪圓月的皎白可愛。可用來形容月亮銀白圓滿，宛如白玉作成的盤子。

【出處】唐．李白〈古朗月行〉詩：「小時不識月，呼作白玉盤。又疑瑤臺鏡，飛在青雲端。仙人垂兩足，桂樹何團團。白兔擣藥成，問言誰與餐……」（節錄）

月光如水水如天。

月光照映江水，江水與月光融合為一。

【解析】趙嘏詩中描寫其在一個清寂的夜晚，獨自登上江邊一處高樓，望見皎潔的月色倒映在波光粼粼的水面，月光輕柔如水般地清麗動人。可用來形容月夜下水天一色的幽美景象。

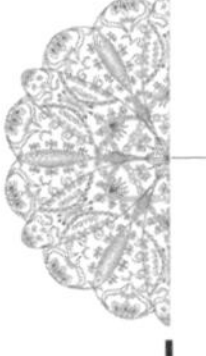

【出處】唐．趙嘏〈江樓感舊〉詩：「獨上江樓思渺然，月光如水水如天。同來玩月人何在？風景依稀似去年。」

可憐九月初三夜，露似真珠月似弓。

九月三日的夜景真是令人憐愛，露水似圓潤珍珠，月亮像是一把彎弓。

【解析】白居易於江行途中，從欣賞一江暮色，直到天上彎月如弓，他看著江邊草木上的露珠在清輝照映下閃爍光亮，不禁被眼前清妙幽景深深吸引而詠寫此詩。清高宗敕編《唐宋詩醇》評曰：「寫景奇麗，是一幅著色秋江圖。」可用來形容秋露新月的靜夜美景。

【出處】唐．白居易〈暮江吟〉詩：「一道殘陽鋪水中，半江瑟瑟半江紅。可憐九月初三夜，露似真珠月似弓。」

回樂烽[1]前沙似雪，受降城[2]外月如霜。

回樂縣烽火臺前的黃沙，在月光的映照下呈現如雪般冷白，受降城外的明月皎潔，令人感覺猶如白霜般寒涼。

【注釋】1. 回樂烽：指唐代回樂縣附近的烽火臺，故址位在今寧夏回族自治區靈武市境內。2. 受降城：唐代在黃河以北築有東、中、西三座受降城，此處指的是西受降城，是當時防禦突厥、吐蕃的前方要地，故址位在今內蒙古自治區境內。

【解析】李益寫其在夜晚登上戰地前線受降城的所見所感，將塞外沙漠一片荒寒淒清的景象，如歷眼前。可用來形容沙漠、沙灘等地夜裡月寒沙白的景色。

【出處】唐．李益〈夜上受降城聞笛〉詩：「回樂烽前沙似雪，受降城下月如霜。不知何處吹蘆管，一夜征人盡望鄉。」

江上柳如煙，雁飛殘月天。

江面上的柳絲如煙雲般地茂密綿長，雁子在空中飛翔著，一彎殘月高掛在天邊。

【解析】溫庭筠詞中描寫一位住在臨江樓閣的女子，因徹夜思念著情人而輾轉難眠，直到月殘天將破曉之前，雁群已在天上高飛，她仍對著江水旁的垂柳遲遲不能入睡。可用來形容深夜月下，江邊一片朦朧淒迷的景色。

【出處】唐．溫庭筠〈菩薩蠻．水精簾裡頗黎枕〉詞：「水精簾裡頗黎枕，暖香惹夢鴛鴦錦。江上柳如煙，雁飛殘月天。藕絲秋色淺，人勝參差剪。雙鬢隔香紅，玉釵頭上風。」

江天一色無纖塵，皎皎空中孤月輪。

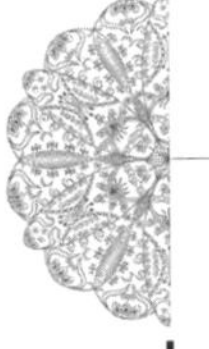

江水和天空連成一色，沒有任何微塵，只有一輪皎潔明月孤獨地懸掛天上。

【解析】張若虛詩中描寫春夜江畔在潔白如霜的月光照映下所見到的幽美景色。可用來形容江天澄淨無瑕，皎月高掛夜空的景象。

【出處】唐．張若虛〈春江花月夜〉詩：「……江流宛轉繞芳甸，月照花林皆似霰。空裡流霜不覺飛，汀上白沙看不見。江天一色無纖塵，皎皎空中孤月輪……」（節錄）

明月出天山[1]，蒼茫雲海間。

一輪明月從天山升起，沉浮在那片曠遠迷茫的雲海之間。

【注釋】1. 天山：橫亙於今新疆中部一帶的大山。

【解析】李白詩中描寫戍守邊疆的將士遠望著廣闊

雲海中浮出的雄立天山與皎潔明月的圖景，進而興起了思歸的念頭。明人胡應麟《詩藪》評曰：「渾雄之中，多少閑雅。」可用來形容山河遼闊壯麗，雲月渺茫幽遠。

【出處】唐．李白〈關山月〉詩：「明月出天山，蒼茫雲海間。長風幾萬里，吹度玉門關。漢下白登道，胡窺青海灣。由來征戰地，不見有人還。戍客望邊邑，思歸多苦顏。高樓當此夜，嘆息未應閑。」

明月松間照，清泉石上流。

明亮的月光映照在松林間，清澈的泉水從石頭上流過。

【解析】王維詩中描寫了山中夜裡皓月朗照松林間的靜景，以及清冽泉水在石頭上潺潺流過的動景，靜中有動，而淙淙的流水聲更加襯托出山村夜色的靜謐幽遠。可用來形容松林間月影斑駁和山泉流於石上的夜景。

【出處】唐．王維〈山居秋暝〉詩：「空山新雨後，天氣晚來秋。明月松間照，清泉石上流。竹喧歸浣女，蓮動下漁舟。隨意春芳歇，王孫自可留。」

松月生夜涼，風泉滿清聽。

月照松林，更能感覺夜晚的清涼，滿耳都是風和泉水的清新響聲。

【解析】丁大，即丁鳳，孟浩然的好友。孟浩然與丁鳳相約一同夜宿僧人業師的山中寺院，直到天黑，丁鳳仍然未至，詩中便是描寫其等候友人時目見松林月色，耳聞風中流泉聲的情景，使其備感山幽夜涼。南宋人劉辰翁《王孟詩評》：「此詩愈淡愈濃，景物滿眼，而清淡之趣更浮動，非寂寞者。」可用來形容松間月下的清冷涼意，風泉聲清新悅耳。

【出處】唐．孟浩然〈宿業師山房待丁大不至〉詩：「夕陽度西嶺，羣壑倏已暝。松月生夜涼，風泉滿清聽。樵人歸欲盡，煙鳥棲初定。之子期宿來，孤琴候蘿徑。」

星垂平野闊，月湧大江流。

星光照耀遼闊平坦的原野，月光倒映水面，隨著水波湧動，江水浩蕩無盡地奔流。

【解析】杜甫詩中描寫他夜泊長江岸邊，放眼遠望所見的雄渾壯闊夜景。可用來形容夜晚星月垂照廣闊平野、滾滾江流之景觀。

【出處】唐．杜甫〈旅夜書懷〉詩：「細草微風岸，危檣獨夜舟。星垂平野闊，月湧大江流……」（節錄）

春江潮水連海平，海上明月共潮生。

春天江水漲潮，彷彿與大海連成一片，明月隨著潮水徐徐升起。

【解析】張若虛詩中描寫春季江潮連海，月共潮生的壯闊夜景。可用來形容江海浩蕩，浪淘奔騰，以及映著月光的潮水起浮流動的景象。

【出處】唐．張若虛〈春江花月夜〉詩：「春江潮水連海平，海上明月共潮生。灩灩隨波千萬里，何處春江無月明……」（節錄）

鳥宿池邊樹，僧敲月下門。

鳥兒在池邊的樹上休息，僧人在月夜來訪，輕輕敲了大門。

【解析】賈島早年出家為僧，之後還俗。詩中描寫他拜訪友人李凝未遇一事，由於當時夜深人靜，萬籟俱寂，即便是輕微的叩門聲響也足以打破原本的寧靜氣氛。可用來形容幽靜的夜晚，月下有人敲門更反襯出夜的寂靜，以動形容靜，使靜的感受更加強烈。

【出處】唐．賈島〈題李凝幽居〉詩：「閑居少鄰並，草徑入荒園。鳥宿池邊樹，僧敲月下門。過橋分野色，移石動雲根。暫去還來此，幽期不負言。」

雁引愁心去，山銜好月來。

雁子帶走了憂愁的心緒，青山銜來了美好的明月。

【解析】李白於肅宗乾元年間在流放的途中遇赦，乘舟返回江陵的途中，與友人齊遊洞庭湖，同登岳陽樓，兩人痛飲大醉，迴旋亂舞。此時在詩人的眼中，天空成群的飛雁，就像是專程前來帶走他的陰霾，月升山頭，彷彿是青山特地為他銜來了一輪清輝，人間景物，無不有情重義，烘托出其歷經大難後又遇赦的開懷情緒。可用來形容秋雁高飛，山月相伴的景色。另可用來形容苦盡甘來，憂戚煩悶的心情一掃而空。

【出處】唐．李白〈與夏十二登岳陽樓〉詩：「樓觀岳陽盡，川迴洞庭開。雁引愁心去，山銜好月來。雲間連下榻，天上接行杯。醉後涼風起，吹人舞袖迴。」

【氣象】

一葉葉，一聲聲，空階滴到明。

雨不停下著，一聲接著一聲拍打一葉又一葉的梧桐，滴落在空盪盪的石階上，一直到天明。

【解析】溫庭筠在此借景抒情，描寫一名正為離情而傷心不已的女子，整夜聽著滴答的雨聲直到天亮，可見她內心懷抱的淒苦有多麼深，才導致其徹夜難眠。清人陳廷焯在《白雨齋詞話》寫道：「飛卿〈更漏子〉三章，自是絕唱，而後人獨賞其末章梧桐樹數語。」給予這闋詞極高的評價。飛卿，是溫庭筠的字。可用來形容雨久下不停，敲打著樹葉。另可用來形容雨夜冷清寂寥，更添人心的悲愁情緒。

【出處】唐．溫庭筠〈更漏子．玉爐香〉詞：「玉爐香，紅燭淚，偏對畫堂秋思。眉翠薄，鬢雲殘，夜長衾枕寒。梧桐樹，三更雨，不道離情最苦。一葉葉，一聲聲，空階滴到明。」

大雪滿初晨，開門萬象新。

清晨下了一場飛天蓋地的大雪，打開門來就看到一切景物都顯露出嶄新的面貌。

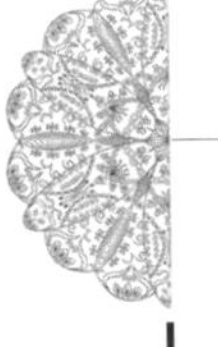

【解析】薛能詩中描寫其在早晨的一場大雪過後，發現門外的景色全都被白雪給鋪蓋住，展露出與平時截然不同的新風貌。可用來形容歷經一場落雪紛飛的洗禮，所有的景物或景象全都變得煥然一新。

【出處】唐．薛能〈新雪八韻〉詩：「大雪滿初晨，開門萬象新。龍鍾雞未起，蕭索我何貧……」（節錄）

川上風雨來，須臾滿城闕。

河川上風雨驟至，才一瞬間，整座城樓全都籠罩在風雨之中。

【解析】韋應物於詩中描寫在洛陽同德寺目睹了城市很快就被飄風急雨給覆蓋，可見這場風雨來勢洶洶，後來「滿城風雨」一詞便是從這兩句詩脫化而出。可用來形容風雨交加的景象。另可用來比喻事情一經傳開後便流言四起，眾人議論紛紛。

【出處】唐・韋應物〈同德寺雨後寄元侍御、李博士〉詩：「川上風雨來，須臾滿城闕。岧嶢青蓮界，蕭條孤興發。前山遽已淨，陰靄夜來歇。喬木生夏涼，流雲吐華月。嚴城自有限，一水非難越。相望曙河遠，高齋坐超忽。」

白雪卻嫌春色晚，故穿庭樹作飛花。

白雪不滿意春色來得太晚，故意穿過庭院的樹木，把自己打扮成飛花的樣子。

【解析】韓愈詩中運用了擬人筆法，將白雪賦予了人的情感，以逗趣的口吻敘述本應隨著寒冬而離開的白雪，因不滿春意姍姍來遲，為了妝點春色，便把自己當成了春花，在庭院中漫天飛舞起來，給人間帶來了欣喜的春意。可用來形容春天雪花紛飛的景致。

【出處】唐・韓愈〈春雪〉詩：「新年都未有芳華，二月初驚見草芽。白雪卻嫌春色晚，故穿庭樹作飛花。」

忽如一夜春風來，千樹萬樹梨花開。

雪花飄落樹枝上，像是忽然一夜之間春風已經吹來，千萬棵梨樹上的梨花爭相盛開似的。

【解析】岑參詩中把塞外寒風凜冽、大雪紛飛的冬景，比擬為南方梨花盛開的春景，尤以梨花來比喻雪花，意境清新壯美，使人幾乎忘記野外冰寒而心生一股欣喜溫暖。可用來形容大地披上一片銀白冰雪的景象。

【出處】唐・岑參〈白雪歌送武判官歸京〉詩：「北風捲地白草折，胡天八月即飛雪。忽如一夜春風來，千樹萬樹梨花開……」（節錄）

風頭如刀面如割。

冷風像是尖銳的刀子般割在臉上。

【解析】岑參詩中描寫邊疆將士在走馬川（位在今新疆境內）一帶行軍的艱苦，其以凜冽寒風如刀為喻，藉此襯托大軍不畏艱難、冒著風雪前進的英勇精神。可用來形容風勢淒冷銳利。

【出處】唐．岑參〈走馬川行奉送封大夫出師西征〉詩：「……半夜軍行戈相撥，風頭如刀面如割。馬毛帶雪汗氣蒸，五花連錢旋作冰。幕中草檄硯水凝，虜騎聞之應膽懾。料知短兵不敢接，車師西門佇獻捷。」（節錄）

溪雲初起日沉閣，山雨欲來風滿樓。

溪流上方的雲層漸漸升起，夕陽從樓閣邊慢慢落下。驟起的風滿布西邊的城樓，一場山雨即將要降臨。

【解析】許渾登樓遠眺，看著暮雲升起，太陽西落，此時忽有陣陣強風迎面襲來，讓他感受到一種驟雨將至的肅殺氣息。許渾身處國祚已日暮西山的唐王朝，詩句表面看似在描繪山雨欲來的景況，實際上則含有對國家危機迫在眉睫的警示。可用來描寫雲升日落，大風吹起，雨也將隨後而到的情景。另可用來比喻重大事件發生前的徵兆或緊張氣氛。

【出處】唐．許渾〈咸陽城東樓〉詩：「一上高城萬里愁，蒹葭楊柳似汀洲。溪雲初起日沉閣，山雨欲來風滿樓。鳥下綠蕪秦苑夕，蟬鳴黃葉漢宮秋。行人莫問當年事，故國東來渭水流。」

隨風潛入夜，潤物細無聲。

春雨隨風在夜裡悄悄地落下，無聲地滋潤著萬物。

【解析】春天萬物復甦，新生植物都需要靠雨水來促進生長，杜甫詩中描寫春夜降雨，隨風飄落，潤

澤大地萬物的美好景象，令其心情欣悅無比。可用來形容春夜伴隨著微風細雨，無聲無息地滋潤萬物。

【出處】唐．杜甫〈春夜喜雨〉詩：「好雨知時節，當春乃發生。隨風潛入夜，潤物細無聲。野徑雲俱黑，江船火獨明。曉看紅濕處，花重錦官城。」

人文環境

城鄉

二十四橋[1]明月夜，玉人[2]何處教吹簫？

明月映照揚州佳景二十四橋，俊秀如您今夜在何處教美人吹簫呢？

【注釋】1.二十四橋：一說指唐代揚州城內的二十四座橋。另一說為相傳古時有二十四位美人一起吹簫於橋上而得名。2.玉人：指年輕貌美女子或俊美的男子。此指杜牧的友人韓綽。

【解析】杜牧借傳說中二十四橋曾有美人吹簫的典故來調侃友人韓綽，詢問韓綽是否正與佳人在橋上吹簫作樂、共賞揚州夜景？語氣中帶有對揚州地景的無限眷戀。可用來形容揚州地橋在月夜時的美麗景貌。

【出處】唐．杜牧〈寄揚州韓綽判官〉詩：「青山隱隱水迢迢，秋盡江南草未凋。二十四橋明月夜，玉人何處教吹簫？」

人人盡說江南好，遊人只合江南老。

每個人都說江南的風景美好，來江南遊玩的人都說應該在江南住到終老。

【解析】此詞為韋莊在江南躲避戰亂時所寫的作品，描述其客居地江南的風景秀美，值得人們在此頤養天年。可用來形容江南風光明麗，景物令人依戀，適宜人們久居。

【出處】唐．韋莊〈菩薩蠻．人人盡說江南好〉詞：「人人盡說江南好，遊人只合江南老。春水碧於天，畫船聽雨眠……」（節錄）

人生只合揚州死，禪智山光[1]好墓田。

人生只適合老死在揚州，禪智山的景色正是人百年後最好的墓地。

【注釋】1.禪智山光：指揚州禪智山的景色。禪智山因有禪智寺而得名。

【解析】張祜為表達他對揚州這座城市的鍾愛，直指人不僅活著的時候要在揚州終老，縱使生命結束也得安葬在揚州。可用來稱讚揚州宜人的山水風光，是人們居住與入土為安的最佳所在。

【出處】唐．張祜〈縱遊淮南〉詩：「十里長街市井連，月明橋上看神仙。人生只合揚州死，禪智山光好墓田。」

天下三分明月夜，二分無賴[1]是揚州。

若把天下明月的光華等量分割成三等分的話，嬌媚可愛的揚州肯定就占了其中的兩等分了！

【注釋】1.無賴：此作親暱可愛之意。

【解析】徐凝這首詩明寫懷念揚州明月之美，實是要表達其所愛的女子人在揚州，兩人因分隔兩地，不得相見，揚州也成了他魂牽夢繫的牽掛之地。可用來形容揚州月夜美景，天下絕倫。

【出處】唐．徐凝〈憶揚州〉詩：「蕭娘臉薄難勝淚，桃葉眉尖易覺愁。天下三分明月夜，二分無賴是揚州。」

初因避地去人間，
及至成仙遂不還。

當初是為了躲避戰亂而離開塵俗世間，來到這塊神仙境地後便不想再回去了。

【解析】此乃王維取材自東晉陶淵明〈桃花源記〉而作成的詩。詩中敘述桃源村落的人民因避亂世，卻意外來到這處宛如仙境的人間淨土，從此世代定居於此，與外在世界完全隔絕，這也正是王維勾勒其心目中嚮往的理想居住所在。可用來比喻某一處適合人們避世隱居、與世無爭的美好樂土。

【出處】唐．王維〈桃源行〉詩：「……初因避地去人間，及至成仙遂不還。峽裡誰知有人事？世中遙望空雲山……」（節錄）

姑蘇城外寒山寺[1]，
夜半鐘聲到客船。

半夜時分，姑蘇城外寒山寺的敲鐘聲，傳到了我客居在外所乘坐的船上。

【注釋】1. 寒山寺：位在今江蘇蘇州市境內，初建於南朝梁時，後因唐代詩僧寒山曾住於此而得名。

【解析】舟船夜泊於寒山寺附近楓橋的旅人張繼，藉由夜裡忽然傳來寺廟悠遠的鐘響，更襯托出原本夜的靜謐氣氛。清人沈德潛《唐詩別裁集》評曰：「塵市喧闐之處，只聞鐘聲，荒涼寥寂可知。」可用來形容寒山寺半夜的鐘聲，驚醒了正沉浸於愁思的旅人，也突顯了深夜的寧靜。

【出處】唐．張繼〈楓橋夜泊〉詩：「月落烏啼霜滿天，江楓漁火對愁眠。姑蘇城外寒山寺，夜半鐘聲到客船。」

洛陽城裡春光好，
洛陽才子[1]他鄉老。

此時的洛陽城裡正春光明媚，而我這個洛陽才子卻流落他鄉，隨著時間逐漸地衰老。

【注釋】1. 洛陽才子：此為韋莊的自稱，因其成名作〈秦婦吟〉便是在洛陽寫成的，還贏得了「秦婦吟秀才」之美譽，故對洛陽有著深厚的情感。

【解析】身在江南的韋莊，縱使眼前風景秀麗如畫，他仍心繫昔往在洛陽時的春日美景，此時的他欲歸不得，只能空嘆自己滿腹才學與年華終將在異鄉虛耗老去。可用來形容洛陽春色優美，住過的人即使日後到了外地仍會對洛陽懷念不已。另可用來形容自恃才華出色的人在他鄉落拓失意，感傷歲月流逝卻一無所成。

【出處】唐．韋莊〈菩薩蠻．洛陽城裡春光好〉詞：「洛陽城裡春光好，洛陽才子他鄉老。柳暗魏王堤，此時心轉迷。桃花春水淥，水上鴛鴦浴。凝恨對殘暉，憶君君不知。」

香稻啄餘鸚鵡粒，碧梧棲老鳳凰枝。

地上到處都是鸚鵡啄食後剩餘的米粒，鳳凰經常棲息在梧桐樹的枝頭。

【解析】此為杜甫追憶其年少遊歷京城長安附近一帶時，曾經見證過那段百姓生活富裕繁華的榮景，其中「香稻」和「碧梧」正是喻指當地的食物豐盛和景物美好。可用來形容某個地方的物產富庶，風物華美。

【出處】唐．杜甫〈秋興〉詩八首之八：「昆吾御宿自逶迤，紫閣峰陰入渼陂。香稻啄餘鸚鵡粒，碧梧棲老鳳凰枝。佳人拾翠春相問，仙侶同舟晚更移。綵筆昔曾干氣象，白頭吟望苦低垂。」

國破山河在，城春草木深。

國家遭到戰火破壞，但山河依舊存在，春天的

長安城內草木長得茂盛濃密。

【解析】杜甫描寫安史之亂時，京城長安遭叛軍攻陷後的破敗蕭條，其以「山河在」表明除與大自然長存的山河之外，完全不見任何富有生氣的春景，，以「草木深」表明理應是人群聚集的繁華京都，此時除荒草雜生之外，滿城竟然杳無人煙。可用來形容戰亂後城市殘破、人煙稀少以及草木叢生的荒蕪景象。

【出處】唐．杜甫〈春望〉詩：「國破山河在，城春草木深。感時花濺淚，恨別鳥驚心……」（節錄）

■園林建築■

四戶八窗明，玲瓏[1]逼上清[2]。

屋內四面八方都有窗戶，光線明亮充足，直逼神仙居住的環境。

【注釋】1. 玲瓏：明亮的樣子。2. 上清：仙境。

【解析】盧綸描寫彭祖樓的環境因四面八方都有窗戶，所以室內光線顯得相當通明透亮，宛如置身在仙境般。由於詩句提及屋子的八個面向都能透光，也稱作「八面玲瓏」，此語後來演變成形容人的手段巧妙圓滑，應付世情面面俱到。可用來形容房屋透光明亮。另可用來比喻待人處世圓融周到。

【出處】唐．盧綸〈賦得彭祖樓送楊宗德歸徐州幕〉詩：「四戶八窗明，玲瓏逼上清。外欄黃鵠下，中柱紫芝生。每帶雲霞色，時聞簫管聲。望君兼有月，幢蓋儼層城。」

南朝四百八十寺，多少樓臺煙雨中。

南朝宋、齊、梁、陳四朝在江南一帶修建了四百八十座以上的寺廟，這麼多寺廟的樓臺全都籠罩在迷濛細雨當中。

【解析】杜牧詩中除描繪江南春色的明媚多彩之外，也道出了全都建都在南京的南朝，當時遺留下來眾多的佛寺在煙雨中若隱若現著，此情此景，更增添朝代更迭興亡的歷史滄桑感。可用來形容江南寺廟林立，被濛濛細雨所包圍時，呈現一片朦朧不清的迷離景致。

【出處】唐．杜牧〈江南春絕句〉詩：「千里鶯啼綠映紅，水村山郭酒旗風。南朝四百八十寺，多少樓臺煙雨中。」

宮女如花滿春殿，只今惟有鷓鴣飛。

當初豔美如花的越國宮女，讓整座宮殿籠罩在明媚的春光裡，如今卻只有鷓鴣在這裡飛來飛去。

【解析】此詩為李白遊覽越州時有感而發之作，詩中描述春秋越國滅了吳國後，戰士凱旋歸來，在宮中舉行慶祝宴會的熱鬧場景，如今昔時的繁華早已不在，只剩下鷓鴣在此地飛翔，今昔對比，興起世事盛衰無常的慨嘆。可用來形容宮殿古蹟的頹敗荒涼。另可用來表達昔盛今衰，人非物換的感慨。

【出處】唐．李白〈越中覽古〉詩：「越王句踐破吳歸，義士還鄉盡錦衣。宮女如花滿春殿，只今惟有鷓鴣飛。」

畫棟朝飛南浦[1]雲，珠簾暮捲西山[2]雨。

早晨，有彩繪裝飾的梁柱飛上了南浦的雲，傍晚，有貫串了珍珠的簾子捲入了西山的雨。

【注釋】1. 南浦：地名，位在今江西南昌市境內。另可意指南邊的水岸，後多泛指送別之地。2. 西山：位在今江西南昌市境內。

【解析】王勃詩中描述唐高祖之子滕王李元嬰，一手打造了這座雕梁畫棟、珠簾捲雲的滕王閣，然而經過物換星移，曾在此地笙歌鼎沸的帝子早已離

去，華麗的畫棟珠簾再也無人欣賞，唯有南浦的雲和西山的雨為伴。可用來形容建築物的裝飾豪華精美。

【出處】唐・王勃〈滕王閣詩〉詩：「滕王高閣臨江渚，佩玉鳴鸞罷歌舞。畫棟朝飛南浦雲，珠簾暮捲西山雨……」（節錄）

■交通■

山從人面起，雲傍馬頭生。

山好像是貼著人的臉升起，雲好像是靠著馬的頭湧出。

【解析】友人準備入蜀，李白為其餞行，他叮囑友人蜀地道路險惡，不僅沿途山崖陡峭，棧道狹窄，山壁彷彿迎著人面壓來，且因山勢高峻，雲霧圍繞，騎馬前進時就像是騰雲駕霧般。可用來形容山路崎嶇險阻，不易通行。

【出處】唐・李白〈送友人入蜀〉詩：「見說蠶叢路，崎嶇不易行。山從人面起，雲傍馬頭生。芳樹籠秦棧，春流遶蜀城。升沉應已定，不必問君平。」

兩岸猿聲啼不住，輕舟已過萬重山。

兩岸的猿猴不停地叫著，小船已經越過了萬重青山了。

【解析】白帝城，位在今四川重慶市奉節縣東部的長江北岸。此詩為李白在流放夜郎途中忽聞獲釋後所寫，詩中描述他從白帝城搭船順流直下江陵，路程雖遙但船快如飛，聽著兩岸陣陣猿嘯聲，不知不覺間，小船已經穿過無數座的山了，而由船行疾速，也可看出李白急於返家的暢快心情。可用來形容舟船在江水中輕快疾行的情景。

【出處】唐・李白〈早發白帝城〉詩：「朝辭白帝彩雲間，千里江陵一日還。兩岸猿聲啼不盡，輕舟已過萬重山。」

蜀道之難難於上青天。

通往巴蜀的山路非常難走，甚至比上青天都還要困難。

【解析】此詩為李白初抵長安時所作，詩中主在描寫蜀道的奇絕凶險，崎嶇難行，藉此透露出他對未來前途的關切與憂慮。可用來形容四川或其他地方的道路險阻，極難行走。另可用來比喻事情難以達成或人生道路坎坷多險。

【出處】唐・李白〈蜀道難〉詩：「蜀道之難難於上青天，使人聽此凋朱顏。連峰去天不盈尺，枯松倒挂倚絕壁……」（節錄）

花木鳥獸

一樹春風千萬枝，嫩於金色軟於絲。

一株柳樹在春風吹拂下，千萬條低垂的柳枝隨風飄動，柳枝新長出來的細葉嫩芽比金色還要嫩黃，比絲線還要柔軟。

【解析】白居易詩中主要描寫春日楊柳枝條的繁盛，新枝的嫩軟及其在春風中飛舞的婀娜多姿。清高宗敕編《唐宋詩醇》評曰：「風致翩翩。」可用來形容春天千絲萬縷的柳樹枝條，隨風飄拂時的婀娜嬌態。

【出處】唐・白居易〈楊柳枝詞〉詩：「一樹春風千萬枝，嫩於金色軟於絲。永豐西角荒園裡，盡日無人屬阿誰？」

不知細葉誰裁出？二月春風似剪刀。

不知這樣細長的柳葉是誰剪裁出來的呢？應該就是像剪刀一樣銳利的二月春風吧！

【解析】賀知章見早春二月隨風飄逸的絲絲垂柳，不禁讚嘆如此細緻靈巧的柳葉，定是春風的巧奪天工之作。可用來形容春天柳葉碧綠細長，隨風吹拂。

【出處】唐．賀知章〈詠柳〉詩：「碧玉妝成一樹高，萬條垂下綠絲條。不知細葉誰裁出？二月春風似剪刀。」

可憐日暮嫣香落，嫁與春風不用媒。

可惜原本嬌豔的春花，到了黃昏時隨風飄落，就好像是嫁給了春風一樣，根本不需要找媒人。

【解析】李賀見原本百花齊放、嬌豔芬芳的南園，於日暮時分花兒凋零，隨風紛飛，便興起了春花猶似待嫁女孩般，等到時間或機緣成熟時，就會順理成章地嫁與某人了。可用來形容殘花滿地，隨風飛舞的情景。另可用來比喻女子在某種因緣巧合或青春盛年已過時便會自然而然地成婚。

【出處】唐．李賀〈南園〉詩十三首之一：「花枝草蔓眼中開，小白長紅越女腮。可憐日暮嫣香落，嫁與春風不用媒。」

自去自來堂上燕，相親相近水中鷗。

廳堂上梁間的燕子自由自在地飛來飛去，江水中的鷗鳥親近相愛地游來游去。

【解析】詩中「堂上燕」一說作「梁上燕」。杜甫描寫堂上燕子來去自如以及水中鷗鳥出入相隨，絲毫不存任何機心，宛若勾畫出一幅鄉村江畔充溢恬然優雅、物我忘機的風景圖。可用來形容堂上燕子活潑自在地飛舞，水中鷗鳥彼此親暱不離的景象。

【出處】唐．杜甫〈江村〉詩：「清江一曲抱村流，長夏江村事事幽。自去自來堂上燕，相親相近水中鷗……」（節錄）

西塞山前白鷺飛，桃花流水鱖魚肥。

西塞山前的白鷺鷥飛翔著，桃花盛開，流水潺潺，水裡的鱖魚長得很肥美。

【解析】張志和以漁人的角度觀看山林流水、青山白鷺以及禽飛魚肥，讓人感受到大地一片的生機盎然。可用來形容花開水流、鳥飛魚游的秀麗風光。

【出處】唐．張志和〈漁歌子．西塞山前白鷺飛〉詞：「西塞山前白鷺飛，桃花流水鱖魚肥。青箬笠，綠蓑衣，斜風細雨不須歸。」

兩箇黃鸝鳴翠柳，一行白鷺上青天。

一對黃鶯在綠柳間婉轉鳴唱，一整隊白鷺鷥展翅飛上藍天。

【解析】此詩為杜甫寓居成都浣花草堂時，受到春日生機勃勃的感染而作，詩中描寫了黃鶯在綠柳枝上怡然自得的啼鳴，以及成群白鷺鷥在蔚藍天空的自由飛翔，摹繪出一幅交織「黃」、「綠」、「白」、「青」四種顏色的鮮豔動人畫面，可謂聲色俱全。可用來形容明媚春日禽鳥歡唱、飛翔的情景。

【出處】唐．杜甫〈絕句〉詩四首之三：「兩箇黃鸝鳴翠柳，一行白鷺上青天。窗含西嶺千秋雪，門泊東吳萬里船。」

洛陽城東桃李花，飛來飛去落誰家？

洛陽城東邊的桃花和李花，落花隨著風飛舞，不知會飛落到哪一戶人家？

【解析】劉希夷詩中描寫洛陽紅顏少女目睹滿城春花漫天紛飛，不知最後花落誰家，進而生出對自己未來婚配對象的期待以及婚姻安排無法自主的感傷情懷。可用來形容暮春落花隨風輕柔飄動的景象。另可用來比喻未婚女子對自己終身歸宿的憧憬與惶恐心理。

【出處】唐・劉希夷〈代悲白頭翁〉詩：「洛陽城東桃李花，飛來飛去落誰家？洛陽女兒惜顏色，坐見落花長嘆息。今年花落顏色改，明年花開復誰在……」（節錄）

穿花蛺蝶深深見，點水蜻蜓款款飛。

蝴蝶在花叢深處往來穿梭，若隱若現，蜻蜓輕輕點著水面，款款飛動。

【解析】杜甫目睹春花、蝴蝶、蜻蜓等風光景物如此明媚動人，不禁興起留住春天的念頭，期盼眼前美景別像光陰一樣一瞥眼就消失無蹤。宋人葉夢得《石林詩話》評論這兩句詩：「『深深』字若無『穿』字，『款款』字若無『點』字，皆無以見其精微如此。」由此可見杜甫別具一格的描摹工力。可用來形容蝴蝶在花間翩翩飛舞，蜻蜓在水上輕盈飛揚的景致。

【出處】唐・杜甫〈曲江〉詩二首之二：「……穿花蛺蝶深深見，點水蜻蜓款款飛。傳語風光共流轉，暫時相賞莫相違。」（節錄）

娟娟戲蝶過閑幔，片片輕鷗下急湍。

蝴蝶以輕盈的舞姿穿過舟上的布幔，鷗鳥靈活地飛過湍急的水面上。

【解析】杜甫描寫其搭乘著一葉小舟，看著彩蝶、鷗鳥一路伴隨著小舟輕快飛舞的情景。可用來形容乘船時，沿途蝴蝶、鷗鳥悠然自在、往來自如的景象。

【出處】唐．杜甫〈小寒食舟中作〉詩：「……娟娟戲蝶過閑幔，片片輕鷗下急湍。雲白山青萬餘里，愁看直北是長安。」（節錄）

桂子月中落，天香雲外飄。

桂樹的種子在月夜中飄落下來，天然的香氣直飄散到雲外。

【解析】相傳月宮中有桂樹，每年秋天農曆八月，常有豆大的顆粒從月宮飄落到靈隱寺，香味奇異，人們認為那就是從月宮落下的桂子，宋之問詩中即是描摹秋天杭州靈隱寺周遭桂花香氣四溢的情景。可用來形容秋天桂花綻放，香氣怡人。

【出處】唐．宋之問〈靈隱寺〉詩：「鷲嶺鬱岧嶢，龍宮鎖寂寥。樓觀滄海日，門對浙江潮。桂子月中落，天香雲外飄……」（節錄）

桃花一簇開無主，可愛深紅愛淺紅。

一團桃花即使無人照料也能自在地盛開，深紅色裡夾雜著淺紅色，看起來十分可愛。

【解析】杜甫詩中描寫其於成都浣花溪畔漫步時，看見桃花繁茂盛開、色彩絢爛的景象，不由得生起一股欣悅之情。可用來形容春天盛開的桃花多彩繽紛的樣子。

【出處】唐．杜甫〈江畔獨步尋花七絕句〉詩七首之五：「黃師塔前江水東，春光懶困倚微風。桃花一簇開無主，可愛深紅愛淺紅。」

留連戲蝶時時舞，自在嬌鶯恰恰啼。

流連不去的蝴蝶在花間嬉戲飛舞，自由自在的黃鶯在樹上嬌聲啼鳴。

【解析】杜甫記敘其沿著浣花溪畔，獨自前往近鄰黃四娘家賞花的情景，詩中將「戲蝶」、「嬌鶯」擬人化，更能表達詩人陶醉在蝶舞鶯歌中，與大自然融合為一的親切感受。可用來形容花香蝶舞、枝間鳥鳴的春日景色。

【出處】唐．杜甫〈江畔獨步尋花七絕句〉詩七首之六：「黃四娘家花滿蹊，千朵萬朵壓枝低。留連戲蝶時時舞，自在嬌鶯恰恰啼。」

野火燒不盡，春風吹又生。

小草任憑野火怎麼燒也是燒不盡的，只要春風吹起，小草又會開始蓬勃生長。

【解析】白居易借古原上的小草為喻，意指不管所處的環境如何惡劣，只要是富有生命力的東西是絕不會被毀滅的。可用來形容草木頑強旺盛的生命力。另可用來比喻人的毅力堅強無比，難以被外力擊垮。也可用來比喻惡勢力難以連根拔除，只要一有機會，便會死灰復燃，繼續作惡。

【出處】唐．白居易〈賦得古原草送別〉詩：「離離原上草，一歲一枯榮。野火燒不盡，春風吹又生。遠芳侵古道，晴翠接荒城。又送王孫去，萋萋滿別情。」

無邊落木蕭蕭下，不盡長江滾滾來。

一眼望去，無邊無際的落葉蕭蕭地飄下，無窮無盡的長江水滾滾地奔來。

【解析】杜甫晚年客居他鄉，生活窘迫潦倒，此時他拖著老病的身軀登高瞭望遠方，見枯葉被秋風蕭蕭吹落的聲勢，以及長江滾滾壯闊的氣勢，引發出青春不再的慨嘆。明人胡應麟在《詩藪》評論此詩：「當為古今七言律第一。」給予極高的評價。可用來形容樹葉紛紛落下與江水奔騰的景象。另可用來比喻舊的人或事物逐漸衰亡，轉而被新生的人或事物所取代。

漠漠水田飛白鷺，陰陰夏木轉黃鸝。

廣闊蒼茫的水田上有白鷺振翅飛起，夏日濃密的樹林裡有黃鸝在婉轉啼鳴。

【出處】唐．杜甫〈登高〉詩：「風急天高猿嘯哀，渚清沙白鳥飛迴。無邊落木蕭蕭下，不盡長江滾滾來……」（節錄）

【解析】這首詩是王維晚年隱居輞川別業時所作，詩中藉由廣漠水田上白鷺飛行和蔥茂夏木間黃鸝歌唱，兩處景象相互映襯，表現出夏日雨後的原野自然風光。可用來形容田野遼闊，綠樹濃蔭以及禽飛鳥鳴的情景。

【出處】唐．王維〈積雨輞川莊作〉詩：「積雨空林煙火遲，蒸藜炊黍餉東菑。漠漠水田飛白鷺，陰陰夏木囀黃鸝。山中習靜觀朝槿，松下清齋折露葵。野老與人爭席罷，海鷗何事更相疑？」

數叢沙草羣鷗散，萬頃江田一鷺飛。

船隻經過沙灘邊的水草叢，一群群鷗鳥驚飛四散，萬頃水田上只看見一隻白鷺掠空飛過。

【解析】溫庭筠描寫其在利州（位在今四川境內）渡船時，群鷗原本棲息在水草間，因船過而驚飛散去，唯有一隻白鷺獨在江田萬頃上自在翱翔，詩人歷歷如繪，宛如讓人看見一幅空闊曠遠又充滿生機的風景圖。可用來形容船在渡江時驚動了江邊的鷗鳥，白鷺在一望無際的水田上飛翔的情景。

【出處】唐．溫庭筠〈利州南渡〉詩：「澹然空水對斜暉，曲島蒼茫接翠微。波上馬嘶看棹去，柳邊

人歇待船歸。數叢沙草群鷗散，萬頃江田一鷺飛。誰解乘舟尋范蠡，五湖煙水獨忘機。」

澗戶寂無人，紛紛開且落。

山谷中的溪水口空寂無人，任由花朵接連開放又逐漸凋落。

【解析】王維詩中描寫辛夷花生長在無人的山谷溪澗，花萼火紅，隨著每年的花期亮麗綻開又逐漸凋謝，表面上是在寫辛夷花寂靜悠閑的自然本性，實際上也寄寓了另一層面的意涵，即人應該學習辛夷花自在從容地來與去，不必在乎紅塵紛擾與他人目光。清人劉宏煦《唐詩真趣編》評曰：「摩詰深於禪，此是心無掛礙境界。」可用來形容花在無人山澗自開自落的景象。另可用來抒發隱居山中，與世無爭，且對生死一事看得很淡泊。

【出處】唐．王維〈辛夷塢〉詩：「木末芙蓉花，山中發紅萼。澗戶寂無人，紛紛開且落。」

顛狂柳絮隨風舞，輕薄桃花逐水流。

瘋狂的柳絮隨風飛舞，輕佻的桃花逐水而流。

【解析】此詩表面上是在描寫柳絮漫天飄飛、桃花隨水漂流的暮春美景，實際上是杜甫刻意借「顛狂」、「輕薄」之語來諷刺人的言行放蕩輕浮，正與柳絮、桃花一樣，沒有確定的立場也不堅守原則，終究會喪失自我，隨波逐流。可用來形容花絮滿天飛揚、順著水流而行的景象。另可用來形容人的言行舉止輕浪浮薄。

【出處】唐．杜甫〈絕句漫興〉詩九首之五：「腸斷春江欲盡頭，杖藜徐步立芳洲。顛狂柳絮隨風舞，輕薄桃花逐水流。」

國家圖書館出版品預行編目資料

隋唐詩詞信手拈來／黃淑貞 編著. -- 初版. -- 臺北市：
商周出版：家庭傳媒城邦分公司發行, 2017.06
面：　公分. --（中文可以更好；39）
ISBN 978-986-477-252-0（平裝）
831.4　　106008095

中文可以更好 39

隋唐詩詞信手拈來

編 著 者／黃淑貞
企畫選書人／林宏濤
責 任 編 輯／陳名珉

版　　權／吳亭儀
行 銷 業 務／周丹蘋、林詩富
總 編 輯／楊如玉
總 經 理／彭之琬
發 行 人／何飛鵬
法 律 顧 問／元禾法律事務所　王子文律師
出　　版／商周出版
城邦文化事業股份有限公司
115 台北市南港區昆陽街 16 號 4 樓
電話：(02) 2500-7008　傳真：(02) 2500-7579
Blog：http://bwp25007008.pixnet.net/blog
E-mail：bwp.service@cite.com.tw
發　　行／英屬蓋曼群島商家庭傳媒股份有限公司城邦分公司
115 台北市南港區昆陽街 16 號 8 樓
書虫客服服務專線：(02) 2500-7718、(02) 2500-7719
服務時間：週一至週五上午09:30-12:00；下午13:30-17:00
24 小時傳真專線：(02) 2500-1990、(02) 2500-1991
劃撥帳號：19863813；戶名：書虫股份有限公司
讀者服務信箱：service@readingclub.com.tw
城邦讀書花園：www.cite.com.tw
香港發行所／城邦（香港）出版集團有限公司
香港九龍土瓜灣土瓜灣道86號順聯工業大廈6樓A室
E-mail：hkcite@biznetvigator.com
電話：(852)2508-6231　傳真：(852) 2578-9337
馬新發行所／城邦（馬新）出版集團【Cité (M) Sdn. Bhd.】
41, Jalan Radin Anum, Bandar Baru Sri Petaling,
57000 Kuala Lumpur, Malaysia.
Tel: (603) 9056-3833　Fax:(603) 9057-6622
email:services@cite.my

封 面 設 計／黃聖文
拉 頁 繪 圖／陳巧蓓
排　　版／新鑫電腦排版工作室
印　　刷／韋懋實業有限公司
總 經 銷／聯合發行股份有限公司
電話：(02) 2917-8022　傳真：(02) 2911-0053
地址：新北市231新店區寶橋路235巷6弄6號2樓

■ 2017年06月06日初版
■ 2024年08月01日初版3.8刷
定價380元

Printed in Taiwan
城邦讀書花園 www.cite.com.tw

 ISBN　978-986-477-252-0